STRANGER THINGS

DARKNESS ON THE EDGE OF TOWN

L'auteur

Adam Christopher est à la fois romancier et scénariste de bandes dessinées. Son premier roman, *Empire State*, a été largement salué par la critique (élu Livre de l'année 2012 par le *Financial Times*, a obtenu le prix Julius Vogel du meilleur jeune talent 2013). À ce jour, il est l'auteur de quatre romans et deux novélisations.

Adam Christopher

STRANGER THINGS

DARKNESS ON THE EDGE OF TOWN

Traduit de l'anglais (Nouvelle-Zélande)
par Céline Morzelle et Cécile Roche

LUMEN

Stranger Things – Darkness on the Edge of Town est une œuvre de fiction. Les noms de personnages, les lieux et les situations décrits dans ce récit étant le pur produit de l'imagination de l'auteur, ou utilisés de manière fictionnelle, toute ressemblance avec des personnes, des lieux ou des événements existants ou ayant existé ne saurait être que fortuite.

Design de l'ouvrage : Elizabeth A. D. Eno

Pour Sandra, toujours
Et pour Aubrey, parce que

Cabane de Hopper
Hawkins, Indiana

26 décembre 1984

Debout devant l'évier, les mains dans l'eau chaude et savonneuse, Jim Hopper regardait par la fenêtre de la cuisine les flocons de neige de la taille d'un poing qui volaient au-dehors. Sentant un sourire étirer ses lèvres, il tenta de le réprimer.

La période de Noël n'avait rien de réjouissant. Pas pour lui, plus depuis que… enfin, plus depuis longtemps. Plus depuis Sarah. Il le savait et l'avait accepté : six ans à présent – bientôt sept – qu'il était revenu s'installer à Hawkins… Il lui avait bien fallu se résigner à endurer chaque année le sentiment de chagrin et de deuil qui, à l'approche des fêtes, l'assaillait peu à peu avec une force grandissante.

À vrai dire, se « résigner » n'était pas tout à fait le terme exact. En réalité, il avait plutôt fini par se « complaire » dans cet état d'esprit et avait capitulé, laissant ses sentiments prendre le dessus. C'était en effet plus facile comme ça. Plus commode.

Moins risqué, étrangement.

Et pourtant, il en était venu à se détester, à abhorrer la manière dont il avait baissé les bras et permis aux graines du désespoir de germer petit à petit dans sa tête jusqu'à éclore et donner leur fruit. Or cette haine n'avait d'autre conséquence que de le précipiter plus profondément encore dans les ténèbres – un cercle vicieux.

Mais plus maintenant. Plus en cet instant.

Pas cette année.

Pour la première fois depuis longtemps, ce Noël-là se révélait vraiment différent. Sa vie avait changé. C'était d'ailleurs ce qui lui avait permis de comprendre à quel point il était tombé bas et quel genre d'homme il était devenu.

Tout ça grâce à elle – Jane, sa fille adoptive. Car, oui, d'un point de vue légal, elle était son enfant, c'était désormais officiel.

Jane Hopper.

Onze.

Elfe.

Hopper sentit de nouveau naître sur son visage un sourire bien décidé à lui relever les coins de la bouche. Cette fois, il le laissa s'épanouir.

Bien sûr, l'apparition d'Elfe dans sa vie ne signifiait pas qu'il devait oublier le passé – loin de là –, mais il avait de nouvelles responsabilités. Une seconde fille à élever. Il fallait donc avancer. Même si ses souvenirs n'avaient pas disparu, il pouvait enfin les laisser dormir au fond de sa mémoire.

À l'extérieur, la poudreuse continuait de tomber, le tronc des arbres aux abords de la maisonnette à présent ancré dans un doux édredon blanc d'une bonne soixantaine de centimètres d'épaisseur. Aucune tempête n'avait été annoncée à la radio. Les prévisions diffusées plus tôt dans l'après-midi ne contenaient pas d'alertes particulières. Pourtant, à moins que les généreuses chutes de neige attendues dans le pays aient toutes décidé de se concentrer sur les quelques hectares autour de la vieille cabane de son grand-père, Hopper trouvait les climatologues légèrement optimistes. Le présentateur du bulletin météo avait cependant dissuadé les auditeurs de mettre le nez dehors. « Restez à l'abri, au coin du feu, et profitez-en pour terminer votre vin chaud », avait-il dit en substance.

Hopper n'y voyait aucun inconvénient.

Elfe, en revanche…

— Elle est froide, ton eau.

Soudain tiré de ses pensées, il cligna des yeux pour découvrir l'adolescente à ses côtés. Elle le regardait avec une telle intensité ! Elle avait vraiment l'air de se faire du souci pour lui, de s'inquiéter qu'il mette si longtemps à faire la vaisselle que l'eau ait refroidi. Il sortit les mains de la mousse à l'agonie. La peau de ses doigts avait beau être tellement flétrie qu'on aurait dit des fruits secs, la pile d'assiettes et de couverts sales laissée par le festin de restes de ce lendemain de réveillon n'avait pas tellement diminué.

— Tout va bien ?

Ramenant son attention sur Elfe et ses prunelles grandes ouvertes qui brillaient d'une sorte d'espoir,

Hopper se surprit à sourire de nouveau. Bon sang, il ne pouvait vraiment pas s'en empêcher !

—Oui, oui, tout va bien, la rassura-t-il.

Il voulut ébouriffer sa tignasse de boucles brunes, mais à l'approche de sa paume pleine de produit vaisselle, sa fille recula avec une grimace. Hopper éclata de rire sans insister puis attrapa le torchon étalé sur le plan de travail pour se sécher les mains.

—Tu as réussi à joindre Mike ? demanda-t-il en désignant du menton le reste de l'antre qui leur tenait lieu de maison.

Elfe poussa un profond soupir – une réaction sans doute un poil exagérée vu les circonstances… Mais son père se rappela que tout pour elle relevait encore de l'inédit et lui apparaissait, le plus souvent, comme un défi. Elle retourna vers le canapé pour y récupérer son talkie-walkie tout neuf, qu'elle lui tendit. Comme si lui plus qu'elle avait le pouvoir de faire apparaître ses amis du néant, d'un coup de baguette magique.

Hopper et sa fille se dévisagèrent quelques instants, jusqu'à ce qu'Elfe perde patience et lui agite l'appareil sous le nez.

—Eh bien, qu'est-ce que tu veux que je fasse ? s'étonna-t-il avant de se balancer le torchon sur l'épaule, de s'emparer du talkie-walkie et de l'inspecter sous toutes les coutures. Il ne marche plus, c'est ça ? Ne me dis pas qu'il faut déjà remplacer les piles ?

—Non, mais personne ne répond, soupira de nouveau l'adolescente, la tête basse.

—Ah oui, j'avais oublié.

Mike, Will, Dustin ou encore Lucas, tous passaient la journée dans leurs familles respectives, hors de portée de l'appareil de leur amie.

La jeune fille récupéra son bien et se mit à en tripoter les boutons. À chaque fois qu'elle tournait celui du volume – dans un sens puis dans l'autre –, de courtes salves de crépitements jaillissaient du dispositif.

—Attention, lança Hopper. Il ne faudrait pas l'abîmer. C'est un très beau cadeau qu'ils t'ont fait là.

Il tressaillit en songeant à ses propres efforts dans ce domaine. Parmi toutes les possibilités qui se présentaient à lui, il avait jeté son dévolu sur les *Hippos Gloutons*. L'adolescente avait bien sûr passé l'âge de jouer à ce genre de jeu, mais ça, il ne s'en était rendu compte que la veille, au moment où elle avait déballé son paquet. Prise de conscience d'autant plus douloureuse que son présent faisait bien pâle figure comparé à celui qu'avaient offert les garçons à Elfe.

Il fallait que Hopper se rende à l'évidence : il avait passablement perdu l'habitude d'être père. Il avait acheté ce jeu-là presque sans y penser, simplement parce que Sarah l'adorait, mais…

Mais Elfe n'était pas Sarah.

Accaparée par son appareil, la jeune fille ne remarqua rien de l'embarras de Hopper. Il reprit donc place devant l'évier et y fit couler un filet d'eau brûlante qu'il mélangea d'une main à celle – tiédasse – qui y attendait déjà.

—Et puis tu t'es bien amusée hier, non ? (Il jeta un coup d'œil par-dessus son épaule.) Pas vrai ?

Elle hocha la tête et cessa de triturer son cadeau.

— Tu vois que tout ne va pas si mal, poursuivit-il en fermant le robinet. Tes amis seront de retour dès demain, va. Peut-être même dès ce soir. Tu pourras réessayer de les contacter si tu veux.

La vaisselle de nouveau immergée dans l'eau, Hopper s'était remis à la tâche lorsqu'il entendit dans son dos les pas feutrés d'Elfe, qui revenait vers le coin cuisine. Quand il tourna la tête, elle se tenait à côté de lui.

— Écoute, dit-il en plongeant l'un des plats sales dans la vasque. Je vois bien que tu t'ennuies, mais c'est une bonne chose, tu sais ?

L'adolescente fronça les sourcils.

— S'ennuyer, c'est une bonne chose ?

Hopper s'interrompit dans sa corvée, espérant que cette improvisation en matière de sagesse parentale ne le conduirait pas droit dans le mur.

— Bien sûr, répondit-il. Déjà, si on s'ennuie, ça veut dire qu'on n'est pas en danger. Et puis, c'est aussi dans ces moments-là que surgissent les meilleures idées. Et ça, c'est super, parce qu'on n'en a jamais assez.

— C'est super d'avoir des idées, répéta Elfe.

Pas de point d'interrogation, c'était une affirmation. Il l'observa de nouveau. Il pouvait presque voir les rouages tourner dans son cerveau.

— Oui, c'est très bien même, renchérit-il. Car les idées conduisent à poser des questions, et c'est important, les questions.

Mais à peine avait-il prononcé ces mots qu'il se concentra sur le paysage au-dehors pour cacher son agacement à sa fille. *« C'est important, les questions. »*

Qu'est-ce qui lui prenait de sortir des niaiseries pareilles ? Peut-être qu'il y avait été un peu fort sur le reste de vin chaud… ou pas assez, d'ailleurs.

Elfe s'en retourna furtivement vers le salon et, un instant plus tard, Hopper perçut le déclic de la télévision qui s'allumait. D'un coup d'œil, il constata que l'adolescente s'était installée dans le canapé. Si le poste se trouvait largement hors de portée de la spectatrice, les chaînes y défilaient malgré tout, clignotant d'une pétarade de parasites multicolores à la suivante à une vitesse folle.

— Désolé ma grande mais avec ce temps, on risque de ne pas avoir la télé pendant un bon moment… Qu'est-ce que tu dirais d'une nouvelle partie d'*Hippos* ?

Un silence lourd de sens lui répondit. Hopper risqua un coup d'œil vers Elfe, qui ne débordait pas d'enthousiasme.

— Simple proposition, se défendit-il en pouffant. Pourquoi ne pas en profiter pour commencer un livre, sinon…

Il venait de mettre la touche finale à la vaisselle et tira sur la bonde. Pendant que l'eau se vidait, il s'essuya les mains et leva les yeux. Dans le reflet de la vitre, face à lui, il distinguait le canapé, la télé toujours allumée, mais aucun signe de sa fille.

Tant mieux, songea-t-il. Il ne pouvait de toute façon rien faire pour améliorer la météo. Et puis, sans doute n'était-ce pas un mal qu'ils se retrouvent tous les deux coincés à l'intérieur. C'est qu'ils avaient été plutôt occupés, les jours précédents. Elfe avait passé tout son temps avec ses camarades et lui en avait profité pour consacrer un peu du sien à Joyce. La mère de Will semblait tenir le coup et avait paru apprécier sa compagnie. Jonathan aussi, d'ailleurs.

Hopper se dirigea vers la table rouge installée contre le mur, à l'extrémité du plan de travail. Avisant la boîte béante des *Hippos Gloutons* posée dessus, il se demanda vaguement s'il était possible de jouer tout seul et s'apprêtait à s'asseoir pour le vérifier quand Elfe ressortit de sa chambre. Elle le dévisageait avec tant de sérieux qu'il se figea, une main sur le dos de la chaise.

— Euh... un souci ?

À l'instar d'un chien qui chercherait à capter un ultrason inaudible pour l'oreille humaine, la jeune fille inclina la tête, sans pour autant quitter son père des yeux.

— Oui ? Qu'est-ce qu'il y a ? insista-t-il.

— Qu'est-ce qui t'a poussé à entrer dans la police ?

Pris de court, il expira un grand coup. Cette soudaine curiosité sortait de nulle part.

Où veut-elle en venir ? se demanda-t-il, étonné.

— Eh bien... commença-t-il en se passant une main encore humide dans les cheveux. Bonne question...

— Tu viens de me dire qu'il fallait en poser.

— En effet, oui... Et ce n'est pas faux.

— Pourquoi tu ne me réponds pas, alors ?

Hopper s'appuya sur la chaise en s'esclaffant, les avant-bras sur le dossier.

— Ça vient, ça vient ! Enfin... même si je trouve ta question excellente, je ne suis pas certain de pouvoir y apporter une réponse simple.

— Toi, tu me connais bien, mais moi, je ne sais pas grand-chose sur toi.

Il hocha la tête.

— C'est… c'est vrai, maintenant que j'y pense, lâcha-t-il en retournant sa chaise pour s'y laisser tomber.

La jeune fille tira celle qui lui faisait face et l'imita, les coudes sur la table. Hopper prit le temps de réfléchir avant de reprendre la parole.

— Je ne voulais pas forcément travailler dans la police au départ. Ça m'a simplement semblé une bonne décision, à l'époque.

— Pourquoi ?

— Ah ça… (Il s'interrompit, se redressa un peu et se frotta la barbe.) Disons que je ne savais pas trop quoi faire de ma vie. Je venais tout juste de rentrer du…

Il s'arrêta de nouveau, le souffle court.

Non, non, pas tout de suite ! pensa-t-il en balayant la fin de sa phrase d'un geste de la main. *On abordera le sujet une autre fois.*

— Je voulais laisser une trace, tu comprends ? Faire la différence. Venir en aide à mon prochain, j'imagine. Et comme j'avais de l'expérience en plus de compétences qui me semblaient pouvoir être utiles, j'ai décidé de les mettre au service de la police.

— Et alors ?

— Alors quoi ? demanda-t-il, perplexe.

— Tu as réussi à faire la différence ?

— Eh bien…

— Tu as pu aider les autres comme tu voulais ?

— Dites donc, mademoiselle, il me semble bien vous avoir donné un petit coup de main, non ?

Le visage d'Elfe s'éclaira d'un sourire.

— Tu rentrais d'où, au juste ?

— Pas sûr que tu sois parée pour cet épisode-là, répliqua Hopper en secouant la tête.

Un pincement au cœur, il ressentit soudain comme une légère poussée d'adrénaline qui, mêlée aux effets persistants de son dernier verre de vin chaud, lui donnait un semblant de nausée. Ce fut au tour d'Elfe de hocher la tête.

— Je croyais que tu voulais que je pose des questions !

C'était elle qui avait raison, bien sûr. Il l'avait recueillie, aidée, défendue. Ensemble, ils avaient traversé des épreuves inimaginables. Pourtant, ils avaient beau former officiellement une famille désormais, il se rendait compte qu'il demeurait pour sa fille aussi indéchiffrable qu'elle-même l'avait été pour lui le soir où, après les avoir retrouvés, les garçons et elle, dans le bus de l'ancienne décharge, il les avait raccompagnés chez Joyce.

À présent, Elfe l'observait La tête baissée et légèrement inclinée, elle attendait une réponse.

— Écoute, il y a certaines histoires que tu n'es pas prête à entendre et que je ne suis pas prêt à raconter.

Visiblement concentrée, la jeune fille ne riposta pas. Son père se surprit à la dévisager, fasciné, curieux de savoir où l'emmènerait ensuite le fil de ses pensées.

— Tu revenais du Vietnam, c'est ça ? demanda-t-elle en butant sur ce nom étranger qu'elle semblait prononcer pour la première fois.

Les sourcils de Hopper bondirent.

—Où est-ce que tu as entendu ce mot ?

—Je l'ai lu.

—Ah bon ? Où ça ?

—Sur un carton... Au sous-sol.

—Au sous-sol ? répéta-t-il, surpris, avant d'éclater de rire. Alors comme ça, tu as fait un peu d'archéologie ?

L'adolescente opina du chef.

—Bon, reprit-il, vaincu. Eh bien, oui, tu as vu juste. Je revenais du Vietnam. C'est un pays, très loin d'ici, mais... (Il s'interrompit dès qu'Elfe se rapprocha de la table.) Non, non, mauvaise idée.

—Comment ça ?

—Te parler du Vietnam... ce ne serait pas raisonnable.

—Mais pourquoi ?

Hopper soupira. « Pourquoi ? » Bonne question, en effet... Lui-même n'était même pas certain d'en connaître la réponse.

À vrai dire, maintenant qu'il y réfléchissait, ses années de service ne lui semblaient ni traumatisantes ni compter parmi ses démons intérieurs. Seulement, c'était de l'histoire ancienne... Voilà pourquoi il ne voulait pas aborder le sujet. D'autant qu'il avait l'étrange impression que ces souvenirs-là n'étaient pas les siens mais ceux de quelqu'un d'autre. Même sans avoir jamais complètement cessé de penser à son passé, Hopper était conscient de la manière dont il avait compartimenté son esprit. Et bien que le Vietnam n'ait pas été une partie de plaisir et qu'il en soit effectivement revenu changé – comme la plupart des vétérans –, ce conflit ne revêtait simplement plus aucune importance pour lui. Car l'homme qu'il était alors n'existait plus.

Il avait fini par l'accepter : sa vie ne se divisait qu'en deux temps, pas un de plus.

Avant et après Sarah.

Rien d'autre ne comptait vraiment, pas même la guerre. Mais comment l'expliquer à Elfe ? Hopper n'en savait fichtrement rien.

— Si je n'ai pas envie de parler du Vietnam, lui répondit-il avec un sourire, c'est parce que ça date. C'était il y a vraiment très longtemps, tu sais. Je ne suis plus le même, aujourd'hui. (Il se pencha en avant, les coudes sur la table.) Écoute, je suis vraiment désolé. Je comprends que tu te poses des questions et que tu veuilles en savoir davantage sur moi. Après tout, je suis ton…

Face à son hésitation, Elfe haussa un sourcil et releva le menton – elle attendait la suite. Hopper soupira, non sans un certain contentement.

— Je suis ton père, maintenant, reprit-il. Et c'est vrai, il y a beaucoup de choses que tu ignores, me concernant. Le Vietnam en fait partie. Je t'en parlerai, promis, mais quand tu seras plus grande.

Face à la moue renfrognée de sa fille, Hopper leva une main, contrant ainsi l'objection qu'il voyait arriver.

— Sur ce coup-là, tu vas devoir me faire confiance. Un jour, tu seras prête, et moi aussi. Mais pour le moment, aucun de nous deux n'est paré pour s'aventurer dans cette conversation. D'accord, ma grande ?

Les lèvres pincées, l'intéressée finit malgré tout par accepter le compromis.

—Parfait, conclut Hopper. Bon, je sais que tu t'ennuies et que tu es curieuse, alors profitons-en : il suffit de trouver un autre sujet de discussion, c'est tout. Mais avant qu'on commence, laisse-moi me faire couler une dose de carburant.

Il s'extirpa de son siège et retourna côté cuisine pour s'emparer de la cafetière – une antiquité qu'il avait dénichée dans l'un des placards et qui, étonnamment, fonctionnait à merveille. À peine avait-il commencé à remplir d'eau le réservoir qu'il entendit un bruit sourd dans son dos.

Debout derrière sa chaise, Elfe s'époussetait les paumes sur son jean. Sur la table rouge trônait désormais un imposant carton. « New York », y était-il inscrit.

Bien qu'il ne l'ait pas ouvert depuis des années, Hopper se rappelait parfaitement ce qu'il renfermait. Il regagna la table, fit glisser l'énorme boîte vers lui puis leva les yeux sur sa fille.

—Tu sais, je ne pense pas que...

—Tu m'as dit de trouver autre chose, rétorqua-t-elle, un doigt pointé sur sa découverte. C'est ce que j'ai fait.

Vu son ton et le regard qu'elle lui lançait, il était évident que, cette fois, elle ne céderait pas.

Bon, d'accord. Va pour New York, New York...

Hopper reprit place à table, les yeux rivés sur le carton. Au moins les événements qui y étaient liés seraient-ils un peu plus récents que le Vietnam.

Mais Elfe était-elle prête à les explorer ?

Et d'ailleurs, l'était-il, lui ?

L'adolescente s'assit face à son père, qui souleva le rabat de la boîte. À l'intérieur s'entassaient pêle-mêle papiers et formulaires, surplombés par un épais dossier en papier kraft entouré de deux élastiques rouges.

Oh…

Hopper plongea dans le carton et, sans la sortir, ouvrit la chemise. Une grande image en noir et blanc s'étalait à présent sous ses yeux – la photo d'un cadavre, étendu sur un lit, sa chemise claire brunie de sang. Hopper referma en vitesse le document puis le carton, avant de se redresser.

— Mauvaise idée.

— Allez ! Parle-moi de New York.

— Écoute, El…

Le rabat venait de se rouvrir tout seul, d'un coup. Bouche bée, Hopper leva les yeux vers l'adolescente. La détermination brillait dans ses iris.

— Bon, d'accord, soupira-t-il en s'étirant le cou. Tu veux New York, tu vas l'avoir.

Il tira le carton à lui, ignora cette fois le dossier en kraft et attrapa l'élément juste en dessous : une large carte à jouer blanche, scellée dans un sachet en plastique au coin duquel était agrafée une feuille qui listait quelques informations sur l'objet en question.

Hopper examina d'abord l'endroit de la carte – vierge. Puis, pour en observer l'envers, il retourna le sac et souleva le bout de papier. De ce côté-ci apparaissait le contour d'un symbole solitaire, apparemment tracé à la main d'une épaisse encre noire : une étoile à cinq branches.

— C'est quoi ?

La question ramena Hopper sur terre. De nouveau debout, Elfe était penchée au-dessus du carton pour voir ce qui mobilisait ainsi l'attention de son père. Celui-ci repoussa la boîte à l'autre bout de la table, le sachet en plastique toujours en main.

— Rien… Juste une carte d'un jeu idiot, répondit-il en riant. Pour lequel tu serais plutôt douée, d'ailleurs.

Mais son semblant d'insouciance s'évanouit dès que ses yeux revinrent au petit dessin. Elfe se rassit et observa Hopper, une lueur de curiosité au fond de ses prunelles.

— Un jeu ? s'enquit-elle.

— On y reviendra.

Il plaça la carte devant lui, souleva le carton pour le poser par terre, à côté de sa chaise, et, continuant de faire abstraction du premier dossier de la pile, en sortit un tas de paperasse en haut duquel trônait une lettre de félicitations émanant de l'inspecteur en chef de la police de New York en personne.

Hopper avisa la date de l'en-tête : « Mercredi 20 juillet 1977 ».

Il prit une profonde inspiration puis planta son regard dans celui d'Elfe.

— Avant de diriger la police de Hawkins, j'appartenais à celle de New York : j'étais alors inspecteur et j'enquêtais sur les homicides.

L'adolescente articula en silence ce terme inconnu.

— Ah, oui, pardon. Un homicide, c'est un meurtre.

Face à la surprise d'Elfe, son père poussa un soupir. Il venait probablement d'ouvrir la boîte de Pandore…

— Bref, poursuivit-il malgré tout. Il se trouve qu'au cours de l'été 1977, j'ai été confronté à des événements très étranges…

Chapitre 1
L'anniversaire

4 juillet 1977

Brooklyn, New York

Le couloir était blanc. Tout comme les murs, le sol, le plafond… La totale, quoi. Blanc sur blanc sur blanc : aucun intérêt, à part donner à Hopper une vague sensation de vertige. Se retrouver frappé de cécité des neiges en plein cœur de New York, voyez-vous ça !

La maison entière s'accordait sur cette même absence de couleur : enfarinée de la cave au grenier ! Chacune des pièces de chacun des étages s'avérait immaculée. Grès brun caractéristique du quartier à l'extérieur, installation d'art contemporain à l'intérieur. Son verre de vin rouge à la main – fermement tenu par le calice plutôt que par le pied –, Hopper tremblait à l'idée d'en renverser ne serait-ce qu'une goutte.

Il n'y avait décidément que des riches pour vivre dans un endroit pareil : eux seuls pouvaient s'offrir les services de la cohorte de femmes de ménage sûrement nécessaire à son entretien. Des riches qui, en prime, se prenaient pour Andy Warhol. Ou mieux, qui connaissaient personnellement l'artiste – ou au moins son décorateur.

Ceux à qui appartenait cette bâtisse avaient en tout cas des enfants. Deux têtes blondes – des jumeaux – qui, en dépit de la liesse nationale, célébraient en ce même instant leur double anniversaire dans la vaste cuisine donnant à l'arrière de l'édifice sur un jardin luxuriant. Encerclée de hauts murs, la végétation de cette impensable oasis tapie entre les immeubles résistait miraculeusement à la chaleur qui rôtissait le reste de la Grosse Pomme et la changeait peu à peu en zone aride.

Hopper, qui avait donc trouvé refuge – pour quelques minutes, en tout cas – dans ce corridor spartiate d'où lui parvenaient les bruits de la fête, leva son verre pour scruter son malencontreux choix de boisson. Du vin rouge au goûter d'anniversaire de gamins de primaire… Oui, sans trop de surprise, les Palmer comptaient au rang des individus capables d'une telle aberration.

L'invité soupira avant de prendre une gorgée. Pas exactement comme ça qu'il avait prévu d'occuper son jour férié, mais bon, il garderait ses réflexions pour lui. Divertis par une armée de professionnels engagés pour l'occasion, Sarah et la quasi-totalité des trente élèves de sa classe s'amusaient après tout comme des fous. Ils auraient eu tort de s'en priver, abreuvés, nourris – et bourrés de sucre – par une équipe de traiteurs et de serveurs qui, pour cette unique mission, toucheraient sans doute plus que le salaire mensuel de Hopper.

Les enfants n'étaient d'ailleurs pas les seuls à profiter des réjouissances : les adultes aussi y avaient droit.

Quelque part au fond du couloir, derrière l'une des nombreuses portes blanches, tous les parents – sauf lui – s'étaient rassemblés autour de l'intermède prévu à leur intention. « Un numéro de magie », lui avait glissé un autre convive. Diane avait bien tenté de le convaincre de se prendre au jeu, allant même jusqu'à le tirer par le bras, mais… un tour de passe-passe ?

Très peu pour lui, il était parfaitement à l'aise dans son coin, seul au milieu d'un couloir blanc à l'infini. En compagnie de son verre.

Un soudain éclat de rire collectif jaillit soudain de la cuisine, suivi presque aussitôt d'une clameur semblable, qui s'échappait cette fois de l'autre extrémité du corridor. Hopper se tourna d'un côté puis de l'autre. Quel spectacle choisir ? Au bout de quelques secondes, il secoua la tête et se dirigea vers les autres parents, non sans se morigéner d'être un tel rabat-joie.

Il poussa la porte, s'imaginant presque trouver John Lennon au clavier d'un piano à queue blanc, et Yoko Ono élégamment couchée dessus. S'il ne découvrit qu'une des multiples salles de réception que possédait la demeure, la pièce se révéla malgré tout un tantinet moins austère que les autres, agrémentée qu'elle était de bibliothèques – d'origine sans doute – dont le bois sculpté d'un brun chaud venait casser la monotonie virginale des murs.

Hopper referma le battant dans son dos avant de saluer d'un signe de la tête poli le groupe de convives le plus proche. Principalement des hommes, remarqua-t-il. Les femmes, elles, avaient pris place autour de l'immense table ronde qui occupait une bonne partie de l'espace, leur attention accaparée par la demoiselle installée pile face à l'entrée. Jeune, coiffée d'un foulard rouge à motifs et assise devant rien de moins qu'une satanée boule de cristal !

La mâchoire contractée, le nouveau venu résista à l'envie de consulter sa montre. Gêné, il ne se sentait pas à sa place au milieu de ces autres pères qui, contrairement à lui, avaient manifestement considéré cette invitation à un goûter d'anniversaire comme l'occasion de jouer la carte de l'élégance. Tous arboraient le même genre de veste de sport à large revers, déclinée dans toutes les nuances possibles d'ocre et de brun. Sans oublier la cravate assortie.

Ah, la combinaison efficace du blazer et de sa cravate… l'uniforme standard. Libre à vous d'en choisir la couleur, pourvu que ce soit marron !

Dans son jean et sa chemise à carreaux, l'inspecteur ne se trouvait tout compte fait plus si mal. Au moins était-il à l'aise dans ses vêtements, ce dont certains des invités autour de lui ne pouvaient visiblement pas se vanter. Vu la pellicule de sueur sur leurs joues rouges, ils avaient en effet découvert à leurs dépens que polyester et canicule ne faisaient pas bon ménage.

Hopper cacha son amusement derrière son verre de vin, qu'il vida avant de se tourner vers la table. Plus malines que leurs hommes en termes de choix vestimentaire, ces dames avaient presque toutes opté pour la simplicité d'une robe de coton, longue mais ample, qui leur permettait de respirer. Au milieu d'elles, Diane, penchée en avant vers, écoutait le charlatan interroger sa sphère translucide en prétendant y lire l'avenir de... Était-ce Cindy ? La mère du petit Tom ?

Difficile de se souvenir de tous les prénoms, soupira intérieurement Hopper, qui n'aurait pas dit non à un autre verre de vin...

La voyante, qui poursuivait son laïus, semblait décidément bien plus jeune que ce qu'il aurait imaginé. Mais après tout, y avait-il un âge défini pour ce genre d'activité ? Et même, s'il s'était toujours représenté les diseuses de bonne aventure plutôt vieilles, ça ne changeait rien à la mascarade à laquelle elles se prêtaient...

Stop, s'ordonna-t-il à lui-même. *Détends-toi, profite du moment et arrête de tout critiquer !*

Tiré de ses pensées par une salve d'applaudissements, il constata alors que les spectatrices avaient commencé à se décaler autour de la table afin de libérer une place face à la voyante pour la candidate suivante.

Diane, en l'occurrence. Éclatant de rire à un commentaire de sa voisine, elle jeta un coup d'œil par-dessus son épaule et ses pupilles s'éclairèrent aussitôt qu'elle vit Hopper. Elle lui fit signe d'approcher.

Avec un regard penaud en direction de la gent masculine, il obéit et alla se poster derrière la chaise de son épouse, qui lui attrapa la main puis la serra dans la sienne avant de lui adresser encore un sourire. Il le lui rendit.

—Inutile de te tourner vers moi, tu sais. C'est madame Irma ici présente qui va lire ton futur. Pas moi.

À ces mots, la voyante pouffa. Écartant légèrement son foulard, elle leva les yeux vers Hopper.

— Futur, passé, présent... Aucun chemin ni aucun méandre n'a de secret pour moi ! lança-t-elle en agitant les mains au-dessus de son accessoire.

Diane sourit de nouveau, prit une profonde inspiration, se redressa contre son dossier et ferma les paupières. Puis lentement, elle expira par le nez.

— C'est parti. Dites-moi tout.

Sous les encouragements de la tablée, la diseuse de bonne aventure, qui se retenait visiblement de rire elle-même, s'étira le cou, puis, paumes bien à plat de chaque côté de la boule de cristal, se plongea en silence dans la contemplation des reflets.

Hopper la regarda plisser les yeux et froncer les sourcils à mesure qu'elle se concentrait. Quelques murmures se firent entendre dans leurs dos – les hommes se désintéressaient déjà du spectacle – quand soudain...

— Je... Oh !

La voyante s'était cabrée d'un coup. Hopper posa une main sur l'épaule de sa femme et se sentit agrippé en retour. Les traits déformés par une apparente souffrance, la diseuse de bonne aventure avait fermé les yeux. Diane resserra encore sa prise. Un certain malaise gagna son mari. Même si toutes ces simagrées ne tenaient que de la mise en scène et n'étaient en aucun cas réelles, l'atmosphère dans la pièce avait changé. Insouciance et gaieté semblaient s'être soudain évaporées.

Hopper s'éclaircit la gorge.

La voyante rouvrit les yeux et se pencha en avant pour se perdre de nouveau dans sa boule de cristal.

—Je vois… je vois… annonça-t-elle sans cesser de secouer la tête et de cligner des paupières. Les ténèbres. Un nuage… Ou non, plutôt une vague qui s'étend et emporte tout avec elle… Oui, elle emporte absolument tout.

Diane remua nerveusement sur son siège. Hopper et elle échangèrent un regard mais leur interlocutrice n'avait pas terminé.

—Je vois aussi de la lumière et… souffla-t-elle avant de grimacer comme si elle venait de croquer dans un citron. Non, pas de la lumière… Une absence. Un vide. Un nuage sombre, comme une vague qui déboule et emporte tout… tout…

Un hoquet de stupeur la coupa net et Diane sursauta, imitée par la moitié des invités.

—Dites, grogna Hopper sans cacher son scepticisme. Si c'est une blague, ça n'a rien de dr…

—Les ténèbres, l'interrompit la voyante en agitant encore et toujours la tête. Rien que les ténèbres, un nuage immense, noir serpent…

—On en a assez entendu, je pense.

—Les ténèbres arrivent. Une nuit sans fin. Un jour sans aube. Le jour du…

L'inspecteur abattit sa paume sur la table.

—Ça suffit, j'ai dit !

Aussitôt, la diseuse de bonne aventure rouvrit les yeux et aspira une bonne goulée d'air, son regard surpris passant d'un visage à l'autre, comme si elle venait juste d'émerger d'un profond sommeil.

Tout le monde se mit alors à parler en même temps. Soudain embarrassées d'avoir pris part à ce jeu étrange, les femmes commencèrent à se lever en et rejoignirent leurs époux, qui échangeaient des messes basses dans le fond de la salle. Dès que Diane quitta sa chaise, Hopper lui passa un bras autour des épaules.

— Ça va ?

— Oui, oui, tout va bien, répondit-elle en se frottant le front, un faible sourire aux lèvres.

Les poings sur la table, les coudes raides, il se retourna vers la voyante.

— Écoutez, je ne sais pas ce que c'était que ce cirque, mais on vous a fait venir pour un goûter d'anniversaire, bon sang ! Si ça vous amuse d'effrayer vos spectateurs, réservez votre numéro pour Halloween !

L'air toujours aussi hagard, la jeune femme le dévisagea un instant, les yeux plissés comme si elle avait du mal à saisir ce qu'il lui racontait. Autour d'eux, les autres parents dérivaient peu à peu vers la sortie. Hopper fit volte-face, prêt à suivre le mouvement.

— Et vous, ça va ? demanda Diane.

Il mit quelques secondes à comprendre que son épouse ne parlait à personne d'autre que la voyante elle-même.

— Euh, oui, répondit l'intéressée, qui se massait les tempes. Je… je suis désolée. Vraiment. Je ne sais pas ce qui m'a pris !

— Ben voyons… ironisa Hopper.

Et il entraîna son épouse vers la porte. Sur le point de franchir le seuil, il se retourna une dernière fois : abandonnée à la table, la pauvre diseuse de bonne aventure lui paraissait plus jeune encore qu'auparavant, son fichu rouge et sa boule de cristal tout à coup ridicules.

—Franchement, Susan et Bill vont m'entendre !

—Laisse tomber, Jim, essaya de le raisonner Diane.

Renfrogné, il quitta la pièce en s'efforçant malgré tout de modérer son mécontentement. Une fois dans le couloir, cependant, sa colère se dissipa dès qu'il aperçut Sarah. Au milieu du troupeau d'enfants qui fonçait vers eux, la fillette courut à leur rencontre, un sac en papier blanc rayé de rouge à la main et une boîte en carton colorée sous le bras.

—Alors ma grande, qu'est-ce que tu nous rapportes là ? demanda Hopper en soulevant la petite.

—Du gâteau d'anniversaire ! (Elle brandit son sachet, qu'elle serrait si fort que le sang ne circulait plus dans ses doigts.) Et un Monsieur Patate aussi, on en a tous eu un. Sauf que le mien, c'est une madame et elle s'appelle Molly !

—Je vois, répondit son père en examinant la boîte que lui avait tendue Sarah pour qu'il puisse en juger par lui-même. Et tu crois que Molly en voudra, du gâteau d'anniversaire ?

—Mais non, papa, tu es bête ou quoi ? Molly, elle boit que de la limonade !

—Évidemment. Où avais-je la tête ? (Il regarda sa femme, les lèvres arrondies en un « O » de surprise et les yeux écarquillés.) Miam ! Ça veut dire qu'on aura du rab de gâteau !

Diane éclata de rire et le tira par le coude.

— Allez, en route, dit-elle avant de rejoindre la file des invités qui se dirigeaient vers la sortie.

Dans le vestibule, de part et d'autre de la porte, les attendaient deux des comédiens engagés pour s'occuper des enfants. Déguisés en Oncle Sam – on fêtait quand même l'Indépendance –, ils distribuaient à chacun de leurs jeunes spectateurs de petits drapeaux américains montés sur une courte baguette au bout de laquelle pendait un ballotin de friandises. Sarah tendit à son père la boîte qui contenait sa Madame Patate pour attraper son dû au passage.

— Et le mot magique, alors ? intervint sa mère.

— Merci monsieur le clown ! lança la fillette avant de descendre avec ses parents la volée de marches qui menait au trottoir.

Les autres convives regagnaient l'armada de voitures qui occupait presque toutes les places de la rue, mais tous les trois, ils pouvaient rentrer à pied : la maison n'était pas loin.

À peine avaient-ils fait quelques pas que Sarah commença à tirer sur la main de son père pour lui signifier son envie de courir devant. Ravi de la laisser évacuer un peu de son trop-plein d'énergie sur le court trajet qui les séparait de leur appartement, il la lâcha sans se faire prier.

Diane vint bientôt glisser un bras sous le sien et, la tête posée sur son épaule, continua d'avancer tranquillement à ses côtés.

— C'était quand même un chouette goûter d'anniversaire…

— Tu as raison, oui… J'ai passé l'après-midi pétrifié à l'idée de renverser du vin rouge sur un meuble ou un objet que je n'aurais jamais les moyens de rembourser et, comme si ça ne suffisait pas, voilà qu'une prophétesse de malheur nous prédit l'arrivée de l'apocalypse. Sans compter ce nouveau membre de la famille qu'on nous impose… (Il souleva la boîte incriminée pour illustrer son propos.) Oui, vraiment très chouette, cette journée. Hâte de voir à quoi ressemblera la fête de l'année prochaine !

Diane eut un petit rire.

— Oh, allez, le rabroua-t-elle gentiment en lui donnant un léger coup sur l'épaule. Ce n'était quand même pas si terrible. Lisa s'est simplement…

Elle s'interrompit, battant l'air des mains le temps de trouver une justification au comportement de la diseuse de bonne aventure.

— Lisa ? s'étonna Hopper. Tu la connais ?

— Oui, c'est Lisa Sargeson. L'une des parents d'élèves. Elle fait un peu de magie pour arrondir ses fins de mois.

— Ah, parce que lire l'avenir, ça compte comme de la magie ?

— La voyance ne constituait que l'aboutissement de son numéro. Avant, elle nous a présenté quelques tours d'évasion à base de chaînes et de serrures. Plutôt impressionnants, d'ailleurs. Janice McGann s'est portée volontaire pour se laisser menotter : la pauvre a failli faire une crise cardiaque quand Lisa lui a annoncé qu'elle n'avait pas la clé.

Hopper sourit rien qu'à imaginer la scène.

— Et qu'est-ce qui lui a pris, alors, à cette fameuse Lisa ? Elle s'est… quoi ? Laissée emporter ?

— J'allais dire qu'elle s'était perdue dans son personnage, répondit Diane en haussant les épaules.

— Et quel personnage ! s'exclama-t-il avec un sifflement éloquent.

— Et en même temps, quelle réception ! rétorqua sa femme.

— Alors là, je suis bien d'accord avec toi. Je te parie que le nombre d'extras engagés pour l'occasion surpassait le nombre d'invités… Et on parle là de toute la classe de Sarah plus les parents. Un spectacle pour les adultes, non mais quelle idée ! Reconnais que si Susan et Bill se donnent tant de mal, c'est surtout pour étaler leur fortune.

— Tu n'as peut-être pas passé un bon moment, mais moi si.

— Ce n'est pas ce que j'ai dit.

— Pas besoin. Ça se voyait comme le nez au milieu de la figure.

— Comme je te l'ai expliqué, j'avais peur de faire une bêtise, de casser quelque chose…

— Voyez-vous ça !

— Si, je t'assure !

— James Hopper, assena Diane en repassant son bras sous celui de son mari. Tu es resté sur la défensive du début à la fin. Il faut que tu apprennes à te détendre !

Il ouvrit la bouche, prêt à riposter, mais la referma aussitôt, haussant les épaules à la place, pour constater qu'elles se refusaient à redescendre.

— C'est juste que…

— Juste que quoi ?

— C'est… cette maison. Ces individus. Les Palmer sont très gentils, d'accord, mais… ils ne sont pas comme nous. Ni comme n'importe quel autre couple de parents, d'ailleurs. S'ils se sont retenus d'organiser cet anniversaire dans leur villa en bord de mer, c'est simplement parce qu'ils savaient qu'au prix de l'essence, personne ne pourrait se permettre ne serait-ce que de s'y rendre.

— N'importe quoi ! fit Diane avec un sourire narquois.

— Oui, bon, d'accord, admit Hopper, qui parvint enfin à se débloquer les épaules. Je brode peut-être un peu. Mais franchement… c'est quoi, cette maison ? Qui vit dans un endroit pareil ? Et d'ailleurs, avec tout leur argent, je ne comprends pas ce que font leurs gosses dans le public.

— Qu'est-ce que tu lui reproches à notre école ? Moi, je la trouve très bien ! Autrement, je n'y enseignerais pas, et je n'y aurais certainement pas mis Sarah.

— Je sais, je sais, mais ce ne sont pas les instituts privés qui manquent, et vu leur train de vie… Je veux dire… Tu n'enverrais pas notre fille ailleurs, toi, si on en avait les moyens ? Je n'ai aucun problème avec ton école en particulier, mais enfin, les établissements publics sont quand même loin d'avoir bonne réputation dans le coin !

— Tu crois vraiment que je me décarcasserais pour ce système si je n'avais pas un minimum foi en lui ? rétorqua Diane avant de lever les yeux vers son époux. Tu n'es pas le seul à essayer de faire la différence, Jim, tu sais. Je ne t'ai pas suivi jusqu'ici juste pour t'encourager depuis le banc de touche. Tu ferais bien de t'en souvenir, parfois.

Hopper acquiesça et attira de nouveau son épouse contre lui, sans cesser de marcher. New York n'était pas une métropole irréprochable, loin de là, mais il devait admettre que l'école de Sarah ne s'en sortait pas trop mal. Vu l'état de l'enseignement public dans la région, Diane avait eu de la chance d'y être nommée. À ce qu'on lui avait raconté, dans certains établissements, les professeurs ne se présentaient parfois même pas pour faire cours. Dans d'autres encore, des gamins de douze ans à peine se sifflaient des bouteilles d'alcool entières en classe, sous le nez d'adultes peu désireux d'intervenir, de peur que leurs élèves dénigrent leur autorité, ou pire, se montrent violents envers eux. Bien sûr, il s'agissait d'exemples extrêmes, mais de temps à autre, il semblait à Hopper que la totalité de la ville tenait de l'exemple extrême. Au bord de la faillite, le service public y tombait en ruines, de même que les infrastructures.

Bienvenue à New York en 1977…

L'inspecteur ne regrettait cependant pas d'avoir choisi de s'y expatrier. Au contraire. C'était exactement ce qu'il lui fallait, pile au bon moment. Retrouver Hawkins en revenant du Vietnam lui avait donné l'impression d'être propulsé dans une espèce d'univers parallèle. Il avait sué sang et eau, sacrifiant sans doute un pan de sa santé mentale dans cette guerre… Et tout ça pour quoi ? Un conflit qui paraissait ne jamais devoir finir, entamé pour des raisons qui lui demeuraient incompréhensibles. Et pendant ce temps-là, dans sa petite bourgade du fin fond de l'Indiana, la vie semblait avoir fait du surplace. À son retour, la ville n'avait pas changé d'un iota.

Hopper se demandait d'ailleurs si elle changerait jamais. Peut-être était-ce tout bonnement impossible…

Bref, après la guerre, le jeune vétéran tournait comme un lion en cage et n'essayait pas de s'en cacher. L'arrivée de Diane en 1969 vint heureusement embellir son existence, et de l'idylle qui fleurit entre eux naquit bientôt leur fille, en 1971. Une suite d'événements qui aida beaucoup Hopper… Au début, du moins. Mais Hawkins restait Hawkins et filer un parfait bonheur en famille ne pouvait contenter éternellement l'ancien militaire. Il voulait… autre chose, davantage.

De plus vastes horizons que ceux de l'Indiana.

Ceux de New York, par exemple.

Diane s'était révélée difficile à convaincre, il fallait bien l'avouer – son mari s'en sentait encore vaguement coupable, à l'occasion. Elle avait beau l'encourager dans sa démarche et souhaiter le voir suivre son instinct, passer de Hawkins à New York n'était pas une mince affaire, et pas seulement en termes de déménagement. Pour minuscule et soporifique que soit la petite localité, c'était là qu'ils avaient construit leur foyer, là qu'ils avaient fondé leur famille dans un environnement sûr et confortable, où plus les souvenirs de la guerre s'estompaient, plus le quotidien semblait… facile.

Mais sans doute le problème se trouvait-il justement là. Sûr, confortable, facile… si de telles conditions de vie avaient tout pour plaire, Hopper s'était vite rendu compte qu'il n'en voulait pas. Ses deux années au Vietnam l'avaient transformé et, étouffé par le train-train de son petit patelin, il s'était senti sombrer. Heureusement, il avait su détecter les symptômes de son décrochage avant qu'il ne soit trop tard – Diane aussi, il ne l'en remercierait jamais assez. Le soutien de sa femme lui avait été indispensable, sans quoi… Il n'osait imaginer ce qui aurait pu arriver. Il avait bien vu ce qu'il était advenu de ceux qui, partis servir comme lui, n'avaient pas réussi à supporter le choc du retour au pays.

Il lui fallait un changement de décor. Sa famille et lui avaient donc sauté le pas : ils avaient déménagé à New York. Une mégalopole, une ville en perdition qui appelait au secours.

Hopper savait qu'il s'en sortirait. Son baptême du feu n'aurait rien d'aisé dans cet endroit que certains qualifiaient d'enfer sur terre – déjà à l'époque, avant que la situation ne déraille pour de bon – mais… c'était ce dont il avait envie. Ce dont il avait besoin.

Au printemps 1972, Diane avait donc fini par accepter sa proposition, reconnaissant le bien-fondé de ses arguments. Ils étaient jeunes et pouvaient encore changer de vie : le moment était parfaitement choisi pour s'implanter ailleurs. Ce nouveau départ leur ferait du bien à tous les trois.

L'excellent dossier de Hopper s'était avéré très utile pour sa mutation : combinés à ses compétences militaires, ses trois ans et demi de bons et loyaux services au commissariat de Hawkins et ses quelques distinctions lui avaient obtenu une place au sein du programme de recrutement accéléré de la police de New York. Cette formation spéciale catapultait de simples policiers – pourvu qu'ils présentent une certaine expérience – au grade d'inspecteur, dont les forces de l'ordre de la ville, en sous-effectif, manquaient terriblement Après quelques mois d'observation, histoire d'en apprendre autant que possible sur son nouvel environnement – urbain et professionnel –, Hopper s'était retrouvé avec un badge en poche et son propre bureau. Comme il fournissait le travail demandé et accumulait les heures, son dévouement n'était pas passé inaperçu. Les coupes budgétaires et les réductions de personnel avaient beau décimer les différentes divisions, lui avait été de nouveau promu – à la brigade criminelle, cette fois.

Jamais de sa vie il n'avait été plus comblé.

Et bien que Diane et lui ne roulent pas sur l'or (c'était précisément ce qui le faisait grincer des dents chez les Palmer : l'étalage gratuit de leur richesse), ils étaient… heureux. Le quartier de Brooklyn où se trouvait leur appartement n'était pas dangereux – du moins, pas trop – et Diane enseignait dans une école tout à fait correcte, vraiment. Dans la moyenne, disons – la jeune femme aurait pu tomber sur mieux comme sur bien pire. Quant à Sarah, elle venait tout juste de faire ses premiers pas en primaire et se révélait déjà débrouillarde en plus d'être bonne élève. L'avantage ? Dans les couloirs, sa maman n'était jamais loin. Pas pour lui tenir la main en permanence, mais… veiller au grain ne pouvait pas faire de mal. On parlait quand même de New York, l'agglomération championne de l'insécurité !

Une brusque secousse au niveau du genou interrompit Hopper dans ses pensées. Leur immeuble se dressait à quelques mètres et Sarah lui tirait la jambe de toutes ses forces.

—Allez, papa, plus vite ! On va manger mon gâteau !

—Mais bien sûr, jeune demoiselle ! répondit Hopper en riant avant de hisser sa fille sur sa hanche. Comme si une seule overdose de sucre dans la journée ne suffisait pas !

Diane les avait devancés pour leur ouvrir la porte mais au moment de la suivre, il faillit lui rentrer dedans. Elle s'était figée dans l'entrée.

—Qu'est-ce qu'il y a ?

Elle regarda son mari.

—Tu n'entends pas ? C'est le téléphone, non ?

Hopper tendit l'oreille à son tour. Elle avait raison : quelque part au-dessus de leurs têtes – chez eux, au premier étage –, une sonnerie retentissait. Le policier se retourna et tendit Sarah à son épouse.

—Tiens, prends-la. Je vais essayer de répondre, ça pourrait être important.

Sa fille lovée dans les bras maternels, Hopper se rua dans les escaliers.

—Allô ?

—Tu sais que tu n'es pas facile à trouver, Hop ? lança une voix de femme à l'autre bout du fil.

Une voix plutôt grave que l'inspecteur connaissait bien.

—En ce jour férié, j'espère bien, Delgado. Ma seule mission aujourd'hui consistait à accompagner Sarah à un goûter d'anniversaire.

—Malheureusement, mon invitation à moi sera d'un tout autre genre.

Son pouls s'accéléra. Il avait dû se passer quelque chose de sacrément grave pour que Rosario Delgado – sa coéquipière depuis six semaines – l'appelle un jour de repos. Et debout devant le téléphone mural à côté du réfrigérateur, Hopper croyait savoir ce dont il s'agissait. Dans son dos, il entendit Diane et Sarah pénétrer dans l'appartement. Lorsqu'elles le rejoignirent dans la kitchenette, son épouse le regarda d'un air interrogateur. Il lui adressa un signe discret de la tête.

—Ohé, tour de contrôle à James Hopper, vous me recevez ?

L'intéressé rajusta le combiné contre sa joue.

—Oui, désolé, fit-il avant de marquer une pause. Encore un, c'est ça ?

—Ramène-toi dès que tu peux.

—Compris. Je pars tout de suite. Tu me donnes l'adresse ?

Il se retourna pour attraper de quoi écrire mais Diane avait déjà récupéré sur le comptoir un stylo ainsi que le bloc-notes sur lequel ils notaient leurs listes de courses. Il les attrapa en articulant un « merci » silencieux puis prit appui contre le mur pour griffonner les informations que lui dictait Delgado.

—C'est bon, j'ai tout ce qu'il faut, lui dit-il enfin. J'arrive.

—Je te déroule le tapis rouge, conclut sa partenaire en raccrochant.

Quand Hopper replaça le combiné sur sa base, les mains de Diane se posèrent sur ses épaules. Il les prit dans les siennes et pivota jusqu'à lui faire face, le visage à quelques centimètres du sien.

— Euh, écoute, je…

Elle hocha la tête.

— Tu dois y aller.

— C'est ça. Désolé…

— Ne t'excuse pas, lui dit-elle en souriant. Ne t'excuse jamais de faire ton travail.

— Je me rattraperai, promis.

— Ne t'inquiète pas, va, je veillerai à ce que tu tiennes parole !

Hopper se dégagea de l'étreinte de son épouse. Il s'apprêtait à quitter la pièce lorsqu'il se retourna, la main sur la poignée de la porte déjà ouverte.

— Je t'appellerai pour te dire où j'en suis. Et toi, ma puce, garde-m'en quand même un peu ! lança-t-il à Sarah qui, assise à la petite table de la cuisine, attaquait déjà son gâteau.

Barbouillée de glaçage rouge et bleu, la fillette lui décocha un grand sourire. Diane déposa un baiser sur la joue de son compagnon.

— Fais attention à toi.

Hopper l'embrassa sur les lèvres.

— J'y compte bien, la rassura-t-il avant de sortir en refermant la porte derrière lui.

Chapitre 2

La troisième victime

4 juillet 1977

Brooklyn, New York

— Ben dis donc, ce n'est pas joli, joli…

Hopper jeta un coup d'œil au policier en uniforme qui venait de s'exprimer. Parlait-il de l'état de l'appartement en lui-même ou de la nature du meurtre ? *Probablement les deux*, songea l'inspecteur. Il avança avec précaution dans le couloir, les poings serrés, soucieux de ne rien toucher et de ne pas gêner les va-et-vient du bataillon d'agents de police qui semblait occuper tout l'espace. Chaque fois qu'il arrivait sur une scène de crime, il observait les lieux avec attention pour les enregistrer comme autant d'instantanés dans sa mémoire. Bien sûr, il ne tarderait pas à avoir à disposition de vraies photos couvrant tous les angles possibles et imaginables. Les pièces seraient mesurées, leur répartition schématisée et le moindre élément présentant un quelconque intérêt se verrait marqué d'un petit drapeau jaune. Malgré tout, rien ne valait le temps passé sur place, en personne, à analyser de ses propres yeux le cadre du drame, à s'imprégner du décor, de l'atmosphère, de l'agencement des pièces entre elles et des objets entre eux.

Le policier dont Hopper avait surpris le commentaire n'avait pas tort. L'endroit n'était pas beau à voir. Le long du corridor s'entassaient des sacs de bric-à-brac qui donnaient l'air de reposer là depuis un bon moment. Même chose partout où passait l'inspecteur : le logement entier croulait sous les rebuts. Mais à part les effluves propres à tout appartement non aéré lors d'une vague de chaleur, Hopper ne décelait aucune odeur particulière.

Enfin… pas avant d'y avoir vraiment prêté attention et fait quelques pas de plus vers la scène de crime à proprement parler, du moins. Reconnaissable entre mille, le relent rance de la mort ne tarda pas à se faire sentir. Vu la température, il était même étonnant que la puanteur ne soit pas plus insoutenable.

—Comme c'est gentil de passer nous voir, Hop !

Dans l'encadrement de la porte qu'il venait de franchir se tenait Rosario Delgado, les mains sur la large ceinture marron de son pantalon à pattes d'éléphant, tous les boutons du col de son polo bleu ciel ouverts. Son badge doré d'inspectrice rebondissait sur sa poitrine, au bout de la chaîne qu'elle portait autour du cou. À la vue de l'insigne, Hopper sortit le sien de sa poche arrière pour se le fixer à la hanche. Delgado le regarda faire, une moue amusée éclairant son visage mat.

—Laisse-moi deviner… C'était un anniversaire costumé. Sympa, ton déguisement de bûcheron !

Soudain mal à l'aise dans son jean droit et sa chemise rouge à carreaux, le policier baissa les yeux sur son accoutrement et ses bottines à talons.

— Que veux-tu ? J'aime les motifs écossais.

— Je te parie que les filles aussi en raffolent.

— En parlant de tenue appropriée… lança-t-il avec un geste vers celle de sa partenaire.

— Figure-toi que j'avais prévu d'aller en discothèque ce soir…

— Attends, tu es sérieuse, là ?

— À ton avis ? Il fait chaud, je te signale. Je ne vois pas comment m'habiller autrement, répliqua-t-elle en haussant les épaules. Allez, viens, suis-moi.

Elle s'engouffra dans le couloir et Hopper lui emboîta le pas jusqu'au fond, où s'ouvrait une autre porte à double battant, gardée par deux policiers en uniforme. Delgado entra la première, son acolyte sur les talons. Il considéra d'abord la pièce en elle-même – pas tant pour ne pas avoir à regarder le carnage qui s'étalait en son centre que pour en assimiler le moindre détail. L'ambiance, les dimensions… la façon dont s'imbriquaient les composantes de la toile de fond.

La scène de crime dans son ensemble, quoi.

En l'occurrence, une chambre à coucher au papier peint sans âge, à rayures marron. Une fenêtre rectangulaire – flanquée de rideaux, zébrés eux de vert – l'éclairait assez bien. La moquette au sol présentait un enchevêtrement de fleurs bleues et rouges. Le bois foncé de la commode surmontée d'un petit miroir de rasage circulaire jurait avec la couleur des murs. Aucune chaise ne meublait l'espace, rien qu'un lit une place. Les draps, défaits comme si quelqu'un y avait dormi, semblaient avoir été tirés machinalement, à la va-vite et sans beaucoup de soin. Enfin, dans cette pièce, les sacs de vieilleries demeuraient peu nombreux – par rapport au reste du logement, en tout cas.

Cet examen préliminaire effectué, Hopper finit par s'autoriser à se tourner vers ce qui reposait sur le matelas et expliquait sa présence dans cet appartement miteux.

Le corps de la dernière victime.

Delgado désigna le lit du doigt.

— Voilà, comme tu peux le constater, on en revient toujours à la même rengaine, ou presque. De sexe masculin, celui-là a la trentaine, je dirais, et il est en bonne santé. Abstraction faite d'une légère hémorragie externe, évidemment.

Lorsque sa collègue recula pour le laisser passer, Hopper s'approcha du cadavre. Étendu sur le dos, l'homme, encore habillé, arborait un pantalon de costume bleu, une chemise blanche aux manches retroussées, des chaussures noires parfaitement cirées et des chaussettes assorties. Ses pieds pendaient au bout du lit et sa tête était tombée juste à côté de l'oreiller. Autour de sa taille, le lourd tissu brun du couvre-lit, imbibé de sang, avait viré au violacé.

Car sous son vêtement déchiré, le torse de la victime était en charpie. Sur sa peau, un réseau de lignes sombres traçait une forme familière. Inspirant profondément, Hopper croisa les bras puis se frotta le menton d'une main avant de secouer la tête.

— Pareil que les autres.

— Affirmatif, lâcha Delgado. Cinq coups de couteau, reliés entre eux par cinq entailles pour dessiner sur le corps…

— Une étoile à cinq branches, compléta-t-il. Une saleté d'étoile à cinq branches… Le reste coïncide aussi avec les meurtres précédents ?

Il se tourna vers sa consœur, qui opina du chef.

— Tout est à l'identique : pas de traces d'effraction ou de lutte, et les voisins interrogés n'ont ni vu ni entendu quoi que ce soit de suspect.

Parcourant de nouveau la pièce du regard, Hopper s'approcha de la fenêtre et jeta un coup d'œil à travers les rideaux à moitié tirés.

— Qui l'a découvert ?

— Le concierge de l'immeuble, répondit Delgado. Apparemment, l'une des résidentes se plaignait de mauvaises odeurs provenant de l'appartement. Il a fini par y entrer pour y remédier.

— On a sa déposition ?

— Oui. Il s'est montré très coopératif.

L'inspecteur hocha la tête avant de s'absorber dans le paysage extérieur. De l'autre côté de la vitre s'étendait une rue semblable à toutes celles de Brooklyn. Une poignée de véhicules garés le long du trottoir, une voiture remontant la chaussée dans un ronronnement de moteur, un vieil homme – veste blanche et chapeau de feutre noir –, qui passait dans un sens, et dans l'autre, une jeune femme qui tenait une petite fille par la main, leurs robes à fleurs soulevées par une légère brise… Bref, une rue comme les autres.

Et surtout comme la sienne, comme celle où Diane, Sarah et lui habitaient. Leur appartement avait beau être un peu plus cossu que celui-ci, ça ne faisait pas une grande différence… On avait assassiné cet homme dans sa propre maison. Dès lors, quels que soient son identité ou son lieu de résidence, personne n'était vraiment à l'abri d'un tel sort.

Hopper ne connaissait pas l'individu couché sur le lit… mais il aurait pu.

Ce cadavre aurait pu être celui de Diane…

Une pensée qu'il chassa aussitôt. Flic faisait partie de ces métiers dont on vous répétait, quand vous les exerciez, qu'il ne fallait pas les prendre trop à cœur. Tous les manuels et tous les programmes d'entraînement rappelaient que pour éviter de finir en miettes, aborder chaque mission avec un certain détachement se révélait primordial.

C'était la vérité, Hopper le savait.

Sauf que s'il ne prenait pas son boulot à cœur, alors… alors, franchement, autant en changer !

L'astuce – la solution – consistait à contrôler ce penchant avant qu'il ne le contrôle, lui.

L'inspecteur revint à la rue. À mille lieues de ce qui se passait entre ces quatre murs, le monde extérieur continuait de tourner normalement. Hopper inspira un bon coup, chassa de son esprit les réflexions parasites et se concentra de nouveau sur sa tâche.

— Donc, si je récapitule, reprit Delgado dans son dos, on en est à la troisième victime. À chaque fois, la scène de crime et la mise en œuvre sont identiques… Rien qui détonne.

—Inutile de te demander si notre meurtrier en a laissé une autre, j'imagine ? demanda son partenaire qui, les yeux fermés, se pinçait l'arête du nez.

—Inutile, en effet.

Lorsque Hopper fit volte-face, la jeune femme lui tendait déjà la pochette plastique contenant l'indice en question. Il regarda un instant le sac, puis l'attrapa.

À l'intérieur se trouvait une carte. De la même forme qu'une carte à jouer mais à peu près deux fois plus grande. Si la face qu'il avait sous les yeux demeurait blanche et vierge, l'inspecteur savait exactement ce qu'il découvrirait sur l'autre. Quand il retourna le sachet entre ses doigts, il ne fut pas déçu.

Soigneusement tracées à l'encre noire à l'aide d'un épais pinceau brosse, trois ondulations traversaient parallèlement la largeur de la carte. Un symbole certes différent de ceux trouvés près des cadavres antérieurs, mais qui faisait indéniablement partie de la même série.

—La collection s'étoffe, commenta Delgado. Bon, je te propose de laisser la place aux experts. Je n'en peux plus de cette chaleur.

Et pour appuyer son propos, elle dégagea de sa nuque la masse ondoyante de ses cheveux de jais, histoire de se rafraîchir un peu dans la touffeur de la pièce.

Hopper acquiesça puis lui rendit la carte, qu'elle confia au scientifique qui attendait près de la porte avant de quitter les lieux. Son coéquipier, lui, traîna encore quelques instants dans la chambre, pour observer une dernière fois corps et décor. Il se surprit à retenir sa respiration.

Trois victimes.

Chacune poignardée à cinq reprises et marquée d'une étoile gravée dans sa chair par son bourreau.

Trois victimes pour un seul et même mode opératoire... Pas difficile de comprendre que le quartier pouvait se targuer d'avoir désormais son propre tueur en série, adepte des rituels mystiques.

Hopper souffla un grand coup puis sortit de l'appartement.

Comme si New York n'avait pas déjà assez d'ennuis.

Cabane de Hopper
Hawkins, Indiana

26 décembre 1984

— Comment ça, la troisième victime ?

Elfe secouait la tête, perplexe, les lèvres tordues en une grimace. Face à elle, de l'autre côté de la table, Hopper jeta un coup d'œil au fond de son mug. Vide, déjà. À sec alors qu'il en était au tout début de son histoire… Il allait falloir penser à ralentir un peu la cadence – ce qui ne l'empêcha pas de se lever pour se diriger vers la cafetière.

— Eh oui. À ce moment-là de l'enquête, on planchait dessus depuis déjà deux mois, répondit-il enfin en remplissant de nouveau sa tasse. Après deux meurtres reproduisant le même schéma, on avait compris qu'on courait après un seul et unique coupable. Mais avec ce troisième assassinat, on passait dans une tout autre catégorie : à partir de là, on savait qu'on pourchassait en réalité un *serial killer*.

—Un… céréales *killer* ? Comme… (Concentrée, les yeux plissés, Elfe butait sur les mots, incertaine.) Comme… au petit-déjeuner ?

Hopper se renversa contre son dossier.

—Ah ! Non, pas « céréales » ! « *Serial* », comme dans « série », expliqua-t-il à sa fille avant de lui épeler le terme. Un *serial killer*, c'est un tueur en série, c'est-à-dire quelqu'un qui… eh bien, qui tue beaucoup de monde.

—Comme papa ?

Déconcerté, il mit quelques secondes à comprendre qu'elle parlait de Brenner – le fameux Dr Brenner, ce monstre à qui elle devait d'avoir passé son enfance enfermée dans un laboratoire.

Génial… Comment me sortir de là, maintenant ? pesta-t-il intérieurement.

—Non, ce n'est pas pareil. Ce qu'il faisait, lui, c'est différent. C'est… compliqué. Écoute…

Il s'interrompit, le temps d'une gorgée de café. Devait-il vraiment poursuivre son récit ? L'entreprise lui apparaissait soudain comme une très mauvaise idée. À bien des égards, Elfe était beaucoup plus jeune que son âge véritable, et voilà que Hopper lui dépeignait le New York des années 1970 et la fois où il avait dû affronter un tueur en cavale ! Ça faisait un peu beaucoup à digérer. Il se passa une main sur le visage et lâcha un soupir.

—Je ne suis pas sûr que ce soit très malin de ma part de te parler de tout ça. Et puis…

—Tu ne vas quand même pas t'arrêter maintenant ! s'écria l'adolescente en se redressant d'un seul coup. On vient à peine de commencer.

Hopper soupira – pour changer.

—Tu es sûre de vouloir continuer ? Parce que…

—Allez, dis-moi ce qui s'est passé !

—C'est que… je n'ai pas très envie que tu fasses des cauchemars pendant des mois.

Elfe ne répondit rien et se contenta pendant un moment de regarder son père droit dans les yeux avec sa détermination habituelle.

—Allez, reprends depuis le début, s'il te plaît, demanda-t-elle enfin.

—Depuis le début ? L'histoire est déjà assez longue comme ça, tu sais. Les deux premiers meurtres ressemblaient en tout point au troisième, et comme je te l'ai dit, ce n'est qu'à partir de celui-là que les choses ont commencé à prendre une tournure insolite.

Hopper baissa son mug pour observer sa fille. Enfermée dans son mutisme, l'adolescente fixait la table.

—Qu'est-ce qu'il y a encore ?

—Un début, un milieu, une fin, rétorqua-t-elle, sans pour autant le regarder. C'est ce qui compose une histoire : un début, un milieu, et une fin.

—Tu n'as pas tort.

—Dans ce cas, commence par m'en dire un peu plus sur Delgado, lança-t-elle en levant enfin les yeux vers son père.

—Ah ça, d'accord, pas de problème !

Hopper avala une nouvelle gorgée de café et reprit donc l'histoire depuis le début.

Chapitre 3
Sonny and Cher

17 mai 1977

Brooklyn, New York

Il n'était certes que 8 heures du matin, mais si au commissariat du 65e district de la ville les locaux de la brigade criminelle demeuraient léthargiques et loin de grouiller d'activité, c'était principalement dû à la chaleur insoutenable. L'été n'était pas encore arrivé que New York rissolait déjà à petit feu. Pour peu que la température continue de monter, Hopper prévoyait de tirer son bureau jusqu'à l'ascenseur pour aller s'installer sur le toit. Là-haut, au moins, il profiterait d'un semblant de brise. Dans la grande salle qu'il partageait avec ses homologues, seuls trois ventilateurs prêts à rendre l'âme brassaient un peu d'air – le sergent McGuigan les avait exhumés d'un placard oublié depuis une éternité. La climatisation ne fonctionnait pas, bien entendu. Avait-elle jamais marché d'ailleurs ? Aucune illusion à se faire, en tout cas : elle ne serait sans doute pas réparée avant dix ans, la faute aux coupes budgétaires imposées aux forces de l'ordre par la municipalité.

Pour se convaincre de la gravité de la conjoncture, il suffisait de regarder le bureau en face de celui de Hopper. En métal, comme celui de chacun des six membres de la brigade – enfin, non, justement, cinq à présent –, il avait certes connu des jours meilleurs mais restait surtout inoccupé, les tiroirs vides, la surface nue, sans un buvard ni même un téléphone posé dessus. Une situation qui durait depuis des semaines, la dernière vague de licenciements au sein de la police – particulièrement brutale dans le 65ᵉ district – ayant amputé leur équipe d'un inspecteur et laissé Hopper sans partenaire.

Bien sûr, il comprenait la nécessité de faire des économies. La ville n'avait plus un sou et le gouvernement fédéral ne levait pas le petit doigt pour y remédier : se serrer la ceinture tenait donc de la nécessité. Une situation injuste – à force de dégraisser le service public, on en viendrait à le ponctionner de son sang – mais qui relevait d'une certaine logique.

Hopper se savait d'ailleurs incroyablement chanceux. Si dans tout New York, six cents cas de meurtres avaient été répertoriés au total depuis le début de l'année 1977, certains des quartiers de la Grosse Pomme s'en sortaient mieux que d'autres. Le 65ᵉ district, par exemple, correspondait à une zone plutôt calme de Brooklyn, si bien que chacun des cinq inspecteurs qui y officiaient toujours ne gérait jamais plus de trois enquêtes à la fois. Un chiffre certes encore trop élevé, mais Hopper, conscient que les choses pouvaient empirer en un rien de temps, s'estimait heureux pour l'heure, même sans coéquipier. S'il plaignait quelqu'un, c'était plutôt le capitaine. Fort de ses vingt-cinq ans d'expérience, Bobby LaVorgna – un grand Italien costaud à l'épaisse moustache de morse – avait beau être passé maître dans l'art de répartir les missions entre ses hommes avec sagesse, il semblait depuis quelques mois lutter sans y parvenir. Enfermé du matin au soir dans son bureau embrumé de fumée de cigarette, il passait son temps à essayer de convaincre sa hiérarchie de lui octroyer davantage de ressources, davantage de subventions et davantage d'effectifs. Le quotidien d'inspecteur à la brigade criminelle n'avait sans doute rien d'une sinécure, mais au moins Hopper ne se retrouvait-il pas coincé toute la journée à remuer des piles de paperasse et à hurler à la lune.

—Dis, tu as vu ce qui s'est passé hier ?

Arraché au dossier qu'il était en train de parcourir, le jeune policier, qui avait les pieds calés sur sa table, les reposa par terre. Fraîchement sorti de la salle de pause, Symonds s'approchait de lui, une tasse fumante dans une main et le *New York Times* du jour dans l'autre. Il tendit le journal à son collègue et se percha au coin du bureau vide, avant de tirer légèrement sur son pantalon de costume bleu pastel pour se mettre plus à son aise. Hopper le regarda passer un doigt sous le col de sa chemise puis repositionner d'un geste désinvolte sa cravate courte, large et bien entendu assortie au reste de sa tenue.

—À mon humble avis, Symonds, tu devrais envisager un retour aux fibres naturelles, plaisanta-t-il en dépliant le quotidien.

— Et à mon humble avis, James Hopper ne comprend rien au style, pouffa l'intéressé d'un air méprisant avant d'avaler une gorgée de café. Le jour où je commencerai à suivre les conseils de mode d'un campagnard, rappelle-moi de changer de psy.

Amusé, Hopper secoua la tête et s'en revint au journal. À la une s'étalait la photo d'une carcasse d'hélicoptère penchée sur le côté. Symonds soupira et reprit un peu de café.

— Tu imagines ? Que les pales d'un engin pareil s'écrasent en plein sur Madison Avenue… Et ma femme qui y était, bon sang…

« Accident du PanAm Building : le rotor de l'hélicoptère fait cinq morts », lut le jeune inspecteur. S'il se souvenait effectivement d'avoir entendu parler de l'incident à la radio la veille au soir, l'article du *Times* en donnait un compte rendu plus détaillé. Aux alentours de 17 h 30, le train d'atterrissage d'un des appareils de la New York Airways avait cédé sur la plate-forme au sommet de l'édifice en question. L'hélicoptère – dont le moteur tournait déjà – s'était alors brusquement incliné, l'hélice en mouvement tuant quatre personnes sur le toit avant de se détacher, de chuter dans le vide et de rebondir contre les fenêtres du bâtiment pour s'envoler jusqu'à Madison Avenue, où elle s'était finalement abattue en faisant une victime supplémentaire.

— Mon Dieu, souffla Hopper. Jacqueline n'a rien ?

— Non, non, elle va bien, encore heureux. Mais elle est sous le choc : elle a tout vu. Je lui ai conseillé de prendre sa journée, mais elle a préféré retourner bosser, histoire de se changer les idées. (Symonds secoua de nouveau la tête et désigna le journal d'un petit geste entendu de son mug.) Quelle histoire de fou, pas vrai ? On ne voit jamais notre heure arriver, hein ? Qui pourrait anticiper…

Hopper hocha la tête, la nuque soudain raide, tous les muscles à l'arrière de sa mâchoire contractés. Son interlocuteur avait raison – quand on devait y rester, on y restait. En tant que policier – et vétéran par-dessus le marché –, il était mieux placé que quiconque pour le savoir, même s'il se refusait généralement à y songer. Impossible, tout simplement impossible de réfléchir à ce genre de choses sans avoir bientôt l'impression d'étouffer et de suffoquer – il en avait été témoin. Trop de ceux qui étaient revenus du Vietnam en avaient malheureusement fait l'expérience.

Le fracas qui retentit soudain au bout de la salle le tira de ses sombres pensées. Il rendit son journal à Symonds, qui avait sauté sur ses pieds, curieux de voir d'où venait un tel boucan. Pivotant sur son siège, Hopper suivit le regard de son collègue jusqu'à la grande fenêtre qui donnait sur le bureau du capitaine.

Derrière sa porte, qu'il venait de claquer de toutes ses forces, LaVorgna faisait les cent pas. Huit heures du matin seulement, et visiblement, la première bataille de sa journée s'était déjà soldée par une défaite. La cloison vitrée s'avérait d'une redoutable efficacité en matière d'insonorisation : du point de vue de Hopper, chacune des actions de son supérieur se trouvait transformée en un jeu de mime. Le téléphone coincé à l'épaule, le capitaine s'était allumé une nouvelle cigarette tout en gesticulant si fort que la fumée formait des tourbillons visibles depuis la salle principale. Les lèvres remuant frénétiquement, il tempêtait sans doute contre le dernier décret – quel qu'il soit – émis par les autorités.

Très à cheval sur le règlement et bien qu'ayant relégué sa veste doublée de laine sur le dossier de son fauteuil, le capitaine portait son uniforme complet en dépit de la chaleur. L'oreille collée au combiné, voilà pourtant qu'il secouait la tête, desserrant sa cravate et déboutonnant le col de sa chemise blanche fraîchement repassée.

Mauvais signe…

Sentant la tempête venir, Symonds regagna furtivement son bureau et Hopper s'en retourna à ses propres occupations. À peine avait-il rouvert son dossier cependant qu'un nouveau mouvement d'humeur fit trembler les murs et que le capitaine traversa la pièce d'un pas raide pour disparaître dans le hall qui menait aux ascenseurs. Dans son dos, la porte de son bureau, ouverte à la volée, battait encore.

Le spectacle de la matinée officiellement terminé, les inspecteurs se remirent au travail, le bruissement de leurs mouvements se mêlant au ronronnement des ventilateurs.

Hopper pivota lentement sur sa chaise. Déjà un an qu'il avait rejoint la brigade, pourtant, on ne pouvait pas vraiment dire qu'il était très intégré dans l'équipe de jour, qui officiait sous les ordres directs du sergent McGuigan. Autant il s'entendait plutôt bien avec Symonds et Harris – s'il ne les considérait pas comme des amis, au moins s'avéraient-ils des collègues plutôt sympathiques –, autant il ne supportait pas Marnie et Hunt – deux abrutis de machos avec qui il préférait garder ses distances. Il avait su dès le début que se faire une place n'allait pas être facile : après tout, il était le petit nouveau, le plouc de l'Indiana, qui, débarqué de sa campagne profonde, se croyait capable de sauver la métropole où eux avaient grandi. Pour ces quatre-là, il aurait tout aussi bien pu venir de Tombouctou. La rapidité avec laquelle il avait été nommé à la criminelle n'arrangeait probablement rien. Sans doute ses confrères considéraient-ils sa promotion comme du favoritisme, et même si Hopper ne voyait pas bien qui aurait pu le pistonner, ils devaient sûrement le jalouser un peu.

Avec le temps, Symonds avait fini par s'adoucir – Harris aussi, dans une moindre mesure. Mais Hopper n'était de toute façon pas homme à se laisser facilement décontenancer. Il était certes arrivé à New York impatient d'accomplir son devoir et… bon, d'accord, peut-être avaient-ils raison, peut-être avait-il l'impression de remplir une mission. En revanche, il n'avait aucune intention de sauver la ville. New York n'avait pas besoin de héros, simplement de flics compétents, à même de faire leur boulot.

De flics comme Hopper, en somme.

Si LaVorgna, en bon capitaine, le soutenait, il n'en restait pas moins soumis au protocole et à la pression conjuguée des membres de la brigade. Dernier arrivé, le jeune inspecteur s'était donc vu attribuer comme partenaire le vieux Joe Stafford, dont la carrière se trouvait clairement en phase terminale. La nouvelle recrue n'avait pas rechigné – on ne discutait pas les ordres – mais il n'était pas dupe : s'il avait dû se coltiner Stafford, c'est que personne n'en voulait. Peu enclin à quitter sa chaise, le briscard ne semblait pas non plus taillé pour les tâches administratives – Hopper avait vite cessé de compter les fois où il le surprenait absorbé par l'analyse du classement des Yankees plutôt que par leurs enquêtes. Les dossiers avaient peu à peu envahi le bureau de Stafford jusqu'à ce que, après avoir échappé à au moins deux salves de révocations, son matricule finisse par être tiré au sort et que la police de New York les envoie, lui et son costume crème, en retraite anticipée.

Le double battant du hall se rouvrit tout à coup et le capitaine réapparut, sa cigarette consumée jusqu'au filtre, pour retourner à grands pas vers son bureau, non sans s'éponger le front. La porte claqua pour la troisième fois de la matinée, avec toujours autant de vigueur. S'il continuait sur sa lancée, la climatisation ne serait bientôt plus seule sur la liste des réparations à prévoir.

De l'autre côté de l'allée qui séparait la grande salle en deux rangées de tables, le plus proche des collègues de Hopper griffonnait quelques notes sur un document, tout en jouant distraitement avec une vieille balle de base-ball. Le jeune inspecteur se pencha vers lui.

— Dis, Harris… Une idée de ce qui se passe ?

L'intéressé haussa les épaules, sans prendre la peine de lever les yeux.

— Qu'est-ce que tu veux que j'en sache, franchement ?

Hopper se replongea dans son dossier mais, un instant plus tard, un sifflement admiratif brisa le silence revenu et le força à relever la tête. Il eut juste le temps d'apercevoir une silhouette bleue le dépasser avant qu'un gros carton n'atterrisse avec un bruit sourd sur le bureau vide en face du sien.

— Je me passerai de vos commentaires, merci, grogna d'emblée la nouvelle arrivée.

Campée à côté du poste inoccupé, les mains sur les hanches, elle portait un pantalon à pattes d'éléphant outremer, un chemisier blanc à la boutonnière ornée de volants et un gilet ajusté. Sa chevelure noire ondulée jusqu'aux épaules, elle dévisageait Hopper d'un œil sévère du haut de sa trentaine, un sourcil légèrement haussé.

Lui jeta un regard à ses collègues, qui les observaient sans un mot. Si certains affichaient un sourire narquois, tout au fond de la salle, les deux comiques du commissariat – avec leurs vestes grises assorties et leurs chemises multicolores bien trop ouvertes sur leur torse – se glissaient à l'oreille des plaisanteries manifestement désopilantes. La tignasse blonde de Marnie tressautait tant il riait avec une discrétion toute relative.

Le jeune policier les ignora et reporta son attention sur son interlocutrice.

— Euh…

— C'est bien toi, Hopper ? lança-t-elle avec un geste du menton dans sa direction.

L'espace d'un instant, il baissa les yeux sur son bureau. Un réflexe plus qu'autre chose, mais qui ne passa pas inaperçu.

— Qu'est-ce qui t'arrive ? Tu as besoin de vérifier sur ton badge ? se moqua la nouvelle venue.

— Oui, oui, Jim Hopper, c'est bien moi, finit-il par lâcher en relevant la tête après avoir cligné des paupières. Et… vous êtes ?

L'inconnue se para d'un sourire un peu, voire très forcé, et lui tendit la main. Lorsqu'il la serra, il fut surpris par la poigne de la jeune femme : il ne sentait plus ses doigts.

— Inspectrice Rosario Delgado, ta nouvelle partenaire.

— Qu… Comment ça, ma nouvelle partenaire ?

Delgado contourna le bureau à côté duquel elle s'était arrêtée. Elle tira son carton vers elle, jeta un coup d'œil à l'intérieur puis commença à le vider. Une agrafeuse par-ci, quelques papiers par-là… Une tasse remplie de stylos, décorée d'un drapeau quelconque sur une face et d'une phrase en espagnol sur l'autre.

Hopper balaya de nouveau la pièce du regard. Plus aucun sourire en vue. Le poing à présent crispé sur sa balle de base-ball, Harris fixait même ses deux voisins avec méfiance.

— Désolé, reprit le jeune enquêteur à l'adresse de son interlocutrice. Vous m'avez bien dit être ma… ma nouvelle partenaire ?

— Dix sur dix en compréhension orale, railla-t-elle, toujours concentrée sur le déballage de ses affaires. Tu as été décoré par l'académie, toi, je parie !

Bouche bée, Hopper la dévisagea. Ses collègues avaient commencé à se rapprocher d'eux. Inséparable tandem, Marnie et Hunt, chacun appuyé d'un côté de la colonne qui se dressait au centre de la salle, détaillaient Delgado de la tête aux pieds, les bras croisés et l'air de nouveau amusé. Dédaignant le haussement de sourcils évocateur que lui décocha Marnie, Hopper fit pivoter sa chaise pour revenir à la jeune femme.

— Bon, écoutez, mademoiselle…

— Inspectrice, pas mademoiselle.

Elle avait terminé de vider son carton, qu'elle posa sur le sol contre son bureau, avant de se redresser de toute sa hauteur et de replacer ses mains sur ses hanches. Sous sa frange ébène, ses iris sondaient son futur coéquipier.

— Laisse-moi deviner… Ton incroyable pouvoir de déduction t'a permis de comprendre que j'étais une femme. Félicitations ! Je n'oublierai pas de le mentionner à qui de droit et peut-être même que tu recevras une médaille.

S'il s'apprêtait à répliquer, Hopper fut sauvé par LaVorgna, qui arriva, suant et transpirant, pour se poster entre leurs bureaux.

— Je vois que vous avez déjà fait connaissance, tous les deux, lança-t-il tout en remontant ses manches sur ses avant-bras aux allures de troncs d'arbre, une énième cigarette aux lèvres. Delgado nous arrive du 117e district, dans le Queens. Elle vient d'être nommée inspectrice et fera donc équipe avec vous, Hopper. Si ça vous pose le moindre problème, je vous conseille de le garder pour vous, et si vous avez des questions, je ne veux pas les entendre. (Il ajusta le revers de sa manche gauche sous son coude.) Me suis-je bien fait comprendre ?

— Parfaitement, mon capitaine, répondit l'intéressé, le dos bien droit sur sa chaise. C'est juste que… euh…

— Ce qu'essaie de vous signaler votre homme, intervint Delgado avec un sourire, c'est que son nouveau binôme semble être de sexe féminin.

LaVorgna poussa un soupir exaspéré, écrasa sa cigarette dans le cendrier déjà plein qui trônait sur le bureau de Hopper et se retourna pour s'adresser à l'ensemble de la pièce.

— Bon, écoutez-moi tous. Le district est fier de participer à un programme expérimental, à l'initiative du préfet lui-même, qui autorise désormais les femmes inspectrices à être affectées aux brigades criminelles. Delgado compte ainsi parmi les neuf premières à avoir été envoyées ce mois-ci dans différents commissariats de la ville. Elle remplira les mêmes missions que vous, planchera sur les mêmes dossiers et m'empoisonnera sûrement autant l'existence. Elle remplace notre cher Stafford. Je me trompe, Hopper, ou vous attendiez un nouvel équipier depuis une éternité ? Eh bien, joyeux Noël ! conclut-il en plantant son index dans la poitrine de son subordonné.

Marnie lâcha un bref ricanement, semblable à un aboiement. Le capitaine le fusilla du regard.

— Un souci ?

— Absolument pas, répondit le fauteur de troubles sans cesser de mâchonner bruyamment son chewing-gum. Au contraire, ça tombe bien : on avait justement besoin de quelqu'un pour faire le café.

Ce fut au tour de Hunt d'éclater d'un rire gras.

—Riez tant que vous voulez, riposta LaVorgna, mais cette ville a besoin de flics, de bons flics. Alors, en ce qui me concerne, ils peuvent venir des anneaux de Saturne si ça leur chante : du moment qu'ils résolvent leurs enquêtes et qu'elles n'encombrent plus mon tableau, je m'en contrefiche. Allez, maintenant, au boulot !

Il se dirigea vers son bureau et ses hommes s'en retournèrent à leur poste en traînant des pieds. Seul Harris, qui n'avait pas bougé de sa chaise, semblait ne pas vouloir lâcher des yeux la nouvelle. Delgado soutint son regard jusqu'à ce qu'il laisse tomber sa balle de base-ball sur son bureau, attrape sa tasse et parte se chercher un café.

—Sympa la brigade, commenta l'inspectrice en tirant sa chaise pour s'asseoir. La racaille des bas-fonds de Brooklyn doit trembler de peur avec une telle équipe à ses trousses…

—Ah ça, on ne changera pas la police de New York ! renchérit Hopper avec un sourire.

—Dieu nous vienne en aide… (La jeune femme secoua la tête, déplaça quelques papiers, fourra une poignée de stylos dans un de ses tiroirs et releva enfin la tête.) Alors, partenaire, raconte-moi un peu ton histoire.

—Mon histoire ? répéta-t-il, perplexe.

—Oui, ce qui t'a amené là, quoi. Mais sois gentil de passer tout ce qui concerne ton signe astrologique et ta couleur préférée. Je n'en ai absolument rien à cirer. (Ses yeux se posèrent sur le cendrier.) Tu fumes, à ce que je vois ?

—La question serait plutôt : qui ne fume pas ?

—Moi. Mais mon père m'a toujours dit de me méfier des hommes qui ne clopent pas, donc, ça me va. Et sinon, tu n'as pas l'air d'être du coin. Ton accent non plus, d'ailleurs.

— Bien vu. J'ai grandi dans le Midwest, en Indiana.

— Toutes mes condoléances.

Hopper se renversa contre le dossier de sa chaise, sans quitter des yeux sa collègue, qui finit par hausser les épaules.

— Quoi ?

— C'est le drapeau cubain ? demanda-t-il en désignant le dessin sur la tasse de Delgado.

— Mais c'est qu'il s'y connaît en géographie ! Un point pour le système éducatif de l'Indiana !

— Tu viens de Cuba ?

— Non, du Queens.

— Ah, d'accord.

— Ce sont mes parents qui viennent de Cuba. Ils se sont enfuis pour s'installer à Miami, qu'ils ont quitté pour New York avant ma naissance.

— Et donc ça, ça veut dire quoi ?

Delgado inclina la tête sur le côté.

— De quoi tu parles ?

Quand Hopper tendit le bras, le ressort de son fauteuil se remit à la verticale et le projeta légèrement en avant.

— De ça, lâcha-t-il en tapotant du bout de son stylo la face du mug où était imprimée la phrase.

— Mince alors, notre premier de la classe ne parle pas espagnol ! plaisanta Delgado. *Eres la mejor mamá del mundo*, voilà ce que ça dit.

— Ce qui signifie…

— « Tu es la meilleure maman du monde. »

— Tu as des enfants ? s'enquit Hopper en souriant.

— Non. J'aime bien cette tasse, c'est tout. Et toi ?

— J'ai une fille de six ans, Sarah.

— Pas facile de grandir à New York…

— On s'en sort bien de ce côté-là, répondit-il avec un haussement d'épaules.

— Tu viens d'où, déjà ?

— D'une petite ville dans l'Indiana. Hawkins.

— Ils ont des flics, là-bas ?

— Absolument. L'électricité et l'eau courante, aussi.

— Ben tu vois, on en apprend tous les jours. Et qu'est-ce qui t'a amené ici, alors ? Les strass et les paillettes de la Ville qui ne dort jamais, ou bien juste un penchant suicidaire ?

Hopper ne put s'empêcher de rire.

— Ni l'un, ni l'autre. C'était simplement la décision qui s'imposait. Le bon moment.

— Ah, parce qu'il y a un bon moment pour s'installer à New York ? s'esclaffa Delgado, penchée en avant. Être flic à Hawkings, ce…

— Hawkins.

— Oui, enfin bref, peu importe. Pour un flic, New York et l'Indiana, ça n'a quand même rien à voir, dit-elle en pianotant sur son bureau du bout des ongles. Je ne comprends pas ton choix.

Son interlocuteur eut une moue pensive.

— Tu as raison, New York et Hawkins, c'est le jour et la nuit. Mais j'avais besoin d'un vrai changement. Avant la police, j'étais dans l'armée. Je m'y suis enrôlé à la sortie du lycée et j'ai roulé ma bosse dans tout le pays pendant quatre ans, jusqu'à me retrouver du jour au lendemain en pleine jungle, à l'autre bout du monde.

—Attends, tu t'es engagé volontairement à l'époque de cette boucherie ? Toi ? Tu ne m'as pourtant pas l'air d'un patriote invétéré.

—Non, en effet. À l'époque, l'armée m'apparaissait juste comme un excellent moyen de me barrer loin de l'Indiana. Ce n'était d'ailleurs pas une mauvaise idée : ça m'a bien plu – au début, en tout cas. (Il s'humecta les lèvres.) Sauf qu'ensuite, on m'a envoyé au Vietnam. Deux missions d'un an, entre 1962 et 1968. Quand je suis revenu à Hawkins, j'étais peut-être décoré pour bravoure, mais je ne savais pas quoi faire de ma vie.

—Ce qui t'a poussé à te reconvertir dans la police…

—Et me voilà, conclut Hopper en écartant les bras, un sourire crispé aux lèvres. Et toi, ton parcours ?

—Moins original, s'esclaffa Delgado. J'ai commencé dans les forces de l'ordre au bas de l'échelle, j'ai fait mon boulot, attendu mon heure jusqu'à être promue… et me voilà !

—C'était vraiment ton objectif, la brigade criminelle ?

—Et comment ! Pour un inspecteur, c'est le haut du panier. Je n'ai rien lâché, tu peux me croire, et ça a fini par payer. Merci les grands bouleversements de ces dix dernières années ! Bon, assez discuté : passe-moi un dossier, que j'étudie un peu quels mystères insondables les autres guignols et toi essayez de résoudre.

Hopper pouffa, tendit à sa collègue l'une des piles qui encombraient son bureau, puis la regarda ouvrir la première chemise du tas et s'immerger dedans, penchée en avant. Au bout d'un moment, elle s'arma d'un stylo dont elle s'aida pour suivre les lignes à mesure qu'elle avançait dans sa lecture. Cinq minutes à peine qu'il connaissait sa nouvelle partenaire, et déjà la tête lui tournait. Elle était vive, intelligente, et pleine de… d'insolence.

Lorsque l'ombre massive de LaVorgna se découpa sur leurs bureaux pour la deuxième fois de la matinée, les deux coéquipiers relevèrent la tête.

—Je vois que vous êtes installée… Parfait. Je suis certain que vous allez bien vous entendre, tous les deux, et former un duo de choc ! Les Sonny and Cher du commissariat ! Formidable, très content pour vous.

Les intéressés échangèrent un regard, l'une en étouffant un rire, l'autre en haussant un sourcil.

—On peut faire quelque chose pour vous, mon capitaine ? demanda Hopper.

—Vous pouvez m'élucider ce meurtre, voilà ce que vous pouvez faire, rétorqua son interlocuteur avant de lâcher un nouveau dossier devant l'inspecteur.

Delgado tira le document à elle et l'ouvrit sous les yeux de son partenaire, qui s'était penché pour mieux voir. Ils découvrirent donc en même temps la grande photo d'une scène de crime. L'image en noir et blanc semblait composée d'un assemblage de formes abstraites que Hopper finit par identifier comme un corps sans vie.

—Bon sang… murmura-t-il. Qu'est-ce qui s'est passé ?

— Oh, la routine, répondit LaVorgna. Un assassinat a été commis et votre boulot consiste à en trouver l'auteur.

— Quel merdier, souffla Delgado qui, effarée, continuait de parcourir le dossier. Sacrément bizarre…

Son binôme la dévisagea avant de se tourner vers leur supérieur, dans l'attente d'un commentaire.

— Bizarre, c'est le mot, admit le capitaine. Mais vous feriez mieux de vous dépêcher : le médecin légiste est déjà sur place, et vous, vous êtes déjà en retard.

Aussitôt sur ses pieds, Hopper récupéra sa veste sur sa chaise. Delgado, elle, se leva plus lentement. Ses yeux s'attardaient sur les documents, mais elle referma bientôt la chemise et la confia à son coéquipier.

— Prête ? lui demanda-t-il.

— Toujours.

Il hocha la tête et le duo partit enquêter sur sa première affaire.

Cabane de Hopper
Hawkins, Indiana

26 décembre 1984

Voyant arriver une question, Hopper s'interrompit. Il se rassit et prit sa tasse entre ses mains pour se la caler contre la poitrine.

— Dis… commença Elfe avant de s'arrêter net.

— Oui ? l'encouragea son père.

— Ils n'avaient pas l'air de l'aimer… lâcha-t-elle, tête inclinée de côté et nez retroussé.

— Delgado ?

— Oui. Quand elle est arrivée dans le service, tout le monde la regardait bizarrement et se moquait d'elle.

Hopper réfléchit un instant : comment s'y prendre pour lui expliquer la situation ?

— Eh bien…

Il marqua une pause, prit une gorgée de café brûlant, souffla bruyamment puis se jeta à l'eau.

— Ce qu'ils n'appréciaient pas, reprit-il, c'est que Delgado soit une femme d'abord, et une Hispanique, qui plus est.

— Hispanique ? répéta lentement l'adolescente, prononçant ce terme inconnu du mieux qu'elle pouvait.

— Quelqu'un qui a des origines sud-américaines. Mais à vrai dire, les autres inspecteurs avaient surtout la trouille.

— Pourquoi ?

— Ils avaient peur qu'elle soit douée, qu'elle fournisse un meilleur travail qu'eux. Cette idée les agaçait, tu n'imagines même pas à quel point ! Ils se sentaient menacés. Intimidés. Parce que, tu vois, à l'époque, ce genre d'affectation, c'était du jamais vu. Les meurtres, c'était leur domaine à eux, les hommes. Et voilà qu'une petite jeune débarquait, culottée avec ça, prête à se défendre contre quiconque lui chercherait des noises. Elle empiétait sur leur territoire : ils pensaient que sa place était ailleurs et qu'elle aurait mieux fait d'y rester. Les brigades criminelles n'avaient jamais accueilli de femme auparavant. Delgado avait déjà dû se battre rien que pour avoir le droit d'être considérée comme un membre de la police à part entière, alors inspectrice, je ne t'en parle même pas. Certains voyaient sa promotion d'un mauvais œil.

— C'est injuste, conclut Elfe, contrariée.

— Tu as raison.

— Elle était inspectrice, non ?

— Tout à fait.

— Le même grade que toi.

— C'est ça.

— Tu en pensais quoi, toi, de l'avoir pour partenaire ?

— Moi ? Je... j'étais surpris, aucun doute là-dessus. J'aime croire cependant que j'étais un peu plus ouvert d'esprit que mes collègues. Comme tu viens de le souligner, Delgado venait d'être promue inspectrice, exactement comme moi quelques mois plus tôt. Il me manquait un partenaire, on m'en a attribué un, on s'est mis au travail, point. Mais il ne faut pas non plus perdre de vue que c'était il y a quelques années déjà. À l'époque, la situation entre hommes et femmes était bien différente.

— Et le problème est réglé maintenant ?

— Eh bien...

— Non ?

Hopper commençait déjà à regretter de s'être lancé dans cette discussion, aussi nécessaire soit-elle. Il secoua la tête.

— Non, ce n'est pas... réglé. Cela dit, ça se passe mieux. Dans l'ensemble, quoi.

Elfe opina du chef.

— En tout cas, moi aussi, ça m'aurait énervée, à sa place.

— J'imagine, oui, pouffa Hopper. Mais elle savait comment faire face. Elle ne se laissait pas démonter. (Il s'esclaffa franchement.) Une dure à cuire, tu peux me croire. Sans compter qu'elle s'est effectivement avérée plus douée que ses confrères, moi compris.

La jeune fille eut un sourire.

— Tant mieux... Bon, revenons à ton enquête. C'est comme ça qu'elle a commencé, pas vrai ? Avec ce premier meurtre ?

Hopper s'assombrit.

—Ouais, c'est comme ça que tout a commencé. Le capitaine nous a confié cette affaire le jour même de l'arrivée de Delgado.

—« Quel bazar sacrément bizarre ! »

Elfe avait énoncé ces mots avec déférence, comme s'ils revêtaient une importance solennelle – de sorte que Hopper retrouva aussitôt sa bonne humeur : « bazar »... Pas exactement le terme qu'avait employé sa partenaire. Mais pas besoin de relever ce détail quand il allait être question dans la suite du récit d'assassinats, de violence et d'imprudences multiples – autant d'éléments que Hopper s'efforçait déjà d'édulcorer. S'il ne se gênait pas pour être parfois vulgaire lui-même, au moins essaierait-il de montrer le bon exemple à sa protégée.

Delgado dignement présentée, il reprit – tout en savourant son café – son histoire là où il l'avait laissée : le 4 juillet 1977.

Chapitre 4
Être flic à New York

4 juillet 1977

Brooklyn, New York

Il était près de minuit lorsque Hopper glissa la clé dans la serrure de son appartement, la fit tourner le plus discrètement possible et pénétra chez lui sur la pointe des pieds, histoire de ne réveiller ni sa fille ni sa femme.

Inutile de s'inquiéter du sommeil de cette dernière, cependant – la lumière était encore allumée dans le salon. Quand l'inspecteur referma doucement la porte derrière lui, un bruissement de papier lui parvint, mêlé à la mélodie de *Undercover Angel*, le tube d'Alan O'Day. S'ensuivit un son caractéristique : Diane venait de reposer délicatement une tasse de café sur la céramique de l'un de leurs sous-verre en forme de vache (souvenir qu'ils avaient rapporté d'une escapade de quelques jours dans le nord de l'État, l'année précédente).

Hopper abandonna son trousseau sur le comptoir de la cuisine avant de passer dans la pièce voisine à pas de loup.

— Salut, toi, l'accueillit son épouse en levant les yeux de ses notes.

Il contourna la table et déposa un baiser sur le front de la travailleuse.

— Désolé… J'essayais de ne pas faire de bruit.

— Oh, ne t'inquiète pas, j'ai quasiment terminé.

Au milieu de piles de papiers divers s'étalaient un immense calendrier – qu'elle avait déjà presque entièrement rempli de son écriture soignée – et un épais carnet ouvert près de son coude. Hopper n'aurait su dire sur quoi elle planchait exactement, mais il se doutait que ça concernait la planification de ses cours.

— Tu t'en sors ?

Diane coinça son stylo dans son agenda et s'étira.

— Oui, pas trop mal. (Elle désigna le calendrier d'un geste.) J'ai retravaillé le programme de l'année prochaine : à mon avis, ça fonctionnera beaucoup mieux comme ça. Derek va sans doute piquer une crise quand il verra tous mes changements mais bon… lâcha-t-elle, amusée.

Hopper sourit lui aussi. Le cas « Derek Osterman » revenait régulièrement dans leurs conversations de fin de journée. Conformiste et conservateur, le directeur adjoint de l'école de Diane n'aimait pas franchement les idées de l'institutrice – tout ça parce que lui-même n'avait pas assez d'imagination pour proposer quoi que ce soit.

— Courage. Un jour, tu seras à son poste et ce sera ton tour de calmer les ardeurs de profs arrivistes fraîchement débarqués de leur trou paumé.

Diane éclata de rire en se levant et se dirigea vers le buffet où trônait le tourne-disque. Elle souleva le bras de l'appareil puis se tourna ensuite vers son mari pour l'enlacer. Pourtant, après quelques secondes, elle recula légèrement.

—Tu as bu ?

—Rien qu'un verre. La soirée a été rude, dit-il en se dépêchant de changer de sujet. Ça a été avec Sarah ?

—Impeccable. Elle a à peine remarqué ton absence : Madame Patate a monopolisé toute son attention, répondit la jeune femme avec un sourire. Je l'ai laissée veiller un peu et on a regardé le feu d'artifice ensemble à la télé. Mais avec tout le gâteau qu'elle avait dans le ventre et fatiguée comme elle l'était après l'anniversaire, elle est allée au lit sans faire d'histoires.

—Et tu lui as lu…

—Affirmatif. Jusqu'à la fin du chapitre cinq. Cela dit, vu la rapidité avec laquelle elle a fermé les yeux, je ne sais pas trop ce qu'elle en a entendu. J'ai continué sur ma lancée un petit moment avant de me rendre compte qu'elle dormait.

—Il n'y a pas à dire, c'est un chouette livre, conclut Hopper, ravi.

Une satisfaction de courte durée. Il soupira, s'écarta de son épouse avec douceur et retourna dans la cuisine où il ouvrit le frigo. Sur l'étagère du haut, juste à côté de la lumière, l'attendait la dernière bière d'un pack de six. Toutefois, revenant sur sa décision, il referma le réfrigérateur pour se mettre à farfouiller dans les placards supérieurs de la minuscule pièce.

Dans son dos, Diane l'avait rejoint. Bras croisés, elle affichait une expression soucieuse.

— Soirée difficile, si j'ai bien compris…

— Le terme est faible… répondit Hopper sans interrompre ses recherches.

Le tour de la cuisine achevé, il secoua la tête, sourcils froncés.

— Sympas, les jours de repos, commenta son épouse en désignant d'un petit coup de chausson l'un des placards inférieurs.

L'enquêteur s'immobilisa puis se pencha pour en exhumer une bouteille à moitié entamée. Diane le regarda attraper un verre et se servir une bonne mesure de whisky.

— C'est moi ou… beaucoup de tes soirées sont difficiles, en ce moment ? reprit-elle. Certaines de tes journées aussi, j'ai l'impression.

Il se figea de nouveau et jeta un coup d'œil à son épouse avant de prendre une âpre lampée d'alcool, qu'il garda en bouche un moment afin d'en apprécier l'agréable brûlure. Lorsqu'il se décida à déglutir, la sensation de chaleur se répandit dans toute sa poitrine.

Oui, décidément, il en avait bien besoin !

— Voyez-vous, ma chère, lança-t-il alors à sa femme en se servant une seconde tournée, New York étant une ville coriace, y être flic n'a en effet rien d'aisé.

Sur ce, il reboucha la bouteille et vida son verre d'un trait. Il ne se retourna vers Diane qu'à ce moment-là, le dos au comptoir. Les bras toujours croisés mais les traits encore plus crispés, elle planta son regard dans celui de son compagnon – dont les épaules s'affaissèrent aussitôt.

— Désolé, lâcha-t-il précipitamment. Vraiment, je suis désolé.

Il reposa son verre et s'avança vers elle, main tendue. Diane finit par l'imiter – non sans s'être fait prier un court instant –, laissant son mari entrelacer leurs doigts. Elle eut beau lever les yeux au ciel, elle l'enlaça de nouveau et posa la tête contre son torse. Il l'enveloppa de ses bras.

— Ce n'est rien, répondit-elle enfin. C'est le boulot que tu voulais, tu t'y consacres à fond. Tu n'as pas à t'en excuser.

— Personne n'a jamais dit que ce serait facile, admit Hopper, sa joue effleurant les cheveux de son épouse.

— Nous qui voulions des défis à relever, je crois qu'on est servis ! renchérit-elle en gloussant.

— Tu l'as dit ! s'exclama-t-il, un soupir aux lèvres. Ça t'arrive d'avoir envie de retourner à Hawkins, parfois ?

Elle se détacha de lui avec une grimace, pour mieux le dévisager.

— James Hopper, j'espère que tu te fiches de moi, là…

— C'est juste que… Tu vois ce que je veux dire, répliqua-t-il en souriant. Je me demande parfois si nous installer ici, à New York, c'était vraiment la bonne décision… Cette ville part à vau-l'eau !

— Peut-être qu'on aime souffrir, tout bêtement. Mais moi, je crois en toi, et…

— Je crois en toi aussi, Diane.

— Attends, laisse-moi finir. Si je crois en toi, c'est que j'ai foi en tes choix. On ne pouvait pas rester là-bas, poursuivit-elle en secouant la tête. Pas après tout ce que tu as traversé, je le sais aussi bien que toi. Tu voulais mettre ton expérience au service des autres, et même si la police de Hawkins t'en était reconnaissante, tu avais besoin de davantage. C'est ce que tu m'as dit à l'époque. J'en étais persuadée à ce moment-là et je le suis encore maintenant. De toute façon, moi aussi j'avais envie de voir du pays. Ce déménagement, c'était une bonne chose pour nous deux. On a pris la décision qui s'imposait – et on continue sur la bonne voie, jour après jour.

Hopper serra un peu plus sa femme dans ses bras. Elle avait raison, bien sûr : c'était mot pour mot les phrases qu'il avait prononcées. Un discours qui, à chaque fois qu'il se l'était répété, lui avait paru pitoyablement niais – et il se l'était souvent remémoré, sans doute trop pour son bien, d'ailleurs.

Il se pencha vers Diane et l'embrassa, plus longuement ce coup-ci. À travers sa chemise à carreaux, il sentait la chaleur du corps de Diane et les battements de son cœur qui accéléraient à mesure qu'il lui caressait la nuque.

Plus que de boire ou de se demander pour la énième fois s'ils avaient eu raison d'opter pour New York, c'était de ça qu'il avait besoin après cette éprouvante journée – de ça, et de rien d'autre.

Et puis, franchement, ça faisait presque cinq ans, à présent, cinq ans ! Si la vie à Brooklyn s'était vraiment révélée terrible, si vraiment ils avaient eu tort, ils seraient partis depuis longtemps !

Diane brisa leur étreinte et regarda Hopper, un sourire aux lèvres. Il le lui rendit, les yeux plongés dans les siens.

—Je ne sais pas si je te l'ai dit dernièrement, mais je t'aime.

—Hmm… voyons voir, répondit-elle, l'air de réfléchir. Maintenant que j'y pense, il me semble t'avoir entendu le mentionner une ou deux fois. (Elle lui adressa encore un sourire, évocateur cette fois, avant de faire volte-face.) Tu viens te coucher ?

Et main dans la main, ils se dirigèrent vers leur chambre.

Chapitre 5

L'invasion gouvernementale

5 juillet 1977

Brooklyn, New York

Absorbé par l'étude de leur nouveau dossier, Hopper avait perdu toute notion du temps. Il avait donc à peine remarqué l'arrivée de Delgado lorsque celle-ci lâcha lourdement son sac sur le bureau. Aussitôt ramené sur terre, il regarda la jeune femme, debout derrière sa chaise, défaire les trois premiers boutons de son chemisier puis commencer à s'éventer avec une enveloppe en papier kraft. Huit heures n'avaient pas encore sonné que le mercure au-dehors frôlait déjà les trente-deux degrés. À l'intérieur, il semblait en faire au moins dix de plus.

— Tu es là tôt, dis donc ! s'étonna Delgado.

— Parce que tu arrives à dormir dans cette fournaise, toi ?

— Je viens de Cuba, je te rappelle. Ce n'est qu'une petite vague de chaleur de rien du tout.

— Tu parles, tu viens de l'arrondissement voisin. Et même pour ton quartier, une température pareille, ce n'est pas rien.

La jeune femme pouffa et échangea l'enveloppe contre son mug.

— Café ?

— C'est une blague ?

— Premièrement, depuis le temps, tu devrais me connaître assez pour savoir que je ne m'essaie pas à l'humour avant le déjeuner, lança-t-elle, une main sur la hanche. Deuxièmement, vu ta tête, ton café, il te le faudrait carrément en intraveineuse. Troisièmement, il fait chaud et…

— Et tu aimes te torturer pour renforcer l'estime que tu as de toi et te prouver que tu as ta place au sein de la brigade ?

— Tu es vraiment le roi des crétins, tu le sais, ça ?

Si elle avait haussé un sourcil, le coin de ses lèvres aussi s'était relevé.

— Je crois te l'avoir déjà entendu dire, à l'occasion.

Hopper se renfonça dans son siège avec une expression satisfaite qui finit par arracher un soupir à son interlocutrice. Voilà six semaines qu'ils faisaient équipe et il devait bien l'avouer : il appréciait la routine qui s'était mise en place entre eux. Même s'il ne s'en rendait pas compte avant l'arrivée de Delgado, une telle complicité lui avait manqué. Stafford avait beau être son partenaire sur le papier, les deux hommes n'avaient aucun atome crochu. Peut-être le vieux flic s'était-il révélé compétent en son temps, mais de l'avis de Hopper, ça devait au moins remonter au XVIIIe siècle, à l'époque de la guerre d'Indépendance.

Rosario Delgado, elle, avait tout d'une véritable associée, dévouée et efficace : il pouvait lui faire confiance – jusqu'à lui confier sa vie.

— Il fait chaud et… reprit-il.

— Et une boisson chaude par grande chaleur permet à ton corps de se refroidir.

— Tu es sûre de ton coup ? demanda-t-il, dubitatif.

— Tu veux que je te rappelle où tu as été à l'école ? J'ai peut-être grandi dans le Queens, mais j'ai quand même un minimum de connaissances concernant Cuba et le café. (Hopper se leva, prêt à s'avouer vaincu, quand Delgado l'arrêta d'un geste.) Reste là, va. Mon grade d'inspecteur ne m'empêche quand même pas d'aller nous chercher du café, je te rassure ! En plus, tu m'avais l'air drôlement concentré quand je suis arrivée et je sais combien tes neurones ont du mal à se mettre en route.

Il lui tendit donc sa tasse et sans rien ajouter, elle partit à grands pas vers la salle de pause. Hopper la regarda un instant s'éloigner, puis se rassit et se plongea de nouveau dans l'étude des documents étalés sur son bureau.

Disposés les uns à côté des autres au centre de la table, l'attendaient trois grands clichés en noir et blanc : une série de photos de scènes de crime, entourées d'une myriade d'instantanés de plus petit format, présentant les mêmes lieux sous des angles différents. En dessous, Hopper avait aligné les pochettes plastique avec les pièces à conviction correspondant à chacun des meurtres.

Trois sachets pour trois assassinats.

Et dedans, trois cartes blanches rectangulaires. Vierges d'un côté, de l'autre ornées chacune d'un symbole différent, dessiné en noir.

Victime n° 1 : Jonathan Schnetzer, homme blanc de vingt-deux ans – cercle évidé.

Victime n° 2 : Sam Barrett, homme blanc de cinquante ans – croix.

Et depuis la veille, victime n° 3 : Jacob Hoeler, homme blanc de trente ans – triple vague.

Après s'être étiré les cervicales, Hopper entreprit de réajuster la position des photos et des cartes. Il se contentait de les redresser légèrement sans les déplacer vraiment, tout en laissant son cerveau plancher sur l'énigme sous ses yeux.

Un assassinat ritualisé, bientôt rejoint par un deuxième du même genre, puis par un troisième. Une chose était sûre, en tout cas : l'adjectif « bizarre » employé par LaVorgna lorsqu'il leur avait confié l'enquête convenait parfaitement – pour son premier jour à la brigade criminelle, on peut dire que Delgado avait été gâtée !

Les deux partenaires n'avaient réussi à établir aucun lien entre les différentes victimes. Le seul point commun que partageaient ces trois citoyens lambda – lambda selon le prisme new-yorkais du moins – semblait résider dans le fait qu'ils n'avaient ni famille ni conjoint dont on puisse trouver la trace.

Ça et la manière dont ils étaient décédés, bien sûr. D'après l'autopsie, tous avaient été poignardés à l'aide d'une lame de dix à quinze centimètres, et surtout frappés à cinq reprises suivant un motif bien spécifique, reproduit de manière intentionnelle. Si un seul de ces multiples coups de couteau aurait suffi à causer la mort, l'excès de zèle restait toutefois relativement mesuré. Depuis son arrivée à New York, Hopper avait déjà eu affaire à des victimes poignardées trente, cinquante, voire cent fois, leur tortionnaire rendu fou par la drogue, le désespoir ou les troubles mentaux – quand ce n'était pas un peu des trois.

Dans ce cas-ci, en revanche, le tueur avait fait preuve d'une précision évidente : les coups avaient été soigneusement orientés de façon à ce que les blessures forment une étoile à cinq branches retournée bien visible, deux de ses pointes vers le haut.

— Le café de monsieur est servi, lança Delgado avant de poser la tasse de Hopper sur un coin de son bureau. Côté goût, je ne te promets rien, mais je peux t'assurer qu'il est chaud. (Elle prit une gorgée du sien et vint se placer à côté de son collègue pour mieux appréhender les photos étalées.) Pas banal, hein ?

Il se frotta la mâchoire et attrapa son breuvage.

— Tu l'as dit !

— Toujours pas de fuites dans la presse ?

Il fit non de la tête.

— Bon... soupira Delgado. C'est déjà ça.

Elle n'avait pas tort. L'été précédent, deux adolescentes du Bronx – Donna Lauria et Jody Valenti – avaient été attaquées à main armée alors qu'elles papotaient dans la voiture de Jody. Si cette dernière avait survécu, son amie n'avait pas eu cette chance. Depuis, cinq autres personnes avaient perdu la vie – la dernière victime avait été retrouvée à peine deux semaines plus tôt. Entretemps, l'agresseur avait laissé derrière lui une première lettre à destination d'un capitaine de police puis, fin mai, en avait envoyé une seconde à la rédaction du *Daily News*. Toutes deux étaient signées d'un étrange pseudonyme.

Le regard de Hopper dériva malgré lui vers le bureau de Harris, qui ne s'était pas encore montré. À côté de sa vieille machine à écrire trônait une pancarte faite à la main un peu grossière : un rappel certes macabre mais sans doute nécessaire concernant la menace qui pesait sur New York :

« 9 JOURS QUE LE FILS DE SAM N'A PAS FRAPPÉ. »

Car c'était officiel : un tueur en série sévissait dans les rues de la Grosse Pomme. Le Fils de Sam. Des mois que toute la ville n'avait plus que ce nom-là à la bouche et que les journaux en faisaient leurs choux gras. Du moins lorsqu'ils ne débattaient pas des problèmes financiers de la mégalopole ou de la campagne électorale imminente – à quatre petits mois de ce qui s'avérerait sans doute la plus importante des élections municipales pour toute une génération de New-Yorkais, la course à la mairie tournait au pugilat.

Et alors même que ce premier tueur courait toujours, voilà qu'un deuxième *serial killer* avait – semblait-il – commencé à se manifester ! Dès le début de l'affaire, Hopper et Delgado étaient tombés d'accord sur un point : cette nouvelle enquête devait demeurer secrète – pour l'heure, en tout cas. Le capitaine LaVorgna s'était empressé d'approuver leur décision : les New-Yorkais se tourmentaient déjà bien assez avec un seul assassin. Comment réagiraient-ils si le journal télévisé dévoilait l'apparition d'un second détraqué ?

—Au moins, notre zinzin à nous n'a pas l'air d'être un imitateur, dit Hopper en se penchant pour mieux examiner les clichés. S'il s'inspirait du Fils de Sam, il aurait essayé de contacter les autorités. En plus, ses meurtres à lui ont quelque chose de cérémoniel.

— Sans blague, je n'avais pas remarqué, commenta Delgado qui s'était rassise à sa place et continuait de boire son café.

— Non mais ce que je veux dire, c'est que notre tueur n'agit pas pour se faire remarquer des médias ou de qui que ce soit d'autre. En réalité, je ne suis même pas sûr que son but premier soit vraiment le meurtre en lui-même.

— Le café était trop chaud ? Il t'a grillé le cerveau ou quoi ? s'exclama Delgado, perplexe. Quand tu trucides quelqu'un à coups de couteau, c'est généralement pour le faire passer de vie à trépas. Ou à la rigueur le détrousser. Mais aux dernières nouvelles, aucun vol n'a été constaté.

— Peut-être. Ce qui ne veut pas dire que la motivation première de l'auteur était de donner la mort.

— Alors là, je ne te suis pas.

Hopper attrapa l'une des photos et la passa à sa partenaire.

— Regarde bien. Ces meurtres sont ritualisés, les victimes tuées d'une manière bien reconnaissable et marquées ensuite d'un symbole chacune. Rien d'autre n'a été touché ni déplacé, dans aucune des trois pièces concernées. Cette façon de faire a un sens intrinsèque, qui se suffit à lui-même. D'où ma question : et si cette mise en scène n'avait pas pour but d'attirer l'attention ? Je ne crois pas que le tueur tente de surpasser le Fils de Sam. Il a un objectif en tête, certes, mais autre que de se faire connaître.

Sans quitter son coéquipier des yeux, Delgado reposa la photo, s'appuya contre le dossier de sa chaise et posa les pieds sur un coin de son bureau, offrant ainsi à Hopper une vue imprenable sur les semelles de ses bottines à talons carrés.

— Donc, d'après toi, les cartes qu'il laisse derrière lui ne nous sont pas destinées ? Il n'essaie pas de nous faire passer un message ?

— Je ne pense pas, non. Les coups de couteau, le dessin formé par les entailles sur les cadavres, les cartes… si tous ces éléments ont bien une signification, ils n'ont pas pour finalité de nous transmettre une quelconque information.

— Et donc ? Je n'ai rien contre ta théorie, sauf qu'elle ne nous aide pas beaucoup. Notre individu mystère ne tenterait pas spécialement de communiquer… Très bien. Il a juste une araignée au plafond… Très bien. Mais tout ça, on le savait déjà.

Hopper soupira et balaya du regard les cartes dans leur enveloppe plastique avant de s'arrêter sur celle qu'ils avaient découverte la veille – les trois vagues.

— Ces figures ont un sens pour le tueur. Si on parvient à comprendre lequel exactement, ça nous éclairera peut-être sur son mobile.

— Et sur son identité. En attendant, ces pièces à conviction ne nous ont rien révélé. Pas d'empreintes digitales, des cartes à jouer comme on peut en acheter partout et une encre acrylique qu'on ne trouve peut-être pas à tous les coins de rue mais au moins dans n'importe quel magasin de loisirs créatifs. Or, autant te dire que cette ville en compte un certain nombre.

Ce fut le moment que choisit le capitaine pour émerger de son bureau. Si Hopper le repéra du coin de l'œil, il n'y prêta pas tout de suite attention, mais comme LaVorgna demeurait immobile dans l'encadrement de la porte, une main sur la poignée, l'inspecteur tourna la tête, curieux. Son supérieur sondait frénétiquement la pièce du regard.

— Qu'est-ce qui lui prend ? s'étonna Delgado. Il nous fait une attaque ?

— Hopper ! mugit alors le capitaine, un plantureux index pointé sur l'intéressé, avant de retourner se tapir dans son antre.

— Je ne sais pas pourquoi, mais j'ai comme un mauvais pressentiment…

Sans attendre la réponse de sa collègue, l'enquêteur se leva et se dirigea vers le bureau de son chef, dont la porte était restée ouverte. Il s'arrêta sur le seuil, mais LaVorgna lui fit signe d'entrer.

— Fermez derrière vous, fit-il en se claquant les genoux, les yeux fixés sur sa pile de buvards plutôt que sur son subordonné.

Une telle attitude avait beau l'inquiéter, ce dernier s'exécuta.

— Asseyez-vous, enchaîna le capitaine, toujours sans un regard pour lui.

Hopper s'approcha de l'un des deux fauteuils placés face au bureau et posa ses doigts poisseux de sueur sur le tissu bleu et pelucheux du dossier.

— Généralement, c'est mal barré quand ça commence comme ça…

— Bon, écoutez, je n'ai pas le temps de plaisanter, répliqua LaVorgna en levant enfin les yeux. Assis, debout, je m'en cogne, je m'en cognais hier et je m'en cognerai demain.

L'inspecteur se mordit la lèvre, fit pivoter le siège et s'y laissa tomber.

— Ça concerne notre affaire ? J'étais justement en train de discuter avec Delgado de…

Il s'interrompit. Le capitaine avait clos les paupières et secouait lentement son énorme tête de droite à gauche.

— Ah, d'accord, reprit Hopper. Je n…

— « Je », « je », « je »… Changez de disque, ma parole !

— Euh, eh bien, je… enfin, je veux dire…

LaVorgna leva une main pour le faire taire.

— Inutile de m'en parler. Cette enquête est close.

Le souffle coupé, Hopper cligna des yeux et regarda autour de lui, déstabilisé. Avait-il loupé un épisode ? Y avait-il du nouveau ? Une information, un indice supplémentaire ? Une découverte sur la dernière scène de crime ? Une arrestation avait-elle eu lieu ? Des aveux ?

Une centaine de questions du même acabit se mirent à tournoyer dans la tête de l'inspecteur. Il relâcha petit à petit sa respiration puis changea de position sur son siège, soudain conscient de sa chemise trempée de sueur plaquée dans son dos.

— Pardon ? finit-il par lâcher, optant pour la réaction la plus évidente.

— Fini l'enquête sur votre mystérieux tueur aux cartes. Vous pouvez dès maintenant la rayer de votre liste.

— Mais qu'est-ce qui s'est passé ? demanda Hopper en remuant de nouveau dans son fauteuil. Des nouvelles sont tombées ? Quelqu'un est sur une piste ?

Pas de réponse. LaVorgna se borna à le dévisager avant de secouer encore une fois la tête, de gauche à droite, puis de droite à gauche, sans le lâcher des yeux.

L'inspecteur s'apprêtait à insister lorsque la porte du bureau s'ouvrit, sans que personne se soit annoncé. Il se retourna, persuadé de voir Delgado venir se joindre à eux – elle avait beau débuter, il s'agissait de son affaire à elle aussi. Au lieu de quoi il découvrit une policière en uniforme tenant le battant à un homme en costume bleu nuit. Celui-ci pénétra promptement dans la pièce. La jeune femme leva un sourcil à l'intention du capitaine, qui se cantonna à un soupir et la congédia d'un geste de la main. Elle battit en retraite et la porte se referma sur elle.

Sans saluer personne, le nouveau venu posa sa serviette à plat sur le bureau de LaVorgna. Abasourdi, Hopper le regarda commencer à triturer les molettes à code qui verrouillaient les fermoirs de son attaché-case. L'inspecteur jeta un coup d'œil à son chef – qui, une fois de plus, secoua la tête avec une lenteur exagérée – puis revint à l'intrus qui se débattait toujours avec sa mallette.

Sans doute un peu plus mince que la moyenne, d'une apparence générale banale en tout point… Difficile de lui donner un âge – entre quarante et cinquante ans, impossible d'être plus précis. Une raie au milieu séparait en deux sa chevelure très noire, très courte et très gominée, parcourue des sillons qu'y avaient tracés avec une rigueur presque mathématique les dents d'un peigne fin. Sous l'effet de la concentration, ses lèvres – fines, elles aussi – se réduisaient à une simple ligne blanche. Enfin, trop rigides et guindés, sa veste étroite et son pantalon droit semblaient sortis tout droit d'un catalogue de prêt-à-porter de la décennie précédente.

Hopper connaissait les types comme lui. Probablement un avocat ou un employé administratif en provenance du cabinet du procureur, peut-être même du gouverneur. Le genre d'homme à maintenir son bureau dans un tel état de propreté que c'était à se demander si la pièce était réellement occupée. L'inspecteur s'imaginait parfaitement les rangées de portemines et de stylos à bille soigneusement alignées (à côté du correcteur liquide, car l'importun en costume bleu avait l'air de compter parmi ces automates qui consacraient toute leur énergie à la rédaction de rapports scrupuleux, consciencieux, et surtout dénués de la moindre coquille ou du moindre défaut). Un bureaucrate – autrement dit, un gratte-papier professionnel – et fier de l'être. Un personnage dont le seul but dans la vie semblait être de compliquer plus que de raison celle des forces de l'ordre.

L'inconnu ne s'était pas encore exprimé que Hopper le détestait déjà.

—Vous avez besoin d'un coup de main, peut-être ? ironisa l'inspecteur avec un signe du menton en direction de la mallette. Vous avez tenté 1-1-1, comme combinaison ?

À peine avait-il achevé sa phrase que les loquets de la serviette s'ouvrirent simultanément dans un bruit sec qui éclata entre les quatre murs comme un coup de feu. Le propriétaire de l'attaché-case se redressa, visiblement satisfait. S'il affichait un semblant de sourire, c'était cependant plus pour lui-même que pour ses interlocuteurs.

— Messieurs, dit-il enfin en adressant un signe de la tête au capitaine, puis à Hopper.

— Excusez-moi, l'interpella ce dernier, mais… vous êtes qui, au juste ?

L'homme tourna vers lui son expression pincée. Des iris bleus assortis à son costume, une imperceptible pellicule de sueur sur sa lèvre supérieure…

Ah, tiens… L'énergumène n'était donc pas un robot ?

— Je vous présente l'agent spécial Gallup, intervint LaVorgna après s'être éclairci la gorge. Il travaille pour le gouvernement fédéral et vient superviser le transfert de votre affaire vers son département.

— Ah, d'accord… Très bien. Parfait, parfait, rétorqua l'enquêteur avec une complaisance feinte, sans pour autant cacher son irritation. Et de quel département s'agit-il là, monsieur l'agent spécial ?

— Cette information ne vous concerne pas, monsieur, répondit Gallup, les mâchoires encore plus crispées qu'auparavant si c'était possible.

— C'est inspecteur, pas monsieur, le corrigea son interlocuteur avant de le gratifier d'un sourire tout aussi peu avenant.

—Mes excuses. (L'agent se tourna vers le capitaine.) Les subtilités des grades au sein de la police, vous savez, moi je m'y perds.

Quand il haussa les épaules comme pour appuyer son propos et bien leur montrer qu'il n'en avait vraiment, mais alors vraiment rien à faire, Hopper se sentit bouillir intérieurement – et pas juste à cause de la moiteur de l'air ambiant. Prenant appui sur les accoudoirs de son fauteuil, il se leva et fit un pas vers Gallup, qu'il dépassait presque d'une tête.

—Bon, écoutez, l'ami. Je ne sais pas qui vous êtes ni ce qui vous donne le droit de débouler dans le bureau de mon capitaine ou même dans ce commissariat, mais vous vous aventurez en terrain miné…

Sans se départir de son sourire et bien que le pouls lui batte visiblement aux tempes, l'agent se contenta de toiser son opposant en silence.

—Ça fait six semaines maintenant qu'on bosse sur cette affaire, poursuivit Hopper. Et figurez-vous qu'on avance… On peut parfaitement s'en charger, je vous assure ! Donc, navré pour les agents spéciaux, mais hors de question de laisser je ne sais quel col blanc du gouvernement prendre le relais.

Gallup s'humecta les lèvres. L'enquêteur avait beau continuer à le fusiller du regard, son interlocuteur ne cillait pas pour autant. Imperturbable, presque flegmatique, l'agent ne flancherait pas. Il finit néanmoins par hocher la tête.

—Je comprends vos inquiétudes, inspecteur, mais cette enquête n'est plus de votre ressort. (Il jeta un regard à LaVorgna, qui, assis derrière son bureau, n'avait pas bougé d'un centimètre.) Elle ne relève d'ailleurs plus de l'autorité d'aucun des employés de la police de New York. Nous prenons les choses en main, point. (Il marqua une pause et s'en revint à Hopper.) Vous pouvez l'effacer de votre tableau. (Nouveau coup d'œil du côté de LaVorgna.) Bien vu, d'ailleurs, ce tableau. Très parlant comme manière de lister les affaires et les hommes qu'on y affecte. Une idée que je vous emprunterai sans doute, ça pourra s'avérer utile au sein de notre service.

— Encore une fois, quel service ? Insista Hopper.

— Je ne suis pas en droit de vous le révéler, monsieur.

— Inspecteur.

— Pardon, inspecteur, se reprit Gallup en se tournant de nouveau vers le capitaine. Désolé, j'ai vraiment du mal avec les titres. Votre organisation est tellement… (Il agita les mains d'un geste vague.) Tellement hiérarchique.

Hopper soupira, exaspéré. Les bras raides, il posa les mains sur le bureau et se pencha vers son supérieur.

— Dites-moi ce qui se passe réellement, mon capitaine. C'est n'importe quoi, cette histoire !

L'intéressé poussa lui aussi un soupir avant de se frotter le visage. Après ce qui s'apparentait à un moment de réflexion, il desserra sa cravate puis ouvrit le bouton de son col. Un geste qui, contrairement à la veille, améliora l'humeur de son subordonné. Hopper se releva et croisa les bras. *Cette fois, ça va barder*, se réjouit-il intérieurement.

— Agent Gallup, commença LaVorgna, je comprends bien la raison de votre présence. Mon commandement m'a donné l'ordre de vous apporter pleine et entière collaboration, et je serai heureux de m'y plier. Cela dit, si vous vouliez bien nous fournir ne serait-ce qu'un ou deux détails supplémentaires, le processus s'en verrait peut-être accéléré.

— Mais certainement, répondit l'agent en acquiesçant.

Lorsqu'il souleva le rabat de son attaché-case, Hopper en avisa rapidement le contenu. La serviette ne renfermait qu'une chemise de papier kraft, que Gallup lui tendit d'ailleurs. L'inspecteur s'en saisit. Pas d'intitulé sur la couverture. L'agent spécial s'assit et l'invita à faire de même. L'enquêteur obéit à contrecœur puis ouvrit le dossier.

À l'intérieur reposait une liasse de papiers agrafés entre eux. Première feuille de la pile : un formulaire. En haut à droite figurait le portrait d'un homme – une photocopie de si mauvaise qualité que Hopper ne le reconnut pas avant d'avoir lu le nom qui s'étalait en dessous. Jacob Hoeler (Jacob T. Hoeler, plus précisément). La troisième victime. L'adresse mentionnée plus bas correspondait effectivement à celle de la scène de crime. La suite du document présentait une sorte de rapport de service, mais dont la moitié avait été raturée d'épaisses lignes noires. Même chose au verso. Si quelques rares passages demeuraient lisibles, le seul qui s'avérait compréhensible en l'absence de contexte se trouvait être une seconde adresse.

Jambes croisées, Gallup posa délicatement les mains sur son genou droit.

— Le troisième homme que vous avez découvert s'appelait Jacob Hoeler, dit-il.

—Je suis au courant, merci, répliqua Hopper.

—Certes, mais ce que vous ne savez pas, en revanche, c'est que Jacob Hoeler était l'un des nôtres. Un agent spécial lui aussi. Il a été tué lors d'une mission, dans l'exercice de ses fonctions. Sa mort préoccupe donc grandement notre département et nous voulons nous assurer que l'enquête concernant son assassinat sera la plus complète et la plus minutieuse possible. C'est pourquoi nous préférons la mener nous-mêmes.

—Peut-être, mais ce n'est pas comme ça que ça marche, objecta l'inspecteur. Si vous travaillez pour une agence fédérale, vous pouvez nous soumettre un recours en bonne et due forme. Ou bien nous demander gentiment de l'aide. Ce qui ne se fait pas, en revanche, c'est de débarquer comme un sans-gêne et de nous envoyer sur les roses. Je ne sais pas quel est votre employeur et je m'en fiche, mais au risque de me répéter, ça n'est pas comme ça que fonctionne le système.

Toujours aussi pincé – voire davantage –, le sourire de Gallup réapparut. Il dévisagea son interlocuteur avant de s'adresser à LaVorgna.

—Ils sont tous aussi prompts à prendre la mouche, vos inspecteurs ?

—Seulement les meilleurs, riposta le capitaine.

L'agent spécial décroisa les jambes, les recroisa – plaçant cette fois la gauche au-dessus – puis se carra dans son fauteuil.

—À vrai dire, reprit-il à demi tourné vers Hopper, je suis parfaitement autorisé à vous retirer une affaire sans vous en avertir. Juridiquement, j'ai le pouvoir d'exiger de la police de New York qu'elle me remette n'importe quel document ou dossier relatif à l'enquête en question. Je suis, en sus, habilité à vous interdire de poursuivre la moindre entreprise concernant ladite affaire, et qui plus est, à inculper qui bon me semble pour entrave à l'exercice de la justice, par exemple.

Levant le poignet, il ajusta son bouton de manchette carré de façon à ce que le bord soit rigoureusement parallèle à celui de sa chemise. Il reporta ensuite toute son attention sur l'inspecteur.

— Nous nous comprenons, n'est-ce pas ?

L'interrogé se passa les doigts dans les cheveux et tenta de croiser le regard de son capitaine. Mais pour la énième fois, LaVorgna secoua la tête.

— J'ai les mains liées, Hopper. Les ordres viennent d'en haut. Quand on m'a appelé, l'agent Gallup et ses hommes étaient déjà en route. On ne peut rien faire, cette affaire ne nous regarde plus, ajouta-t-il en se renfonçant dans son siège, les bras écartés en signe d'impuissance.

L'inspecteur fronça les sourcils.

— Comment ça, « ses hommes » ?

La porte s'ouvrit soudain brutalement et Delgado fit irruption dans la pièce. Ses yeux balayèrent le trio puis se posèrent sur son supérieur.

— Qu'est-ce qui se passe, bon sang ? Ils embarquent tout !

Son coéquipier sauta illico sur ses pieds et se précipita à la vitre. De l'autre côté de la grande salle, devant les bureaux jumeaux qu'il occupait avec la jeune femme, deux individus en costume sombre s'empressaient de fourrer toute leur documentation dans de grandes boîtes en carton. À quelques mètres de là, un troisième agent semblait en pleine conversation avec le sergent – discussion à sens unique, cependant, car si McGuigan lui hurlait dessus, son interlocuteur, lui, ne pipait mot.

— Non mais c'est une blague !

Sa partenaire sur les talons, Hopper se rua à son poste. Surpris par son arrivée, l'agent qui se faisait enguirlander tourna les yeux vers lui.

— Qu'est-ce que c'est que ce foutoir, Hopper ? demanda McGuigan, coupé dans sa diatribe. Ces guignols ne veulent rien me dire. Qui c'est, ce type avec le capitaine ?

Le type en question s'approchait justement en compagnie de LaVorgna. Derrière eux, Delgado fulminait, bras croisés.

— Ça ira, sergent, ordonna leur supérieur.

— Encore un de vos meilleurs hommes, capitaine ? s'enquit Gallup en lui jetant un sourire en coin.

Hopper dut contenir son envie – aussi soudaine que pressante – de le lui effacer du visage. Ignorant la remarque, LaVorgna s'avança entre McGuigan et l'agent à qui le sergent sonnait les cloches quelques secondes plus tôt. Autour d'eux, le reste de la salle observait la scène.

— Écoutez-moi tous, lança le capitaine, qui se retourna pour s'adresser à son équipe. Inutile d'essayer d'intervenir. Le mieux, c'est de laisser faire : plus vite ces messieurs auront terminé, plus vite ils repartiront.

En attendant, vous avez des enquêtes à résoudre, je vous suggère donc de vous y atteler.

Tous obtempérèrent dans un brouhaha de murmures. Mais d'après ce que pouvait constater Hopper, aucun d'entre eux ne se remit vraiment au travail, même une fois de retour à sa place. Delgado, elle, fonça vers la sienne pour attraper son mug juste à temps : un peu plus et il finissait dans le carton de l'agent chargé de défricher son bureau.

— Les dossiers, ça ne te suffit pas ? Imbécile ! marmonna-t-elle.

LaVorgna tapota le bras de Hopper.

— Faites une pause, tous les deux, et revenez dans cinq minutes. Ils devraient avoir fini d'ici là.

— Et après ? Quand ils nous auront plumés, on fera quoi ?

— Qu'est-ce que vous attendez de moi, au juste ? Que j'appelle le maire pour lui demander une faveur ? Croyez-moi, il a déjà assez de pain sur la planche. Comme nous tous, d'ailleurs. À moins que vous n'ayez oublié vos autres enquêtes ? (LaVorgna s'interrompit, le temps d'un soupir.) C'est peut-être mieux ainsi, de toute façon : le commissariat ne faisait sans doute pas le poids face à une affaire comme celle du tueur aux cartes. J'aurais sûrement fini par appeler les fédéraux de toute façon.

Sur ces mots, il s'en retourna d'un pas raide vers son bureau et ferma la porte dans son dos.

Hopper, lui, fit volte-face. Devant lui, la rafle se poursuivait. Les deux agents procédaient lentement, avec méthode. Exception faite de la tasse de Delgado, ils prenaient la peine de vérifier chacun des éléments et documents dont ils s'emparaient, pour s'assurer de ne récupérer que ce qui concernait leur affaire, et rien d'autre. Non loin des bureaux concernés, son attaché-case oscillant légèrement dans sa main, Gallup discutait avec le troisième de ses hommes.

Suivant le conseil de son supérieur, Hopper s'était décidé à prendre une pause et avait commencé à s'éloigner, quand sa partenaire lui tapota l'épaule. Son mug à la main, elle lui désigna la salle de repos d'un geste du menton, comme pour l'inviter à l'y retrouver, puis elle partit devant.

L'inspecteur la suivit, et une fois dans la petite pièce, il ferma la porte derrière lui. Delgado jetait déjà un coup d'œil par la vitre qui donnait sur le couloir – pour vérifier sans doute qu'aucun de leurs collègues n'avait surpris leur manège. Sur l'écran quatorze pouces de la télévision en noir et blanc installée dans un coin, le son avait beau avoir été coupé, le spot publicitaire qui passait faisait son possible pour vanter les mérites des toutes dernières innovations en matière de lait en poudre. Hopper augmenta le volume et, satisfait – personne ne les entendrait –, il se tourna vers sa collègue, toujours aux aguets à la fenêtre.

— Tout va bien, Delgado ?

— C'est du grand n'importe quoi, cette histoire ! cracha la jeune femme.

— Ah ça, c'est certain.

— Cela dit, annonça-t-elle en faisant enfin volte-face, je crois que j'ai une idée.

Chapitre 6

La riposte

5 juillet 1977

Brooklyn, New York

« *L'actualité en continu, c'est sur 1010 WINS. Toute l'info en vingt-deux minutes chrono !* »

Annonçant la reprise des nouvelles, les premières notes métalliques d'un petit air de xylophone s'élevèrent dans l'habitacle et Hopper baissa le son de sa radio avant de se tasser de nouveau derrière son volant. Dans le parking souterrain du commissariat, il patientait dans l'une des voitures de service – une énorme Pontiac blanche qui avait sans doute eu de l'allure à la sortie de l'usine. À cause des coupes budgétaires, cependant, les révisions s'étaient espacées, et le véhicule se trouvait à présent ballotté de patrouille en mission sur ses amortisseurs usés comme un esquif en pleine tempête.

Malgré tout, l'assise y demeurait confortable, surtout pour quelqu'un d'aussi grand que l'inspecteur. Après une heure à attendre à moitié baissé, lui et son dos remerciaient le maintien qu'avait encore à offrir le siège conducteur.

« Bonsoir à tous, ici Stan Burns. Il fait actuellement 23 °C, et on commence tout de suite avec un nouveau point sur l'info, puisqu'il est 19 heures. La mairie de New York encourage la reprise des négociations entre municipalité et syndicats, mais selon le maire Abraham Beame lui-même, ces derniers doivent céder sur certains… »

Le parking occupait deux niveaux, et grâce à l'angle malheureux de l'éclairage au fond de l'étage inférieur, les voitures s'y trouvaient perpétuellement plongées dans l'ombre – raison pour laquelle Hopper avait choisi cet endroit du parking. Sans doute en faisait-il trop, mais des policiers de tous grades venaient souvent emprunter l'un ou l'autre des véhicules à disposition et il préférait ne pas se faire repérer. Si la situation venait à se corser, il ne voulait pas que ses confrères se retrouvent forcés d'admettre qu'ils les avaient vus – Delgado et lui – dans les sous-sols, pile le jour où Gallup leur avait retiré l'affaire des cartes à jouer.

Ou plutôt, pensait la leur avoir retirée.

Hopper consulta sa montre. Presque 21 heures. Au moins, sous terre, il faisait relativement frais – plus qu'à la surface en tout cas, si l'on en croyait la radio. D'autant que l'inspecteur avait baissé sa vitre – pas tant pour la température que pour entendre aussi bien que voir ce qui se passait alentour.

Pourvu qu'elle ne tarde pas trop, rumina-t-il. Il n'avait pas appelé Diane pour la prévenir qu'il rentrerait tard, et si le cas se présentait assez souvent pour qu'elle ne s'inquiète pas, il appréciait moyennement que – cette fois-ci du moins – l'omission soit délibérée.

Quelques minutes plus tard, Delgado apparut enfin. Elle descendait la coursive qui menait au niveau supérieur du parking. Arrivée au pied de la pente, elle se mit à inspecter les rangées de véhicules du regard. D'un tour de clé, Hopper mit le contact pour lui faire un appel de phares. Elle le rejoignit aussitôt et s'installa sur le siège passager.

— Il y a quelque chose qui ne tourne pas rond chez toi.

— Pardon d'être prudent.

— Parano, oui.

Elle se tourna vers lui, avisa le poste de radio, fronça les sourcils et l'éteignit aussi sec. Son partenaire ne put retenir un sourire narquois.

— Tu n'aimes pas WINS ?

— Disons que l'actualité, je la préfère musicale. Bon, écoute, quand j'ai proposé qu'on se retrouve plus tard, je ne pensais pas forcément à une rencontre clandestine.

Le sourire de Hopper s'effaça aussitôt.

— Ça va, bougonna-t-il en se penchant vers la jeune femme. Je suis de ton côté, je te signale. Et puis, prendre ses précautions ne peut pas faire de mal. Parce que si on se lance dans cette histoire, j'ai comme l'impression qu'il n'y aura pas moyen de faire marche arrière et qu'il vaudrait mieux ne pas finir perdants. Donc, oui, je préfère être vigilant.

Delgado le dévisagea. Elle avait beau avoir de l'expérience en tant que flic, elle n'en restait pas moins inspectrice novice – de celles apparemment prêtes à contourner les règles du métier si l'intérêt général l'exigeait.

Car c'était exactement ce qu'ils faisaient, planqués dans une voiture de service : ils désobéissaient à un ordre direct. Ils n'abandonneraient pas leur enquête aussi facilement.

Dans la salle de pause, quand la jeune femme avait commencé à lui exposer son plan, Hopper avait d'abord douté. Mais à mesure que Delgado parlait, la résolution qui se lisait sur ses traits – combinée à la détermination qui perçait dans sa voix – avait rapidement dissipé les peurs de son coéquipier.

Parce qu'elle avait raison. Elle lui avait rappelé qu'ils avaient une mission à honorer, une ville à défendre, que les habitants du quartier, le leur, relevaient de leur responsabilité et comptaient sur eux. Impossible par conséquent de laisser filer cette enquête, avait-elle ajouté. Il était de leur devoir de protéger les populations qu'ils avaient juré de servir, Gallup n'avait aucun droit de leur retirer leur dossier et…

Et Hopper était d'accord. Il avait écouté Delgado, modéré ses propos, mais il était d'accord avec elle. Son idée, même folle, n'était pas mauvaise. Ne restait plus qu'à la mettre à exécution.

Quelques minutes plus tard, il était donc retourné dans la grande salle, où il avait déclenché une altercation. Il avait foncé sur Gallup et, le visage à deux centimètres du sien, avait commencé à le couvrir d'insultes. Cette explosion de rage avait eu l'effet désiré : fendant le troupeau d'agents et d'inspecteurs rassemblés autour de la dispute, LaVorgna était arrivé en courant, prêt à intervenir. Delgado en avait profité pour se glisser quelques secondes dans son bureau, avant de ressortir et de faire signe à son coéquipier, qui avait aussitôt mis fin à la querelle.

Après s'être lui-même pris un savon de la part du capitaine, Hopper avait présenté à Gallup ses plus plates excuses – qui, pour le coup, n'étaient pas feintes –, puis la vie du commissariat avait repris son cours. Le fauteur de troubles s'était plongé dans l'étude d'un autre dossier et avec Delgado, ils avaient passé le reste de la journée à s'éviter l'un l'autre. Une attitude qui faisait partie intégrante de leur plan : l'accès de colère de son acolyte étant un mauvais exemple pour la jeune recrue, on pouvait raisonnablement imaginer que, mal à l'aise, elle ferait tout pour ne pas lui traîner dans les pattes. Mis à part un bref échange dans le couloir, qui avait permis à Hopper de transmettre à sa partenaire l'heure et le lieu de leur rendez-vous secret, ils ne s'étaient donc pas parlé de toute l'après-midi.

— Désolée d'être en retard, en tout cas, lança Delgado. J'avais deux trois trucs à terminer. Mais mission accomplie.

Elle tira de son sac les quelques documents concernant Jacob Hoeler – ceux-là mêmes censés reposer tranquillement dans la chemise abandonnée sur le bureau du capitaine.

— Et avant que tu ajoutes quoi que ce soit, poursuivit-elle, oui, moi aussi je l'ai vue.

Hopper attrapa la liasse de feuilles et retourna la première. Au dos, surnageant dans une mer de lignes noires, il retrouva la seconde adresse.

—Dikeman Street. Un bâtiment, un numéro d'appartement, pas d'indication d'intersection ni de code postal…

Delgado hocha la tête puis ouvrit la boîte à gants, d'où elle extirpa un plan détaillé de New York à la couverture graisseuse et à la reliure en spirale. Une fois l'index atteint, elle le scruta un instant avant d'allumer le plafonnier de la voiture, histoire d'y voir clair. Elle suivit alors du doigt la liste dense des noms de voie jusqu'à dénicher celui de la rue en question, et de là, les pages représentant le quartier où elle se situait.

—Il n'y a qu'une seule Dikeman Street dans toute la ville, donc ça doit être là, commenta-t-elle en tapotant le plan. Bon, qu'est-ce qu'on fait, alors ? On va y jeter un coup d'œil ?

Il lui prit le volume des mains pour mieux l'étudier, les yeux plissés. Puis il acquiesça.

—Oui, je pense qu'on ferait bien, dit-il avant de s'interrompre pour dévisager sa collègue. Tu es sûre que tu te sens prête à te lancer là-dedans ? Parce qu'il est encore temps de renoncer et de remettre le dossier « Jacob Hoeler » à sa place.

La jeune femme secoua la tête.

—Je te rappelle que c'est moi qui t'ai proposé de le subtiliser. Que des agents – spéciaux ou non – fourrent leur nez dans mes affaires, ça me fiche les nerfs en pelote ! Si je me suis battue pour être promue inspectrice à la criminelle, ce n'est certainement pas pour me voir retirer ma première enquête sans réagir !

— Mais tu sais ce qui va nous arriver, si jamais on se fait prendre, pas vrai ?

Il avait beau adhérer au plan de sa consœur, il demeurait le plus expérimenté des deux. Et qu'elle le veuille ou non, il se sentait obligé de souligner la réalité de la situation qu'ils s'apprêtaient à affronter.

— Si on se plante, insista-t-il, on ne restera pas inspecteurs bien longtemps. On risque très gros dans cette histoire et…

Delgado l'interrompit d'un geste.

— Je t'assure que je comprends parfaitement les enjeux. Sauf qu'on a une tâche à mener à bien et c'est exactement ce qu'on va faire. (Elle changea de position sur son fauteuil pour regarder son binôme en face.) Bon, mais toi, tu te sens prêt ?

— On ne peut plus prêt, inspectrice ! répondit-il avec un sourire.

— Parfait. Dans ce cas, cap sur Dikeman Street.

— À vrai dire, je préférerais que tu repasses faire un tour au premier appartement.

— Là où le corps a été retrouvé ? s'étonna-t-elle, sourcils froncés.

— Oui, je voudrais que tu examines une seconde fois les lieux, histoire de vérifier qu'on n'a rien manqué. Il en ressortira peut-être du nouveau, maintenant qu'on en sait un peu plus sur la victime.

— Entendu. On se retrouve ici ensuite ?

Hopper jeta un coup d'œil à sa montre et fit la grimace.

— Hmm… non. Il faudra vraiment que je rentre après. Et toi aussi, d'ailleurs. On fera le point demain.

— D'accord, répondit Delgado avant de sortir de la voiture. Bonne chasse, inspecteur !

Sur ce, elle claqua la portière et disparut le long de la rampe d'accès au premier sous-sol.

Hopper attendit quelques minutes pour lui laisser de l'avance, puis démarra, direction Dikeman Street et son appartement mystère.

Chapitre 7
Mystères

5 juillet 1977

Brooklyn, New York

Après s'être garé à quelques rues de sa destination, Hopper se munit de la lampe torche rangée derrière le siège passager et couvrit le reste du trajet à pied. Même sans avoir aucune idée de ce qu'il trouverait dans l'appartement, il s'efforçait de rester optimiste. Quelque chose ne tournait vraiment pas rond dans cette affaire – à laquelle il n'était plus censé s'intéresser. Continuer à enquêter lui semblait la bonne option. Mais il avait beau se le répéter, il ne cessait pas pourtant d'en chercher partout confirmation et n'en sentait pas moins une poussée d'adrénaline au fond de ses entrailles.

Dikeman Street se situait dans un quartier mi-commerçant, mi-résidentiel, où les blocs d'immeubles côtoyaient bon nombre de petites enseignes – des bodegas aux magasins de meubles et de spiritueux, en passant par les salons de coiffure et de manucure. Pas le coin le plus sympa de New York, mais ce n'était rien comparé à d'autres secteurs de la ville, encore moins sûrs. Sous les lampadaires au sodium qui baignaient les trottoirs d'un jaune délavé, Hopper ne se sentait pas particulièrement en danger. En dépit de l'heure avancée, les épiceries ne désemplissaient pas – pas plus que les boutiques qui vendaient de l'alcool – et l'inspecteur était loin d'être le seul encore dehors.

La porte cochère de l'immeuble qu'il cherchait se révéla ouverte. À l'intérieur, pas d'ascenseur, mais l'appartement secret de Hoeler se trouvait au premier. Quelques marches plus tard, Hopper traînait donc ses semelles le long d'un large couloir au lino luisant à force d'usure. Sur les paires d'appliques en laiton fixées au mur, la moitié des ampoules avait grillé.

À mesure qu'il avançait, il relevait les numéros des portes et atteignit bientôt celui qui l'intéressait, à l'extrémité du corridor. Derrière une grande fenêtre descendait le treillis de fer d'un escalier de secours.

Immobile devant les carreaux, l'inspecteur scruta quelques instants le couloir, mais il n'y avait pas un chat. Peu épais, le verre de la vitre n'étouffait en revanche rien du bruit du trafic à l'extérieur, qui se mêlait au charabia indistinct des postes de télévision des différents domiciles, qui lui parvenait haut et fort…

De l'un d'eux s'élevèrent soudain les dernières notes du générique de *Starsky et Hutch*, recouvrant tout autre son dans le couloir.

Laissant le célèbre duo avec Huggy-les-bons-tuyaux, Hopper tira un mouchoir propre de la poche intérieure de sa veste et enveloppa le tissu à carreaux autour de la poignée de l'appartement de Hoeler, avant de la tourner d'un coup sec. Si sa main protégée glissa sur le métal froid, la porte, elle, ne bougea pas d'un pouce.

Verrouillée, comme il fallait s'y attendre.

L'inspecteur jeta un nouveau coup d'œil par-dessus son épaule et sortit d'une autre poche un petit portefeuille de cuir qu'il se coinça entre les dents après en avoir tiré deux épingles. Accroupi, il entreprit alors de crocheter la serrure.

Trente secondes plus tard, il pénétrait dans le logement et refermait le battant derrière lui en prenant soin de toujours garder son mouchoir entre sa main et la poignée. Il agissait en toute illégalité et déposer ses empreintes un peu partout aurait vraiment été la dernière des bourdes à faire !

Il récupéra sa lampe torche – jusqu'à présent coincée dans son dos, sous la ceinture de son pantalon – puis l'alluma, l'intensité réglée au minimum histoire de ne pas alerter toute la rue de sa présence non autorisée sur les lieux. Il lui fallut un moment avant de comprendre ce que lumière lui révélait. S'il ne savait pas vraiment à quoi s'attendre, ce qu'il avait sous les yeux n'en était pas moins déstabilisant.

Il se trouvait dans un appartement vide – du moins en ce qui concernait la pièce où il se tenait – et pas très vaste, la porte d'entrée donnant directement sur le séjour. Sur sa gauche s'ouvrait une kitchenette tout en longueur, avec une porte au bout. Droit devant Hopper, sous la lumière de la lampe, se dessinait une fenêtre, et enfin, à droite, le mur extérieur du bâtiment – dépouillé lui aussi.

Ce « salon » ne semblait pas seulement vide, il était complètement dénudé. Le plancher datait sans doute de la construction de l'immeuble, et sur les murs persistaient çà et là des restes de papier peint dont les bords effilochés révélaient des décennies de couches superposées. Au milieu du plafond se découpaient les contours d'une rosace en plâtre sculpté – autre reliquat d'une époque où le quartier présentait encore un tant soit peu d'attrait. De cet ornement pendait l'épais tortillon d'un fil électrique et, à son extrémité, une ampoule nue. Une fois assuré d'être seul et que les rideaux soient tirés, Hopper chercha l'interrupteur de ses doigts toujours enveloppés de tissu. Lorsqu'il l'eut trouvé, la lumière grésilla comme pour s'insurger mais s'alluma malgré tout. Il éteignit sa lampe torche et la recala dans son dos.

Progressant pas à pas pour éviter les craquements de protestation du plancher, il s'aventura lentement dans la pièce. Ce petit tour, cependant, ne lui apprit absolument rien. L'endroit était et demeurait vide – à l'abandon. Plus personne ne devait y habiter depuis des années.

Ou n'était-ce qu'une impression ?

L'inspecteur s'immobilisa. S'il était resté fermé longtemps, l'appartement aurait dû se révéler poussiéreux, surtout dans un vieil édifice comme celui-là et surtout avec des murs nus dont le plâtre s'effritait. Or, le lieu semblait plutôt propre – pas comme si le ménage y avait été fait mais pas sale non plus. La poussière s'était peut-être accumulée au fil des ans, mais elle s'était ensuite éparpillée dans la pièce au fur et à mesure des mouvements d'un individu qui s'était servi de l'appartement.

Jacob Hoeler.

Mais à quelle fin ? Le salon ne présentait clairement rien de particulier. À moins que le plancher ne dissimule quelque secret ? Hopper le parcourut de nouveau de long en large. Les lattes, sans doute posées un siècle plus tôt sans que personne y ait touché depuis, ne branlaient pas d'un millimètre. Dans le coin cuisine, l'inspecteur examina les placards de sa main couverte. Vides. Il y avait bien un réfrigérateur dans l'angle – un modèle qui devait être à la pointe de la modernité au milieu des années 1950 – mais il était éteint, et vide de toute façon.

N'ayant rien trouvé d'intéressant de ce côté-là du logement, l'enquêteur se dirigea donc vers la seule autre porte visible, qui s'ouvrit sans résister pour lui dévoiler un minuscule couloir desservant deux pièces. La première – grande ouverte, à gauche – se trouvant être la salle de bain, il y avait de grandes chances pour que la seconde – fermée, à droite – soit la chambre. Lampe torche de nouveau brandie, Hopper explora la salle d'eau. Une baignoire plutôt qu'une cabine de douche, des toilettes, une petite armoire à pharmacie fixée au-dessus, un miroir incrusté dans la porte… Lorsque la glace lui renvoya son rayon lumineux, l'inspecteur cligna des yeux puis décida de traverser le corridor.

Bingo !

Si la chambre ne contenait pas de meubles à proprement parler, elle n'était pas vide pour autant. Sur le lit de camp déployé en son centre, couvertures, draps et oreiller avaient été tirés et arrangés à la va-vite. Au chevet de la couchette se dressait une tablette pliante en bois.

Dessus, une lampe à ressort telle qu'on en trouvait plutôt dans les bureaux, et un épais roman relié : *Shining*, de Stephen King. Celui-là, Hopper ne l'avait pas encore lu.

Il se retourna pour balayer le reste de la pièce de sa torche… et fit une seconde trouvaille : une collection de classeurs, alignés devant la plinthe à côté de la porte. Tous identiques, en carton noir robuste, chacun affichait sur la tranche un numéro tout en longueur, soigneusement inscrit au stylo-feutre à pointe large sur une étiquette blanche. Sous les chiffres, une seconde étiquette – plus grande et imprimée, celle-ci – indiquait :

Département de la défense
Retrait strictement interdit

Hopper, qui s'était agenouillé pour observer les classeurs, fit courir dessus le faisceau de sa torche – il en compta quinze au total.

Plongé dans ses réflexions, il se releva et fit volte-face afin d'éclairer de nouveau le lit de camp. Toutes ces découvertes s'avéraient décidément très étranges.

Qu'avait bien pu trafiquer l'agent Hoeler dans cet appartement délabré ? Qu'il s'en soit servi de base d'opération paraissait évident, mais plusieurs questions s'imposaient et demeuraient sans réponse : pourquoi et comment s'était-il retrouvé en possession d'une série de dossiers gouvernementaux ? Et si Gallup connaissait l'adresse, savait-il que ces documents – censés ne pas quitter les bureaux de son département – y étaient entreposés ?

Hopper secoua la tête et revint s'accroupir face aux classeurs. Que contenaient-ils donc ?

À peine avait-il tendu la main vers le premier, cependant, qu'il se figea. Il avait cru entendre quelque chose. Un craquement, diffus mais immanquable : celui qu'avait émis le plancher de la pièce principale lorsqu'il l'avait lui-même traversé quelques minutes plus tôt.

Quelqu'un d'autre avait pénétré dans le séjour.

L'un des hommes de Gallup, sans doute. L'appartement avait dû être placé sous surveillance. Peut-être même les classeurs avaient-ils été disposés là exprès, pour servir de…

Pour servir d'appât.

Hopper avait foncé droit dans la gueule du loup.

Éteignant sa lampe en hâte, il se releva, s'aplatit contre le mur à côté de la porte et tendit l'oreille. Hors de question de se faire coffrer par les fédéraux ! Il n'y avait *a priori* qu'un seul individu dans le salon. Avec un peu de chance, peut-être l'inspecteur parviendrait-il à s'en sortir… Mais mieux valait ne pas vendre la peau de l'ours avant de l'avoir tué.

Hopper s'efforça donc de maîtriser sa respiration, de se calmer et de se concentrer sur les sons en provenance de la pièce voisine. Une minute de patience qui porta ses fruits : bientôt les grincements se firent plus sonores. L'intrus s'avançait dans le petit couloir qui menait à la chambre. Un instant plus tard, le bouton de la porte se mit à tourner lentement et l'inspecteur sauta sur l'occasion.

Il se décolla du mur, attrapa la poignée et la tira à lui. Le panneau, qui commençait tout juste à s'entrebâiller, s'ouvrit à la volée et l'inconnu se retrouva projeté dans la pièce, droit sur Hopper, qui s'y était préparé. Le temps d'envoyer valser son adversaire sur le côté pour se dégager un accès vers la sortie, il entrevit une veste en cuir, un masque de ski noir…

L'homme qui lui faisait face n'était pas un agent.

Cette seconde d'hésitation coûta cher à Hopper : son opposant en profita pour retrouver l'équilibre et le repousser avec une force surprenante. Déstabilisé, l'inspecteur heurta le sol de plein fouet et l'individu masqué prit la fuite.

— Et merde ! grogna le policier en se remettant sur ses pieds tant bien que mal.

Il s'élança dans le séjour juste à temps pour voir claquer la porte d'entrée. Derrière, le pas lourd de son assaillant s'éloignait déjà à toute allure.

Poussant un deuxième juron, Hopper se précipita à son tour dans le couloir. Aucun signe de sa cible, qu'il entendait pourtant courir devant. Il accéléra donc et se jeta dans l'escalier, qu'il descendit quatre à quatre. Arrivé au palier, il faillit bien s'écraser contre le mur mais réussit à éviter l'impact et se servit de son élan pour atteindre le rez-de-chaussée à la vitesse de l'éclair.

Quand il déboula enfin dans le hall, la porte de l'immeuble n'avait pas fini de se refermer et il la franchit sans attendre. Une fois dans la rue, cependant, il fut bien obligé de s'arrêter quelques instants, histoire de repérer la direction qu'avait prise l'inconnu.

Ce qui ne se révéla pas bien compliqué. Il y avait encore du monde sur le trottoir et l'individu avait dû se frayer un chemin parmi un troupeau de jeunes amassés devant l'épicerie qui faisait l'angle. Quatre d'entre eux, la chemise lâchement nouée à la taille et le torse brun luisant de sueur, brandissaient encore leur canette de bière tout en acclamant la silhouette que pourchassait Hopper et qui rapetissait à vue d'œil.

Il repartit de plus belle et fendit à son tour le quatuor, dont il récolta lui aussi les applaudissements. Loin devant, l'intrus avait déjà traversé la voie et galopait vers l'intersection suivante. Si l'inspecteur ne le rattrapait pas très vite, il finirait par le perdre dans le quadrillage labyrinthique des rues de ce quartier qu'il ne connaissait pas bien.

Les semelles souples de ses mocassins battant le pavé, il cavala donc jusqu'au trottoir opposé. Sa lampe torche lui rentrait douloureusement dans les côtes et, le temps d'atteindre l'angle de la voie suivante, il se sentait déjà faiblir, la poussée d'adrénaline des premiers instants peu à peu remplacée par un point de côté. Il s'était, qui plus est, tordu le genou lors de son atterrissage en catastrophe sur le palier, et l'articulation en question commençait à l'élancer sérieusement, comme pour lui signaler qu'il ne pourrait pas conserver ce rythme-là bien longtemps.

Hopper tourna au coin en s'efforçant de reprendre son souffle. Sa proie avait déjà parcouru la moitié de la rue et continuait de courir, ses bras perforant l'air tels ceux d'un champion olympique. Le trottoir avait beau être moins bondé qu'au bas de l'immeuble de Hoeler, tous les piétons – sans exception – se retournaient sur le passage du sprinteur.

L'inspecteur persévéra, mais la distance entre lui et le mystérieux individu augmentait à chaque foulée. Il finit par faire une pause – bien obligé, s'il ne voulait pas se mettre à vomir au milieu de la chaussée. Immobile, courbé en deux et les mains sur les genoux, il essayait tant bien que mal de reprendre sa respiration lorsqu'un furieux coup de klaxon retentit derrière lui. Il ne put effectuer qu'un quart de tour avant de se retrouver aveuglé par une paire de phares. Quand le conducteur invisible appuya de nouveau sur son klaxon, Hopper lui fit signe qu'il avait compris et se traîna jusqu'au trottoir, dégageant ainsi la route. Vitre baissée, le chauffeur en colère informa le gêneur de l'opinion pour le moins colorée qu'il avait de lui, puis redémarra son véhicule. Une fois les feux arrière disparus dans la nuit, l'inspecteur entreprit de scruter la rue.

L'intrus s'était évaporé depuis longtemps, et inutile d'espérer diffuser son signalement au commissariat. Déjà parce que Hopper aurait été bien incapable de décrire l'individu en dehors de son accoutrement – veste en cuir et masque de ski, tous deux noirs –, mais surtout parce que lui-même n'était pas censé se trouver dans cet appartement. Et autant dire que Hopper n'avait aucune envie de devoir expliquer sa présence sur les lieux à quelqu'un comme Gallup.

En attendant, l'incident lui confirmait qu'il avait eu raison de considérer cette adresse comme importante. Il s'en retourna donc lentement vers Dikeman Street, son point de côté lui faisant souffrir le martyre.

Qui était ce type qui lui avait échappé ? Pas un agent, en tout cas. Hopper ne pouvait certes pas l'affirmer avec certitude, pourtant, tout l'indiquait dans l'allure de l'inconnu, dans sa manière de se déplacer et même de fuir.

S'agissait-il de l'assassin de Hoeler ? L'inspecteur venait peut-être d'en découdre avec le tueur de Brooklyn en personne. Mais que venait-il faire là ? Avait-il suivi Hopper ou était-ce une coïncidence s'ils avaient tous deux pénétré dans le logement à quelques minutes d'intervalle ? Et si le but de l'importun n'était pas de surprendre l'inspecteur, c'est donc qu'il était venu pour autre chose…

Les classeurs ?

L'immeuble de nouveau en vue, Hopper se remit à courir. Les jeunes devant la bodega avaient disparu, laissant la rue déserte.

De retour dans le bâtiment, il remonta les escaliers le plus vite possible, mais arrivé devant la porte de Hœler restée ouverte, il ralentit et tendit l'oreille – juste quelques secondes, le temps de s'assurer qu'il était bien seul. C'était sans compter les rires enregistrés provenant de l'appartement voisin qui l'empêchaient de se concentrer. Dépité, il finit par abandonner. Tout ce qu'il avait appris, c'est que *Starsky et Hutch* avait laissé la place à un autre programme.

Combien de temps s'était-il donc absenté ?

Il s'engouffra dans l'appartement sans plus tarder. L'ampoule du séjour éclairait toujours la pièce principale mais… la lumière paraissait aussi allumée dans la chambre. L'inspecteur s'y précipita. Sur la petite table, en effet, la lampe de bureau brillait, et quand il fit volte-face…

— Non !

Les classeurs avaient disparu. Absolument tous... Les quinze dossiers !

Envolés.

Refusant d'y croire, Hopper fit plusieurs tours sur lui-même puis arpenta la pièce dans ses moindres recoins, comme si ce nouvel état des lieux pouvait lui révéler quoi que ce soit. Il se rua même dans la microscopique salle de bain, où il ne lui fallut pas plus de trois secondes pour confirmer que rien n'avait changé.

Il retourna donc dans la chambre et se laissa tomber sur le lit de camp. Sous le matelas fin, le frêle cadre de métal ne put retenir un couinement. L'enquêteur ne parvenait pas à détacher ses yeux du mur contre lequel se trouvaient les classeurs un peu plus tôt. Il consulta sa montre. Presque 22 heures, fut-il surpris de constater. Sa course-poursuite et son lent trajet retour lui avaient donc pris plus de trente minutes. Plus qu'assez pour permettre à quelqu'un – voire à toute une équipe – de venir récupérer les documents.

L'inspecteur s'étira les cervicales puis étendit sa jambe droite, le talon planté dans le sol. Il avait commencé à masser son genou endolori tout en songeant à l'enchaînement des événements de la soirée lorsque ses yeux se posèrent sur un élément passé inaperçu jusque-là. Repliant la jambe, il glissa la main sous le matelas qui, s'il n'avait pas bougé sous son poids quelques instants plus tôt, n'aurait jamais révélé... le coin d'un carnet de notes à la reliure en spirale. L'enquêteur le sortit de sa cachette pour l'ouvrir sur-le-champ. Malheureusement, la plupart des pages avaient été arrachées et celles qui restaient s'avéraient désespérément blanches. Désabusé, l'inspecteur soupira avant de balancer le calepin ouvert sur la table et de se passer une main sur le visage, résistant difficilement à son envie de hurler de toute la force de ses poumons.

Il finit toutefois par écarter les doigts et jeter un dernier regard au carnet.

C'est à ce moment-là qu'il s'en aperçut : la première page n'était pas vierge à proprement parler. La façon dont la lumière tombait dessus et la manière dont le calepin avait atterri contre le pied de la lampe… ces deux paramètres combinés dévoilaient un secret ! Hopper tira la lumière à lui – non sans cligner des paupières sous l'effet de la luminosité accrue –, récupéra le carnet et approcha de l'ampoule la feuille qui l'intéressait. Il lui fallut tâtonner encore un peu et incliner la page sous différents angles afin de trouver la position la plus révélatrice, mais il y finit par y parvenir.

Gravée dans le papier lui apparut alors l'ombre fantôme de ce que Hoeler avait dû écrire sur la page précédente avant de l'arracher. Mais l'inspecteur avait beau plisser les yeux, impossible de déchiffrer les inscriptions, bien trop petites. Leur disposition, cependant, laissait penser qu'il s'agissait d'une liste.

Un seul terme ressortait clairement, au bord de la feuille, en grosses capitales. L'agent décédé l'avait même entouré plusieurs fois.

Dérouté, Hopper tourna et retourna le carnet entre ses doigts, en étudia la couverture sous toutes les coutures, souleva chacune des pages rescapées et les plaça une à une face à la lumière pour voir s'il pouvait en tirer davantage… Mais non. Aucun indice supplémentaire.

Quand l'inspecteur se décida enfin à glisser dans sa poche sa nouvelle pièce à conviction, son esprit n'avait donc rien d'autre à ressasser que cet unique mot : « Vipères ».

Chapitre 8

La liste

5 juillet 1977

Brooklyn, New York

Plantée au milieu de l'autre appartement de Jacob Hoeler – celui où l'agent avait connu sa fin tragique –, Delgado regarda de nouveau autour d'elle, poings sur les hanches. À son arrivée, devant la porte toujours barrée du ruban adhésif apposé par ses collègues, elle était tombée sur un policier en faction, plongé dans la lecture de la rubrique des sports. À ses pieds, une radio diffusait un des tubes du moment.

Sir Duke, de Stevie Wonder, avait cru reconnaître la jeune femme tout en réprimandant son confrère pour manquement au protocole. Elle aurait évidemment été bien incapable de lui citer les articles du règlement correspondant à ce qu'elle lui reprochait mais, son aplomb s'étant avéré suffisant, elle avait ordonné au pauvre homme d'aller traîner son ennui ailleurs – de sortir se chercher un café, par exemple – pendant qu'elle inspectait les lieux. Il avait mis les voiles avec un soupir, non sans avoir préalablement fourré son quotidien dans les mains de Delgado. Comme si elle n'avait pas mieux à faire que de consulter les résultats du base-ball. Elle avait regardé le policier s'éloigner puis s'était agenouillée.

— Sans rancune, Stevie, avait-elle lancé en coupant le sifflet au chanteur avant de pénétrer dans l'appartement.

Le journal, lui, avait fini bazardé sur le comptoir de la cuisine et la jeune femme s'était mise au travail.

Mais après avoir farfouillé ici et là durant ce qui lui avait semblé une éternité, elle n'avait toujours rien trouvé. Dans la chambre partiellement dépouillée, le lit avait disparu, envoyé au laboratoire pour analyse. Pareil pour la moquette sur laquelle il reposait : découpée à la va-vite, elle avait ensuite été arrachée pour ne laisser derrière elle qu'un large rectangle de sous-couche d'isolation en lambeaux. Les sacs de bric-à-brac et les vieilleries qui envahissaient auparavant l'appartement avaient également été embarqués. Eux aussi attendaient probablement au laboratoire que quelqu'un les passe au peigne fin.

Celui ou celle qui s'y attellerait aurait certainement plus de veine que Delgado.

Elle n'avait rien déniché dans aucun des tiroirs de la commode, qu'elle avait pourtant remués de fond en comble. Rien qui sorte de l'ordinaire, rien de caché, rien dans les poches des vestes ni des pantalons, rien de calé dans les chaussettes ni dans les plis des sous-vêtements.

Chou blanc dans le salon également. Débarrassée de ses sacs de fourbi, la pièce dégarnie n'abritait plus qu'une table basse poisseuse assortie d'un canapé d'angle élimé, dont Delgado avait retourné et tâté chacun des coussins… sans plus de succès.

La chance finit toutefois par lui sourire dans la cuisine.

Les flics – ou peut-être les hommes de Gallup – y étaient déjà passés : les placards béants avaient été vidés, saladiers, poêles et vaisselle encombrant à présent les différents plans de travail. Sans beaucoup d'espoir, la jeune femme y avait malgré tout jeté un coup d'œil et s'apprêtait à quitter la pièce lorsque, à côté du frigo, contre le mur du fond, elle aperçut le bord d'un tableau en liège presque entièrement dissimulé par une pile de casseroles.

Policiers ou agents fédéraux, ils ne pouvaient quand même pas ne pas l'avoir vu !

L'inspectrice déplaça les récipients un par un, jusqu'à se dégager un accès vers le panneau. Une douzaine de bouts de papier y étaient punaisés : des tickets de caisse pour la plupart, mais aussi une feuille un peu plus grande, qui attira l'attention de l'enquêtrice. Elle la détacha pour constater qu'il s'agissait d'une liste d'adresses – cinq au total, disséminées entre le Queens, Brooklyn et Manhattan. Delgado retourna la note, mais celle-ci n'offrait rien de plus au verso. Elle la mit de côté puis commença à décrocher les autres reçus du pense-bête. Avec un peu de chance, eux aussi dévoileraient leur lot d'indices.

— Qu'est-ce qui se passe, ici ?

La jeune femme fit volte-face. Un homme à la carrure imposante venait d'apparaître sur le seuil de la cuisine.

La cinquantaine, une auréole de cheveux bruns bouclés aux tempes sous un crâne chauve qui luisait de sueur, le nouveau venu arborait un pantalon de survêtement et un marcel.

Delgado lui présenta aussitôt le badge qu'elle portait au cou. Concentré, le bonhomme écarta légèrement de son nez la monture de ses lunettes carrées et s'avança pour mieux voir l'insigne.

— Oh, désolé, s'excusa-t-il en hochant la tête avant de reculer d'un pas. Je ne savais pas que la police comptait revenir. Comme le type en faction à l'entrée n'était plus là, j'ai pensé que vous en aviez terminé pour de bon.

Il s'éclaircit la gorge et un choc sourd résonna dans son dos. Sous le regard interrogateur de l'inspectrice, l'intrus toussota de nouveau puis, l'air penaud, révéla la batte de base-ball planquée jusque-là derrière sa jambe.

— Oh, ça va, hein, grommela-t-il en haussant les épaules. Je ne pouvais pas deviner que vous étiez flic ! Et vous n'allez pas m'en vouloir, quand même ! Dans une ville pareille, faut bien prendre ses précautions ! Vous ne trouvez pas… m'dame ?

Une marque de politesse arrivée après coup, qu'il compléta d'un intérêt soudain pour le bout de ses chaussures, clairement gêné de s'être fait pincer en possession de son arme improvisée.

— Inspectrice Delgado, se présenta la jeune femme qui, plissant les yeux, reconnut tout à coup l'homme qu'elle avait croisé la veille. Vous êtes le concierge, c'est ça ?

— Tout à fait. Tony Richardson.

Delgado ne put s'empêcher de fixer un court instant la paume moite que lui tendait le gardien. Il s'en rendit compte et l'essuya illico sur son pantalon avec un petit rire nerveux.

—Pardon. Je ne dois pas avoir l'air très frais. C'est cette satanée canicule aussi ! La clim est en panne dans tout l'immeuble et je n'ai pas encore eu le temps de faire de lessive, donc j'ai enfilé ce qui me restait, dit-il avant de baisser de nouveau les yeux.

—Ce n'est pas moi qui vais vous en tenir rigueur, répondit l'inspectrice en riant. Ça fait deux semaines que j'enfreins le code vestimentaire de mon service, mais vu les températures, personne n'a intérêt à venir critiquer ma tenue.

Soulagé, Tony releva la tête et lui sourit. Ses échanges avec la police de New York ne s'étaient sans doute pas toujours révélés aussi cordiaux.

—Pour tout vous dire, lança-t-il, moi, je trouve cette histoire plutôt… captivante.

—Comment ça ? lui demanda Delgado, perplexe.

—Oui, enfin, vous voyez : qu'un des appartements sous ma supervision soit le théâtre d'une scène de crime. On parle d'assassinat, pas vrai ? Du genre de ceux du Fils de Sam, quoi. Dans un quartier où il ne se passe pas grand-chose, c'est… oui, c'est captivant. Moi, ça me fascine.

La jeune femme fronça encore un peu plus les sourcils. En voyant sa réaction, Richardson ouvrit des yeux ronds comme des soucoupes, se racla la gorge et finit par reprendre la parole – en s'adressant cette fois plus au sol qu'à son interlocutrice.

— Ce que je veux dire, c'est que je trouverais formidable de pouvoir aider, c'est tout. Vous savez, faire mon devoir de citoyen et tout le tralala, afin que mes concitoyens restent en sécurité, tout simplement…

— Hmm, hmm… bien sûr… commenta Delgado avant de se remettre à détacher les papiers du panneau en liège.

— Désolé pour l'accueil en tout cas, continua le gardien avec un mouvement de batte. Mais il faut me comprendre aussi. En tant que concierge, ce logement et tous les autres sont sous ma responsabilité… (Balayant l'air de l'extrémité la plus menaçante de son arme, il engloba l'appartement d'un geste.) Je dois ouvrir l'œil et surveiller les allées et venues dans l'immeuble, surtout avec tous ces flics qui entrent et qui sortent. Pas vrai ? C'est mon devoir, vous savez. C'est normal que je reste vigilant, vous comprenez ?

— Je comprends. Mais faites-moi plaisir, baissez votre batte, d'accord ?

— Ah, oui, pardon, m'dame. En même temps, dans un cas comme celui-ci, qu'est-ce que je suis censé faire, aussi ?

Après avoir délicatement posé sa massue de fortune sur le plan de travail, il récupéra le journal abandonné là par Delgado pour s'en servir d'éventail. Puis de sa main libre, il alluma la petite radio qui traînait à proximité.

« C'était donc Thelma Houston avec Don't Leave Me this Way, *qui s'est hissé au sommet du hit-parade en avril dernier et va certainement faire danser dans les discothèques tout l'été… »*

Richardson se pencha de nouveau vers le poste, prêt à changer de station, mais la jeune femme le devança et éteignit tout bonnement l'appareil.

— Vous permettez ? lâcha-t-elle, agacée.

— Désolé, désolé, s'excusa aussitôt le concierge, paumes levées. Je voulais juste entendre les résultats du match. (Il avait commencé à les chercher dans le journal quand il reprit soudain le fil de la conversation.) Parce que moi, forcément, je croyais que c'étaient encore les autres qui revenaient fouiner.

— La police ?

— Non mais ils se fichent de la gueule du monde ! s'exclama-t-il en frappant du plat de la main la page qu'il avait sous les yeux. Trois un ? Combien de fois on va encore perdre contre Philadelphie ? Reprenez-vous, les gars ! Franchement, ça me tue ! (Il croisa le regard de Delgado.) Oh, pardon, m'dame, je ne voulais pas faire de l'humour noir.

Elle le dévisagea en silence un instant.

— Vous disiez que la police était revenue…

— Ah non, non, pas la police. Les autres. Ils m'ont tout de suite paru louches, eux. Une drôle de dégaine…

L'inspectrice s'interrompit dans sa besogne. Si Richardson parlait probablement des agents de Gallup, elle trouvait pour le moins étrange qu'il les qualifie de « louches ». Elle se tourna vers lui.

— Des hommes en costume ?

Du pouce, il remonta ses lunettes sur son nez et se débarrassa du journal.

— Comment ?

—Ceux que vous avez surpris, ils étaient bien habillés ?

—Ah, oui... enfin, non. (Il repositionna de nouveau ses lunettes.) Non, ils n'étaient pas en costard. C'était plutôt... je ne sais pas. Des mecs pas nets.

—Vous pouvez m'en dire plus ?

—Hmm... laissez-moi réfléchir. Ils étaient trois. Je ne les ai pas vus entrer mais je les ai entendus tambouriner à la porte de cet appartement. J'étais en bas, chez moi... J'habite juste en dessous. Et bref, c'était dans l'après-midi. Ou le soir peut-être ? En tout cas, il n'était pas très tard. Ils frappaient si fort qu'on aurait cru qu'ils essayaient de défoncer la porte : « Bam ! Bam ! Bam ! » Et puis, là, ils se mettent à appeler Jacob, ils hurlent même, mais bien sûr, personne ne répond et...

—Attendez, attendez, le coupa Delgado en secouant la tête. Ça s'est passé quand, ce que vous me racontez là ?

—Oh, il y a deux jours, je dirais. Non, plutôt trois. La semaine dernière. Avant tout ce remue-ménage, quoi. Et donc, comme ils continuent à crier en s'acharnant sur la porte, je finis par monter voir ce que c'est que ce raffut et mettre les intrus dehors. Vous comprenez, les résidents, ils n'aiment pas beaucoup le tapage... Et qui se récolte leurs plaintes quand il y a du boucan ? Moi, évidemment. Je ne vous raconte pas, ils font la queue devant ma loge comme devant les strip-teaseuses de Times Square. (Ôtant ses lunettes qui ne cessaient de glisser, le concierge en frotta le pont et les plaquettes puis les rechaussa.) Mais je m'embrouille : arrivé face aux lascars, je leur demande de la mettre en veilleuse et de dégager fissa.

Il marqua une nouvelle pause, comme pour laisser la possibilité à Delgado de lui assurer qu'elle ne s'endormait pas et l'écoutait toujours. L'inspectrice se contenta de hausser les sourcils. Richardson dut prendre ce geste pour une approbation, car il poursuivit son récit.

— Bref, les types s'arrêtent de cogner d'un seul coup, ils se retournent vers moi, et je suis prêt à courir chercher ma batte, juste au cas où, quand voilà que le zigue qui tapait à la porte commence à s'excuser, tout sourire. Je vous jure que des punks aussi polis, on n'en croise pas souvent.

— Des punks ?

— Oui, bon, peut-être pas des punks, mais vous voyez ce que je veux dire. Des gamins. Enfin, pas vraiment des gamins… Un peu plus vieux, quoi. Mettons plus vieux que vous mais plus jeunes que moi. Du genre agité et turbulent, vous voyez, non ? Et leurs vestes ! Par cette chaleur, je vous jure que moi, j'aurais déjà cuit de l'intérieur avec ça sur les épaules.

— Quel genre de vestes ?

— Les vertes, là, vous voyez ? Ou plutôt… comment on dit déjà ? Kaki ? Oui, ça doit être kaki, le nom de cette couleur. Des vestes de l'armée, quoi. Mais bon, ils n'étaient pas non plus en uniforme, hein ! Sauf si les jeans à pattes d'éléphant comptent comme un uniforme, bien sûr. De nos jours… Qu'est-ce que j'en sais, moi ?

— Et après ? Qu'est-ce qui s'est passé ? demanda Delgado, qui s'efforçait de se concentrer uniquement sur les éléments pertinents du récit.

— Oh, eh ben ils me disent qu'ils cherchent Jacob

et je leur réponds qu'il n'est pas chez lui. Et forcément, à rester planté là, je l'ai remarquée, ce coup-ci.

— Qu'est-ce que vous avez remarqué ?

— Ben l'odeur, évidemment. Alors d'accord, la voisine d'à côté – au 14 –, elle m'en avait bien touché un mot la veille, mais bon, avec elle, il y a toujours quelque chose… Sauf que là, une fois dans le couloir, on sentait bien que ça empestait. Au début, je croyais que c'étaient ces trois gars avec leurs vestes de l'armée, mais ils ont fini par partir, et l'odeur, elle, est restée. Du coup, moi aussi, j'ai frappé à la porte. Pourquoi, je ne sais pas bien, vu qu'à moins d'être rentré par la fenêtre après avoir escaladé la façade jusqu'au premier étage, Jacob n'était toujours pas chez lui. Résultat, j'ai abandonné. Mais un ou deux jours plus tard, voilà que la dame du 14 repasse une tête dans ma loge pour me demander ce que je compte faire pour cette puanteur. Et comme je sais qu'elle ne me lâchera pas tant que je n'aurai pas réglé le problème, je prends mon passe-partout histoire d'aller jeter un coup d'œil et… vous connaissez la suite.

L'inspectrice hocha la tête. Elle avait relu la déclaration de Richardson plusieurs fois, pourtant, une bonne partie de ce qu'elle venait d'entendre n'y apparaissait pas : le rapport ne commençait en effet qu'avec les plaintes de la voisine.

— Ça fait quand même beaucoup d'éléments que vous n'avez pas mentionnés dans votre déposition, Tony.

Un reproche qui mit aussitôt l'homme sur la défensive.

— Peut-être, mais qu'est-ce que vous voulez que j'y fasse ? s'écria-t-il, levant de nouveau les paumes.

Vos collègues, ce que j'avais à dire, ça ne les intéressait pas ! Y en a pas un qui m'a posé une seule question, à part pour savoir comment j'avais trouvé le cadavre. Et parfois… (Delgado se crispa quand il s'interrompit pour récupérer sa batte, mais il se borna à la tendre devant lui, comme pour mieux la montrer à son interlocutrice.) Parfois pour se protéger, vaut mieux compter que sur soi-même. Parce que vous, les flics, vous êtes bien gentils, mais vous détalez en moins de deux en laissant juste un clampin à la porte et sans rien me dire de ce qui va se passer ! Rien ! Qu'est-ce que je suis censé faire, moi, bon sang ! Faut bien que je surveille cet appartement comme je peux, ça fait partie de mes responsabilités, quand même.

La jeune femme acquiesça. Il n'avait pas tout à fait tort : une fois l'enquête transférée aux inspecteurs, les simples agents de police étaient repartis, à peine arrivés. S'ils n'avaient pas tenu le concierge au courant de quoi que ce soit, c'est parce que l'affaire ne dépendait déjà plus d'eux. Et à présent que la scène de crime ne se trouvait plus sous l'autorité de la brigade criminelle, Gallup – même s'il ne s'était pas encore manifesté – ne tarderait sans doute plus à y envoyer ses hommes. Dans tous les cas, le pauvre Richardson avait été et serait encore laissé dans l'ignorance.

— Vous savez, lança Delgado, vous m'avez vraiment été d'une grande aide aujourd'hui.

Le concierge replaça ses lunettes avec un sourire.

— Oh, à votre service, m'dame. Ma loge est au rez-de-chaussée, vous passez quand vous voulez. Si je peux donner un coup de main, ce sera avec plaisir. Si seulement il y avait davantage de flics comme vous… Vous voyez ce que je veux dire, hein ?

Malheureusement, la jeune femme voyait très bien.

Elle avait fini de décrocher les papiers du panneau et essayait de former un tas net avec, mais comme une bande de bristol tout en longueur refusait de rentrer dans le rang, elle la tira de la pile. Apparu d'un seul coup à ses côtés, Richardson ajusta ses lunettes et poussa une exclamation.

— Une place pour Frank Sinatra !

Irritée, l'inspectrice fit un pas de côté histoire de s'éloigner un peu de l'envahissant gardien, ce qui n'empêcha pas ce dernier d'envoyer une chiquenaude sur le carton qu'elle tenait toujours.

— Le 16, c'est dans dix jours ! s'écria-t-il avant d'essayer de ponctuer ses propos d'un sifflement qu'il ne parvint pas à pousser correctement. Dis donc, qu'est-ce que je ne donnerais pas pour aller le voir, celui-là ! Il va nous servir un de ces spectacles, moi je vous le dis ! Un concert de légende, pour sûr !

Il leva les yeux vers Delgado, puis remonta ses lunettes en clignant des paupières, les pupilles grossies derrière ses verres carrés. La jeune femme soutint son regard sans ciller. Richardson finit par hausser les épaules.

— Nan, parce qu'on est d'accord, reprit-il, il ne va pas pouvoir y aller ! Hoeler, je veux dire… Vous avez déjà vu un macchabée à un concert, vous ?

Delgado se surprit à sourire et se mordit résolument la lèvre inférieure pour ne pas éclater de rire.

—Non, en effet.

—Ah, vous voyez que j'ai raison ! lança le concierge avec force hochements de tête. Hein, que j'ai raison ?

—Eh bien… commença-t-elle en refrénant son hilarité. J'imagine que je pourrais laisser ce billet ici. À partir de là, quoi qu'il arrive à cette place de concert, personne n'en serait tenu pour responsable…

L'air d'abord confus – le temps de comprendre ce que lui racontait l'enquêtrice –, le gardien afficha bientôt un grand sourire et se remit à hocher la tête. Delgado plaça donc le ticket sur le plan de travail sans que Richardson le quitte un instant des yeux, puis elle reporta son attention sur le restant des documents décrochés du tableau pour faire passer le plus grand d'entre eux – la compilation d'adresses – au sommet du paquet.

—Oh, mais c'est le *Dixon's Club*, ça…

—Pardon ? fit-elle.

Le concierge attrapa la liste, la défroissa puis redressa ses verres carrés avant de pointer du doigt l'une des adresses.

—Là. Le 65 Reid Street. C'est chez Dixon, le *Dixon's Boxing Club*.

Delgado lui reprit le papier.

—Un club de boxe ?

—Ouaip. Et pas seulement. Enfin, à l'origine c'est bien un club de boxe, mais c'est grand là-bas donc ils louent leurs salles. Vous savez, à des associations et autres… À des groupes de soutien aux repentis de la bouteille, par exemple.

—Les Alcooliques anonymes ? voulut vérifier l'inspectrice, qui avait flairé l'euphémisme.

—Pas pour moi, hein, se défendit Richardson en levant encore les mains. J'y emmène mon cousin depuis… oh, depuis bien six mois maintenant.

—Au *Dixon's Club* ?

—Oui, m'dame. Ça lui fait le plus grand bien.

—Vous ne connaîtriez pas les autres endroits, à tout hasard ? s'enquit Delgado en revenant à la liste.

Le gardien s'empara une nouvelle fois de la feuille et lui fit faire quelques va-et-vient devant son visage avant que, derrière ses lunettes qu'il remonta derechef, ses yeux parviennent enfin à faire le point.

—Non, ces adresses ne me disent rien, dit-il avec un haussement d'épaules en rendant à la jeune femme sa pièce à conviction. Sans doute d'autres sites de réunions des AA. Parce que bon, on n'est pas obligé de rester toujours en compagnie des mêmes personnes. Il y en a que ça ne gêne pas, vu que de toute façon, on est censés rester anonyme. Sauf qu'au bout d'un moment, quand les participants commencent à se connaître, ce n'est plus tellement le cas. C'est pour ça que certains – ceux qui respectent vraiment le A de AA à la lettre – préfèrent changer régulièrement de groupe. Ce n'est pas un problème, d'ailleurs. L'important, c'est de continuer à s'y rendre.

—Vous y allez souvent, vous ?

—Avec mon cousin ? Toutes les semaines. Le club n'est qu'à deux arrêts de métro, donc c'est facile. Et puis, une petite balade à Manhattan, c'est toujours sympa – la « grande île », qu'il l'appelle. Ça lui plaît bien.

—Vous n'avez jamais croisé Jacob Hoeler à ces réunions ?

Richardson fit mine de se passer une main dans les cheveux, même si, en réalité, elle rencontrait surtout le vide.

—Négatif. Jamais. Pas une seule fois. Je ne savais même pas qu'il s'y rendait. Mais bon, je ne lui ai presque jamais parlé, alors… Il n'avait emménagé que depuis quelques mois, vous savez. En tout cas, s'il allait au *Dixon's Club*, moi je ne l'y ai jamais vu.

—Et ces groupes de parole, ils se tiennent plus d'une fois par semaine ?

—Les Alcooliques anonymes ? Oui, je crois. Nous, on y va toujours le mardi, mais il me semble qu'il y a aussi une séance le vendredi. Peut-être que Jacob s'y rendait ce jour-là. Ou peut-être qu'il faisait juste de la boxe.

Sur ces mots, le concierge écarquilla les yeux comme s'il venait de résoudre un des mystères les plus importants de l'enquête. Delgado lui sourit.

—Possible, sait-on jamais ! Merci encore pour votre aide. Et profitez bien du concert !

—Ah ça, je n'y manquerai pas ! Ravi d'avoir pu vous être utile, en tout cas.

Mimant un salut militaire, il laissa ensuite son interlocutrice le précéder vers la sortie. Devant la porte d'entrée, le policier de garde n'était pas encore revenu. La jeune femme se demanda s'il réapparaîtrait jamais.

—Je vais fermer, lui fit savoir Richardson alors qu'elle s'éloignait déjà dans le couloir. Dites, vous avez une idée de quand ce sera réglé, tout ce bazar ? Parce qu'il faut que je m'occupe de faire retaper cet appartement, moi, pour le remettre sur le marché, vous comprenez…

—Je vais demander qu'on vous appelle quand ce sera le cas, répondit-elle par-dessus son épaule. À mon avis, ça ne devrait pas tarder.

—Oui, ben j'aimerais en être sûr, ronchonna le gardien.

Mais Delgado avait déjà filé.

Chapitre 9
L'indic

6 juillet 1977

Brooklyn, New York

Quand son partenaire arriva au commissariat le lendemain matin, Delgado l'attendait déjà à son poste, une tasse de café à la main. Dès qu'il l'eut saluée d'un hochement de tête, elle se leva avec un geste en direction du couloir et de la salle de pause, où ils pourraient partager leurs informations en toute discrétion. Un programme qui tomba cependant à l'eau lorsque LaVorgna appela Hopper d'une voix forte.

— On voit ça juste après, soupira l'inspecteur en s'éloignant.

La jeune femme acquiesça et retomba sur sa chaise. Appuyé contre le chambranle de la porte, le capitaine regarda son subordonné le rejoindre, lui fit signe de s'asseoir et referma derrière lui.

— Ça ne se rafraîchit pas, hein ? lâcha Hopper.

Son supérieur contourna la table de travail et poussa un grognement approbateur.

— Il paraît qu'on va atteindre les trente-huit degrés d'ici la fin de la semaine, renchérit-il en se rasseyant.

— Et la réparation de la clim, ça en est où ?

— Alors là… J'aurai envoyé un de mes gars sur la Lune avant que les choses avancent, répondit LaVorgna qui rapprocha son fauteuil si près de son bureau que son ventre dépassait légèrement.

Hopper savait ce que ça signifiait : fini les bavardages, il était temps de se mettre au boulot.

— J'ai un nouveau dossier pour vous, lui annonça en effet son interlocuteur.

— Les tueurs ne pourraient pas prendre un peu de vacances, par cette chaleur ? soupira l'inspecteur.

— Il ne s'agit pas d'un homicide, objecta le capitaine en se passant un index songeur sous la moustache. On a un type en attente d'être interrogé. Il dit avoir des renseignements mais ne semble être prêt à nous les donner qu'en échange de notre protection.

— Il veut être protégé de quoi, au juste ? demanda Hopper, perplexe.

— C'est justement ce que j'aimerais savoir.

— C'est-à-dire que… je bosse à la criminelle, pas aux mœurs, et…

— Je sais parfaitement quelle brigade j'ai sous mes ordres, inspecteur, répliqua LaVorgna en haussant le ton. Et si je vous charge de cette affaire, il n'y a pas à discuter. Au cas où vous n'auriez pas remarqué, nous ne sommes pas les seuls à manquer de ressources. Tout le district est mis à mal, que ce soit en termes de moyens ou d'effectifs. Par conséquent, quand il m'arrivera de vous demander de donner un coup de main aux autres départements, vous vous contenterez de voir ma requête comme l'occasion d'élargir vos perspectives et vous me remercierez, compris ?

Hopper soupira, se passa une main dans les cheveux, puis la laissa retomber lourdement sur sa cuisse.

— À vos ordres, mon capitaine, finit-il par répondre sans trop d'enthousiasme avant de se frotter le visage. Je vais voir ce que je peux en tirer.

— Parfait. Vous voyez, Hopper, c'est ça que j'aime chez vous.

L'intéressé, lui, n'était pas sûr de beaucoup apprécier le grand sourire de son supérieur.

— Quoi, exactement ?

— Vous m'obéissez toujours sans poser de problème.

L'inspecteur serra les dents. *Ça, ça reste à vérifier…* Il leva ensuite un pouce par-dessus son épaule.

— Vous avez du nouveau pour Delgado aussi ?

— Ne vous inquiétez pas de ses missions à elle, je m'en charge. Quant à vous, je vous suggère de vous mettre au travail. Votre homme vous attend en bas.

— Chef, oui, chef ! répondit Hopper en se levant.

Déjà absorbé par la paperasse qui s'étalait devant lui, le capitaine ne vit même pas le salut plein d'ironie que lui adressa son subordonné avant de s'en aller.

— Alors ? Qu'est-ce qu'il te voulait ? demanda Delgado lorsque Hopper la rejoignit.

— Oh, tu n'es pas au courant ? Je ne bosse plus à la criminelle.

—Quoi ?

La jeune femme manqua d'avaler son café de travers.

—Du calme, la rassura son partenaire avec un geste de la main. Ce n'est que temporaire. Je suis détaché aux mœurs. Apparemment, un type demande à être protégé en échange d'informations. Je n'en sais pas plus… Sans doute un pauvre camé de plus.

—Tu ne crois pas que ça pourrait être une tactique du capitaine pour nous séparer ? lança Delgado après quelques secondes de réflexion.

Pas impossible, en effet. Hopper jeta un coup d'œil du côté du bureau de LaVorgna.

—À ton avis, il se doute qu'on continue notre enquête ?

—Je ne vois pas comment il pourrait être au courant, répondit sa collègue, qui avait suivi son regard. En attendant, il faut vraiment qu'on parle.

En la voyant se lever, Hopper hocha la tête.

—Tout à fait d'accord. De toute façon, j'ai besoin d'un café avant de descendre.

En pénétrant dans la salle de pause, ils tombèrent sur McGuigan, qui s'apprêtait à sortir. Ils le saluèrent donc et attendirent d'avoir les lieux pour eux seuls. Une fois le sergent retourné à son poste, dos au couloir, Hopper ferma la porte et se dirigea vers la cafetière pour remplir d'abord le mug que lui tendait Delgado.

—Qu'est-ce que tu as trouvé du côté de Dikeman Street ? demanda-t-elle de but en blanc.

—Quelque chose de très intéressant.

Après s'être versé sa propre ration de caféine, il s'accorda une gorgée amère et brûlante qui le fit grimacer, avant de se lancer dans le compte rendu de sa soirée – l'appartement vide, les classeurs estampillés « Département de la défense » et la course-poursuite infructueuse qui s'était soldée par la disparation desdits dossiers. Tout en assimilant ces informations, Delgado hochait lentement la tête, sans pour autant relâcher sa vigilance : de tout le récit, ses yeux ne cessèrent de faire l'aller-retour entre son collègue et la porte.

— Je le savais, lâcha-t-elle quand son partenaire eut terminé. Je savais qu'il se passait un truc pas net.

— Et tu avais raison. Tiens, dit-il en sortant de la poche de sa chemise la page qu'il avait arrachée au carnet trouvé dans l'appartement de Dikeman Street. Je veux bien que tu essaies de voir ce que tu peux en tirer pendant que je m'occupe de mon interrogatoire aux mœurs.

La jeune femme récupéra la feuille, qu'elle glissa sous son polo.

— Et de ton côté ? reprit-il. Du nouveau sur la scène de crime ?

Delgado opina du chef et lui parla de la liste d'adresses qu'elle avait trouvée ainsi que des trois hommes venus frapper à la porte de Hoeler.

— Ils portaient des vestes militaires, tu dis ? releva Hopper, sourcils froncés au-dessus de sa tasse.

— C'est comme ça que les a décrites le concierge, oui, confirma-t-elle en haussant les épaules. Mais pas sûr que ça nous aide. Ce genre de fringues, on en trouve dans n'importe quel stock de surplus militaire. Pourquoi cette question ?

— Parce que j'en ai une, moi aussi. J'ai gardé la mienne quand j'ai quitté l'armée.

— Tu penses que ces mecs pourraient être des vétérans ? demanda Delgado, dubitative.

— Le gardien t'a bien dit que le *Dixon's Club* louait des salles aux Alcooliques anonymes, non ?

— Oui, et ?

— Eh bien, peut-être que d'autres associations s'y retrouvent – comme des cercles de soutien pour les anciens du Vietnam, par exemple.

— Ça existe ?

— Oh que oui ! Beaucoup de ceux qui sont partis là-bas ont eu besoin d'aide à leur retour, tu sais.

— Ah, ça, je n'en doute pas. Bon, entendu, je vais creuser la piste du *Dixon's Club* et passer en revue les autres adresses histoire d'établir une liste de groupes. De ton côté, tu ferais bien d'y aller.

L'inspecteur consulta sa montre et hocha la tête. Au même moment, la porte s'ouvrit en grand sur Harris, qui se figea aussitôt.

— Alors les amoureux, ricana-t-il, on se donne des rendez-vous secrets ?

Hopper quitta la pièce non sans un soupir, laissant l'importun à la merci du regard assassin de sa partenaire.

Le temps que l'inspecteur arrive dans les locaux de la brigade des mœurs, un étage plus bas, le témoin qu'il devait questionner avait été conduit en salle d'interrogatoire. Calé dans un coin, un policier en uniforme y montait la garde. Quand Hopper le salua, l'homme en faction décroisa les bras et se décolla du mur en secouant la tête.

— Bonne chance avec celui-là, dit-il avant d'incliner sa casquette en guise d'au revoir et de sortir d'un pas nonchalant, les pouces calés dans les passants de sa ceinture.

Assailli par un mauvais pressentiment, l'inspecteur ferma la porte. Cette mission s'annonçait comme une sérieuse perte de temps. Sur la table au centre de la pièce, il posa d'abord son café, puis le dossier qu'on lui avait remis quelques minutes plus tôt concernant l'individu assis devant lui et qu'il était censé interroger.

Vêtu d'une chemise de base-ball et d'une veste en cuir fin, les manches retroussées jusqu'aux coudes, le jeune homme – sans doute pas encore tout à fait sorti de l'adolescence, vu son apparence – avait enfoui la tête dans ses bras, visage tourné vers le fond de la pièce, comme s'il dormait. Seul demeurait visible le rond parfait de sa coupe afro.

Le comportement du gamin – ou plutôt de l'indic, même si Hopper avait du mal à le considérer comme tel vu qu'il ne leur avait encore rien révélé – n'avait bien sûr rien d'inhabituel. Chacun réagissait à sa manière en détention et l'inspecteur avait vu de tout. Qu'il se soit noyé dans l'alcool ou la drogue, ce gaillard-là n'était pas encore redescendu sur terre. Lorsque Hopper prit place face à lui, il reconnut le relent douceâtre qui émanait du garçon.

Drogue, trancha-t-il intérieurement.

Il reprit une gorgée de café, jeta un coup d'œil à sa montre, soupira puis, de son index replié, frappa quelques coups sur la table. L'adolescent sursauta. Clignant des paupières, il se redressa en s'humectant nerveusement les lèvres.

— Navré de vous déranger, lança l'inspecteur sur un ton plein d'ironie. Vous auriez dû demander à la réception de vous passer un coup de fil pour vous réveiller...

Le front plissé, l'air déboussolé, le jeune homme le dévisageait sans cesser de se lécher les lèvres.

— D... de quoi ? finit-il par lâcher.

— Laissez tomber.

Hopper ouvrit nonchalamment son dossier et se saisit d'un formulaire à moitié rempli, le long duquel il commença à faire courir la pointe de son stylo.

— Bien... Vous êtes donc Washington Leroy.

— Ah non, intervint l'intéressé en agitant sa main au-dessus du document. Leroy Washington. Tu as tout inversé, mec. Mon prénom, c'est Leroy. (Il s'affala sur sa chaise avec un sifflement.) Leroy Washington.

Le garçon continuait de fixer Hopper, les yeux injectés de sang. Sans lampe de poche, impossible de vérifier l'état de ses pupilles, mais l'enquêteur aurait misé sur la case : « passablement dilatées ».

— Leroy Washington, se reprit-il avant d'entreprendre de corriger le patronyme sur le formulaire. Au temps pour moi...

— Et toi, tu es qui, exactement ?

Sans lever les yeux, le policier plongea sa main libre dans la poche de sa chemise et en ressortit sa carte, qu'il présenta au jeune homme. Ce dernier s'en saisit pour l'examiner de plus près.

— Inspecteur James Hopper, brigade criminelle… Attends, que vient faire la criminelle là-dedans ?

— Il paraît que vous avez des renseignements pour nous, poursuivit son interlocuteur en ignorant la question.

— Des renseignements, oui ! Oui, c'est ça !

L'espace d'un instant, les traits de l'interrogé s'étaient éclaircis mais son regard demeurait perdu dans le vague. Désabusé, l'inspecteur lâcha son stylo.

— Très bien… Je vous écoute.

Leroy hocha la tête, se passa de nouveau la langue sur les lèvres, puis posa les paumes à plat devant lui. Les doigts couverts de crasse, il arborait toute une collection d'élastiques pour les cheveux de couleurs diverses et variées entortillée autour du poignet gauche, et un large bracelet de cuir au poignet droit, orné d'une boucle en argent plus grosse encore que celle de la ceinture de Hopper.

— Alors voilà, commença-t-il en pianotant sur la table d'un ongle fendillé. Y a un truc énorme qui se prépare. Mais vraiment énorme, tu comprends ? (Il se redressa et sculpta le néant de ses deux mains.) Énorme, je te dis. Il prévoit ça depuis… oh, depuis un bail maintenant. Des mois, mec, des mois. Peut-être même des années.

Secouant la tête, il posa ses coudes sur la table pour regarder Hopper dans les yeux.

— Ce mec, le Saint Patron… Tu ne le connais pas ! Tu n'imagines même pas ! Il a un plan. Il a pensé à tout, ajouta-t-il avant de se tapoter la tempe.

— D'accord, d'accord, fit l'inspecteur avec une moue dubitative. Donc, si je comprends bien, quelque chose d'important va se produire, c'est ça ?

Leroy acquiesça et se renversa de nouveau contre son dossier. Hopper attendit quelques secondes, puis, n'y tenant plus…

— Bon, écoute, je vais avoir besoin d'un peu plus de détails, là. Si tu veux qu'on te protège, il nous faut des informations tangibles sur le danger en question.

— Tangibles ? répéta le garçon, perplexe.

— Oui. Des noms, des lieux, des dates, des horaires… Tout ce qui peut s'avérer utile. Encore une fois, on a les moyens de te protéger, mais pour ça, il faut que tu nous donnes du concret, des renseignements qui puissent nous permettre de prévenir un délit ou d'appréhender un criminel. On n'accorde pas ce service au premier venu, tu sais.

Le jeune homme se remit alors à tambouriner sur la table.

— Oui, mais je viens de te le dire, mec, je viens de te le dire. Je t'ai même filé un nom : le Saint Patron. Il a tout prévu, tout !

— C'est-à-dire ? soupira Hopper.

Peine perdue… Leroy semblait ne plus rien entendre : paupières closes, il avait tête renversée en arrière. Sur le point d'abandonner, le flic poussa un nouveau soupir – décidément, ce gamin délirait complètement – quand le soi-disant indic reprit tout à coup la parole.

— Elles arrivent. Les ténèbres, la nuit d'un noir serpent. (Sans ouvrir les yeux, le garçon grimaça.) Lui aussi arrive, ici et maintenant, ici et maintenant. Le trône ardent est prêt. Le Serpent y siégera bientôt pour régner par le feu. Son pouvoir s'étendra sur tous les êtres et son manteau d'ombres balaiera la ville.

Défoncé. Complètement défoncé, ça ne faisait plus un pli. Hopper et ses collègues avaient assez de boulot sans devoir en plus agréer le charabia d'un toxico qui tenait à leur annoncer l'imminence de la fin du monde. Rouvrant le dossier de Leroy Washington, l'inspecteur vérifia qu'il l'avait bien signé au bon endroit. Il allait demander à l'un de ses confrères des mœurs de rejeter cette racaille à la rue, et basta. Mais soudain, le jeune homme fut saisi d'une espèce de spasme sur sa chaise.

— Attends ! cria-t-il. Tu veux des preuves, c'est ça ? J'en ai ! Tiens, j'ai un truc pour toi.

Clignant des yeux en se tâtant les poches, il finit par tirer de l'intérieur de sa veste en cuir un petit objet qu'il posa sur la table. Le cœur battant la chamade, Hopper se laissa retomber sur son siège, incapable de détourner le regard de ce que venait de révéler le gamin.

Une carte blanche, un peu plus large qu'une carte à jouer. Et dessus, soigneusement dessinées d'un trait épais, à l'encre acrylique, les cinq branches d'une étoile évidée. Un nouveau symbole, certes, mais qui faisait clairement partie d'une série que l'inspecteur ne connaissait que trop bien.

Leroy avait beau continuer à lui parler, Hopper n'entendait rien d'autre que le bourdonnement qui s'intensifiait dans ses oreilles. Mais alors qu'il contemplait la carte depuis ce qui lui semblait déjà une éternité, son interlocuteur se mit à hyperventiler et à inspirer de grandes bouffées d'air. Ce soudain changement d'attitude tira l'enquêteur de sa transe.

— Où est-ce que tu as trouvé cette carte ?

L'intéressé n'écoutait toujours pas. Les yeux de nouveau clos, le souffle haché, il peinait à s'exprimer.

— Le jour des ténèbres viendra... et le jour sera semblable à la nuit, et la nuit sera noir serpent, et le trône sera préparé pour Son avènement... Ainsi parle le Saint Patron... Ainsi parle le Saint Patron.

Vautré sur son siège, le garçon commençait à retrouver le contrôle de sa respiration quand son menton se mit à tressauter sur sa poitrine. Les paupières toujours baissées, il riait.

— Leroy ! l'interpella Hopper sans succès. Leroy !

La paume de l'inspecteur s'était abattue sur la table et le jeune homme se redressa d'un seul coup, l'air hébété comme s'il venait d'émerger d'un long sommeil.

— Où est-ce que tu as trouvé cette carte ? répéta le policier d'une voix si forte qu'elle se répercuta contre les murs de la pièce exiguë.

L'interrogé ne paraissait malheureusement pas avoir noté le changement d'humeur du policier. Hagard, il regardait tout autour de lui sans cesser de remuer les lèvres.

— Tu n'aurais pas une clope, dis ? finit-il par demander à Hopper avant de s'essuyer la bouche du revers de la main. J'ai la gorge en feu, mec ! Il me faut un truc, là, n'importe quoi !

À bout de nerfs, incapable de se retenir, l'inspecteur se jeta alors en avant et attrapa l'adolescent par le poignet. Effrayé, Leroy eut beau pousser un cri, Hopper ne le lâcha pas.

— J'attends toujours ces fameuses informations. Ça a quelque chose à voir avec cette carte ? Tu sais d'où elle vient ou qui l'a fabriquée ? Si tu es au courant de quoi que ce soit concernant ces meurtres, tu as intérêt à parler, et tout de suite !

Il desserra sa prise et le garçon, qui n'avait cessé de se débattre, retomba lourdement sur sa chaise.

— Tout ça fait partie du plan. C'est ce qu'il dit. Que tout fait partie du plan.

— Quel plan ? De qui tu parles ?

— Du Saint Patron.

— Mais c'est qui, celui-là, bon sang ? C'est qui ?

— Saint John. C'est notre sauveur, il est venu préparer le trône pour Son arrivée à Lui.

L'inspecteur se frotta le visage d'un geste las.

— Comment ça, quelle arrivée ?

— Alors ça, non, mec… je ne peux pas prononcer Son nom, impossible ! Je…

— Mais qu'est-ce que tu me racontes, à la fin ! s'emporta Hopper. L'arrivée de qui ?

Il avait sauté sur ses pieds. Penché sur le pauvre garçon, il sentait le sang lui battre les tempes. Leroy soutint son regard, puis secoua la tête. Ses lèvres remuèrent un instant en silence, comme s'il cherchait ses mots, et bientôt ses yeux s'emplirent de larmes.

— De Satan, mec, murmura-t-il gravement. Satan est en chemin pour faire de New York son trône.

Chapitre 10

La carte

6 juillet 1977

Brooklyn, New York

Les coudes sur les genoux, Hopper se frotta les joues, puis se remit à fixer le panneau blanc de la porte. Vingt minutes déjà qu'il était assis sur l'une des cuvettes, dans les sanitaires du fond du commissariat. Non qu'il ait vraiment cherché à se cacher, mais il avait besoin de se retrouver seul face à ses pensées, et de tout le bâtiment, il ne voyait pas zone moins fréquentée que celle-là.

Dans sa poche de poitrine, la carte à jouer pesait aussi lourd que du plomb. Sa rencontre avec Leroy avait ébranlé l'inspecteur, qui s'en voulait. La découverte d'un nouveau symbole mystère avait beau l'avoir pris de court, il n'en demeurait pas moins flic ! Or un flic ne perdait pas son sang-froid comme il venait encore une fois de le faire – un défaut dont il avait bien conscience…

L'apparition de cette carte constituait toutefois une bonne nouvelle.

Il tenait là une piste.

Leroy Washington savait quelque chose. Il n'était probablement pas lui-même l'auteur de ces meurtres énigmatiques – autrement, jamais il ne se serait présenté au commissariat de son plein gré pour demander protection –, mais peut-être était-il impliqué malgré tout. Et s'il n'y avait pas eu grand-chose à tirer de ses propos embrumés, le garçon détenait des renseignements cruciaux, cela ne faisait aucun doute ! C'était d'ailleurs vraisemblablement ce qui l'avait mis en danger… et peut-être même fait de lui la cible du tueur.

Quant au reste… Satan qui menaçait New York, la ville promise aux flammes et aux ténèbres ? N'importe quel illuminé du côté de Times Square rabâchait ce genre de discours. « La fin est proche ! » auguraient-ils à chaque coin de rue. *Sans blague, les gars !* songea Hopper. *Bienvenue à New York ! Ici, il y a toujours un pauvre bougre pour qui le monde s'écroule.*

La porte des sanitaires s'ouvrit soudain avec fracas, tirant l'inspecteur de ses pensées. Quelqu'un pénétra à grand bruit dans la cabine voisine et lui sortit de la sienne pour se retrouver nez à nez avec son reflet dans le miroir au-dessus des lavabos. Il se dévisagea longuement. Il avait l'air claqué. Ce n'était pas qu'une impression d'ailleurs. La faute au manque de sommeil et à l'excès de caféine. Sans compter que désobéir aux ordres du capitaine le stressait bien plus qu'il ne l'aurait imaginé.

D'un regard, il se força à se ressaisir puis quitta les toilettes pour regagner son étage.

De retour à la brigade criminelle, l'inspecteur avisa immédiatement Delgado, debout à l'entrée de l'une des salles d'archives. Son moral remonta aussitôt, le nuage qui stationnait au-dessus de sa tête se dissipant complètement. Il ne se débattait pas seul dans ce pétrin – sa partenaire l'épaulait. Elle l'intercepta au moment où il s'apprêtait à rejoindre son poste et l'entraîna sans un mot jusqu'à la salle de pause vide, où elle ferma la porte derrière eux.

Là, elle augmenta le son de la télévision puis se retourna vers la grande table au centre et y déposa la feuille arrachée au carnet de notes que Hopper lui avait confiée plus tôt. La page était grisée en plusieurs endroits, comme hachurée au crayon de papier.

— Tu en as mis du temps, dis donc ! Regarde, il faut que tu voies ça, lança-t-elle le doigt pointé sur son œuvre. Heureusement que feu notre ami Jacob Hoeler avait la main lourde, sinon on n'aurait pas pu en tirer grand-chose. Tu ne connais pas cette technique ? On faisait souvent ça à l'école, quand on était gosses.

Le subterfuge révélait clairement les inscriptions incrustées dans le papier : le mot « Vipères » y figurait bien sûr en majuscules, encadré, aux côtés d'autres termes qui formaient effectivement une liste.

— Les Lames sanglantes, les Tueurs, les Kalachs (Bronx), la Légion (East Village), les Fauves de Fulton (Brooklyn), la Nation secourable, lut Hopper à voix haute. Toute une série de gangs, quoi.

— Exactement, confirma Delgado. Mais pas n'importe lesquels. Ils recouvrent les cinq arrondissements de la ville, et en creusant un peu, on s'aperçoit vite qu'en dehors des Vipères, ils sont tous bien connus des services de police comme des agences fédérales. Et surtout, ils ont tous un point commun.

— Lequel ? demanda son acolyte en se caressant le menton, concentré.

La jeune femme tapota la liste du doigt.

— Ces gangs se sont tous évanouis dans la nature. D'après nos renseignements, du moins. Envolés ! Ils n'existent plus. Ils peuvent aussi bien avoir été décimés, dissous, à moins que leurs membres soient partis loin d'ici, pour ce qu'on en sait.

— Sauf les Vipères ?

— Sauf les Vipères. Cette bande-là n'a pas encore fait parler d'elle. Personne ne la connaît, expliqua-t-elle avant de hausser les épaules. Enfin, en supposant qu'il s'agisse vraiment d'un gang.

— Il y a des chances, avec un nom comme ça. Un nouveau groupe peut-être. Des gangs qui se créent et qui se séparent, ça doit arriver tout le temps.

— C'est sûr. Mais tu comprends ce que ça signifie, Hop, pas vrai ? (L'intéressé leva les yeux vers sa partenaire, qui poursuivit.) Jacob Hoeler, notre troisième victime, était en fait un agent fédéral. Notre homme gardait dans une planque une liste de gangs, parmi lesquels un petit nouveau. Et quand il se fait descendre en pleine mission, paf ! Gallup débarque chez nous pour nous délester de l'enquête. Pour moi, ça ne fait pas un pli. Même si personne ne veut nous dire ce qui se passe, pas besoin d'être un génie pour comprendre.

— Hoeler faisait partie d'une unité spéciale, chargée d'enquêter sur les gangs.

— Dans le mille. Une unité qui dépend probablement du FBI, ce qui expliquerait d'ailleurs un tas de choses. Gallup est un abruti de bureaucrate, on est d'accord. N'empêche que dans cette histoire, il ne fait peut-être pas que protéger ses arrières.

Hopper hocha la tête.

— Ses hommes sont sans doute dispersés dans toute la ville. Enfin, si c'est bien lui qui dirige cette section. Ils opèrent peut-être depuis des mois déjà. Des années, même. (Il désigna le bout de papier.) Si ça se trouve, ils ont infiltré ces gangs-là pour les démanteler de l'intérieur.

— Tout juste. Alors quand l'une de leurs taupes se fait assassiner et que la police s'en mêle au risque de faire foirer toute l'entreprise, Gallup se sent obligé d'intervenir et de récupérer l'affaire. Il doit protéger ses agents, à tout prix. Il n'a pas le choix, il faut que l'enquête reste à la charge de son département.

Hopper opina de nouveau du chef – les pièces du puzzle commençaient à s'assembler dans son esprit. Puis sans un mot, il tira la carte marquée d'une étoile de la poche de sa chemise.

— D'où tu sors ça, toi ? s'écria Delgado, les yeux ronds comme des soucoupes.

— Ça vient du gamin que j'étais chargé d'interroger, répondit son partenaire en jetant la pièce à conviction sur la table. Celui qui réclamait une protection policière. Il m'a d'abord débité tout un blabla sur la fin du monde et…

— Pardon ?

— Oh, rien, il planait. Je ne sais pas ce qu'il a pris mais c'était du lourd. Bref, il avait cette carte sur lui. Il me l'a présentée comme la garantie que ce qu'il avait à nous communiquer nous intéresserait.

— Et c'était le cas ?

— Aucune idée, je n'ai rien réussi à en tirer. J'aurai sans doute davantage de chance quand il aura l'esprit plus clair. Mais quoi qu'il ait à nous apprendre, ça doit avoir un lien avec les autres cartes et donc avec les meurtres. (Hopper désigna du menton l'étoile à cinq branches.) Or on sait maintenant que ces meurtres sont liés à cette histoire de gangs. Ce gamin – Leroy Washington –, il n'a pas dit faire partie d'une bande mais il a clairement le profil pour. Il est fort possible qu'il appartienne à ce nouveau groupe, là… les Vipères.

Considérant la question, la jeune femme se massait les tempes.

— Sauf que les gangs ne donnent pas vraiment dans le meurtre rituel, en général.

— Je suis bien d'accord. Mais impossible que la connexion entre les deux tienne de la simple coïncidence. Jacob Hoeler en est la preuve. Pareil pour Leroy.

— Il est où, d'ailleurs ?

— En cellule de dégrisement, le temps qu'il redescende de là où il est perché. Ensuite seulement il pourra nous livrer ses secrets. (Hopper reporta son attention sur sa coéquipière.) Enfin, bref, j'imagine que tu sais ce que ça veut dire pour nous ?

Delgado poussa un soupir.

— Fini les investigations clandestines…

Son collègue hocha la tête. Leur enquête était bel et bien terminée. L'affaire dans laquelle ils avaient tous deux mis les pieds s'avérait bien plus délicate que prévu et la moindre interférence pouvait mettre la vie de plusieurs agents en danger.

— On n'a pas travaillé pour rien, va. On va rapporter tout ce qu'on sait au capitaine, qui pourra le transmettre aux fédéraux. Avec un peu de chance, ils fermeront les yeux sur notre petite incartade.

Delgado approuva sans un mot puis s'assit à la table, imitée par son collègue. À l'écran, face à eux, le volume assez fort pour faire vibrer la fine coque en plastique du téléviseur, le présentateur laissa bientôt sa place à une rediffusion du discours passionné d'Ed Koch – candidat à la mairie de New York – sur la délinquance et la criminalité en ville. Tournant la tête, Hopper s'aperçut que sa partenaire le dévisageait.

— Qu'est-ce qu'il y a ? fit-il.

— Tu fais peur à voir.

Il eut un faible rire.

— Je suis au courant, merci.

Mais Delgado secoua la tête.

— Rentre chez toi, Hop. Prends ton après-midi. Passe un peu de temps avec ta femme, emmène-la au ciné ou que sais-je… Je te couvre auprès de LaVorgna et demain, on lui raconte tout. De toute façon, à t'entendre, ton indic ne sera pas sur pied avant, donc on peut bien attendre jusque-là.

Hopper fixa sa collègue un long moment, puis finit par capituler.

— Bon d'accord… Merci.

— À votre service, inspecteur, à votre service.

Cabane de Hopper
Hawkins, Indiana

26 décembre 1984

Hopper s'affairait côté cuisine. Après avoir parlé un long moment sans s'arrêter, il avait eu besoin d'une pause. Et son auditoire aussi. Si Elfe avait commencé par protester lorsqu'il s'était interrompu, ses yeux s'étaient mis à briller aussitôt que son père avait déclaré qu'il était l'heure de faire réchauffer quelques gaufres Eggo. La friandise ou plutôt le plat, toutes catégories confondues, préféré de l'adolescente.

— « Noir… serpent ».

Hopper jeta un coup d'œil par-dessus son épaule. Elfe, qui s'était levée pour se dégourdir les jambes, était retournée dans le salon, d'où elle le regardait, assise en tailleur à même le sol.

— Qu'est-ce que ça signifie ? insista-t-elle.

Son père disposa les gaufres sur un plat, se versa une nouvelle tasse de café puis se dirigea vers sa chaise.

La jeune fille sauta sur ses pieds et en fit de même.

— Dis donc, qui est-ce qui raconte l'histoire, ici, toi ou moi ? la taquina-t-il en posant son chargement au centre de la table avant de retourner dans la cuisine.

Le temps qu'il revienne, Elfe était passée à l'attaque sans attendre l'assiette qu'il glissa tout de même devant elle.

— Je croyais que c'était bien de poser des questions, répliqua-t-elle.

— Non mais c'est quoi, ces manières ! On ne parle pas la bouche pleine, mademoiselle. (Il se servit à son tour une gaufre toute chaude.) Et si questionner, c'est bien, faire preuve de patience, c'est pas mal non plus.

— C'est ce qu'a dit Leroy… Et Lisa aussi, poursuivit la jeune fille, les sourcils froncés.

Hopper s'immobilisa, la fourchette en l'air.

— Tu ne peux vraiment pas attendre, hein ?

Elfe se contenta de le dévisager, la mine légèrement renfrognée.

— Eh bien, oui, tu as raison, tous deux ont utilisé la même expression, admit-il. Ce détail ne m'a d'ailleurs pas échappé sur le moment. Seulement, quand on s'est rendu compte que nos trois meurtres étaient sûrement liés à une opération fédérale d'envergure, en comparaison, ce petit bout de phrase ne m'a plus paru si important. D'autant que quand j'ai parlé à Delgado de l'étrange comportement de Lisa à la fête d'anniversaire et que je lui ai rapporté cette drôle de coïncidence, elle en a déduit que ces paroles venaient sans doute d'un programme télé ou radio. D'une chanson que Leroy et Lisa auraient tous les deux entendue, par exemple. Tu sais, comme quand, après avoir relevé un nouveau mot pour la première fois, tu as tout à coup l'impression de l'entendre partout.

Hopper ne put s'empêcher de soupirer en voyant l'air dubitatif de sa fille. Bon, évidemment, pour qu'elle le comprenne, il aurait fallu qu'elle grandisse avec une télé, une radio… ou même des interlocuteurs.

— Bref, reprit-il. Tout ça pour dire que oui, on avait bien fait le rapprochement, mais on n'a pas tout de suite établi le lien avec le reste.

Ce fut au tour de l'adolescente de se figer au beau milieu d'une bouchée pour fixer son père, la mâchoire grande ouverte.

— Quoi ? fit-il, perplexe.

— Vous n'avez pas compris tout de suite ?

— Eh bien, non, on…

— Mais une vipère, c'est bien un genre de serpent, non ?

Hopper hocha la tête.

— Si, en effet.

Les yeux écarquillés, Elfe agitait les mains.

— Du coup, c'est évident ! Serpent… Vipère… (Frustrée, elle poussa un profond soupir face au regard interrogateur de son père.) Ils sont tous liés !

— Qui ça ?

— Eh bien… Leroy, Lisa, le gang des Vipères et la troisième victime.

— Jacob Hoeler, tu veux dire ? demanda Hopper en accompagnant une nouvelle bouchée d'une gorgée de café.

Tendant la main pour piocher une serviette en papier dans le paquet posé sur la table, il vit sa protégée acquiescer avec empressement, presque enthousiaste.

Comprenait-elle, saisissait-elle que toute cette histoire avait vraiment eu lieu, quelques années plus tôt ? Une question difficile à laquelle le narrateur n'était pas certain de savoir répondre. Intelligente, sa fille deviendrait un jour une jeune femme vive et douée, aucun doute là-dessus. N'empêche que laissée aux bons soins – un bien grand mot – du Dr Brenner, son éducation présentait quelques… disons irrégularités. Et si, sur certains points, Elfe se révélait plus avancée que la normale, sur d'autres, elle restait moins mature que d'autres ados de son âge. Enfin… pas que Hopper ait une quelconque expérience en la matière.

— Oui, Jacob Hoeler, répéta-t-il.

Il lui semblait important d'insister sur le nom de la victime. Pourquoi ? Il n'aurait su l'expliquer. Pour ne pas risquer de banaliser les faits, sans doute. Cette anecdote ne relevait ni de la fiction, ni du conte de fées.

C'était la vérité – ce qu'il en savait, du moins.

— Un peu de patience. Promis, tu vas finir par tout comprendre.

Si Elfe parut un brin contrariée, elle n'en saisit pas moins sa troisième gaufre. Quelques minutes durant, père et fille se contentèrent de mâcher en silence.

— C'est quand même bizarre ! lança-t-elle soudain.

— Quoi donc ?

— Le capitaine, il était au courant pour la carte, non ? poursuivit-elle en levant les yeux de son assiette.

— Bien vu, championne ! la félicita Hopper d'un sourire appuyé d'un geste de la fourchette. Toujours faire attention aux détails. Eh oui, LaVorgna était au courant. À son arrivée au commissariat, Leroy s'était manifestement amusé à montrer sa carte à tout le monde, et le policier qui a prévenu le capitaine de la présence du gamin lui a bien mentionné cette étoile à cinq branches. Raison pour laquelle mon supérieur m'a désigné pour aller l'interroger. Bien sûr il ne pouvait pas me le dire, pas même en privé, car il savait qu'il devait se tenir en dehors de toute cette histoire. S'il n'appréciait pas plus que nous de se voir retirer une affaire, il ne pouvait rien faire contre, pas dans sa position. Quand tout a été réglé, il a fini par m'expliquer ce qui s'était passé exactement de son côté, mais il ne faut pas oublier qu'à ce moment-là, le jour de l'interrogatoire de Leroy, il ignorait encore tout de ce que Delgado et moi venions de comprendre, à savoir qu'une unité spéciale mise sur pied par une agence fédérale semblait mêlée à l'enquête.

Apparemment satisfaite par cette réponse, Elfe s'en retourna à sa gaufre entamée. Mais le répit fut de courte durée.

—C'est dangereux, ton métier ?

Hopper fronça les sourcils.

—Ça peut l'être, oui.

—Parce que tu arrêtes des personnes qui vont commettre des crimes, quand même.

—Trouver les futurs meurtriers avant qu'ils passent à l'action, c'est difficile. En temps normal, on essaie plutôt de trouver l'auteur d'un assassinat après coup. Enfin pas tout le temps, c'est vrai, admit-il en haussant les épaules. L'affaire du tueur aux cartes relevait en effet de l'exception : un *serial killer*, il y a des chances pour qu'il continue de sévir jusqu'à ce qu'on réussisse à l'arrêter. Donc oui, là, le but, c'est bien de l'empêcher de sévir à nouveau. Mais ces situations restent rares. La plupart des inspecteurs n'y sont jamais confrontés.

— Mais… dans tous les cas, tu poursuis des méchants, pas vrai ? Des gens qui peuvent te faire du mal.

— Absolument, conclut-il.

Elfe avait beau continuer de le regarder dans l'expectative, Hopper n'était pas certain d'avoir grand-chose à ajouter. Si la remarque de sa fille n'avait rien de bien sorcier, y répondre s'avérait pourtant… compliqué. Il soupira.

— Tu as raison, être policier, ça veut dire affronter des individus mal intentionnés et se mettre parfois en danger. Ça fait partie du boulot. Mais ce métier a plein d'autres facettes. On y est amené à apporter son aide à ceux qui en ont besoin, par exemple. Enfin, ça, tu le sais, puisque je t'ai aidée, toi.

Il s'interrompit net, se rendant soudain compte que c'était sans doute la première fois que l'adolescente en venait à considérer vraiment l'existence de son père adoptif, la profession qu'il exerçait et – plus important encore – la manière dont ces deux paramètres se répercutaient sur elle. Pas seulement pour les quelques mois écoulés, pendant lesquels ils avaient combattu côte à côte le Démogorgon et le Flagelleur mental, mais également sur le présent et le futur : quel impact le quotidien et le métier de son père allaient-ils avoir sur elle à l'avenir ?

Leur avenir.

Clignant des paupières pour en chasser une larme, Hopper posa les yeux sur sa protégée qui, jusqu'à peu de temps auparavant, avait passé sa vie soumise à la peur et la souffrance.

Sans un mot, elle lui tendit son verre vide. Il sourit, le récupéra et retourna avec dans la cuisine, où il le remplit de soda.

— Un métier dangereux... souffla Elfe presque pour elle-même quelques secondes plus tard, après avoir pris le temps de savourer une gorgée de boisson sucrée.

Fasciné, Hopper l'observa élaborer point par point la question qui viendrait ensuite, aux prises avec la compréhension de concepts qu'une autre fille de son âge aurait pu trouver simples, mais qu'elle n'avait encore jamais eu à se représenter. Pour la millième fois depuis qu'il connaissait le personnage, il maudit silencieusement Brenner. Pourtant, à l'évidence, Elfe allait de mieux en mieux. Son père adoptif faisait tout son possible pour lui apprendre ce qu'il savait du monde et l'adolescente ferait encore plus de progrès une fois correctement intégrée dans son nouvel environnement.

Un sujet dont il s'inquiéterait plus tard, cependant, car face à lui, la jeune fille luttait pour trouver ses mots – au point d'en grimacer comme sous l'effet d'une douleur physique. Elle finit par secouer la tête.

— Et il voulait quand même devenir flic ? lâcha-t-elle à voix haute, encore une fois, essayant sans doute d'attaquer le problème par un angle différent.

Et soudain, Hopper comprit. Elfe se débattait avec deux vérités qu'elle n'arrivait pas à concilier, comme dans ce jeu où le but consiste à associer deux assertions pour déboucher sur une conclusion logique. Le policier sourit et se rassit.

— Être flic, c'est dangereux, et moi, je voulais quand même devenir flic... Résultat, tu te demandes pourquoi j'ai voulu faire un métier dangereux. C'est ça ?

Toute sa perplexité et sa frustration évaporées en un instant, l'adolescente hocha vivement la tête et se détendit. Calme et posée, elle reprit un peu de soda puis attendit la réponse. Bien sûr, elle-même ne se laissait pas démonter face au danger – Hopper le savait, comme il savait que cette aptitude résultait d'une part des conditions dans lesquelles elle avait été élevée, et d'autre part de sa capacité à... eh bien, à se défendre toute seule.

Mais à présent, grâce à l'histoire que lui relatait l'ex-inspecteur, peut-être commençait-elle à comprendre que certains décident parfois délibérément de prendre des risques pour les autres. *Elle apprend, elle apprend...* songea-t-il.

— C'est vrai que mon travail peut se révéler difficile, répondit-il. Mais ce n'est pas pour cette raison que je l'ai choisi. J'avais envie de me mettre au service des populations et de leur porter secours. Parce que, tu sais, le monde a beau compter son lot de méchants, il regorge aussi de gentils. Des citoyens ordinaires qui, au prix d'un certain effort, peuvent agir pour le bien. Même si ça signifie se mettre un peu en danger parfois. C'est d'ailleurs pour ça que je savais que je voulais devenir flic : parce que j'avais l'expérience et les compétences nécessaires pour affronter sereinement ces difficultés sans qu'elles m'empêchent de faire ce qui me semblait juste, autant que possible.

La jeune fille plongea ses yeux dans les siens et les scruta de longues secondes pour finalement hocher la tête et vider son verre.

— Et n'oublie pas que l'histoire se termine bien, ajouta Hopper. Je suis là, devant toi, pas vrai ? Donc, ça veut dire que je m'en suis sorti. Bon, mais sinon, ça va toujours ? Tu es sûre de vouloir continuer ?

Tout sourire, Elfe hocha la tête et poussa son assiette vide vers lui.

Son père s'esclaffa.

— Tout de suite, ma petite dame !

Chapitre 11

Monsieur le rebelle

6 juillet 1977

Brooklyn, New York

— Attends, et quand cet énorme vaisseau déboule du haut de l'écran ? Je te jure que j'ai senti les murs du cinéma trembler !

Les doigts joints au-dessus de la tête en un large « V », Hopper se mit alors à mimer en plein restaurant les mouvements dudit appareil, qui fondit sur son épouse, assise de l'autre côté de la table surélevée.

— VrrrrrrrRRRRAAAOOUM !

Face à son mari et à sa reconstitution épique du film dont ils étaient sortis une demi-heure plus tôt, Diane riait tellement fort que les larmes commençaient à lui rouler des cils. Après s'être redressé sur son haut tabouret, l'inspecteur arrondit les épaules et, paumes autour de la bouche pour ajouter à son souffle un peu de résonance, il s'appliqua à produire la respiration sifflante la plus dramatique qui soit.

— Jim !

Entre deux hoquets, sa femme lui fit signe d'être plus discret tout en balayant du regard le petit établissement. Mais personne ne faisait attention à eux et les mains de Hopper se transformèrent bientôt en pistolets.

— Pfiou, pfiou, pfiou !

— Pardon, lança Diane lorsqu'elle parvint enfin à s'exprimer, quel âge est censé avoir mon mari, déjà ? Trente-cinq ans, bientôt treize, c'est ça ?

Lui-même hilare, l'intéressé cessa enfin son petit numéro. Sur la table entre eux deux, servi dans une immense coupe à l'ancienne qui tenait plus du vase que du verre, patientait le dessert qu'ils partageaient : une crème aux œufs façon Brooklyn – douceur qui ne contenait en réalité ni œufs ni crème et dont l'aspect se rapprochait plutôt du milk-shake. Hopper se pencha en avant pour attraper sa paille avec ses dents. En face de lui, Diane fit de même. Elle aspira une brève gorgée puis se décolla de son siège et déposa un baiser sur le nez de son compagnon.

— Contente que ça t'ait plu en tout cas, dit-elle en se rasseyant. Mais batailles galactiques mises à part, tu crois que Luke et Leia finiront par... Tu sais...

Hopper faillit s'étrangler avec son dessert.

— Finiront par... quoi exactement ?

— Oh, tu sais bien, minauda Diane, de nouveau rieuse. Conclure !

— Et c'est moi l'ado ? s'esclaffa son compagnon. C'est tout ce que tu retiens du plus grand film de tous les temps !

— De tous les temps ? Rien que ça ?

—Avoue que c'était quand même incroyable, comme moment de cinéma.

—D'accord, je capitule, céda-t-elle en essuyant ses joues humides. C'était plutôt génial. (Elle récupéra sa paille et touilla un instant la mixture.) Je suis sûre que Sarah adorerait, d'ailleurs. On pourrait l'emmener le voir, non ? Qu'est-ce que tu en penses ?

—Tu ne crois pas que la nouvelle comédie musicale qui vient de sortir serait plus de son âge ?

—De quoi, *Annie* ? Tu as vu le prix des billets ?

—Ah... C'est si cher que ça ?

—Eh bien, disons qu'une autre séance de ciné me paraît quand même plus raisonnable...

—Surtout à New York... Je me plierai donc à la voix de la raison ! Et puis, maintenant que ce merveilleux film a passé le test parental... ajouta Hopper, avant de se renfoncer dans son fauteuil avec un sourire satisfait. Ce qui prouve donc que j'ai vu clair dans ton jeu.

—À quel propos ? demanda Diane, perplexe.

—Tu as trouvé ce film tellement génial que tu utilises notre fille adorée comme excuse pour le revoir. Un bien piètre prétexte, d'ailleurs.

Feignant l'indignation, elle ouvrit une bouche béante.

—Objection Votre Honneur !

—Au cas où tu n'aurais pas remarqué, rétorqua son époux tout en reprenant un peu de crème aux œufs, je suis flic, pas avocat. Cette remarque ne marche pas avec moi.

—D'accord, d'accord, mais tout avocat que tu n'es pas, tu te révèles quand même étonnamment doué pour éviter les questions épineuses.

Hopper mélangea un instant leur boisson commune.

—Quelle question ?

—Luke et Leia. Oui ou non ?

—Ah… Bien sûr que non !

—Pourquoi pas ?

—Les filles préfèrent toujours les rebelles.

—Ah oui ? C'est scientifiquement prouvé, ça, monsieur le rebelle ?

—Affirmatif, répondit l'intéressé. Elle craquera pour Han. Sûr et certain.

Diane haussa les épaules et tira la coupe à elle – hors de portée de son mari – afin d'en touiller le fond. Au bout d'un moment de concentration intense, elle releva la tête pour découvrir qu'il la dévisageait.

—Quoi ?

Les lèvres de son compagnon s'étirèrent en un sourire irrépressible.

—Je t'aime, Diane Hopper.

—Je t'aime aussi, monsieur le rebelle, répondit-elle en se penchant vers lui, les coudes sur la table. Tu m'as l'air… heureux.

Aussitôt, les traits de Hopper se crispèrent. Sentant ce soudain changement d'humeur, son épouse lui attrapa la main.

—Du calme… Je n'ai rien dit de mal, tu as l'air heureux, c'est tout. Ça fait des semaines que je ne t'ai pas vu aussi détendu. Et je ne pense pas que ce soit juste l'effet du film et de la crème aux œufs.

Il réfléchit un instant à la question. Tout compte fait… c'était on ne peut plus vrai : il se sentait vraiment apaisé.

Et heureux, même, en effet. Diane avait raison – comme toujours. Elle inclina la tête sur le côté.

—Alors, dis-moi… C'est grâce au boulot, c'est ça ?

S'affalant légèrement sur la table haute, il croisa les bras avant de répondre.

—À vrai dire, oui. (Il baissa la voix.) Tu te souviens de cette histoire dont je t'ai parlé, les… les meurtres en série ?

—Oui, souffla sa femme. Vous avez avancé ?

—Non, au contraire. L'enquête nous a été retirée.

—Quoi ? Et c'est ça qui te réjouit ?

Diane s'était redressée, sourcils froncés.

—Ah non, pas du tout ! Je me suis mal fait comprendre. J'aurais préféré conserver l'affaire et pouvoir la résoudre mais elle a été récupérée par une des agences fédérales. Il se trouve que ces assassinats seraient liés à un ou plusieurs gangs où sont infiltrés des agents spéciaux. Résultat, ils veulent gérer la suite eux-mêmes sans que la police leur traîne dans les pattes et ils nous ont délestés de l'enquête.

—O.K… lâcha Diane en hochant la tête. Et comment tu te sens vis-à-vis de cette décision ?

Gonflant les joues, Hopper poussa un soupir exagéré.

—Hmm… Eh bien, je… C'est sûr qu'on aurait aimé attraper ce dingo nous-mêmes, mais là… cette histoire me dépasse, nous dépasse complètement. Du coup, je suis ravi de laisser d'autres s'en charger. Et puis…

—Oui ? l'encouragea son épouse après qu'il se fut interrompu pour chercher ses mots.

—Et puis, tu n'as pas tort, je suis plus heureux comme ça. C'était une affaire compliquée et si d'un côté j'aurais aimé l'élucider, de l'autre, je suis soulagé de ne plus être impliqué. Les inspecteurs Delgado et Hopper auront encore bien d'autres mystères à éclaircir !

Son visage s'illumina tout à coup.

— Qu'est-ce qu'il y a encore ? s'enquit Diane.

— Rien, la rassura-t-il avant de sauter de son tabouret. Juste une sérieuse envie de frites ! Je reviens tout de suite.

Et il s'éloigna vers le bar, laissant sa femme à son fou rire, le nez plongé dans le reste de leur dessert.

Malgré l'heure tardive, la température n'avait pas baissé. Hopper se rendit compte qu'il était trop couvert à la seconde où il ouvrit la porte du restaurant pour la tenir à son épouse. Le temps qu'elle ferme son sac, il se débarrassa donc de sa veste et la balança sur son épaule. Lorsqu'un petit objet s'en échappa et dériva jusqu'au trottoir, sa surface blanche presque aveuglante sous la lumière des lampadaires, Diane se pencha aussitôt pour le ramasser.

— Qu'est-ce que c'est que ça ?

— Oh ! J'avais complètement oublié que je l'avais gardée sur moi. Il faudra que je pense à la rapporter au commissariat dès demain.

L'inspecteur tendit la main pour récupérer son bien mais sa femme ne le lui rendit pas tout de suite.

— C'est drôle, on dirait une carte de Zener, commenta-t-elle, le regard rivé sur l'étoile.

Le bras toujours en l'air, Hopper cligna des yeux.

— Une carte de quoi ?

— De Zener, répéta Diane avant de la lui remettre.

Comme s'il n'avait pas déjà examiné cette pièce à conviction de malheur pendant des heures, il la tourna et la retourna quelques secondes de plus entre ses doigts.

— Et qu'est-ce que c'est, exactement ?

— Je ne sais pas trop, répondit la jeune femme en haussant les épaules. Tout ce que je peux te dire, c'est que les cartes de Zener servent à des expériences de divination ou quelque chose du genre. (Elle pointa du doigt celle que tenait Hopper.) Et il n'y a pas que celle-là. Il y en a plusieurs, qui forment une série.

Tout en se mordillant la lèvre, l'inspecteur se rapprocha de son épouse, qui le dévisagea avec inquiétude.

— Jim ? Qu'est-ce qui se passe ?

— Ces cartes… Le tueur en a laissé une sur chacune des scènes de crime, murmura-t-il. Un symbole différent à chaque fois, peint à la main à l'acrylique. Ces dessins ont clairement un sens pour l'assassin, mais s'il essaie de nous transmettre un message, on n'a pas encore compris lequel.

L'air effaré, Diane ouvrit puis referma la bouche à plusieurs reprises.

— Tu… tu veux dire que vous ne saviez pas à quoi servaient ces cartes ?

— Non. Ça fait même des semaines qu'on sèche complètement à ce sujet. (Hopper marqua une pause.) Mais toi, comment ça se fait que tu connaisses tout ça ?

— Tu te souviens de Lisa Sargeson, à l'anniversaire, lundi ?

— La diseuse de bonne aventure ? Comment pourrais-je oublier…

Son épouse eut une moue narquoise.

—Eh bien, je crois qu'elle les utilise pour certains de ses numéros. Enfin, elle ne s'en est pas servie devant nous mais elle nous a un peu expliqué en quoi consistaient ses différents tours et elle les avait apportées avec ses autres accessoires. Il me semble qu'elle les a appelées « cartes de Zener ». Cela dit, j'ai peut-être mal entendu.

—Du coup, on les tire comme des cartes de tarot ? Pour lire l'avenir ? demanda Hopper, perplexe.

—Aucune idée, admit Diane avec un nouveau haussement d'épaules. Je n'en sais vraiment pas beaucoup plus. Quand Lisa a mentionné cette histoire de voyance, j'ai surtout pensé que ça faisait partie de son personnage. Qu'elle cherchait par là à donner l'impression que son numéro n'était pas qu'une mise en scène mais se basait réellement sur un mélange de science et de magie. Ça… ça va, Jim ?

Dubitatif, son époux secouait la tête. Il soupira, replaça la carte dans la poche de sa veste, puis prit la main de sa femme, direction le métro.

—Depuis le temps qu'on essaie de déchiffrer ce mystère… Et dire qu'il suffisait de demander à la magicienne timbrée du goûter d'anniversaire !

Il s'immobilisa soudain au beau milieu de la rue – halte qui força Diane à s'arrêter aussi.

—Tu pourrais me rendre un service ? lui demanda-t-il.

—Bien sûr.

—Tu crois que Lisa pourrait m'en apprendre davantage sur les cartes de Zener et leurs significations ?

— Euh, oui, j'imagine. Mais je croyais que l'enquête vous avait été retirée ?

— C'est le cas, confirma-t-il en opinant du chef. Sauf que cet indice-là m'a été remis sans que je demande quoi que ce soit par un indic qui s'est présenté au commissariat. Comme le gosse en question semble appartenir à un gang, avec Delgado, on prévoyait de le remettre entre les mains des fédéraux demain. Mais si on leur fournit un supplément d'information en même temps, ça ne pourra pas faire de mal. Tu aurais les coordonnées de cette cartomancienne ? Elle fait partie des parents d'élèves, c'est ça ?

— Oui, oui, je dois avoir son numéro quelque part. l'appellerai demain matin si tu veux.

— À vrai dire… commença-t-il avec une grimace d'excuse, tu ne pourrais pas essayer de la joindre ce soir ?

— Il commence à être un peu tard, Jim.

— Tu sais bien que je ne te le demanderais pas si ce n'était pas aussi important.

— Bon, d'accord, soupira son épouse. Si ça peut t'être utile…

Quand ils arrivèrent chez eux, le silence régnait dans l'appartement. Sarah dormait à poings fermés et Rachel, sa baby-sitter, leur assura que la soirée s'était bien passée. Le policier piocha quelques billets dans son portefeuille et les yeux de l'adolescente s'illuminèrent quand elle compta ses gains. Elle remercia ensuite ses employeurs et leur souhaita une bonne nuit.

Dès qu'elle eut passé la porte, Hopper courut dans la cuisine pour attendre à côté du réfrigérateur.

— Un peu de patience, inspecteur ! lui lança sa femme.

— Désolé, s'excusa-t-il en souriant.

Elle posa son sac à main sur la table de la cuisine et en sortit un fin carnet d'adresses relié de cuir qu'elle feuilleta un instant. Arrivée à la bonne page, elle s'approcha du téléphone mural puis cala le combiné entre son épaule et sa joue pour garder une main libre et composer le numéro. Elle se tourna ensuite vers son mari et tous deux patientèrent en silence. Après ce qui parut une éternité, elle secoua la tête et allait se résigner à raccrocher lorsque Hopper perçut un déclic à l'autre bout du fil, suivi d'une voix étouffée. La jeune femme reporta aussitôt le téléphone à son oreille.

— Allô, Lisa ? Bonsoir, c'est Diane… Diane Hopper. Non, non, tout va bien. Désolée d'appeler aussi tard, mais… Ah, très bien, alors… fit-elle en riant.

L'inspecteur se détendit aussitôt et, bras croisés, s'appuya contre le plan de travail pour écouter son épouse expliquer à son interlocutrice qu'il avait besoin de son aide, et que, non, ce coup de fil n'avait rien à voir avec l'incident du goûter d'anniversaire. Une fois cette inquiétude écartée, Diane passa le combiné à son compagnon.

— Elle est tout à vous, mon cher, souffla-t-elle.

Sur ces mots, elle l'embrassa sur la joue et quitta la pièce. Étirant au maximum le cordon entortillé du téléphone, Hopper retourna s'accouder au comptoir.

— Lisa ? Bonsoir, James à l'appareil. Merci de prendre

mon appel. (Il se frotta le front.) Écoutez, je tiens vraiment à m'excuser pour lundi. Mais si vous voulez bien, j'aurais quelques questions à vous poser.

Cabane de Hopper
Hawkins, Indiana

26 décembre 1984

— Alors ? Tu goûtes, oui ou non ?

— Où sont les œufs ?

Hopper secoua la tête.

— Il n'y en a pas.

— Et la crème ?

— Pas de crème non plus.

Elfe ferma un œil et se remit à scruter le grand verre posé sur le plan de travail entre son père et elle. S'il n'avait pas déniché dans les placards la coupe adéquate, la crème aux œufs qu'il venait de leur concocter n'avait pas l'air trop ratée : d'un appétissant brun clair, le hors-d'œuvre se trouvait même surmonté d'un semblant de mousse. Mais l'adolescente restait visiblement peu convaincue par cette étrange mixture d'un autre temps.

— Du lait, du coulis de chocolat…

— Beaucoup de coulis de chocolat.

— Et de l'eau… gazeuse, c'est ça ? demanda-t-elle en butant sur ce nouveau mot.

— Tout à fait ! De l'eau avec plein de bulles.

Les bras croisés sur le plan de travail, Hopper posa le menton dessus, la tête à la même hauteur que celle de sa fille, ou presque.

— Alors, tu te lances ? Je te rappelle que c'est toi qui m'as demandé de t'en préparer…

Les yeux à présent grands ouverts, Elfe pencha la tête d'un côté puis de l'autre.

— Mais pourquoi « crème aux œufs » ?

— Ah ça, c'est une longue histoire…

— En tout cas, ça ne donne pas très envie…

— Tu rigoles ! s'écria Hopper en se redressant d'un seul coup. C'est délicieux, je t'assure ! Regarde.

Joignant le geste à la parole, il attrapa l'une des deux pailles qui attendaient à côté de la boisson, en transperça la couronne d'écume et en aspira une longue gorgée. Avec un soupir de contentement exagéré, il tendit ensuite le verre à bout de bras et scruta la mixture comme s'il s'était agi d'un vin millésimé dont il évaluait les propriétés.

— Au risque de me répéter, sache que cette crème aux œufs est un délice, un incontournable de Brooklyn. Tu vas adorer.

Il reposa le breuvage et Elfe se pencha de nouveau dessus pour en observer la mousse.

— Vas-y, insista-t-il en offrant à sa fille la seconde paille. Goûte.

L'adolescente se tut un moment et finit par sauter au bas de son tabouret.

— Finalement, ça ira, dit-elle avant de retourner s'asseoir à table.

— Parfait, répliqua Hopper en la suivant, le verre à la main. Ça en fera plus pour moi.

Chapitre 12

L'oiseau s'est envolé

7 juillet 1977

Brooklyn, New York

En arrivant dans les locaux de la brigade ce matin-là, Hopper se traîna jusqu'à son poste sans se faire remarquer. Il n'avait qu'une perspective en tête : celle d'aller se prendre un café.

La nuit précédente avait été courte. Non qu'il soit resté bien longtemps au téléphone avec Lisa Sargeson, au contraire : la jeune femme venait elle-même de rentrer chez elle et devait se lever tôt le lendemain. Leur conversation s'était donc avérée des plus brèves puisqu'ils s'étaient contentés de se fixer un rendez-vous pour plus tard. Hopper était ensuite allé se coucher sans réponse à ses questions. Résultat, il avait passé les heures suivantes, éveillé dans son lit, à tourner et retourner dans son esprit les récents événements, pendant qu'à côté de lui, Diane dormait du sommeil du juste.

L'insomnie avait malgré tout permis à l'inspecteur de décider d'une ligne de conduite – une marche à suivre simple et satisfaisante qui n'engendrerait aucune complication. Tout d'abord, retourner interroger Leroy – qui, avec un peu de chance, se révélerait plus compréhensible une fois redescendu sur terre –, puis recueillir auprès de Lisa le plus d'informations possible concernant la nature des cartes de Zener, et enfin, présenter le tout au capitaine.

Même si LaVorgna lui avait sans doute confié le cas Leroy justement parce qu'il savait le jeune homme en possession d'une carte – impossible qu'il s'agisse d'une coïncidence –, il lui passerait sans doute un savon pour la forme : une manière classique et efficace de bien montrer qu'il n'était au courant de rien.

Mais avant toute chose, Hopper ôta sa veste, la drapa sur le dossier de son siège puis, déboutonnant les manches de sa chemise pour les relever, il se rendit dans la salle de pause. Une fois n'est pas coutume, il y faisait encore relativement frais en cette heure matinale – il en remercia le ciel. Et ce d'autant plus qu'il trouva la cafetière déjà pleine – cadeau d'une bonne âme – et à côté, une boîte dans laquelle il restait encore deux donuts.

Bénis soient l'équipe de nuit et tous ses représentants, songea Hopper en se servant un mug. Il prit également un beignet – surtout pour faire passer le goût du café, brûlé et huileux –, mordit aussitôt dedans et s'en retourna vers son bureau. Lorsqu'il salua Harris et McGuigan d'un habituel hochement de tête, leurs yeux s'illuminèrent à la vue de son donut. Lui se rassit à son poste, ravi d'être arrivé au commissariat quelques minutes avant eux et d'échapper ainsi à la lutte sans merci qui n'allait pas tarder à faire rage autour des pâtisseries.

Après avoir terminé son petit-déjeuner, il jeta un coup d'œil à sa montre, épousseta le sucre glace de ses mains et de son pantalon puis attrapa le téléphone… pour manquer de s'étrangler avec sa dernière gorgée de café quand l'homme posté à la réception un étage plus bas décrocha un peu plus vite que prévu.

— Dé… désolé ! parvint-il malgré tout à articuler. Bonjour, mon sergent. Inspecteur Hopper, du sixième. Oui, bonjour… Dites-moi, le type dont je me suis occupé hier, Leroy Washington, vous pouvez me le réinstaller en salle d'interrogatoire, s'il vous plaît ?

Ce que lui répondit alors son interlocuteur acheva de réveiller Hopper, bien plus radicalement que toute la caféine qu'il venait d'absorber.

— Comment ça, « relâché » ?

Incapable de se retenir, il s'était levé, l'étau de ses doigts écrabouillant le combiné. Paupières closes, il commença à se masser le front de sa main libre tout en écoutant l'explication qu'on lui donnait.

— Oui, c'est ça, merci bien, ça m'aide beaucoup, grogna-t-il en guise de conclusion avant d'abattre le téléphone sur sa base sans délicatesse aucune.

Harris émergea à ce moment-là du couloir menant à la salle de pause avec une tasse de café et un donut. Derrière lui suivait un McGuigan à la mine dépitée, détenteur d'une seule de ces douceurs.

— Houlà, fais gaffe, Hopper ! lança le grand vainqueur en le pointant de son beignet. Si tu raccroches comme ça à même pas 8 heures du mat', le reste de ta journée ne va pas aller en s'améliorant, c'est moi qui te le dis.

—Ah ça, je veux bien te croire, soupira l'interpellé en se renfonçant dans son siège.

—Qu'est-ce qui se passe, au juste ?

Harris avait posé sa question sans attendre d'avoir avalé ni le morceau ni la gorgée qu'il venait de prendre et le spectacle de sa bouche pleine arracha une grimace à son interlocuteur.

—Tu te souviens du gamin qui s'est pointé hier ? Le gangster des bacs à sable qui disait avoir des infos ?

—Ouais, je vois. Celui qui voulait une protection, c'est bien ça ? Alors ? Il avait quelque chose d'intéressant à nous refiler ?

—C'est ce que j'espérais découvrir aujourd'hui, râla l'inspecteur détaché aux mœurs, frustré. Sauf que je ne sais quel abruti l'a laissé partir.

—Quoi ? s'exclama Harris avant de lâcher un juron.

Hopper eut un geste vers son bureau, comme si la réponse était posée dessus.

—Hier, je leur ai demandé de prolonger la garde à vue mais, apparemment, en le voyant défoncé comme il était, un des bleus du service a eu la bonne idée de le mettre en cellule de dégrisement avec tous les clochards. Et à 5 heures du mat', comme chaque jour, on les a tous remis en liberté.

—Eh ben… Drôle de façon de le protéger, ce gamin.

—Je ne te le fais pas dire.

—Tu veux que je descende les emmerder un peu ? Je connais bien le sergent à la réception, il a une ou deux dettes envers moi.

—Non, ça va, merci, répondit Hopper en secouant la tête avant de s'extirper de son siège. Bon, ce n'est pas tout, mais va falloir que j'aille en toucher deux mots au capitaine.

Il avait déboulé dans le bureau de LaVorgna remonté comme une horloge et sans s'annoncer. Et si ce dernier l'avait relativement bien pris – du moins compte tenu du fait que lui-même venait à peine d'arriver – il n'avait cependant pas pu faire grand-chose pour arranger la situation. La libération de Leroy le surprenait et le décevait autant que son subalterne. Hopper n'avait d'ailleurs pas quitté la pièce que le capitaine, pendu au téléphone, enguirlandait déjà leurs collègues des mœurs.

L'inspecteur traversait la grande salle lorsque la sonnerie de son propre poste se mit à retentir. Certain qu'il s'agissait de Delgado – qui n'avait pas encore pointé le bout de son nez –, il couvrit les derniers mètres qui le séparaient de son bureau au pas de course.

— Brigade criminelle, Hopper à l'appareil, lança-t-il en décrochant.

Semblable au ressac d'un océan dans le lointain, une espèce de rugissement résonna un instant à son oreille, bientôt remplacé par une respiration aussi brève que hachée. Lorsque le grondement réapparut puis s'évanouit de nouveau, le policier comprit que le combiné frottait contre la joue de son interlocuteur – quel qu'il soit –, et plus précisément contre une barbe de quelques jours.

Il se rassit et écouta un moment le souffle de l'inconnu au bout du fil. Les canulars faisant partie des risques du métier, il s'apprêtait à raccrocher quand le mystérieux individu se décida enfin à ouvrir la bouche.

— Hopper ? C'est… c'est moi, mec.

Stupéfait, le policier balaya la salle du regard. Personne ne semblait l'observer, mais par mesure de précaution, il fit pivoter son siège jusqu'à faire face au mur.

— Leroy ?

L'intéressé lâcha un soupir sonore et lorsqu'il se remit à parler, ce fut avec un soulagement évident.

— Oh là là, heureusement que tu as décroché.

— Où es-tu, bon sang ? répondit Hopper, les yeux fermés. On m'a dit qu'on t'avait laissé sortir ce matin.

— Tu parles, ils m'ont balancé dans la rue, oui !

L'inspecteur se massa le front avec un soupir.

— Bon d'accord, mais écoute, je…

— Faut que tu me sortes de là, mec… S'il te plaît, j'ai besoin de ton aide. C'est sérieux.

Le frottement se fit de nouveau entendre. Hopper se représenta Leroy recroquevillé dans une cabine, le combiné contre la bouche, tournant la tête de droite à gauche pour surveiller les environs, prêt à se faire repérer à tout instant. Toutefois, à en juger par l'inflexion de sa voix – un murmure, certes, mais clair et audible –, le garçon semblait plus lucide, plus maître de ses facultés que la veille. C'était déjà ça.

— Tu m'appelles d'où, là ?

— S'il te plaît, mec, s'il te plaît !

Bloqué sur le même disque, le jeune homme ne l'écoutait pas. Et dans ces quelques mots, Hopper distinguait un sentiment palpable.

La peur.

— Écoute, mec, écoute, poursuivit Leroy. Saint John prépare un truc, je te dis. Un truc énorme, qui va frapper la ville comme un tsunami. Sérieux, mec. Il ne rigole pas, Saint John, tu comprends ? Avec toutes ses histoires de Satan et de fin du monde, il est dangereux. Et tu n'y crois peut-être pas, à tout ça, peut-être que moi non plus d'ailleurs, n'empêche que lui, si ! Il y croit vraiment, je te le jure. C'est pour ça qu'il faut que je me barre, mec. J'ai vraiment besoin de ton aide. Je n'y arriverai pas tout seul parce que… Saint John, quand tu t'approches de lui, c'est comme si… comme s'il te contrôlait, comme… comme…

Concentré sur l'explication du garçon, Hopper plissa les yeux.

— Comme quoi ? Leroy ?

À l'autre bout de la ligne, un nouveau soupir.

— Comme… Je ne sais pas, c'est juste bizarre, comme s'il avait une sorte de pouvoir. Du genre superpouvoir. Comme s'il pouvait lire dans tes pensées et savoir ce que tu allais faire avant que tu le saches toi-même. Tu vois qu'il est dangereux. Faut que tu me croies. Et faut que tu m'aides. J'ai besoin d'une porte de sortie, et vite.

— D'accord, d'accord, je vais t'aider. Dis-moi où tu es et je viens te chercher.

— Ma sœur aussi, hein ?

— Comment ça, ta sœur ?

— Eh ben, elle est dans la même mouise que moi : Saint John l'a complètement envoûtée. Faut que tu la tires de là aussi avant qu'on ait tous de très gros problèmes, mec, nous et toute la ville.

— J'ai compris mais…

— Tu as entendu ce que je viens de dire ? Tu m'écoutes, là ? Parce que c'est sérieux, mec, très sérieux.

— LEROY !

Hopper jeta un coup d'œil dans son dos. Debout non loin de lui, McGuigan et Marnie le dévisagèrent un instant, leur discussion interrompue par son cri. Il les ignora et rapprocha le combiné de ses lèvres. Dans l'écouteur, il n'entendait plus que les halètements de l'adolescent terrorisé.

— Dis-moi où tu es et je viens te chercher tout de suite. Après, on pourra parler tranquillement de Saint John et de ta sœur… O.K. ? Tu me raconteras tout et on essaiera de trouver une solution, d'accord ?

Toujours rien d'autre qu'une respiration tremblante et terrifiée accompagnée des frottements d'une joue mal rasée : Leroy vérifiait une fois de plus qu'il n'y avait personne dans les parages.

— Tu m'écoutes ? Insista Hopper.

— Oui, oui, j'ai entendu. Viens me chercher, s'il te plaît. Aussi vite que possible, mec, grouille-toi.

Sur ces mots, le jeune homme se décida enfin à donner à l'inspecteur une adresse où le retrouver et, presque aussitôt, la communication fut coupée. Hopper pivota sur son siège, raccrocha et reporta le lieu de rendez-vous sur une feuille qu'il arracha de son bloc-notes. Rédigeant ensuite un second message, il le coinça sous le mug cubain de son acolyte avant d'attraper sa veste et de se hâter vers la sortie.

Chapitre 13

Coup bas

7 juillet 1977

Brooklyn, New York

L'intersection que lui avait indiquée Leroy se situait dans Sunset Park : un quartier composé de docks et d'entrepôts qui présentait un taux de criminalité auquel Hopper n'avait pas vraiment envie de penser. En quittant le commissariat, il avait pris soin d'emporter son arme de service, et rien que le temps de descendre jusqu'au garage (récupérer une voiture qui, vu le coin où il se rendait, se révélerait loin d'être suffisamment discrète à son goût), il avait déjà vérifié quatre ou cinq fois que le pistolet était toujours à sa place, dans son holster, à l'épaule. Arrivé à proximité du lieu de rendez-vous, il se gara près d'un hangar de conditionnement fourmillant d'ouvriers qui interviendraient peut-être – du moins l'espérait-il – si quelqu'un tentait de lui piquer son véhicule. S'en tenant aux artères principales, il couvrit ensuite le reste du trajet à pied. Le croisement qu'il cherchait se trouvait au-dessus d'une immense gare de triage, creusée sous les rues tel un vaste site de fouilles archéologiques. Aussi gigantesque que surprenant, cet espace dégagé s'avérait toutefois le bienvenu : au moins, si ennuis il devait y avoir, au moins Hopper les verrait arriver.

Le terminal grouillait d'activité. Sur les rails, locomotives et wagons de marchandises en tous genres se déplaçaient lentement dans un grondement sourd, leurs roues cliquetant à chaque fois qu'elles passaient un aiguillage. Autour de ces convois, plusieurs cheminots s'affairaient – salopette et veste bleues et brunes maculées de cambouis sous leur casque de chantier. Comme l'enquêteur put s'en apercevoir en inspectant la zone depuis la chaussée, le moindre centimètre carré de surface disponible se trouvait couvert de graffitis – et ce, jusqu'aux parois et au toit de chaque container, chaque benne et chaque citerne à l'arrêt ou non. Les innombrables voies, elles, s'enfonçaient dans deux tunnels – un à droite et un à gauche – que baignait seulement la vague lueur jaunâtre de l'éclairage industriel.

Malgré l'affluence de main-d'œuvre, le dépôt constituait la planque idéale : non seulement énormes mais aussi relativement immobiles, les machines et installations dans l'ombre desquelles se tapir ne manquaient pas. Lors de son tour d'inspection, Hopper remarqua d'ailleurs du mouvement à l'entrée du tunnel de gauche. Une locomotive en émergeait au pas, et derrière elle, aussi crasseux que les ouvriers, trois individus s'en retournaient à toutes jambes vers le souterrain, deux d'entre eux traînant un sac dans leur sillage. Des sans-abri, probablement

– qui, en dépit du danger, n'étaient certainement pas les seuls à vivre cachés dans l'obscurité des galeries.

De Leroy Washington, cependant, toujours aucune trace.

Levant les yeux, Hopper observa la rue. Au carrefour suivant, face à la carcasse d'une cabine téléphonique, se dressait un kiosque qui proposait cigarettes et magazines pour adultes. À côté, un stand qui n'existait vraisemblablement que pour servir à manger aux employés de la gare de triage. Pas de vrais magasins, seulement deux cabanons sans réel espace pour accueillir les clients – rien qu'un comptoir derrière lequel se tenait le propriétaire, sans doute une arme ou deux à portée de main. Au-delà, les alentours ressemblaient à n'importe quelle zone industrielle : de grands bâtiments plats et anonymes couverts de tags qui avaient dû donner l'impression d'une explosion de couleurs à l'époque de leur réalisation, mais noyaient à présent les environs dans une mer de gris et de marrons ternes et fanés.

L'inspecteur patienta encore un peu. Toujours pas de Leroy. Il jeta un coup d'œil autour de lui pour se repérer et décida de faire le tour des voies. Sans se presser, aux aguets, il s'arrêtait régulièrement histoire d'observer le dépôt selon différents angles et de s'assurer que le garçon ne s'y était effectivement pas dissimulé. Midi n'avait pas encore sonné mais le béton environnant commençait déjà à cuire sous le soleil matinal. Lorsque Hopper regagna son point de départ un bon quart d'heure plus tard, il nota la présence de quelques ouvriers devant le kiosque et le stand. Leroy ne comptant pas parmi eux, le policier en conclut que l'adolescent lui avait définitivement fait faux bond.

Plongeant la main dans sa poche, il constata qu'il ne lui restait plus qu'une cigarette. Avec un soupir et un énième regard alentour, il traversa la rue jusqu'au premier point de vente, où il put s'en racheter un paquet. En attendant que le propriétaire lui rende sa monnaie, il balaya les présentoirs d'un œil distrait. À côté d'un mannequin en bikini qui câlinait un ballon géant en forme de tête de lapin, il fut surpris de trouver le dernier numéro du magazine *Time*, dont la couverture annonçait fièrement « L'ÉTÉ ARRIVE ! » en grosses lettres capitales. Hopper fit un geste vers l'hebdomadaire.

— Quelqu'un devrait peut-être les prévenir qu'il est déjà là, vous ne croyez pas ?

Apparemment pas d'humeur à faire la conversation, l'homme se contenta d'un froncement de sourcils et lui tendit une poignée de billets graisseux.

L'inspecteur le remercia malgré tout et s'éloigna. Il s'arrêta sur le bord du trottoir le temps de fourrer dans sa poche son nouveau paquet, de sortir de l'ancien sa dernière cigarette puis de dégainer son Zippo. Une brise sèche s'était levée, qui n'amenait avec elle qu'un peu plus de chaleur. Il se glissa derrière la cabine téléphonique pour s'en abriter et alluma sa cigarette, la paume en paravent, avant de se redresser et d'aspirer une longue bouffée de fumée.

Il avait assez attendu. Il se trouvait au bon endroit, Leroy non. Peut-être le garçon avait-il pris peur, peut-être s'était-il trouvé forcé de déguerpir… Ou alors, il s'était fait attraper par les Vipères, le gang auquel il essayait justement d'échapper.

À moins que toute cette histoire ne soit en fait qu'une vaste blague. Franchement... un gang d'adorateurs du Malin ? Un dénommé Saint John qui prierait Satan de descendre sur la ville ? Carte de Zener mise à part, le récit de Leroy semblait complètement absurde.

Hopper savoura sa cigarette tout en réfléchissant à la suite. Même sans les renseignements promis par le jeune indic, lui et sa partenaire auraient suffisamment d'éléments à transmettre au capitaine. Surtout – pour peu que sa collègue ait lu son message – après l'entrevue de Delgado avec Lisa Sargeson lors de laquelle l'inspectrice devrait en apprendre davantage sur les cartes de voyance.

Comme le trajet du retour lui prendrait pas mal de temps, le policier décida d'appeler le commissariat avant de partir, histoire de voir si sa coéquipière était déjà revenue de chez la magicienne et avait des nouvelles à lui transmettre. Leroy avait d'ailleurs peut-être lui aussi essayé de le joindre à son poste, pour fixer un nouveau lieu et une nouvelle heure de rendez-vous. L'adolescent étant en cavale, c'était tout à fait plausible.

Soudain, le rugissement d'un moteur se fit entendre plus bas dans la rue. Une camionnette venait de franchir l'intersection en trombe, le reflet aveuglant du soleil rebondissant sur la carrosserie argentée ornée du logo familier du service des postes – deux lignes rouges surmontées d'un aigle bleu. Difficile de reprocher aux facteurs de vouloir terminer leur distribution au plus vite dans un quartier comme celui-là...

Prêt à passer son coup de fil, Hopper contourna la cabine mais découvrit bientôt qu'un abruti s'était amusé à arracher le téléphone de la paroi couverte de graffitis. Après être resté quelques instants à tirer sur sa cigarette dans cette coquille vide jonchée de mégots et de vieux journaux, il allait en sortir lorsque le grincement d'un embrayage suivi d'un crissement de pneus le fit sursauter. L'odeur de l'essence, des gaz d'échappement et du caoutchouc brûlé couvrit alors toutes les autres et Hopper se retourna juste à temps pour voir la camionnette monter de biais sur le trottoir et freiner devant le stand de presse. Le moteur du fourgon tournait encore quand cinq silhouettes en bondirent. Lâchant et son paquet neuf et la cigarette qu'il avait encore aux lèvres, l'inspecteur recula en hâte, trébuchant à chaque pas.

Même pour lui qui ne se serait pas décrit comme chétif, les cinq nouveaux venus paraissaient taillés comme des armoires à glace. Et si leur drôle d'accoutrement avait quelque chose de comique – pantalon de jogging gris, veste bleue ou rouge et T-shirt jaune qu'étirait une masse de muscles impressionnante –, leurs masques de ski, eux, les rendaient menaçants. Face à ces cinq paires d'yeux qui le dévisageaient comme autant de billes enfoncées derrière leurs hublots noirs et lisses, Hopper sentit la peur s'infiltrer sournoisement dans son cœur.

L'air ambiant soudain trop épais, l'asphalte trop glissant, le policier avait malgré tout réussi à tourner les talons quand une main lui agrippa l'épaule. Qu'à cela ne tienne : il se débarrassa aussitôt de sa veste en gigotant et l'abandonna entre les doigts de son assaillant. Emporté dans son élan, il bascula en avant, mais lorsque ses paumes rencontrèrent le trottoir, il utilisa cette perte d'équilibre momentanée pour se propulser un peu plus loin, tel un sprinteur dans les starting-blocks. Malheureusement, il avait déjà perdu trop de temps. Au moment où il battait l'air de son bras gauche pour se stabiliser, l'un des gorilles l'attrapa par le coude et le tira brutalement en arrière – un changement de direction si soudain qu'il faillit lui déboîter l'épaule. Serrant les dents, l'inspecteur fit volte-face et se servit de la prise de son poursuivant comme d'une ancre qui lui permit de lui envoyer son poing droit dans les côtes. Mais il aurait tout aussi bien pu frapper un tronc d'arbre : ses doigts ripèrent sur la cage thoracique de sa cible et son poignet se tordit bien plus que de raison. Souffrant le martyre, il essaya de se redresser, exposant de ce fait son estomac au terrible coup que lui assena sur-le-champ un autre de ses assaillants – d'un poing de la taille d'un jambon fumé. Les poumons subitement vidés de leur air, pris de haut-le-cœur, Hopper cracha sur le bitume une bile acide et brûlante. Comme si l'un des câbles sous tension des voies ferrées lui était tombé dessus, la douleur lui irradiait dans tout l'abdomen.

Privé de ses forces, il s'écroula au sol, d'où il rua une fois, puis deux, puis trois. Sans surprise, ses attaques n'eurent aucun effet et aidèrent au contraire ses agresseurs à lui attraper facilement les jambes. Un autre coup – dans la nuque cette fois – envoya un ballet d'étoiles noires lui brouiller la vue et les cinq inconnus le traînèrent vers les portes arrière de leur camionnette. La mine renfrognée du vendeur de journaux fut la dernière image qui s'imprima sur les rétines de Hopper. Les bras croisés derrière son stand, l'homme semblait profiter du spectacle sans avoir aucunement l'intention d'intervenir.

Chapitre 14

Le passé secret de Lisa Sargeson

7 juillet 1977

Brooklyn, New York

Debout au milieu du salon de Lisa Sargeson, Delgado balayait les lieux du regard. L'invitant à faire comme chez elle, son hôtesse s'était éclipsée un instant. Après l'avoir remerciée, l'inspectrice s'était approchée de l'une des étagères qui tapissaient le moindre des murs du petit appartement.

—Désolée de vous déranger, ça ne devrait pas prendre trop longtemps, lança-t-elle assez fort pour être entendue.

La tête penchée pour mieux en déchiffrer les titres, elle passait en revue les tranches reliées de cuir de la collection de volumes quasiment identiques qui s'étalait devant elle. À eux seuls, les quatre premiers tomes de la *Revue de l'Académie américaine de psychiatrie judiciaire* (1973-1976) occupaient tout un niveau.

Tu parles d'une lecture relaxante, songea Delgado.

—Je vous en prie, ce serait plutôt à moi de m'excuser,

s'exclama Lisa d'une voix joviale depuis l'une des pièces voisines. Je viens juste de rentrer… Ma dernière intervention s'est éternisée et il ne faut pas que je sois en retard à mon prochain rendez-vous.

La policière passa à l'inspection du rayonnage suivant : cette fois, pas de reliures uniformes mais une série de manuels serrés les uns contre les autres – *Psychiatrie moderne : cinquième édition*, *Principes de psychologie clinique*, *Études de cas : évaluations pratiques (volume II)*, *Aux confins de l'esprit humain*… Laissant courir un doigt sur le dos des ouvrages, la jeune femme compta encore une bonne douzaine de titres supplémentaires. Tous les livres de l'appartement étaient du même acabit, il lui avait suffi d'un seul coup d'œil pour le constater : intégrales de revues scientifiques par-ci, écrits académiques par-là… Au milieu de cet étalage de bouquins tous plus indigestes et sérieux les uns que les autres, Delgado fut presque soulagée d'apercevoir quelques romans d'Arthur Charles Clarke et Ursula Le Guin cachés près du sofa qui se trouvait devant la large baie vitrée à l'autre extrémité du séjour. Sur cette même étagère trônaient d'ailleurs une paire de menottes ainsi que les plumes multicolores d'un boa roulé en boule. Deux accessoires que Lisa devait utiliser pour ses tours de magie, devina l'inspectrice avant de s'approcher de la fenêtre histoire de profiter du soleil.

— Comme je vous le disais, j'espère réussir à faire court…

— En tout cas, je serais ravie de pouvoir vous aider !

La maîtresse de maison venait de réapparaître à la

porte. Débarrassée du chapeau haut de forme et des collants de magicienne dans lesquels elle avait accueilli son invitée, elle portait à présent une robe à fleurs jaunes et rouges avec des bottes en cuir marron. Sur le point de se passer au doigt une bague d'humeur dorée, elle surprit le regard interloqué de Delgado et éclata de rire.

— Ça fait un choc, je sais. Mais je ne me voyais pas vous recevoir en bas résille. Je vous en prie, asseyez-vous, dit-elle avant de rassembler son jupon sous ses jambes pour s'installer dans le fauteuil à gauche de la fenêtre.

Non sans un dernier regard pour les étagères, l'enquêtrice s'exécuta avec un sourire.

— Je dois avouer que votre salon ne ressemble pas du tout à ce que j'avais imaginé.

Lisa s'esclaffa.

— Je ne sais pas exactement ce que votre partenaire vous a raconté, mais la bonne aventure et la magie, on n'en fait plus vraiment carrière de nos jours.

— Dans ce cas, à quoi occupez-vous votre temps quand vous ne tirez pas un lapin de votre chapeau ? (D'un geste, Delgado désigna les étagères.) Il y a là plus de bouquins qu'à la bibliothèque de mon quartier !

— Eh bien, croyez-le ou non, inspectrice, vous avez devant vous une psychologue diplômée d'État.

À ces mots, Lisa se retourna dans son siège et, courbant le dos de façon à atteindre les ouvrages derrière elle, attrapa un énième volume à la reliure de cuir rigide – noir celui-ci, son dos et sa couverture estampés de lettres d'argent. Elle le tendit à son interlocutrice qui s'en saisit, intriguée.

— *Défis sociologiques posés à la psychologie de réadaptation : les motifs récurrents de la réintégration sociétale – méta-analyse historique et méthodologie pratique*, lut-elle à voix haute. *Lisa Sargeson. Thèse de doctorat du département de psychologie de l'université de Miskatonic, Massachusetts.* (Elle leva les yeux.) Vous êtes docteure en psychologie ?

— Doctoresse en philosophie ainsi qu'en psychologie clinique et criminologique. Université de Miskatonic, promo 1974.

Delgado hocha la tête et commença à feuilleter le document. En dépit de l'interligne double, le texte paraissait dense, ponctué de graphiques et de diagrammes.

— Moi, si vous voulez tout savoir, j'ai obtenu mon certificat de natation avec les félicitations du jury quand j'avais quinze ans.

Elle referma le pavé et le rendit à Lisa avant de désigner d'un geste le haut-de-forme que sa propriétaire avait abandonné sur la table basse.

— Mais quand même… reprit-elle. De psychologue criminologique à magicienne, il y a un gouffre.

L'intéressée haussa les épaules.

— Eh bien, on pense savoir ce qu'on veut faire, on consacre énormément d'énergie à atteindre son but, seulement…

Delgado leva un sourcil.

— Seulement ?

— Quand vous y parvenez enfin, vous vous rendez compte que ça ne correspond pas tout à fait à ce que vous aviez imaginé, compléta Lisa avec un sourire.

—La vie d'universitaire ne vous a pas plu ?

—J'ai bien peur en effet que ce ne soit pas pour moi. Et puis, j'avais déjà passé tellement de temps dans ce milieu qu'une fois ma thèse terminée (elle brandit le fruit de son travail), je n'avais qu'une envie : fuir à toutes jambes !

—Et qu'est-ce qui vous a amenée à New York ?

—Une opportunité professionnelle à l'institut Rookwood, un centre de réhabilitation qui venait d'ouvrir, destinée aux prisonniers fédéraux dont la libération approchait. Je ne parle pas des détenus des quartiers de haute sécurité bien sûr, simplement de condamnés lambda, qui avaient purgé leur peine et s'apprêtaient à sortir. Je ne sais pas si vous vous rendez compte… Quelqu'un dans les hautes sphères avait fini par comprendre qu'il valait peut-être mieux ne pas se contenter de relâcher ces individus dans la nature et qu'ils avaient sans doute besoin d'assistance pour se réintégrer dans la société. Parce que, quand on les laisse sans accompagnement aucun, que se passe-t-il ? Qu'est-ce qu'ils font ? Ils retournent droit vers ce qui les a conduits derrière les barreaux au départ. Alors que si on les aide, si on leur apprend à mener une existence normale, à vivre de nouveau parmi les autres, le taux de récidive chute d'un seul coup, conclut-elle en soulignant ses propos d'un claquement de doigts.

—Ça paraît logique, approuva Delgado.

—N'est-ce pas ? Et puis, ce projet me correspondait parfaitement : je venais d'achever mon doctorat sur le sujet ! Ce n'était d'ailleurs pas passé inaperçu auprès des responsables de l'initiative au moment de monter l'institut : ma thèse avait servi de base à certaines de leurs recherches et ils ont fini par me proposer un poste dans l'équipe.

— Eh ben dis donc, souffla l'inspectrice avant de marquer une pause, perplexe. Mais vous n'y travaillez plus, si ?

— Non, admit Lisa en secouant la tête. La fondation a mis la clé sous la porte il y a un an. Et… c'est peut-être un peu ma faute, mais je crois que le centre n'aurait de toute façon pas tenu beaucoup plus longtemps.

— Qu'est-ce qui s'est passé ? Pourquoi cette fermeture ?

— À votre avis ? s'esclaffa la psychologue. N'oubliez pas qu'on est à New York. Pourquoi tout abandonner ? Pour faire des économies, bien sûr ! Mais au-delà de la question financière, rien ne se déroulait vraiment comme prévu. À l'époque où j'ai été embauchée, j'étais censée rejoindre un programme déjà existant. Or, quand je suis arrivée, il n'y avait rien. Pas le début d'une structure, rien. J'ai dû tout mettre sur pied moi-même et me débrouiller pour rendre le projet fonctionnel.

— Vous plaisantez ?

Lisa secoua la tête, l'air dépité.

— Qu'on se comprenne bien, j'étais tout à fait capable de m'en charger et l'institut disposait d'un personnel motivé, mais il s'est très vite avéré que j'avais besoin de fonds… impossibles à obtenir, bien sûr. Lancer un centre comme Rookwood, en faire un lieu pérenne, ça prend du temps, mais ça demande aussi des sous. (Elle haussa les épaules.) Je ne sais pas vraiment à quoi ils s'attendaient. Et si je suis parvenue à monter une séquence pilote qui fonctionnait, ça ne changeait rien au fait que je n'étais pas en mesure de mettre et de maintenir en place ce pour quoi on m'avait engagée. Résultat, j'ai démissionné.

— Carrément ?

— Eh oui ! J'ai pris la porte, purement et simplement, répondit-elle avec emphase. J'avais au moins eu le temps de me faire une idée du problème de cette ville – et ça n'a pas changé, croyez-moi ! Rookwood avait beau être un projet génial, il n'avait tout bêtement pas les moyens d'être à la hauteur de ses ambitions. Je perdais mon temps – temps que j'aurais pu employer, hors des murs de l'institut, à venir réellement en aide aux habitants de New York.

— En devenant magicienne ? demanda Delgado, qui s'accorda un faible sourire.

— Magicienne et conseillère en réinsertion, s'il vous plaît ! plaisanta Lisa en se penchant pour attraper son haut-de-forme et, telle une jongleuse, le faire rebondir sur son coude avant de le rattraper dans un geste théâtral et de le reposer à l'envers. Non, ça, ce n'est vraiment qu'un à-côté. Étudiante, j'avais trouvé un emploi à temps partiel comme apprentie auprès d'un magicien… et franchement, c'était plutôt chouette. Ça couvrait mes factures et c'était beaucoup plus sympa que de servir des hamburgers. Un bon tour de magie, ça met tout le monde d'accord ! Tenez, regardez.

Elle se pencha par-dessus le bras de son fauteuil et attrapa un magazine que son invitée n'avait pas remarqué mais qui traînait par terre depuis leur arrivée, ouvert à une page bien précise. Lisa le retourna pour le tendre à l'inspectrice dans le sens de la lecture.

—Colonne du milieu, à la moitié à peu près, lui indiqua-t-elle.

Le regard de Delgado fureta parmi les petites annonces imprimées serrées les unes à côté des autres jusqu'à trouver la rubrique en question.

—Magie, lut-elle à voix haute. Magicienne… toutes occasions… tarifs raisonnables. Lisa.

Suivait un numéro de téléphone. Elle feuilleta l'hebdomadaire à rebours pour s'apercevoir qu'elle tenait entre les mains un exemplaire du *New York Magazine*, dont la couverture montrait un homme d'âge mûr en costume en train d'arroser de champagne la tête de trois autres messieurs du même âge – en complets eux aussi. Tout ce petit monde a manifestement l'air ravi de la situation, le personnage du centre brandissant un trophée en bois surmonté d'une voiture dorée sous les vivats de ses compagnons, le poing levé.

Delgado secoua la tête et rendit le journal à sa propriétaire.

—Enfin bref, reprit Lisa, après le naufrage de Rookwood, j'ai repris la prestidigitation, histoire de pouvoir continuer à exercer ma vraie profession.

—C'est-à-dire ?

La magicienne roula le magazine et le glissa dans son couvre-chef.

—La thérapie et le suivi d'ex-prisonniers. Plus ou moins ce que je souhaitais faire à l'institut, en fait. J'en suis partie avec dans l'idée de monter mon propre programme mais j'ai fini par trouver une association qui poursuivait quasiment les mêmes objectifs que moi.

Je leur ai donc proposé mes services. Le rêve, quoi ! Abstraction faite du salaire on ne peut plus bas. Raison pour laquelle je continue de temps en temps à porter mon haut-de-forme ou à agiter les mains au-dessus de ma boule de cristal, selon qui m'engage.

—Mais je croyais que le problème de Rookwood résidait justement dans le manque de subventions...

—C'est vrai, seulement, c'était différent. Malgré son potentiel, le centre restait un simple rouage dans l'énorme machine fédérale, avec toute la disproportion que cette position impliquait : le moindre résultat nécessitait des investissements faramineux. Il faut croire que c'est comme ça que fonctionnent les gouvernements. Mon association a beau compter moins de membres, bénéficier de moins de ressources, son rayon d'action couvre toute la ville. Alors bien sûr, les objectifs sont de moindre envergure, mais... je ne sais pas, travailler là-bas me donne l'impression d'avoir un véritable impact, une influence directe dans la vie de ceux que l'on prend en charge. (Lisa se renfonça dans son fauteuil.) Et puis, jusqu'à maintenant, ça me plaît. On a de bons retours, la certitude de faire la différence... On est peut-être plus petits que Rookwood ne l'était, mais on est aussi plus efficaces car plus ciblés, si vous voyez ce que je veux dire.

Delgado se surprit à hocher la tête. Son hôtesse pencha alors en arrière, les yeux sur l'horloge fixée au mur.

—Désolée, mais je vais vraiment commencer à être juste au niveau de l'heure...

Le message reçu cinq sur cinq, l'inspectrice ouvrit aussitôt son sac et en tira une épaisse enveloppe kraft, qu'elle posa sur ses genoux pour en extirper une série de photos grand format sur papier brillant. Chacune d'elles montrait en noir et blanc l'une des étranges cartes retrouvées sur les trois scènes de crime de l'enquête dont Hopper et elle avaient encore la responsabilité quelques jours plus tôt. Le long de chaque image courait aussi une réglette qui permettait de se faire une idée de la taille des pièces à conviction.

— Mon coéquipier et moi espérions que vous pourriez nous en apprendre un peu plus au sujet de ces accessoires. Des cartes de Zener, si je ne m'abuse ?

Elle disposa les clichés sur la table – la croix, la triple vague et, enfin, le cercle évidé, que Lisa attrapa.

— Oui, c'est bien ça, acquiesça-t-elle avant d'observer les deux autres. Cela dit, il vous en manque : il y en a cinq au total.

Delgado sortit son carnet.

— Noté. Je n'ai pas de photo, mais on a aussi l'étoile à cinq branches.

— Elles ont été faites à la main, n'est-ce pas ? demanda la psychologue en examinant de plus près le cliché qu'elle tenait toujours.

— Oui, du moins semble-t-il. Et par le même artiste, *a priori*, même s'il n'a laissé derrière lui aucune empreinte digitale. Ces cartes ont été retrouvées près de trois de nos victimes, une pour chaque assassinat. On pense qu'il y a une raison derrière ce geste mais pour comprendre laquelle exactement, nous aurions besoin d'en savoir plus sur la nature de ces objets et leur fonction. Pourriez-vous nous aider sur ce point ?

— Vous voulez dire qu'elles ont été déposées sur des scènes de crime ? Quel genre ?

— J'ai bien peur de ne pas être autorisée à vous en parler, répondit la policière avant de désigner les photos. Mais si vous acceptiez de nous éclairer là-dessus, ça nous permettrait certainement d'avancer.

— Aucun problème, assura son interlocutrice en se repositionnant dans son fauteuil. Les cartes de Zener servent surtout – ou du moins servaient – dans le cadre d'expériences de clairvoyance.

La mine de Delgado s'arrêta net sur la page de son carnet de notes.

— De clairvoyance ?

Lisa hocha la tête.

— Qu'est-ce que vous entendez par là ? Insista l'inspectrice. Lire l'avenir ? Communiquer par la pensée ?

— Dans les milieux scientifiques, on parle plutôt de « perception extrasensorielle ».

Cette fois, l'enquêtrice posa carrément son stylo.

— Les milieux scientifiques ? Vous n'êtes quand même pas sérieuse ?

— Je vous assure que si ! Même s'il faut se rappeler que tout ça remonte à quelques décennies. C'est le psychologue Karl Zener qui a mis au point cette expérience dans les années 1930. L'idée était de prendre un jeu de vingt-cinq cartes – cinq par symbole –, de le mélanger puis de tirer les cartes une à une sans les montrer au sujet de l'expérience, qui devait en deviner le dessin.

— Et c'est tout ? demanda la policière qui avait recommencé à écrire.

— La simplicité était voulue. Le seul problème, c'est que c'était trop simple. Zener a publié deux ou trois études qui prouvaient selon lui les facultés extrasensorielles de certains de ses sujets, mais personne n'a jamais réussi à reproduire ses résultats. Et de toute façon, bon nombre de facteurs restaient brouillons dans la manière dont s'étaient déroulées les expérimentations – les cartes devenaient par exemple plus faciles à deviner si elles étaient mal mélangées, ou bien les cobayes pouvaient parfois voir le reflet du symbole dans les yeux de celui qui le regardait. Une fois ce genre de détails pris en compte, l'existence de réelles capacités de clairvoyance chez les humains a évidemment été remise en cause.

— Mais les cartes existent toujours ? Je veux dire, on continue de s'en servir ? s'enquit l'inspectrice sans quitter des yeux les clichés.

— Ah ça, oui. En parapsychologie, notamment...

— C'est-à-dire ? demanda Delgado en levant les yeux de ses notes.

— La psychologie appliquée aux domaines qui dépassent la portée de la science.

— Comme la télépathie ?

— Par exemple, oui. Selon certains scientifiques, la façon dont les individus se comportent et réagissent à ce genre d'expériences est tout aussi importante que l'étude du phénomène parapsychologique lui-même, qu'il existe ou non. D'où le fait que l'on continue d'utiliser les cartes de Zener.

— Y compris vous ? Vous vous en êtes servie durant vos études ?

— Non, la psychologie criminologique se centre sur l'anormal, pas le paranormal. Cela dit, quelques étudiants du département avaient profité du matériel à disposition pour former un petit club de parapsychologie, histoire de s'amuser, et ça m'est arrivé de leur donner un coup de main. Mais si on s'est effectivement prêtés une ou deux fois au test de Zener, on ne l'a jamais vraiment pris au sérieux.

Delgado mit le point final à ses notes et désigna à nouveau les photos du bout de son stylo.

— Très bien, donc, en dehors de cette fameuse expérience, ces cartes n'ont pas de signification propre, c'est ça ? Les symboles ne font référence à rien de particulier ?

— Pas que je sache. Ils n'ont été créés que pour ce test. Les dessins devaient être à la fois suffisamment simples et suffisamment distincts les uns des autres pour qu'on puisse les reconnaître facilement. Une considération clé pour quiconque essaie de lire les pensées d'autrui, j'imagine.

La policière hocha la tête.

— Et il y a donc cinq symboles en tout ?

— Exactement. Ces trois-là, l'étoile que vous avez mentionnée et le dernier : le carré. Attendez une minute.

Lisa se redressa dans son fauteuil puis, tournant le dos à son hôte, elle s'accroupit devant les étagères où étaient disposés le boa en plumes et les menottes et en délogea une boîte contenant visiblement les accessoires qui lui servaient pour ses prestations de magicienne. La psychologue y fureta quelques instants jusqu'à mettre la main sur un petit paquet de cartes.

— Je les ai gardées pour mes numéros mais je ne m'en sers presque jamais, lança-t-elle avant de les débarrasser des deux élastiques qui les maintenaient ensemble et de les retourner une à une. Le cercle, l'étoile, la croix, les vagues et... Ah, voilà : le carré.

Delgado attrapa la carte que lui présentait son interlocutrice. En carton fin, rigide et glacé, les coins arrondis, comme une carte à jouer mais en plus large. Au recto, les lignes strictes d'un carré noir évidé, et au dos, imprimé en tout petit le long du bord inférieur, le nom du fabricant et le lieu de fabrication – Cincinnati, Ohio.

— On en trouve encore dans le commerce ? demanda l'inspectrice.

— Bien sûr ! Comme je vous l'ai dit, elles sont encore utilisées. Il doit bien y avoir deux ou trois magasins new-yorkais qui en vendent, même si les vôtres ont été peintes à la main.

Lisa se leva, referma la boîte et la remit à sa place.

— C'est là tout le problème, soupira Delgado. Des cartes blanches comme les nôtres et de l'encre acrylique, on en trouve partout.

La maîtresse de maison consulta de nouveau l'horloge.

— Bon, je suis vraiment désolée mais...

Avec un hochement de tête, la policière glissa carnet et stylo dans son sac puis brandit la carte ornée du carré.

— Ça vous dérange si je la garde ?

— Allez-y, je vous en prie, ça ne me manquera pas.

— Merci, répondit Delgado en se levant. Et merci pour toutes vos explications.

— Vous pensez que ça vous aidera pour votre enquête ?

— Ça, je n'en sais rien, admit-elle, sourcils froncés. Mais je m'endormirai moins bête ce soir, c'est déjà ça. (Elle marqua une pause.) Où est-ce que vous allez, au fait ? Je peux vous déposer, si vous voulez, histoire de rattraper le temps que je vous ai fait perdre.

— Eh bien, je ne dis pas non ! lança Lisa en ouvrant la voie jusqu'à la sortie.

Après avoir refermé et verrouillé son appartement derrière son invitée, elle lui donna l'adresse où elle se rendait et commença à avancer dans le couloir. Cependant, voyant que Delgado ne la suivait pas, la psychologue se retourna. Devant la porte, l'inspectrice n'avait pas bougé d'un pouce, trop occupée à traiter le renseignement qu'elle venait de recevoir.

— Ça vous fait un trop long détour ? s'inquiéta Lisa.

— Euh, non, non… Aucun problème.

Rassurée, elle se remit en route avec un sourire. Le cerveau en ébullition, la policière lui emboîta le pas en tournant et retournant dans sa tête cette nouvelle information : au 18 Dupuis Street se trouvaient les locaux d'une vieille paroisse méthodiste, où avaient lieu toutes sortes de réunions et de rassemblements – les sessions de suivi que proposait Lisa, entre autres.

Or, cette adresse n'était autre que la deuxième sur la liste de feu Jacob Hoeler.

Cabane de Hopper
Hawkins, Indiana

26 décembre 1984

— Delgado a récupéré une des cartes ?

Coupé dans sa lancée, Hopper s'interrompit.

— Euh, oui. Enfin, pas l'une de celles faites main mais Lisa lui a prêté l'une des siennes avec le symbole qui nous manquait, oui.

Elfe agrippa ses boucles brunes, menaçant de s'arracher les cheveux.

— C'est la prochaine sur la liste, alors…

— Quoi ? Mais non, qu'est-ce que tu racontes ! s'exclama son père, les mains levées pour tenter de la rassurer. La carte qu'elle avait n'était pas du tout du même genre ! Ne va pas tirer de conclusions hâtives, l'histoire n'est pas terminée !

L'adolescente retrouva un rythme de respiration normal et laissa ses bras retomber sur la table.

— Et… Delgado va bien ?

— Alors à cause d'une carte, tu t'inquiètes tout à coup pour ma coéquipière, mais moi qui viens de me faire kidnapper en plein jour, tu t'en fiches ? s'esclaffa le policier.

— Tu es devant moi, toi. Je sais que tu vas bien. Mais elle ?

— À ce moment-là de l'histoire, elle ne courait aucun danger, crois-moi.

— D'accord, mais aujourd'hui, comment elle va ? Elle travaille toujours à New York à la brigade criminelle ?

— Non. Elle est en vie et va très bien mais elle vit à Washington à présent.

— Washington ?

— Oui. Parce que si elle faisait déjà un boulot incroyable en tant que flic, Gallup a pensé qu'elle serait encore meilleure en tant qu'agent. À peu près un an après cette affaire, il lui a proposé un poste au sein du FBI. Je peux te dire qu'elle n'a pas hésité une seconde. Elle y bosse toujours, et lui aussi, je crois. Elle m'envoyait ses vœux à Noël, chaque année, même si c'est vrai que ça fait un bout de temps que je n'ai pas eu de nouvelles.

Les yeux plissés, Elfe secouait la tête et la question qu'elle commença à formuler mourut sur ses lèvres, comme si elle n'arrivait pas à décider par quel bout l'aborder.

— Tu sais, pouffa Hopper, bizarrement tu me fais un peu penser à elle. À Delgado.

— Ah bon ? s'étonna l'adolescente avant de relâcher le souffle qu'elle retenait pour se fendre d'un sourire timide.

—Mais revenons à nos moutons. Que je te raconte un peu ce qui s'est passé ensuite.

Chapitre 15

Chantage

7 juillet 1977

Brooklyn, New York

Le trajet avait été bref, mais pas particulièrement agréable. Après avoir jeté Hopper à l'arrière de leur camionnette, les hommes masqués lui avaient recouvert la tête d'un sac d'épaisse toile beige qui grattait terriblement, puis lui avaient ligoté les poignets dans le dos de façon à ce qu'il ne puisse plus se retenir à quoi que ce soit. Installés à côté de lui, ils avaient semblé prendre un malin plaisir à le regarder ainsi ballotter par le véhicule lancé à plein régime : chaque tournant l'envoyait valser contre les flancs du fourgon, chaque coup de frein inattendu le propulsait en avant et chaque coup d'accélérateur le projetait contre la double portière du fond. L'inspecteur avait déjà vu certains de ses collègues de terrain employer cette technique – vieille comme tout mais sacrément efficace ! Ou comment malmener un captif sans même le toucher...

Une heure s'était écoulée depuis cet épisode – peut-être même plus – et Hopper attendait désormais, assis sur un revêtement de ciment froid, son monde toujours limité à l'obscurité de son sac de jute qui sentait le renfermé. S'il avait commencé par crier quand on l'avait abandonné là, il avait vite laissé tomber : il était seul et hurler ne rimait à rien à part à lui faire perdre la voix.

Mieux valait préserver ses forces et réfléchir en silence au pétrin dans lequel il s'était fourré, sans oublier de remuer les jambes de temps à autre histoire de ne pas les laisser s'engourdir. Ses ravisseurs finiraient par revenir. Il fallait juste se montrer patient.

Il pouvait bien attendre encore un peu.

À peine cette pensée lui avait-elle effleuré l'esprit que son vœu s'exauça. Hopper se concentra sur les bruits qui lui parvenaient : une porte qui s'ouvrait, dans un fracas sourd et métallique – il se trouvait donc *a priori* quelque part dans une zone industrielle. Dans un entrepôt sans doute, peut-être même pas loin de la gare de triage.

Suivirent des pas : de nouveaux arrivants. L'un d'eux voulut apparemment s'exprimer mais un coup de poing en pleine poitrine – un bruit reconnaissable entre tous – l'interrompit net. Les poumons du contestataire vidés de leur air, la discussion avait pris fin avant même d'avoir commencé. Quelques secondes plus tard, quelqu'un vint s'écrouler contre Hopper et le fit basculer sur le côté : probablement un nouveau prisonnier jeté dans la même cellule que lui.

Le policier toujours aveugle parvint tant bien que mal à se retourner. À l'autre bout de la pièce, la lourde porte se referma en claquant.

— Eh, fais gaffe ! s'écria-t-il.

En s'efforçant de se redresser, son compagnon d'infortune venait de lui flanquer quelques vigoureux coups de pied. L'interpellé se figea l'espace d'une demi-seconde, puis Hopper l'entendit rouler sur le dos et se remettre sur pied. Libérant enfin ses mains jusque-là écrasées sous son poids – ce qui lui arracha une grimace –, lui-même avait tout juste réussi à se rasseoir quand on lui arracha son sac de toile. Aussitôt asphyxié par un nuage de poussière de jute, l'inspecteur fut pris d'une quinte de toux incontrôlable.

—Alors, toi aussi ils t'ont attrapé ! lui lança son codétenu.

Debout devant Hopper qui clignait furieusement des paupières, Leroy Washington souriait, les mains libres et la lèvre inférieure luisante de sang frais.

—Qu'est-ce que tu fiches ici, toi ? Et qu'est-ce que c'est que ce bordel ? s'écria le policier ébahi en se tortillant pour montrer au jeune homme ses poings ligotés. Dépêche-toi de me détacher, qu'on se barre de là.

—Qu'est-ce que tu veux que j'en sache, mec ? répondit l'intéressé en s'agenouillant dans le dos de l'inspecteur pour le délivrer de ses liens. Aucune idée d'où on est ni de qui sont ces gars. Tout ce que je sais, c'est que je t'attendais à l'endroit prévu. Après t'avoir vu arriver, je t'ai regardé poireauter pas mal de temps – histoire d'être sûr que la voie était libre, tu comprends ? Et juste au moment où je croyais que c'était bon, ces cinq types baraqués se ramènent et t'embarquent. Ce n'est pas comme si j'avais pu faire grand-chose. Et puis…

Hopper sentit une secousse et ses mains retrouvèrent instantanément leur liberté de mouvement. Tout en se massant les poignets, il regarda son sauveur se relever avant de faire de même.

— Et puis quoi ? demanda-t-il en fixant la longue corde jaune que tenait à présent Leroy.

Le sourire du garçon vacilla, puis disparut tout à fait. Il tritura un moment le lien entre ses doigts et finit par le laisser tomber.

— J'imagine qu'ils me surveillaient aussi, exactement comme toi, parce que je me retourne, et là, bam ! ils me tombent dessus et… et me voilà.

L'inspecteur hocha la tête. Il n'était pas impossible que Leroy mente, évidemment. Cet enlèvement pouvait très bien avoir été planifié – un coup monté. Cependant, au plus profond de son être, une intuition viscérale refusait de le lâcher et lui murmurait que le jeune gangster disait la vérité. Hopper ne pouvait oublier la terreur primale et électrique qui perçait dans la voix de l'adolescent lorsqu'il l'avait eu au téléphone.

Les poignets toujours endoloris, le policier commença à faire les cent pas, tout en observant les alentours à la recherche d'éventuels indices quant à leur localisation.

L'énigme ne fut pas très compliquée à résoudre. Éclairée par une série de néons alignés au plafond et plutôt petite – sept mètres sur sept au plus –, la pièce carrée dans laquelle ils étaient enfermés se trouvait scellée par une lourde porte verte équipée d'un ensemble de barres verticales et horizontales – un dispositif de verrouillage industriel qui paraissait plus alambiqué que nécessaire.

Mais c'étaient surtout les sacs qui vendaient la mèche – de longs ballots de toile, semblables à des punching-balls, entassés le long du mur du fond. Tous identiques, tous estampillés du même aigle bleu et de la double ligne que Hopper avait déjà repérés sur le véhicule qui l'avait conduit jusque-là, et tous dotés de larges œillets métalliques. La plupart, remplis à ras bord, avaient été fermés à l'aide d'un cordon jaune similaire à celui qui avait servi d'entrave à Hopper, mais d'autres – vides, ceux-là – attendaient également pliés et empilés dans des casiers métalliques près de l'entrée.

L'inspecteur en était là dans ses observations lorsque les leviers du mécanisme de la porte se mirent en branle et que le panneau pivota lentement. Hopper et Leroy reculèrent de concert. Face à eux s'avancèrent alors deux hommes tellement mastoc que leur costume semblait sur le point de craquer. Pas de masques de ski ni de joggings en vue, pourtant l'inspecteur avait la nette impression qu'ils comptaient parmi ses cinq assaillants. Dos contre les sacs de courrier, il sentit son jeune comparse se raidir à ses côtés et lui jeta un regard en coin – le pauvre garçon tremblait de peur.

Les gorilles se postèrent d'un côté de la petite salle, où, impassibles, ils patientèrent, les mains croisées devant eux. Un instant plus tard, un troisième homme se présenta. Dans son complet bleu, il avait l'air d'un nain en comparaison de ses laquais.

Lorsqu'il tourna vers ses captifs son sourire réglementaire, tous les muscles de Hopper se contractèrent.

—Inspecteur Hopper, monsieur Washington, ravi que vous ayez pu vous joindre à nous.

—Espèce de...

Il n'avait pas pu se retenir : sa colère avait pris le dessus. Le poing brandi, il se rua sur Gallup tel un chien enragé. Un assaut bien vain, il le savait – ce qui ne l'empêcha pas de se débattre de toutes ses forces quand l'un des gardes du corps endimanchés l'attrapa sous les aisselles pour le tirer en arrière, hors de portée du patron. Autant lutter contre un chêne : le géant envoya Hopper valdinguer contre un tas de sacs postaux puis resta planté devant lui, à le toiser de toute sa hauteur, comme pour souligner – au cas où le prisonnier n'aurait pas compris – qu'il n'hésiterait pas à recommencer.

La résistance de son ennemi désormais éprouvée pour de bon, l'inspecteur reprit son souffle et s'essuya la bouche du revers de la main.

—Vous savez, lança-t-il à Gallup, quand vous disiez travailler pour une agence fédérale, je ne pensais pas qu'il s'agissait de la Poste. Mais je veux bien croire que ce soit difficile à avouer.

Le sourire de l'agent s'élargit, rien qu'un instant. Puis il haussa les épaules.

—Vous n'en apprendrez pas davantage sur mon employeur. Ceci étant, si vous saviez tous les services qu'accepte de rendre la Poste à ceux qui ont suffisamment d'autorité pour l'exiger... C'est vraiment impressionnant, ironisa-t-il.

—Moi qui croyais que monsieur était facteur, glissa Hopper à Leroy en se remettant debout. Raté.

Le jeune homme posa sur lui des yeux écarquillés de terreur. Une réaction qui confirmait définitivement l'intuition première de l'inspecteur : le gangster ne lui avait pas menti et se trouvait tout aussi prisonnier que lui. Le fait qu'ils n'avaient été capturés qu'à quelques minutes d'intervalle ne pouvait d'ailleurs signifier qu'une chose : les fédéraux avaient été mis au courant de leur rendez-vous. Sans doute le téléphone de l'inspecteur avait-il été placé sur écoute, de même que celui de Delgado. Raison pour laquelle les agents avaient mis autant de temps à emporter les documents relatifs à l'affaire des cartes, lors de leur visite au commissariat. Le policier se tourna vers Gallup.

— Écoutez-moi bien, monsieur l'agent spécial, commença-t-il en crachant le titre de son interlocuteur comme une insulte. Je vous rappelle que vous avez affaire à un inspecteur de la police de New York, 65ᵉ district : vous vous exposez à de sérieux ennuis. Et en plus d'un flic, vous venez de kidnapper un témoin sous protection. (Il leva le pouce par-dessus son épaule, en direction de Leroy.) Donc je ne sais pas quel genre d'autorité vous pensez détenir, mais vous avez le choix : soit vous nous laissez partir immédiatement et vous nous foutez la paix, soit vous en répondrez auprès de l'inspecteur en chef, voire du chef de la police en personne. C'est compris ?

Le silence retomba dans le petit entrepôt. Leur attention rivée sur Hopper, les hommes de Gallup n'avaient pas fait un geste, ni émis un son. Dans son dos, le policier n'entendait rien d'autre que le léger trépignement de Leroy, apparemment incapable de tenir en place. Face à lui, les yeux baissés, l'agent ajustait ses boutons de manchette.

— Dites donc, c'est qu'il fait chaud ici ! finit-il par lâcher, les yeux au plafond, en agitant le revers de sa veste. Dommage que le courrier n'ait pas besoin de clim.

L'inspecteur se risqua à avancer d'un pas. Aussitôt, l'homme qui l'avait déjà retenu récidiva, lui opposant cette fois une paume charnue que son otage tenta de repousser.

— C'est compris ? répéta ce dernier dans un rugissement, sans réussir à vaincre la résistance inouïe du colosse.

Le regard planté dans le sien, Gallup affichait à nouveau son odieux sourire. À mesure que les secondes s'égrenaient, Hopper sentait ses joues s'échauffer et la sueur commencer à lui goutter au creux des reins, jusqu'à ce que…

— Ah ! s'exclama soudain l'agent, comme réveillé par un choc électrique. C'est bon, vous avez fini, ou je dois m'attendre à un nouveau numéro du méchant flic en colère ?

Prêt à exploser de nouveau, l'intéressé ne put s'empêcher de résister un peu plus contre la main qui le retenait. Ce coup-ci, il eut même l'impression de réussir à faire bouger le bras du gorille, ne serait-ce que de quelques millimètres.

— Mais vous avez raison, vous savez, reprit Gallup.

— Sur quoi, au juste ?

— Vous n'avez effectivement aucune idée de l'étendue de mon autorité. (Il regarda d'abord Hopper, puis Leroy, avant de poursuivre.) Bien. Ce détail réglé, messieurs, passons aux choses sérieuses, voulez-vous ? Il semblerait que vous et moi nous soyons mal compris, inspecteur : je me souviens parfaitement de vous avoir rendu visite, à vous et à votre capitaine, il y a… voyons, serait-il possible que ça ne remonte qu'à mardi ? (Il jeta un coup d'œil à ses sous-fifres en costume.) Ah ça, la semaine a été longue, vous pouvez me croire. Bref, toujours est-il que je me rappelle vous avoir explicitement ordonné de lâcher l'affaire du tueur aux cartes, et vous avoir même expliqué que l'enquête dépendait à présent des pouvoirs fédéraux, sous mon contrôle direct.

Face à l'agent qui ne l'avait pas quitté des yeux un seul instant, Hopper se refusait à flancher.

— Je sais bien que les flics de New York tels que vous pensent sortir de l'ordinaire et constituer une espèce à part, continua Gallup en avançant d'un pas, les bras croisés. Et sans doute est-ce le cas. Pour patrouiller dans votre ville et ses rues malsaines, il en faut du cran et du sang-froid. Deux qualités que j'admire… Vraiment, aucun problème avec ça. Et voilà que vous vous coltinez même un tueur en série ! Dans votre propre quartier ! Corrigez-moi si je me trompe, mais les *serial killers*, dans le classement des enquêtes criminelles, ce sont les pires, pas vrai ? Rien à voir avec un deal, un hold-up ou un cambriolage qui dérape. Rien à voir non plus avec la guerre que se livrent les gangs pour contrôler tel ou tel territoire. Là, on parle d'un malade en cavale à retrouver avant que la nouvelle s'ébruite. C'est qu'il ne faudrait pas alarmer les citadins, qui ont déjà bien assez de souci à se faire avec le Fils de Sam… Vous vous rendez compte ? Deux tueurs en série à l'œuvre en même temps ! (Il lâcha un sifflement ironique puis haussa les épaules.) Moi, vous savez, je viens du Vermont. On y dénombre plus d'arbres que d'habitants mais ça me convient tout à fait.

— Eh bien, tant mieux pour vous, marmonna l'inspecteur.

— Je pense d'ailleurs que la région vous plairait. La ville où j'ai grandi ressemble pas mal à Hawkins. (L'air pensif, Gallup se tapota les lèvres du doigt.) Ah, non, attendez, tout compte fait, pas sûr que vous appréciiez tant que ça. Justement parce qu'on dirait Hawkins… Les petites bourgades perdues au milieu de nulle part, ça n'est pas trop votre truc, si j'ai bien compris. De retour du Vietnam, il y avait comme un vide dans votre existence, pas vrai ? Combien de missions, déjà ? Deux ? Et engagé volontaire, avec ça ! Mauvaise idée de rejoindre l'armée à cet âge et à cette époque, bien sûr, mais vous teniez malgré tout à faire votre devoir. (Il pencha la tête sur le côté.) Marrant, je ne vous aurais pas cru particulièrement patriote. De la dinde pour Thanksgiving et un hamburger de temps en temps, d'accord, mais l'allégeance au drapeau ? Mourir pour son pays ? Non, ça ne m'a pas l'air d'être votre genre, conclut l'agent avec un claquement de langue.

— Je vois que vous vous êtes renseigné sur mon compte, répondit calmement Hopper.

Son interlocuteur acquiesça d'un léger signe de la tête.

—Je me considère en effet comme quelqu'un de rigoureux. Bon, j'aurais été ravi de continuer à papoter du bon vieux temps mais je vous propose de passer au sujet qui nous amène ici.

Avec un soupir, le policier recula d'un pas. Baissant le bras, son adversaire reprit aussitôt une position neutre, mains croisées devant lui.

Hopper était dans son tort et il le savait. Il s'était rendu à l'appartement secret de Hoeler, sa coéquipière avait volé le dossier de l'agent assassiné… bref, ils avaient continué à enquêter sur le meurtrier aux cartes. Certes, que l'implication de Leroy dans toute cette histoire tienne ou non de la coïncidence, les deux partenaires s'étaient finalement mis d'accord pour abandonner leur investigation et transmettre aux fédéraux leurs découvertes, mais malheureusement, cette décision – la bonne, assurément – venait sans doute un peu tard.

—Écoutez, commença-t-il sur un ton d'excuse. Ma collègue et moi pensions effectivement pouvoir poursuivre l'affaire que vous nous aviez retirée, je le reconnais… Comme vous l'avez vous-même fait remarquer, ce tueur sévit dans notre quartier. On essayait juste de protéger nos amis et nos voisins. C'était une erreur de notre part, on a dépassé les bornes… Mais on était sur le point de venir vous en parler. Les quelques informations que nous avons réussi à récolter vous seront certainement utiles.

Sous le regard scrutateur de Gallup, qui ne s'était pas départi un seul instant de son rictus aussi placide que détestable, l'inspecteur retint son souffle puis avança à nouveau d'un pas prudent. Sans bouger, le sbire de l'agent tourna la tête vers lui pour le considérer d'un air supérieur.

— Ce que j'essaie de vous dire, poursuivit Hopper, c'est qu'on peut s'entraider. On bossait déjà sur ce dossier depuis plusieurs semaines avant que Hoeler se fasse tuer. J'ai bien compris que c'était l'un des vôtres, tout comme j'ai deviné que cette affaire était liée à la mission de vos agents infiltrés dans les gangs. Et, oui, ça change tout, mais je peux aider. Vous avez beau dénigrer la police, je sais que je suis doué dans ce que je fais. Pareil pour ma partenaire. Alors laissez-nous vous prêter main-forte.

Sourcils haussés, il dévisagea son ravisseur, dans l'attente d'une réaction. Si seulement ses paroles parvenaient à atteindre l'agent, à lui faire entendre raison, alors peut-être…

— C'est d'accord, lâcha ce dernier.

Éberlué, Hopper cligna des yeux.

— Pardon ?

— Pourquoi vous aurais-je amené ici autrement ? Vous allez en effet m'aider. Et M. Washington aussi. Oui, vous allez tous les deux me rendre service, assena son interlocuteur avant de marquer une pause. Qui plus est… vous n'avez absolument pas le choix.

Le policier nota les yeux ronds comme des soucoupes de Leroy, puis se retourna vers Gallup.

— Comment ça ?

Le sourire de l'agent s'évanouit. Hopper aurait pu s'en réjouir, si la mimique n'avait pas été aussitôt remplacée par une expression impitoyable qu'il appréciait encore moins.

— Sans doute n'ai-je pas été assez clair, répondit Gallup. Soit vous m'aidez, soit vous ne reverrez plus jamais ni Diane ni Sarah… Ni personne, d'ailleurs.

Chapitre 16

Infructueuse après-midi

7 juillet 1977

Brooklyn, New York

Delgado raccrocha puis consulta sa montre. Toujours aucune idée d'où avait bien pu disparaître son partenaire, et essayer de le retrouver commençait à la détourner sérieusement de sa véritable mission. Elle avait beau avoir hâte de soumettre ses déductions et réflexions à Hopper, elle n'en était pas moins une inspectrice à part entière, parfaitement capable de mener seule le pan de l'enquête qu'il lui avait confié.

Seule, et sans éveiller les soupçons du capitaine.

Heureusement pour elle, LaVorgna avait passé la majeure partie de la journée hors du commissariat, en réunion avec les haut gradés. La jeune femme se sentait donc pleinement libre de délaisser les dossiers qu'on lui avait officiellement assignés – et qui gisaient sur son bureau, éparpillés – pour se pencher sur les nouvelles pistes qui se présentaient à elle.

À commencer par celle de Lisa Sargeson, dont les ateliers d'aide à la réinsertion se déroulaient justement à l'une des adresses listées par Jacob Hoeler.

À première vue, rien de vraiment suspect là-dedans.

Delgado avait accompagné la psychologue à l'intérieur du bâtiment jusque dans le hall d'entrée, où elle avait étudié le panneau d'affichage surchargé d'annonces. Celle pour le groupe de Lisa y côtoyait de nombreuses autres. Quand elles n'accueillaient pas les activités de la paroisse elle-même, les salles se trouvaient visiblement occupées en permanence par différentes organisations.

L'inspectrice avait ensuite passé cinq minutes à observer Lisa par la porte vitrée de la pièce où elle intervenait. Debout devant une douzaine d'hommes assis sur des chaises visiblement peu confortables, la psychologue avait l'air d'une prof en train de faire cours.

Ce qui n'est pas loin de la vérité, songea Delgado avant de tourner les talons.

Au volant de sa voiture, sur le trajet de retour au commissariat, elle s'était autorisée à rêvasser, à décrocher, histoire d'y voir un peu plus clair. C'était là une de ses techniques : des plus banales aux plus originales, elle laissait diverses théories et idées lui traverser l'esprit pendant que son subconscient planchait sur les énigmes à résoudre. Delgado s'était en effet rendu compte que lorsqu'elle se concentrait trop sur un raisonnement donné, sur une manière particulière d'élucider un mystère, celle-ci finissait par s'imposer tel un scénario préconçu auquel son cerveau s'efforçait de faire correspondre n'importe quelle hypothèse et n'importe quel indice.

Dangereuse disposition pour une inspectrice.

Plutôt que d'y céder, l'astuce – celle de la jeune femme, du moins – consistait à cesser totalement de réfléchir au problème pendant quelque temps. Elle s'était donc résolue à se focaliser sur ses autres enquêtes, en espérant qu'un début d'explication rationnelle finirait par émerger de lui-même concernant l'affaire des cartes.

Pourtant, une fois à son poste et devant ses dossiers, impossible de chasser Lisa Sargeson de ses pensées. Cette piste – celle de la psychologue – menait… quelque part, Delgado en était persuadée. Quelque part… Ça lui faisait une belle jambe, ça. Et si ce n'était là qu'une bonne grosse coïncidence, tout bêtement ?

Partie comme elle l'était, l'inspectrice risquait de passer le reste de l'après-midi à fixer la liste d'adresses de l'agent décédé tout en se demandant où avait bien pu passer Hopper. Mais soudain, les portes du couloir s'ouvrirent avec fracas. De retour et visiblement remonté, le capitaine alla s'enfermer directement dans son bureau, non sans claquer aussi cette deuxième porte derrière lui. Par la vitre, Delgado le vit ôter sa veste, desserrer sa cravate d'un coup sec puis s'avancer au centre de la pièce et secouer la tête. Il eut alors la bonne idée de jeter un coup d'œil vers la grande salle tout en tâtant ses poches, sans doute en quête d'une cigarette, et la policière se figea, persuadée d'avoir été prise la main dans le sac à plancher sur une affaire qu'elle était censée avoir abandonnée. Réaction ridicule, bien sûr : LaVorgna était trop loin pour distinguer les documents posés sur la table de la jeune femme. Sans se départir de sa mine revêche, il se contenta de baisser le store devant sa fenêtre sans délicatesse aucune.

Eh ben, il a l'air de bonne humeur dis donc, songea Delgado.

Elle glissa la liste de Hoeler sous un classeur, bien décidée à se plonger dans l'analyse d'une autre enquête, quitte à se forcer un peu… En vain. Quoi qu'elle fasse, le nom de Lisa Sargeson n'était jamais bien loin.

Chapitre 17

Le plan

7 juillet 1977

Brooklyn, New York

Dans la salle de réunion improvisée quelque part au fond du labyrinthe des locaux de la Poste, Hopper faisait les cent pas. Arrivé à l'extrémité de la table, il fit volte-face et entama ce qui devait être son cinquième aller-retour, sous l'œil exaspéré de Gallup, assis en face de Leroy devant deux brocs de métal – l'un à moitié vidé de son café, l'autre terminé par le trio depuis ce qui leur paraissait déjà une éternité.

— Vous avez fini, oui ?

L'inspecteur s'immobilisa et se passa une main dans les cheveux avant de se retourner vers l'agent.

— Non mais je rêve… Vous me posez vraiment la question ?

— Tout à fait. Parce que plus vite vous comprendrez la gravité de la situation dans laquelle vous vous êtes fourré, plus vite on pourra se mettre au travail.

Hopper secoua la tête.

— C'est de la folie, ce plan.

— Pas tant que ça et vous le savez. Je peux tout vous réexpliquer depuis le début, si vous y tenez. Vous n'aurez qu'à prendre des notes, ce coup-ci. Peut-être que, comme ça, vous saisirez mieux ce qui vous attend, vous, vos amis et votre famille si vous refusez de coopérer.

— De la pure folie… souffla l'inspecteur, qui s'était remis à déambuler de long en large.

— Car si vous n'obtempérez pas, je ferai de votre vie un enfer, soyez-en certain. Et puisque je vous laisse le choix, la faute ne sera pas mienne mais entièrement vôtre.

Le policier s'arrêta de nouveau au milieu de la salle et ferma les yeux. Derrière ses paupières dansaient une multitude d'ombres rouges. Quelque part à un million de kilomètres, Gallup poursuivait sur sa lancée.

— Soit vous vous pliez à mes ordres et acceptez cette mission secrète, soit je vous flanque derrière les barreaux. Partant de là, Diane perd son boulot, les huissiers ne tardent pas à lui tomber dessus, elle se retrouve à la rue… Même chose pour votre collègue Delgado. Et croyez-moi, leurs malheurs ne feront que commencer.

— Vous ne pouvez pas faire ça, rétorqua son prisonnier en rouvrant les yeux. Vous n'avez pas un tel pouvoir. Personne ne l'a.

— Dites-moi, Leroy, vous trouvez que je m'exprime mal ? À moins que votre ami ne parle pas notre langue… lança l'agent en désignant l'intéressé d'un geste. Mes hommes lui auraient-ils flanqué un mauvais coup sur la tête ? (Il se retourna vers Hopper.) Bon, essayons encore une fois : je vais vous envoyer au trou et vous y croupirez toute votre vie, un sort que vos proches vous envieront vu celui que je leur réserve. Ça y est, maintenant ? Vous comprenez ?

Plaquant les mains sur la table, l'inspecteur se pencha vers son interlocuteur.

— Je vous le répète : vous n'êtes pas en mesure de mettre la moindre de vos menaces à exécution !

— J'ai le pouvoir de faire comme bon me semble, répondit Gallup en secouant la tête. À partir de là, vous avez le choix.

Il planta son regard dans celui de Hopper, qui le soutint quelques secondes avant de lâcher un soupir et de reprendre son manège, enchaînant les va-et-vient d'un bout à l'autre de la pièce.

— Écoute, mec ! lança soudain Leroy qui n'avait cessé de le suivre des yeux. C'est l'occasion de sortir ma sœur de là et d'arrêter Saint John… C'est peut-être même la seule solution. Alors assieds-toi et écoute au moins ce que ce type a à te dire !

L'interpellé soupira derechef et ferma les paupières pour tenter d'apaiser sa colère. Lorsqu'il les releva, ce fut pour retourner s'asseoir lourdement à sa place.

— Si je vous obéis, qu'est-ce qui se passe ?

Gallup joignit les doigts devant lui.

— Vous acceptez donc de coopérer ?

— Non, je vous ai posé une question. Et d'ailleurs, comment on l'arrête, ce fameux Saint John ? On ne sait même pas ce qu'il prépare ! Enfin, à part l'invasion de Satan, bien sûr.

— Justement, en parlant de ça. Nous pensons que ces croyances sataniques mentionnées par M. Washington ne sont en réalité qu'une façade permettant de dissimuler des activités bien moins ésotériques et bien plus sérieuses. Des projets que j'aimerais que vous perciez à jour. D'où le plan que je viens de vous exposer.

Dubitatif, Hopper se renversa contre son dossier en secouant la tête. Face à lui, Gallup décolla ses mains l'une de l'autre et examina avec attention ses boutons de manchette, qu'il entreprit de remettre d'aplomb, au millimètre près.

— Ça fait un petit moment déjà que notre unité surveille les Vipères, continua-t-il. Et si New York grouille de gangs, ce groupe relativement récent se révèle… différent. D'après nos informations, en tout cas. Leur chef, l'homme qui se fait appeler Saint John, s'est débrouillé pour faire ce dont peu peuvent se vanter : il a réussi à fédérer plusieurs factions déjà existantes et à les unifier sous la même bannière, pour ainsi dire. Cet effort de coalition permettant la mise en commun de ressources, notre cible a déjà accumulé énormément de matériel, d'armes et d'argent. Mais il ne recrute pas seulement au sein des gangs : apparemment, il serait également en train de former autour de lui un cercle restreint d'individus détenteurs de compétences particulières. Lesquelles au juste et ce qu'il compte en faire, nous l'ignorons, mais nous pensons qu'il prépare une action d'envergure, une opération qui constituera une menace non négligeable pour la ville et ses habitants.

À ces mots, Leroy se mit à hocher vivement la tête.

— Un truc énorme, mec ! renchérit-il en se balançant d'avant en arrière sur sa chaise. Je te l'ai déjà dit, et je te le redis, Hopper. Le jour du Serpent, c'est ce jour-là que tout va partir en vrille.

L'inspecteur se détourna du jeune voyou pour se concentrer sur Gallup.

— Reste qu'on n'a toujours aucune idée de la date en question. Et puis, cette dévotion au diable, ces appels à Satan, vous pensez vraiment que ce n'est qu'un paravent ?

— Disons que les gangs new-yorkais peuvent se révéler assez… originaux, vous le savez aussi bien que moi, répondit l'agent, les lèvres pincées. Chacun essaie de creuser sa niche, de se forger sa propre identité. En ce qui concerne Saint John, quel que soit son véritable nom, il semble avoir mis en place une sorte de culte autour de sa personne C'est d'ailleurs sans doute de cette manière qu'il est parvenu à convaincre les autres gangs de le rejoindre. Un leader charismatique, qui se pose en prophète de la fin des temps, annonce travailler à l'avènement de l'enfer et jure à ses fidèles qu'ils auront l'honneur de servir le Malin quand l'Apocalypse viendra ? Face à un tel discours, renforcé par une série de meurtres ritualisés – commandités par Saint John lui-même, bien sûr –, beaucoup se laissent séduire, surtout dans une ville comme celle-ci. Qu'ils y croient réellement ou non, beaucoup mordent à l'hameçon plus facilement qu'on ne l'imagine.

— De ce que je comprends, vous êtes déjà plutôt bien renseigné, conclut le policier en se frottant le visage avant de laisser retomber ses mains sur la table.

— M. Washington, ici présent, nous a été d'une aide précieuse. Sans compter que votre partenaire et vous aviez vu juste : nous avons d'autres agents infiltrés, qui nous tiennent au courant de l'avancée de la situation. L'agent Hoeler en faisait partie.

— Oui, sauf qu'il s'est fait démasquer et zigouiller.

Gallup se contenta d'acquiescer, sans rien ajouter.

— Je ne vois toujours pas pourquoi vous auriez besoin de moi, reprit Hopper sans cacher son scepticisme. Ce serait quand même plus simple pour vous de m'envoyer en prison pour obstruction ! Vous avez déjà des hommes dans différents gangs, tout un paquet d'infos… alors pourquoi ne pas passer tout de suite à l'assaut et éliminer Saint John et sa bande ?

Mais son interlocuteur secouait la tête.

— Hors de question d'agir dans la précipitation. Avant de lancer une intervention, il nous faut être certains de sa réussite. Et pour ça, on doit d'abord comprendre ce que trame Saint John. On a besoin de détails, d'informations sur l'organisation interne et leur stratégie, de dates et d'horaires. De toutes les précisions possibles. Si on leur tombait dessus maintenant, on pourrait certes les affaiblir, mais aussi déclencher le plan de Saint John, voire un plan d'urgence. On ne peut pas prendre un tel risque. Il nous faut du concret sur lequel nous baser, et il nous le faut rapidement. C'est là que vous entrez en jeu.

— Encore une fois, pourquoi moi ?

— Parce qu'en plus d'être un inspecteur spécialisé dans les enquêtes criminelles, vous êtes un vétéran décoré de l'armée. Vous avez une expérience et des compétences que d'autres n'ont pas. Vous savez garder votre sang-froid dans les circonstances les plus extrêmes – votre dossier parle de lui-même – et puis...

Gallup s'interrompit avec un sourire qui ne présageait rien de bon.

— Oui ? le relança le policier.

— Dernier point mais non des moindres : vous mourez d'envie de vous rendre utile.

Hopper se retrouvait coincé. Il était impliqué dans cette histoire jusqu'au cou – bien plus qu'il l'aurait souhaité ou qu'il était même censé l'être. Pourtant, d'un autre côté...

L'agent spécial n'avait pas tort. L'inspecteur voulait aider. Il voulait mettre le grappin sur le tueur aux cartes, l'attraper et le traîner devant la justice. Et surtout, il voulait protéger son quartier et sa ville.

Protéger sa famille.

S'il détestait qu'on puisse ainsi lire en lui comme dans un livre ouvert, il savait aussi qu'il ne résisterait plus longtemps. Pour mystérieuse que soit la position de son adversaire, elle lui conférait apparemment des pouvoirs étendus. Le policier ne prendrait pas le risque de découvrir si ses menaces relevaient du bluff ou non. Il avait beau y aller à reculons, il avait beau mépriser les types comme Gallup, il n'avait pas d'autre choix que de dire oui.

De toute façon, même sans chantage, la décision s'imposait à lui. Il jeta un coup d'œil à Leroy, assis à ses côtés. Le garçon pianotait sur la table et, dessous, ses genoux tressautaient nerveusement.

— Il faut que je sauve ma sœur, mec. Saint John, il est… dangereux. Il faut que je la tire de là. Et moi aussi, faut que je me tire de là.

Hopper le dévisagea longuement puis se tourna vers Gallup. Pour la première fois, le sourire que lui offrait ce dernier paraissait sincère.

— Nos objectifs sont les mêmes, inspecteur.

L'agent marqua une pause mais le policier garda le silence.

— Vous avez le choix, poursuivit donc Gallup. Vous pouvez bien sûr refuser ma proposition : dès lors, vous ne reverrez plus jamais votre famille, qui finira par perdre pied. (Il agita la main pour bien souligner que dans le cours d'événements autrement plus importants, ce dommage collatéral ne pèserait pas lourd.) Pendant ce temps, de mon côté, j'essaierai d'arrêter Saint John sans vous. Et peut-être y parviendrai-je. (Il se pencha en avant afin d'appuyer là encore son propos.) Mais peut-être pas. Peut-être que les Vipères finiront par l'emporter et que Belzébuth érigera son trône au sommet de l'Empire State Building pour régner sur un monde en proie aux flammes. À moins que Saint John ait un autre plan… Un scénario bien pire et bien plus concret, sans doute.

Hopper observa tour à tour Gallup et Leroy. Le gangster s'efforçait de respirer profondément, ses narines se dilatant à chaque inspiration.

— La question n'est donc pas tant de savoir ce qui menace New York, conclut l'agent, mais plutôt si oui ou non vous comptez m'aider à sauver cette ville.

L'inspecteur se serait mordu la langue plutôt que de répondre. Le cœur battant la chamade, il s'en tint donc à un hochement de tête. Un seul.

— Parfait ! s'exclama Gallup. Première étape : vous faire disparaître de la circulation.

Chapitre 18

La désertion de James Hopper

8 juillet 1977

Brooklyn, New York

Garé au coin de sa rue dans une des voitures du commissariat, vitre baissée, Hopper observait la rangée de façades de grès brun tout en profitant du mieux qu'il pouvait d'un semblant de brise. Pas besoin cette fois de se faire discret au point de se ramasser derrière le volant.

Son immeuble s'élevant à quelques dizaines de mètres à peine, il en distinguait clairement le perron et repérerait quiconque le franchirait.

À cette heure-ci, en l'occurrence, personne. Mme Schaefer, qui vivait au rez-de-chaussée, devait être au travail, et les Van Sabben – le couple du deuxième étage – s'étaient absentés quelques jours. Quant à l'appartement du premier – celui des Hopper –, il était vide, lui aussi. L'inspecteur consulta sa montre. À 9 heures passées, Diane était déjà partie accompagner Sarah au centre aéré.

Lui avait passé toute la nuit en... réunion – pour autant que le terme convienne. Gallup avait d'abord pris le temps de lui exposer son plan plus en détail, puis, son horripilant sourire toujours aussi implacable, il avait répondu à l'avalanche de questions que lui avait opposée l'inspecteur. Apparemment, l'agent avait même pris le soin d'inventer un alibi à son nouvel employé : l'un de ses hommes avait appelé Diane et, se faisant passer pour quelqu'un du commissariat, lui avait expliqué que, retenu par une affaire importante, Hopper ne rentrerait pas de la nuit. Une situation tout à fait plausible pour qui appartenait à la brigade criminelle, même si le policier n'y avait pas souvent été confronté et qu'il n'appréciait pas beaucoup que quiconque puisse avoir recours à un tel stratagème auprès de sa famille.

Il inspira profondément, submergé par une vague d'émotion rien qu'à la pensée de sa femme et de sa fille.

Malgré la pression, les non-dits et le numéro d'intimidation des gros bras de Gallup, Hopper savait qu'il avait pris la bonne décision. Comme lui, l'agent se contentait d'utiliser les moyens à sa disposition pour faire son travail. Ensemble, ils avaient la possibilité de démanteler le gang des Vipères, d'entraver les plans de ce Saint John, quels qu'ils soient, et de résoudre, du même coup, l'affaire du tueur aux cartes. En plus d'obtenir justice pour la ville, Sam Barrett, Jonathan Schnetzer et Jacob Hoeler.

Pourtant, en cet instant, aucune de ces perspectives ne satisfaisait plus l'inspecteur.

Impossible pour lui de se réjouir en sachant ce que Diane et Sarah s'apprêtaient à affronter. Gallup avait beau lui avoir laissé le choix, ses deux propositions contenaient leur lot de peur, d'incertitude et de douleur. La seule différence ? L'une aurait des conséquences *ad vitam æternam*, l'autre – avec un peu de chance – pendant une brève période seulement.

Car James Hopper allait bientôt disparaître des radars. Pour combien de temps exactement, il n'en avait aucune idée. Il se préparait à sortir – presque littéralement – de sa vie quotidienne pour se jeter dans la gueule du loup, et retrouver ensuite sa famille ne constituait qu'une seule des nombreuses issues possibles.

Reprends-toi, bon sang ! se morigéna-t-il en abattant une paume sur son volant. Il pouvait le faire… Il ne se laisserait pas aller à la panique. C'était même précisément pour cette raison que Gallup avait jeté son dévolu sur lui.

Pour la énième fois depuis que l'agent l'avait évoqué, Hopper se demanda à quels extraits de son dossier militaire le FBI avait bien pu avoir accès. Certains documents y avaient été classés secret-défense – même sa femme n'en avait pas connaissance. Le fait qu'on puisse compter à ce point sur ses compétences et son expérience d'ex-soldat l'intriguait donc fortement. Gallup était-il au courant de ce que le policier avait fait pendant la guerre ? L'inspecteur chassa cette idée de son esprit.

Concentre-toi, mon vieux !

Peine perdue, cependant : ses pensées dérivaient invariablement du côté de ses proches. Une partie de son cerveau se mit même à rationaliser la situation : Diane serait bouleversée et inquiète – aucun doute là-dessus –, mais elle finirait par comprendre, une fois toute l'affaire terminée. De la même manière, Sarah percevrait certainement le stress de sa mère et en pâtirait mais, trop jeune pour saisir quoi que ce soit, il y avait heureusement de grandes chances qu'elle n'en garde par la suite aucun souvenir. La période qui allait suivre se fondrait pour elle dans les anecdotes familiales. Année après année, on lui relaterait comme une sacrée aventure la manière dont son père, James Hopper, inspecteur de la police de New York, s'était un jour évanoui dans la nature pour réapparaître quelque temps plus tard, après avoir non seulement supprimé l'un des gangs les plus dangereux des environs, mais aussi sauvé la ville de la catastrophe et résolu une affaire de meurtres en série.

Quelle chouette histoire ce serait !

Si tout fonctionnait comme prévu, bien sûr. Le plan était censé se dérouler en plusieurs étapes.

Même sans faire partie du cercle rapproché de Saint John, Leroy restait membre du gang – et même responsable d'une tâche plutôt essentielle à la réalisation du projet de son mystérieux patron puisque celui-ci, désireux d'étoffer ses rangs, avait chargé le jeune homme de la sélection de potentiels nouveaux disciples. Des types dans le genre de l'inspecteur, apparemment. En tant que vétéran décoré – et donc habitué à un certain degré de violence –, Hopper correspondait au profil recherché par Saint John. Aux dires de Leroy, du moins. Toujours selon le garçon, que l'ancien soldat ait également été flic constituerait une singularité intéressante qui ne serait pas pour déplaire à son chef.

L'emploi du passé était important, car Hopper était sur le point de passer ex-flic.

Il n'allait pas seulement s'évanouir dans la jungle urbaine, non.

Il allait trahir son camp.

La veille, dans l'entrepôt de la Poste, il avait confié son Smith & Wesson M10 de service – un modèle assez vieux mais fiable – à l'un des laquais de Gallup qui, avant de récupérer le revolver et de l'emporter, avait pris soin d'enfiler des gants de coton blanc comme ceux des conservateurs de musée. L'arme jouerait un rôle-phare dans la désertion de l'inspecteur : placée sur une scène de crime montée de toutes pièces, elle le désignerait comme l'auteur des faits et son nom finirait sur le tableau de ses collègues au commissariat, à côté d'un numéro de dossier tout à lui.

Officiellement en cavale, il suivrait Leroy jusqu'au repaire des Vipères, incarnation du flic déchu, violent et corrompu venu mettre son savoir-faire à contribution. Une fois admis dans le gang, il s'agirait de découvrir en quoi consistait l'action coup de poing de Saint John et comment l'arrêter. Une mission apparemment simple en apparence, seulement, les deux infiltrés ne pourraient compter que sur eux-mêmes. Si appeler l'unité spéciale de Gallup à la rescousse restait envisageable en cas de pépin, obliger les fédéraux à intervenir ruinerait toute l'opération. Raison pour laquelle l'agent avait particulièrement insisté sur ce point : pour peu que Hopper et Leroy décident de tirer la sonnette d'alarme, ils avaient intérêt, au préalable, à avoir rassemblé le plus d'informations possible.

Ils s'étaient donc séparés quelques heures plus tôt, le jeune gangster pour contacter les Vipères et préparer l'arrivée de leur nouvel adepte, l'inspecteur pour régler quelques questions personnelles. Bien que Gallup ait essayé de l'en dissuader – mieux valait pour Hopper se tenir désormais à distance de ses collègues, proches et amis –, l'intéressé ne s'était pas gêné pour lui demander si la notion de « confiance » lui disait quelque chose. L'agent n'avait pas insisté.

Les deux complices se retrouveraient le soir même afin de lancer l'opération mais entre-temps, le policier entendait bien agir comme il le voulait.

Toujours pas un chat dans les parages. La rue avait beau être déserte, il avait à peine mis un pied hors de sa voiture qu'il eut la sensation d'être observé, comme si le voisinage entier l'épiait. Il se hâta donc de rejoindre son immeuble et, pressé de trouver refuge à l'intérieur, gravit les marches du perron au trot avant d'enchaîner avec celles de l'escalier.

Une fois chez lui, il rallia directement sa chambre. Il avait besoin d'un somme, déjà, puis d'une douche. Ensuite, il se changerait : aussi bête que ça puisse paraître, son pantalon et sa chemise à carreaux lui semblaient vendre illico la mèche. Quitte à passer pour un flic parjure, autant entrer pleinement dans le personnage – que ce soit pour mieux duper ses ennemis ou gagner en assurance. Parfaitement conscient qu'il allait devoir jouer son rôle à la perfection, Hopper ne lésinerait sur aucun détail. Toute forme de soutien, même la plus insignifiante, serait la bienvenue.

Chaque chose en son temps, se modéra-t-il.

Il s'étendit donc sur les draps, pensa à régler son réveil et ne tarda pas à s'assoupir.

Brooklyn, New York

4 juin 1972

— C'est vert pomme, ça ? s'exclama Hopper à voix haute.

Il se redressa et, prenant soin d'incliner son rouleau de façon à ne pas le laisser goutter par terre, il recula jusqu'au centre de la pièce pour inspecter la portion de mur sur laquelle il venait de passer l'heure.

Il avait fait du bon travail et il le savait. Repeindre une chambre ne constituait sans doute pas le défi le plus ardu qu'il ait eu à affronter de sa vie, mais il tenait à ce que le résultat soit parfait. Ce, d'autant plus que, plutôt que de faire appel à des professionnels, Diane et lui avaient décidé de rafraîchir leur nouvel appartement eux-mêmes.

Facile à planifier, le déménagement depuis Hawkins s'était révélé plus compliqué à mettre en œuvre et leur compte en banque en avait pris un sérieux coup dans l'opération. Hopper avait beau avoir commencé à travailler dès le lendemain de leur arrivée au début du mois de mai, ça ne faisait encore qu'un mois et le couple attendait avec impatience que tombe son premier salaire.

Cela dit, à présent que le jeune policier observait le coloris sécher sur le mur, il se demandait quand même s'ils n'auraient pas dû s'autoriser une folie et investir dans une peinture de meilleure qualité.

— Tout va bien là-dedans ?

Il jeta un coup d'œil par-dessus son épaule. Leur fille de deux ans profondément endormie dans les bras, son épouse venait de pénétrer dans la pièce. Contournant avec précaution les bâches entassées près de la porte, elle rejoignit son mari, qui embrassa doucement Sarah sur la joue avant de déposer un baiser plus franc sur les lèvres de Diane.

— Le pot disait pourtant « vert pomme »… soupira-t-il en désignant le mur.

Elle se contenta de hocher la tête.

— C'est ta manière d'apprécier silencieusement mes talents de peintre en bâtiment, c'est ça ? demanda-t-il après lui avoir lancé un regard en coin. Ou bien tu te demandes juste quelle tête peuvent bien avoir des pommes de cette couleur ? (Elle éclata de rire et fit un pas vers lui, prête à lui passer un bras autour de la taille.) Oh, attention ! Attends deux secondes.

Elle se figea. Lui avait levé son rouleau et se dépêchait d'aller le poser dans le bac de peinture resté au pied du mur. Mais lorsqu'il se retourna vers sa femme, ce fut à son tour à elle de l'arrêter.

— Oh non, Jim !

— Quoi ? s'inquiéta-t-il, cloué sur place.

Elle secoua la tête et pointa du doigt le torse de son mari, qui baissa le regard. Sur le T-shirt jaune qu'il avait ramené d'un concert de Jim Croce, l'année précédente, la mine réjouie du chanteur folk se trouvait à présent maculée de vert.

—Oh non, c'est pas vrai ! grogna Hopper.

Une main sur la bouche, Diane s'était mise d'instinct à se balancer de droite à gauche pour apaiser sa fille, qui commençait à remuer. Le peintre du dimanche plissa les yeux.

—Mais… je rêve ou tu rigoles ?

—C'est juste que… commença-t-elle avant de laisser retomber sa main et de dévoiler un large sourire. Tu adorais ce T-shirt !

—C'est vrai, oui, j'adorais ce T-shirt, répétat-il d'un ton déconfit qui contrastait avec le fou rire contenu de sa femme. Mais content que l'un de nous trouve ça drôle.

Il avait beau dire, lui-même ne résisterait pas longtemps. Sa gorge le chatouillait déjà, si bien que lorsqu'il se rapprocha de Diane, leur hilarité conjuguée finit par tirer Sarah du sommeil. La petite bâilla en regardant autour d'elle puis se mit à gigoter. Côte à côte, ses parents se débrouillèrent pour la porter à deux, et tous les trois contemplèrent le fruit du labeur de Hopper.

—Au moins, ça change, lança Diane au bout d'un moment. C'est bien ce que tu voulais, non, du changement ? Une nouvelle ville, un nouveau départ…

—Ah, mais absolument. Nouvelle ville, nouveau départ, et surtout, nouvelle leçon à méditer : ne jamais acheter de produits de la marque… Qui est-ce qui fabrique cette peinture, d'ailleurs ?

Il se tordit le cou pour essayer d'apercevoir le pot vide, abandonné dans un coin derrière lui. Diane lui sourit avant de l'embrasser.

— Moi, je trouve ça très joli, le rassura-t-elle. Après tout, on voulait du vert, non ? C'est vert.

— Bien dit ! répondit son mari en souriant à son tour. (Il se pencha sur Sarah qui, même si elle bâillait encore, était à présent tout à fait réveillée.) Et toi, ma puce, qu'est-ce que tu en penses ? Ça te plaît ? Papa s'est bien débrouillé, tu ne trouves pas ?

À ces mots, il la souleva et s'approcha du mur. Les doigts de la petite serrés dans les siens, il la cala doucement sur sa hanche puis lui désigna la couche de peinture.

— Tu vois, il paraît qu'à New York, les pommes sont de cette couleur.

Diane s'esclaffa dans son dos. Il se retourna pour lui faire face tout en rehaussant sa fille dans ses bras, et sentit alors de minuscules paumes lui tâter le visage.

Minuscules… et humides.

— Oh, oh… souffla-t-il.

Sarah, qui avait trouvé les pâtés de peinture sur le T-shirt de son père, s'appliquait à présent à les transférer sur leurs deux figures.

— Pomme ! s'exclama-t-elle avec force gloussements.

Les yeux au ciel, Diane s'avança vers eux.

— Bon, on va laisser papa continuer, d'accord ? dit-elle avant d'extraire délicatement sa fille de l'étreinte paternelle. Il en a encore pour un bout de temps et on sait toutes les deux qu'il vaut mieux ne pas déranger le maître à l'œuvre.

Sans pouvoir s'empêcher de pouffer, Hopper les chassa d'un geste de la main. Une fois son épouse et Sarah sorties de la pièce, il examina encore une fois son T-shirt. Peut-être pouvait-il encore être sauvé…

Mouais, peu probable.

Le jeune homme soupira, ramassa son rouleau et se remit au travail.

Chapitre 19

Café et contemplation

8 juillet 1977

Brooklyn, New York

Tiré du sommeil quelques heures plus tard, l'inspecteur se redressa presque aussitôt, décontenancé par la clarté du souvenir dans lequel son rêve l'avait envoyé et dont il venait d'être arraché, l'esprit encore plus embrumé qu'avant sa sieste. Combien d'années s'étaient écoulées, déjà, depuis les travaux de peinture ? Il ne comptait même plus. Les murs de la pièce arboraient toujours le vert d'origine, bien que la teinte ait – fort heureusement – pâli une fois sèche. Hopper désactiva la sonnerie de son réveil et alla prendre une douche.

Trente minutes plus tard, il s'observait d'un œil critique dans le miroir en pied de la chambre. Adieu pantalon, chemise et cravate convenables. Il portait à présent le jean usé qu'il réservait au jardinage dans leur jardin inexistant et son T-shirt Jim Croce, toujours aussi taché, qui, quand il l'avait déterré du fond de son tiroir, lui avait procuré la plus étrange des sensations de déjà-vu. Il avait également enfilé un blouson de cuir et échangé ses souliers de ville contre ses vieilles chaussures de l'armée – reliques elles aussi conservées juste au cas où le jardin deviendrait un jour réalité. À vrai dire, il aurait bien carrément ressorti sa veste militaire mais il ne voulait pas non plus prendre le risque d'en faire trop…

Il passa ensuite un moment à tester les produits capillaires – tous plus mystérieux les uns que les autres – alignés sur la coiffeuse de Diane, jusqu'à en dégoter un suffisamment gras pour se plaquer les cheveux en arrière avec. Plutôt content de son look, il s'accroupit devant la penderie où, farfouillant contre la paroi du fond, il finit par atteindre un panneau amovible. Du compartiment secret caché derrière, il extirpa un petit objet lourd, qu'il débarrassa des couches de plastique qui le protégeaient pour révéler un revolver semi-automatique – le Colt M1911 qui l'avait accompagné tout le temps qu'il avait passé au Vietnam. L'inspecteur en vérifia le chargeur puis tint quelques secondes son propre reflet en joue. Satisfait, il coinça l'arme dans son dos, sous la ceinture de son jean et rabattit par-dessus l'élastique de son blouson, vérifiant dans la glace qu'on n'y voyait que du feu.

C'était le cas.

Jusque-là, tout allait bien.

Hopper referma le compartiment au fond de la penderie sans oublier de glisser devant la clayette sur laquelle Diane et lui rangeaient leurs chaussures, suspendit à un cintre le pantalon et la chemise dans lesquels il avait dormi – en prenant soin de ne pas froisser ni désorganiser les autres vêtements –, puis balaya la chambre des yeux. Tout lui semblait dans le même état, à la même place que lorsqu'il était arrivé.

Y compris la double photo sur la coiffeuse de sa femme. Interrompu dans son inspection, l'inspecteur tendit la main, se reprit… et finit par céder. Il attrapa le cadre divisé par une charnière en son milieu. D'un côté, Diane et Hopper – elle dans une robe bleu saphir, lui dans un costume sombre –, assis sur les rochers d'un jardin botanique, quelques heures seulement après leur mariage. Il s'attarda un moment sur cette image avant de passer à celle qui lui faisait face. Trois paires de prunelles brillantes lui rendaient son regard. Père, mère et fille, tellement droits sur leur siège que le dos du policier se serait presque remis à le faire souffrir, comme ce jour-là, où ils avaient passé une heure entière chez le photographe à poser pour ce portrait de famille.

Il eut un petit rire puis reposa le cadre à sa place, exactement dans la même position, puis recula ensuite sans quitter les photos des yeux mais revint sur terre lorsque l'arrière de ses genoux vint heurter le bord du lit. Passant les doigts dans ses cheveux luisants, il quitta sans plus tarder la chambre pour se rendre dans la cuisine, où il attrapa le téléphone et composa un numéro de mémoire. Sa destinataire décrocha presque immédiatement.

— Inspectrice Delgado, brigade criminelle.

D'instinct, Hopper lui fit signe de la main, comme si elle pouvait le voir.

— C'est moi, souffla-t-il. Surtout ne dis rien et écoute-moi, d'accord ?

Il attendit, le silence seulement brisé par la respiration de la jeune femme.

— D'accord ? répéta-t-il.

— Tu viens de m'ordonner de ne rien ajouter, répliqua-t-elle dans un murmure.

— Effectivement, admit-il sans pouvoir réprimer un sourire. Bon, il faut qu'on parle. (Il leva le poignet pour jeter un coup d'œil à sa montre.) Retrouve-moi dans une heure au *Tom's Restaurant*, au croisement de Washington et Sterli…

— Compris. Mais ce n'est pas tout près, je te signale.

— Raison pour laquelle tu ferais bien de te dépêcher.

Sur ce, il raccrocha.

Aussi risqué que soit cet appel, il n'avait pas eu le choix. Avant de disparaître de la circulation, il avait une mission à déléguer à sa partenaire.

Lieu incontournable du quartier de Prospect Heights, *Tom's Restaurant* avait ouvert dans les années 1930 au rez-de-chaussée d'un immeuble trapu qui ne présentait aucune particularité et n'avait probablement pas beaucoup changé depuis. Si l'établissement empestait la cigarette et le graillon, les tasses s'y révélaient plutôt propres et le café étonnamment bon (au goût de Hopper, du moins). Assis dans un coin au fond de la salle, l'inspecteur faisait durer le sien tout en scrutant la rue à travers les fenêtres crasseuses. Autour de lui, la rumeur des conversations des clients installés au bar se mêlait au ronronnement de la radio pour former une agréable mélodie.

Delgado finit par arriver environ vingt minutes après lui, juste au moment où les premières notes de *Gonna Fly Now*, le fameux thème de *Rocky*, s'égrenaient. Lorsque l'inspecteur la vit tendre le cou pour inspecter du regard tables et tabourets, il se signala d'un geste du menton. Elle se dépêcha de le rejoindre et, larguant son sac à côté d'elle sur la banquette, se glissa face à lui.

— Ils sont vraiment obligés de nous agresser comme ça ? lança-t-elle sans préambule. Je déteste ce film !

La mine renfrognée en réaction à la chanson qui continuait, elle se tourna vers le bar et fit signe à une employée avant de se pencher par-dessus la table pour entrer dans le vif du sujet.

— Bon, tu vas enfin me dire ce qui se passe, Hop ?

Mais à peine avait-elle terminé sa phrase qu'elle se redressa en sursaut, un sourire aux lèvres : la serveuse approchait. La chevelure aussi jaune que son uniforme, la nouvelle venue mâchonnait un chewing-gum à la menthe sans vraiment prendre la peine de fermer la bouche. L'odeur couvrait même celle de la boisson de Hopper.

— Je vous apporte un menu ?

— Juste du café, s'il vous plaît, répondit Delgado.

La femme hocha la tête et s'en retourna vers le comptoir. Dans l'expectative, la jeune inspectrice ne quittait pas son partenaire des yeux, mais celui-ci se contenta de lever un doigt discret, désignant d'un regard appuyé la serveuse qui revenait déjà avec un pichet.

Il attendit qu'elle serve une tasse à Delgado et remplisse à nouveau la sienne pour la remercier, et si elle ne lui rendit pas son sourire, au moins s'en alla-t-elle aussi vite qu'elle était apparue.

— Bon, où on en était déjà ? lança l'inspectrice. Ah, oui : tu vas enfin me dire ce qui se passe, Hop ? À quoi ça rime, ce rendez-vous top secret ? Et où étais-tu passé hier ? Le capitaine m'a déjà demandé de tes nouvelles une ou deux fois et j'ai réussi à te couvrir, mais je te signale que ton absence ne fait rien pour améliorer son humeur.

Hopper reposa son mug devant lui tout en le gardant entre ses mains. Malgré la canicule qui persistait, il ne pouvait s'empêcher de frissonner.

— Je vais tout t'expliquer, promis. Mais je veux que tu m'écoutes jusqu'au bout sans me couper. Si tu as des commentaires, tu les gardes pour la fin, compris ?

Son interlocutrice haussa les épaules.

— Je vais prendre ça pour un oui, poursuivit-il. Il va falloir que tu me fasses confiance sur ce coup-là, d'accord ?

— Arrête tes conneries, tu veux ? répondit la jeune femme, visiblement agacée. Tu sais très bien que la question ne se pose même pas.

— Pas faux.

— Bon alors, dis-moi : qu'est-ce qui te met dans cet état ? Et d'ailleurs, c'est quoi, ces fringues ?

Hopper baissa les yeux sur sa poitrine : son Jim Croce peinturluré regardait sa collègue de l'autre côté de la table.

— Je suis en mission pour les fédéraux. Pour Gallup.

Delgado prit une gorgée de café avant de lever un sourcil interrogateur, comme si elle attendait la suite. Son partenaire la dévisagea, étonné.

— C'est tout l'effet que ça te fait ? Zéro commentaire ?

— Au contraire : des tas, répondit-elle en secouant la tête. Mais encore une fois, je croyais que je devais te laisser terminer.

L'inspecteur prit puis relâcha une profonde inspiration, avant de se lancer.

— Bon, très bien. Tu te souviens de ce gamin qui est venu nous demander protection ?

— Leroy Washington, oui. Qu'on a laissé filer et qui s'est évaporé depuis.

— Eh bien, Gallup lui a mis le grappin dessus. Pour qu'on bosse ensemble, le gosse et moi, figure-toi. Bref, à partir de ce soir, tous les deux, on va rester introuvables un petit bout de temps et... tu ne vas pas tarder à avoir vent de... disons de rumeurs, me concernant. (Hopper leva une main, comme pour prévenir une quelconque réaction de la part de Delgado.) En tout cas, quoi que tu entendes, sache que c'est faux, ça fait juste partie de ma couverture. Gallup a imaginé un plan pour nous permettre, à Leroy et moi, d'accomplir notre boulot. Mais ce que vous allez apprendre au commissariat risque de faire jaser... Il y a de grandes chances pour que les collègues te tombent dessus. Vu qu'on est partenaires, ils vont penser que tu sais ce qui se passe et où j'ai disparu. Je compte sur toi pour te défendre, O.K. ? Leur faire croire que tu es de leur côté, pas du mien. Je serai l'ennemi à abattre, tu comprends ? Parmi les gars, il y en aura plus d'un sérieusement remonté, mais si tu veux m'aider, il faut que tu ailles dans leur sens.

Il s'interrompit. Sans pour autant lâcher l'autre des yeux, chacun replongea dans son café, la jeune femme ponctuant ses gorgées de petites grimaces de mécontentement.

— Je serai blanchi quand je reviendrai, reprit Hopper au bout d'un moment. Rappelle-toi juste que les histoires qui te parviendront ne seront que pure invention, pas la vérité. Pas besoin de t'inquiéter. Quand l'enquête sera bouclée, on pourra dévoiler toute l'affaire, mais pas avant. (Il attendit quelques instants que Delgado ait vidé sa tasse.) Des questions ?

Sa coéquipière hocha la tête.

— Tu peux me dire pourquoi je reprendrais bien du café, alors qu'il a un goût de bitume ?

Sur ce, mug en l'air, elle se décolla à moitié de la banquette histoire de capter l'attention de la serveuse au chewing-gum. En moins de temps qu'il n'en faut pour le dire, la policière entamait une nouvelle tasse de café brûlant.

— Bon, plus sérieusement, reprit-elle en soufflant un petit nuage de vapeur. Pourquoi Leroy ? Pourquoi pas moi ?

— Le gamin va me servir de laissez-passer. Et puis, j'ai une mission à te confier pendant mon absence.

— De laissez-passer ? répéta-t-elle avant de comprendre. Attends, tu comptes infiltrer le gang des Vipères ?

Voyant que Hopper se bornait à siroter sa boisson en silence, Delgado s'absorba dans le paysage derrière la vitre.

— Ben dis donc… Et combien de temps tu vas y rester ?

— Aucune idée. Quelques jours seulement, j'espère, mais à vrai dire, aussi longtemps que nécessaire. Une fois là-bas, impossible de repartir avant que toute l'opération soit terminée.

— D'accord, répondit-elle, les yeux toujours dans le vide. Et à part me préparer à chercher bientôt un nouveau partenaire, qu'est-ce que tu veux que je fasse ?

Les lèvres de Hopper se refusaient à se décoller l'une de l'autre. Face à son mutisme, Delgado finit par se détacher de la fenêtre pour le regarder. Interrogateurs, les yeux de la jeune femme scrutèrent quelques secondes le visage de son ami avant de s'éclairer.

— Diane.

— Et Sarah, compléta l'inspecteur.

— Et Sarah, bien sûr. Je veillerai sur elles, compte sur moi.

Perdu dans la contemplation du fond de sa tasse, il poussa un soupir.

— Les prochains jours ne vont pas être faciles. Pour Sarah, je ne m'en fais pas trop. Elle est jeune, la veinarde, elle ne comprendra pas vraiment ce qui se passe et ne se souviendra de rien. Mais Diane…

Il s'interrompit, coupé dans son élan par un picotement au coin des cils, un pincement dans la poitrine, et son cœur qui cognait soudain à un rythme effréné.

— Hop ?

Il s'étira le cou d'un côté puis de l'autre. Derrière ses paupières closes, il ne voyait rien d'autre que leur photo de famille sur la coiffeuse, leurs trois visages souriant à s'en faire mal. Il préféra rouvrir les yeux.

— Toutes ces rumeurs à mon sujet, Diane finira par les entendre, exactement comme toi. Je voudrais que tu sois là pour elle. Que tu les protèges, Sarah et elle. Tu vois ce que je veux dire ?

— Ne t'en fais pas, répondit Delgado en hochant résolument la tête. Je serai là.

Soulagé, Hopper souffla un grand coup. Aussi étrange que ça puisse paraître, il avait vraiment la sensation qu'on venait de lui retirer un poids des épaules.

— Merci, Rosario.

— Alors là, ça doit vraiment être grave, plaisanta sa collègue, un grand sourire aux lèvres. Si tu commences à m'appeler par mon prénom, c'est qu'on est sérieusement dans la mouise.

L'inspecteur sourit à son tour et reprit une goulée de café.

— Mais avant que tu commences ton numéro d'agent secret, reprit-elle, faut que je te raconte mes aventures à moi. Parce qu'elles sont aussi bizarroïdes que les tiennes.

— Vas-y, je t'écoute, répondit-il en écartant les bras. Ça pourra peut-être me servir.

— Tu te souviens de la liste d'adresses trouvée chez Hoeler ?

— Oui, bien sûr. Celle avec le club de boxe qui loue ses salles aux Alcooliques anonymes ?

— C'est ça. Dans le tas se trouve aussi l'adresse des locaux d'une paroisse mis à la disposition, entre autres, d'un groupe d'aide à la réinsertion pour ex-détenus… Une sorte de programme de proximité géré par une association. Deux fois par semaine, on leur propose un accompagnement dans leur retour à la vie civile. Un groupe de soutien, en somme. Comme dans les réunions des Alcooliques anonymes, les participants s'entraident, guidés par un modérateur…

Cherchant où sa coéquipière voulait en venir, Hopper fronça les sourcils.

— D'accord. Et ?

— En l'occurrence, il s'agit d'une modératrice… Et tu ne devineras jamais qui c'est : Lisa Sargeson.

La tasse à mi-chemin des lèvres, le policier se figea et reposa le mug pour écouter avec attention Delgado lui raconter sa visite de la veille. Elle commença par ce qu'elle avait appris sur les cartes de Zener, puis enchaîna sur les occupations passées et présentes de la diseuse de bonne aventure. Hopper prêta une oreille attentive à son récit.

— Et les autres lieux de la liste ? finit-il par demander en frottant machinalement sa barbe de quelques jours.

— Deux salles paroissiales, un club de boxe et une maison de quartier, répondit Delgado, qui comptait sur ses doigts. Tous prêtés à différentes associations. Alcooliques anonymes, cours du soir pour les demandeurs d'emploi, groupes de parole pour vétérans du Vietnam, ou cercles de partage entre patients atteints de maladies chroniques… Tu vois l'idée. L'organisme de Lisa fait un peu figure de goutte d'eau dans cet océan de bonnes œuvres, n'empêche…

— Quand on rajoute à l'équation les cartes de Zener…

— Exactement. Il y a un lien quelque part, Hop. Obligé.

Plongé dans ses pensées, il resta silencieux quelque temps.

— O.K., fit-il au bout d'un moment. Il va falloir qu'on retou… que tu retournes parler à Lisa. Essaie d'en savoir plus sur le contenu de ces séances de réinsertion, de découvrir si elle connaît l'une de nos victimes ou si elle est en lien avec d'autres groupes de soutien, quels qu'ils soient.

Sa collègue leva un sourcil dubitatif.

— Si je comprends bien… on ne lâche toujours pas l'affaire du tueur aux cartes, finalement.

Hopper haussa les épaules.

— C'est que… la situation a changé, quand même. Cette fois, on est du côté de Gallup. Je l'aide, et toi, tu m'aides.

— Très bien, conclut Delgado en reposant sa tasse vide. Pas de souci, je me charge de Lisa.

L'inspecteur la remercia avant de consulter sa montre au-dessus de son café qui refroidissait.

— L'heure tourne. Vas-y la première. Mieux vaut ne pas sortir en même temps.

— Bonne chance, Hop, lança-t-elle en se levant. Fais attention à toi.

L'intéressé lui adressa un sourire et la suivit des yeux jusqu'à la porte du restaurant. Par la fenêtre, il la regarda encore traverser la rue, puis la perdit de vue. Il attendit ensuite quelques minutes, au bout desquelles la serveuse en jaune revint, chargée de son éternel pichet de café.

— Je vous ressers, mon chou ?

Il secoua la tête.

— Non. Attendez… En fait, je veux bien, merci, se reprit-il alors que l'employée avait déjà commencé à s'éloigner. Je prendrai aussi une part de tarte aux pommes, si vous en avez.

— On en a, oui.

— Parfait. Donc un autre café, et une part… oh, et puis, mettez-m'en deux, des parts de tarte.

— Je vous les réchauffe ?

— Oui, s'il vous plaît.

— Vous prendrez de la crème avec ?

— Évidemment, quelle question…

Malgré son air vaguement déconcerté, la serveuse se contenta de battre en retraite derrière son comptoir pour préparer la commande. Un petit plaisir de rien du tout, certes, mais que Hopper comptait bien savourer.

Ne restait plus qu'à espérer que ce repas ne serait pas son dernier.

Chapitre 20

Martha

8 juillet 1977

New York

Au volant d'un break assez vieux pour avoir sa place au musée, Leroy conduisait Hopper plein nord, dépassant une à une les rues numérotées de Manhattan. Destination : l'antre des Vipères, niché quelque part dans le sud du Bronx. Tous deux avaient baissé leurs vitres, et heureusement. Déjà parce qu'il faisait chaud à crever, mais surtout parce que le courant d'air ainsi créé emportait avec lui les relents de cannabis apparemment incrustés dans la carcasse même de la voiture. Aux yeux d'un collectionneur avisé, l'énorme véhicule – qui tenait en réalité davantage du corbillard que du break – aurait pu avoir un peu de valeur, s'il avait été correctement entretenu.

Ce qui n'était absolument pas le cas.

Dans l'habitacle, le cuir des banquettes – pitoyablement rigide et craquelé – vomissait çà et là des nuages de mousse jaunâtre, le revêtement au plafond avait été arraché et les indicateurs du tableau de bord semblaient totalement déréglés. L'extérieur ne valait pas mieux : si, à un moment donné, le métal de la carrosserie avait dû être décapé de sa peinture d'origine puis décoré à la bombe de couches et de couches de graffitis, les tags désormais délavés s'avéraient désormais indissociables des larges aplats de rouille apparus au cours des ans. Résultat, l'ensemble se rapprochait finalement plus du wagon de métro que de la voiture. Vu la fumée que crachait de temps à autre le pot d'échappement et le râle funeste qui émanait du moteur à chaque fois que Leroy appuyait sur l'accélérateur, le simple fait que l'engin roule encore confinait au miracle – rien de moins !

Où le gamin avait-il pu dégoter une telle antiquité, Hopper n'en savait rien : il n'avait pas demandé. Occupé par des considérations autrement plus importantes, il s'était contenté d'attendre son compagnon au carrefour convenu puis de prendre place à côté de lui sans poser de questions.

Ravi de laisser son bras flotter au vent, le jeune homme conduisait d'une seule main. Résultat, chaque fois qu'il lâchait le volant pour actionner le levier de changement de vitesse qui se trouvait dessous, la voiture dérivait sur la gauche – ce qui ne semblait pas le gêner, au contraire. L'inspecteur, lui, se gardait bien de faire le moindre commentaire, même si en l'absence de ceinture de sécurité, il avait vite appris à ne pas lâcher la poignée au-dessus de sa portière, histoire d'éviter de finir sur les genoux de son chauffeur au moindre tournant ou presque.

Partant de Brooklyn, ils avaient traversé l'ouest du Queens, avant d'arriver sur Manhattan. Dense dans un premier temps, le trafic se faisait de plus en plus clairsemé à mesure qu'ils avançaient. Le décor aussi changeait. Avec leurs innombrables gratte-ciel et leurs rues constamment encombrées de taxis jaunes, le sud et le centre de l'île demeuraient fidèles à eux-mêmes, tels qu'ils le resteraient sans doute pour l'éternité : pleins de vie – en dépit de l'heure tardive –, de monde, de touristes et de travailleurs.

La moindre façade alentour, le moindre carrefour, se trouvaient noyés sous d'immenses panneaux publicitaires. Au milieu des marques de cigarettes et de whisky par dizaines, l'affiche du dernier James Bond faisait figure d'aberration. *L'Espion qui m'aimait*. À la vue de ce titre, Hopper éclata de rire. Interloqué, Leroy dévisagea son camarade qui se contenta d'un geste vague et continua à regarder New York défiler derrière la vitre.

Quel que soit le nom que donnait la presse à la banqueroute qu'affrontait la métropole – appellation qui changeait en effet toutes les semaines –, aucune crise financière ni aucune récession ne viendraient jamais vraiment ébranler le plus grand quartier d'affaires au monde.

Cependant, dès 42nd Street, on pénétrait dans une autre dimension, et ce, de manière évidente. Times Square avait beau relever du gouffre mal famé notoire, Hopper n'aurait pas imaginé que la décrépitude, telle un cancer, avait progressé aussi loin au sud. À sa droite comme à sa gauche, une devanture sur deux offrait à préoont aux passants d'entrer se délecter de filles dénudées – toujours en chair et en courbes, que ce soit sur scène, sur écran ou sur le papier glacé de magazines de charme. Des femmes, il y en avait aussi dans la rue, sous les porches et sur le pavé, en minijupes et en cuissardes, les épaules enveloppées de fourrure bouffante. Moulés de polyester, les hommes, eux, préféraient les zones plongées dans l'ombre et moins exposées.

La voiture des deux complices poursuivit ainsi sa route. Attrapant sous ses roues les pages de journaux jetés à terre, elle transportait quelques dizaines de mètres plus au nord les nouvelles de la veille et les derniers chiffres de la délinquance.

Au-delà de Times Square, la hauteur des édifices commençait à diminuer, tout comme le nombre de véhicules, contrairement à celui des piétons, qui augmentait – au coin des rues, sur les marches, devant les portes, ils se rassemblaient en tas, comme les papiers et les ordures bazardés aux mêmes endroits. Cette multitude d'individus parlait, gueulait, jurait et transpirait. D'une bouche à incendie défoncée fusait un jet d'eau moucheté d'arc-en-ciel, pour le grand bonheur de la bande d'enfants qui dansait autour. Plus loin, leurs aînés discutaient entre eux devant un magasin de meubles dépouillé aussi bien de ses marchandises que du verre de sa vitrine. Les voitures sommeillaient le long du trottoir, de même que les clochards à côté d'elles. Plus on poussait vers le nord et plus les habitants s'affaissaient et s'usaient, à l'instar de leur environnement, ainsi que le constatait Hopper depuis le break qui filait à vive allure.

Leroy piqua à gauche pour se rapprocher de l'Hudson, avant de revirer à droite. Par la fenêtre du chauffeur, le passager apercevait devant la rivière la silhouette aussi massive que gigantesque d'une vieille autoroute surélevée – monument rouillé à la gloire des manquements d'une métropole trop pauvre pour démanteler l'infrastructure, trop pauvre pour la rénover et la remettre en service, trop pauvre en somme pour faire quoi que ce soit d'autre que de l'abandonner en l'état, échouée telle un monstrueux colosse mythologique sur presque toute la longueur de la côte ouest de l'île. Fin 1973, l'artère déjà délabrée avait cédé sous le poids d'un camion transportant justement l'asphalte destiné à la consolider. Toute une portion de chaussée s'était alors écroulée sur 14th Street et le drame avait mené à la fermeture définitive de la voie. Quatre années avaient passé, et si tout le monde s'étonnait qu'aucun autre segment de bitume ne se soit effondré depuis, le fait que la route déserte n'ait toujours pas été démolie ne surprenait en revanche personne.

La voiture repartit vers l'est, puis à nouveau vers le nord, Leroy suivant une trajectoire, n'existant que dans sa tête. Le policier se renfonça dans son siège et regarda la ville tomber en ruine autour d'eux.

Quelque part à l'est, presque verticale dans l'air immobile de l'été, s'élevait une colonne de fumée noire. Partout où il posait les yeux, l'inspecteur voyait davantage de véhicules, d'êtres et de vies laissés à l'abandon au milieu des rires et des cris. Assurés qu'aucun flic ne se risquerait à venir les interrompre, les charlatans envahissaient les trottoirs avec leurs jeux d'argent et les billets verts passaient de main en main. Les vieux poussaient leurs caddies remplis de camelote – came que les jeunes s'injectaient dans les veines à la vue de tous : la misère se souciait peu de se cantonner aux ruelles sombres et aux bâtiments à l'abandon.

Dans Harlem, les deux comparses venaient de s'arrêter à un croisement quand une voiture de police apparut à leur droite. Résistant à l'envie de jeter un coup d'œil par la fenêtre, Hopper se borna à fixer le feu tricolore en face d'eux. Il avait beau sentir sur lui le regard des deux occupants du véhicule voisin, il ne fit pas un geste.

Lorsque le feu finit par passer au vert, Leroy appuya sur l'accélérateur et, non sans une embardée, le break repartit à grand-peine. Derrière eux, les deux flics avaient beau ne pas avoir bougé, l'inspecteur attendit quelques secondes pour regarder dans le rétroviseur, où il les vit enfin démarrer, puis tourner sur leur droite. Se renfonçant dans son siège, il s'étira les cervicales.

Le conducteur fit tout à coup claquer sa langue.

— Tu es sûr que tu te sens prêt, mec ?

Hopper se tourna vers lui. De sa main libre, le jeune homme dessinait de petits cercles dans l'air du dehors, les yeux rivés sur sa trajectoire. Nouveau coup d'embrayage – son autre main quitta le volant et la voiture dévia vers la gauche. L'inspecteur reporta lui aussi son attention sur la route.

Bien sûr que je suis prêt, qu'est-ce que tu crois ? se répéta-t-il une fois, puis deux, avant de l'affirmer à voix haute. Quand, en guise de réponse, Leroy siffla entre ses dents, visiblement dubitatif, Hopper le regarda plus attentivement et remarqua ce coup-là que le gamin dodelinait légèrement de la tête, la couronne de sa coupe afro se balançant au même rythme.

—Et toi, ça va ?

Le garçon fronça les sourcils en silence.

—Allez, dis-moi la vérité, insista Hopper. Parce que moi, ça roule, mais faut que je sois sûr que c'est bon aussi de ton côté. Après tout, c'est toi qui sais dans quel pétrin on s'apprête à se fourrer. Je dois pouvoir compter sur toi, sinon la situation va vite devenir compliquée.

Les traits du jeune homme s'assombrirent encore.

—Leroy ? s'inquiéta l'inspecteur quand leur voiture ralentit.

Les narines dilatées, le chauffeur se passa la langue sur les lèvres et d'un geste du menton, il désigna la pénombre face à eux.

—On a de la compagnie.

À la lueur vacillante des lampadaires, Hopper sonda le crépuscule. Il n'avait plus fait attention à leur progression et ne parvenait pas à se repérer, mais ils devaient se trouver… quelque part tout au nord de Manhattan – plus très loin du but en tout cas. La circulation se faisait rare. À vrai dire, à ce moment précis, il n'y avait même aucun véhicule dans la rue en dehors du leur.

Et devant eux, le passage était barré.

Ils n'étaient que quatre à bloquer le centre de la voie – ce qui faisait toujours quatre de trop au goût de l'inspecteur. Trois hommes – deux Noirs, un Blanc – et une femme noire, mains dans les poches, qui se tenait à quelques pas devant eux. Elle portait un haut de bikini rouge et un blouson de base-ball blanc trop large pour elle, ensemble complété d'un jean tout aussi immaculé, moulant au niveau des cuisses puis évasé à partir du genou. Torses nus sous leurs vestes de cuir sans manches, ses compagnons, bandana dans les cheveux, semblaient poser pour un magazine, les épaules voûtées et tournées à leur avantage. Contrairement à la femme, ils ne souriaient pas.

Leroy s'arrêta juste devant le petit groupe. Après avoir gratifié le capot du break de deux petits coups, la jeune femme vint s'accouder à la vitre avant gauche. Pour la première fois du trajet, le chauffeur rentra le bras dans l'habitacle.

— Dis donc, mais qui voilà ? lança-t-il. Quoi de neuf, Martha ?

Hopper observa son complice. Le comportement du jeune homme avait changé – face aux quatre intrus, Leroy semblait soudain pris d'une espèce de fébrilité, proche de l'anxiété.

Malgré le chewing-gum qu'elle mastiquait avec application, la dénommée Martha lui sourit. Plus jeune que Hopper, elle semblait malgré tout plus âgée que Leroy – entre vingt-cinq et trente ans probablement – et son attitude trahissait son statut.

C'était elle qui donnait les ordres.

Elle jeta un coup d'œil désinvolte au passager avant de revenir au conducteur.

— Et toi, alors, tu étais passé où, frangin ? Je commençais à me faire du souci, dit-elle sans que la moindre inquiétude perce dans sa voix.

Frangin ?

L'inspecteur se crispa sur son siège. Il avait beau ne pas trop savoir à quoi il s'attendait, la sœur de Leroy le prenait de court. À entendre le garçon et sa détermination à la tirer des griffes des Vipères, Hopper s'était représenté une gamine tout aussi effrayée que son frère.

Or, la jeune femme à la fenêtre paraissait tout sauf apeurée.

— Oh, ben tu sais, par-ci, par-là, lui répondit le garçon en tapotant le volant des deux mains.

Si Martha avait remarqué son sourire sans doute un peu trop forcé, elle n'en laissa rien paraître. Elle se contenta de hocher la tête puis se tourna vers l'inspecteur, sans cesser de ruminer.

— Et qu'est-ce que tu nous amènes là ? Pas des problèmes, j'espère ?

— Non, non, la rassura vivement son frère en pianotant de plus belle sur le volant. Jamais, Martha, jamais, tu me connais. C'est juste le mec dont j'ai parlé hier à Saint John. Hopper. Hopper, je te présente ma frangine, Martha.

Elle s'arrêta de mastiquer un bref instant.

— O.K. Très bien, conclut-elle avant de se redresser et de faire signe à ses acolytes d'approcher.

Tels des enfants abandonnant leur partie de 1, 2, 3, soleil, les trois hommes – ou plutôt les trois adolescents (à bien y regarder, ils devaient avoir l'âge de Leroy) – vinrent aussitôt s'entasser sur la banquette arrière. Pendant ce temps, Martha avait contourné le véhicule par l'avant et d'un coup de hanche, elle força

Hopper à se décaler pour lui faire une place. Non sans faire éclater son chewing-gum à quelques centimètres de l'oreille de l'inspecteur, elle lui décocha un sourire puis se pencha en avant pour hocher la tête à l'adresse de Leroy, qui mit le contact et agrippa son volant, des deux mains cette fois.

— Quand j'ai appris que tu revenais, je me suis dit qu'on pouvait profiter de ta caisse, lui expliqua-t-elle. Direction 207th Street.

— Ah bon ? s'étonna-t-il après une seconde d'hésitation.

Martha se renfonça contre le dossier, posa une main sur l'épaule de Hopper et, comme s'ils étaient de retour au lycée – elle, la pom-pom girl, et lui, la star du bahut – elle se pelotonna contre lui.

— On a une course à faire avant de rentrer, dit-elle à son frère. Et puis comme ça, on va tout de suite voir ce que vaut notre ami. Pas vrai, le nouveau ? Ça ne te dérange pas ce petit crochet, j'espère ?

L'intéressé se tourna vers elle, leurs visages si proches que leurs nez se touchaient presque.

— Ça ne me dérange pas, non. Et mon nom, c'est Hopper.

Martha afficha un grand sourire et derrière eux, les trois passagers se mirent à aboyer de rire, l'un d'eux allant jusqu'à taper du plat de la main sur la banquette avant, juste à côté de la tête du policier.

— Allez ! C'est parti, on y va ! s'exclama-t-il.

Un enthousiasme appuyé par ses compagnons, qui fit s'esclaffer la jeune femme. Hopper en profita pour échanger un regard avec Leroy. Le garçon hocha la tête.

— Tu vas voir un peu si je suis prêt, mon gars ! C'est parti ! lança-t-il avant d'embrayer, entraînant la petite bande toujours plus au nord.

Chapitre 21

Crimes et délits

8 juillet 1977

Nord de Manhattan, New York

Suivant les consignes de sa sœur, le chauffeur gara le break devant une large vitre protégée par de solides barres de métal. Les garçons à l'arrière se calmèrent aussitôt – au grand soulagement des oreilles de l'inspecteur, qui n'en pouvait plus de leurs vivats et de leurs rigolades de grands ados fiers de sécher les cours. Concentré sur la route, Leroy n'avait pas ouvert la bouche du trajet et Martha s'était surtout appliquée à se coller contre Hopper, qui n'avait cessé de s'interroger sur la nature de leur détour et de ce fameux test. Sans que ses interrogations aient abouti à quoi que ce soit, d'ailleurs…

Si la jeune femme avait bien échangé quelques mots avec ses camarades, ni elle ni son frère n'avaient cru bon de les présenter au petit nouveau. À peine la voiture avait-elle démarré qu'un flash orangé avait illuminé le rétroviseur. Bientôt, les effluves douceâtres de la marijuana – particulièrement corsée, celle-là – avaient envahi l'habitacle et les trois amis avaient fait tourner le joint entre eux avant de le tendre à leur chef. Elle avait longuement tiré dessus puis l'avait passé à Hopper, qui n'avait eu d'autre choix que de les imiter tous, prenant soin de garder la fumée âpre dans sa bouche aussi longtemps que possible, histoire de donner l'impression qu'il l'inhalait. Il fallait bien qu'il fasse le nécessaire pour s'intégrer, et de toute façon, ce n'était pas une unique bouffée de cannabis qui allait lui faire perdre tous ses moyens. C'est du moins ce qu'il s'était dit en rendant le joint à Martha.

— Et toi, frangin, tu n'as pas besoin de te détendre ?

Hopper avait en effet oublié de le proposer à Leroy.

— Non, c'est bon, pas envie, avait répondu ce dernier, couvrant les arrières de son acolyte.

Le commerce devant lequel ils stationnaient à présent avait beau être déjà fermé, une lumière brillait à l'intérieur, quelque part dans le fond : propriétaires ou employés devaient être encore sur place, en train de tout ranger avant de partir. Le magasin vendait du matériel électronique, ainsi que l'apprit Hopper lorsqu'il se pencha pour mieux voir à travers le pare-brise. Exposés dans la vitrine derrière la barrière métallique trônaient en effet une pléiade de produits haut de gamme. À côté d'immenses enceintes noires empilées les unes sur les autres, grillagées ou bien habillées de mousse satinée, paradaient des consoles de toutes dimensions – certaines si grandes qu'elles s'apparentaient à des tables –, couvertes de boutons, de curseurs, de cadrans et de jauges. Il y avait aussi d'autres articles plus facilement reconnaissables tels que des magnétophones à bandes qui prenaient visiblement les cartouches 8 pistes, et toute une série de platines montées sur d'énormes socles argentés.

Plutôt que les particuliers, cet arsenal audiovisuel visait apparemment un public d'industriels et de professionnels. Les prix n'apparaissaient nulle part – si quelqu'un avait besoin de savoir la valeur de tel ou tel appareil, c'était sans doute qu'il n'avait pas les moyens de se l'offrir.

—Allez, allez, allez, on y va ! s'écria l'un des garçons en tapant dans ses mains.

Les trois compères s'extirpèrent un à un de la banquette arrière et Leroy sortit de son côté. Ignorant Martha qui le dévisageait, Hopper avait agrippé le levier de changement de vitesse pour se glisser à la suite du jeune homme lorsqu'une main sur son épaule l'obligea à se retourner.

—Tiens, fit sa voisine. Pour te donner un coup de *boost*.

Elle avait tiré de sa poche un petit sachet en plastique bleu dont elle roula les bords. Dans la collection de pilules multicolores qui s'y trouvait, l'inspecteur la regarda piocher entre ses longs ongles rouges un comprimé blanc, qu'elle lui tendit avec un sourire. Il ne pouvait se permettre la moindre hésitation – encore moins dans un moment comme celui-là. Il attrapa donc la pastille et se la fourra sans ciller sous la langue.

Le sourire de Martha s'élargit jusqu'à en paraître presque maléfique, puis elle quitta la voiture. Le policier sortit de l'autre côté et en profita pour recracher rapidement le cachet, qui se désagrégea dans sa paume. Un résidu crayeux dans la bouche, il ne pouvait qu'espérer que la dose qu'il avait déjà absorbée serait trop insignifiante pour faire effet.

Devant l'enseigne, légèrement à l'écart, Leroy attendait, adossé contre la vitrine. Les trois autres, eux, trépignaient et piaffaient d'impatience. Ils avaient beau parler vite, ils le faisaient à voix relativement basse, jusqu'à ce que l'un d'entre eux, abandonnant toute discrétion, se mette à boxer l'air en grognant, sous les rires et les applaudissements sonores de ses amis.

Presque aussitôt, la lumière du magasin s'éteignit. Réduits au silence, les gangsters firent volte-face. Quiconque se trouvait à l'intérieur s'était aperçu de leur présence.

Martha, qui avait disparu à l'arrière de leur véhicule, en ressortit armée d'une petite masse qu'elle balançait au bout de son bras fin. Encouragée par les sifflets de ses sous-fifres, la jeune femme se précipita soudain sur la porte de l'établissement pour abattre son maillet contre la poignée sans s'arrêter ni même ralentir. Sous le choc, clenche et serrure s'enfoncèrent de plusieurs centimètres dans le bois du panneau. Quelques coups supplémentaires et elles s'en désolidarisèrent complètement. Le mécanisme du verrou n'avait pas bougé mais, fracassé contre le cadre, il n'était plus relié à la porte, qui s'ouvrit sans effort. Les garçons s'élancèrent à l'intérieur, Martha sur les talons.

Leroy suivit sa sœur et Hopper lui emboîta le pas.

Gigantesque, le magasin n'en apparut pas moins bien garni. Dispositifs acoustiques et électriques se succédaient dans les rayonnages ou sur les estrades, au milieu d'imposantes piles d'amplificateurs et de haut-parleurs. Quand les trois gangsters en renversèrent quelques-unes dans leur course vers le fond des locaux, Hopper mit d'abord le saccage sur le compte du manque de visibilité. Mais les néons se rallumèrent bientôt et l'inspecteur put constater que les vandales s'amusaient en réalité à balancer par terre tout ce qui leur tombait sous la main.

Il assistait à la scène, impuissant, lorsque sa vision commença à… osciller, vaciller. Il se figea. L'espace d'un instant, il crut même voir non pas trois mais six garçons courir devant lui. Puis toutes les silhouettes se volatilisèrent d'un seul coup. Il cligna des paupières et quand il rouvrit les yeux, un vieil homme blanc était apparu. Fusil de chasse brandi, le gérant du magasin hurlait quelque menace inintelligible.

La détonation ramena Hopper à la raison. Délivré de ses hallucinations, il regarda les morceaux de plâtre se détacher au-dessus de lui, là où le tir de sommation avait atteint le plafond. Mais cet instant de lucidité ne dura pas. L'inspecteur n'avait pas recraché son cachet assez vite et, combinés à l'action du cannabis, ses effets commençaient à se faire sentir. Il avait la tête qui tournait, comme après une bière de trop mais sans le brouillard de l'ébriété.

Cette fois-ci, ce fut un cri qui le fit revenir à la réalité. Éberlué, Hopper se retrouvait nez à nez avec le vieil homme. Le fusil gisait à terre, à côté d'une mare de sang… Celui du commerçant. Le poing du policier aussi en était couvert. Ses doigts enserraient la gorge du vendeur jusqu'à l'étouffer et le maintenaient contre le mur du fond en le forçant à se tenir sur la pointe des pieds.

L'inspecteur secoua la tête et cligna des yeux. Il ne se rappelait pas avoir arraché l'arme des mains de son propriétaire, pas plus qu'il ne se souvenait d'avoir cogné ou immobilisé le pauvre bougre. Le monde recommençait à tanguer, et lorsque le vieil homme se mit à gémir, Hopper se vit le plaquer encore plus fort contre le mur. Il se mordit férocement l'intérieur de la joue.

La douleur, bien que raisonnable, lui fit l'effet d'une décharge et lui éclaircit aussitôt l'esprit. Le tumulte derrière lui le poussa à jeter un coup d'œil par-dessus son épaule.

Amplificateurs, cartons de disques ou de câbles et même un baffle de la taille d'un petit réfrigérateur… Leroy et ses trois camarades raflaient tout ce qu'ils pouvaient transporter.

Mais un autre genre de bruit attira bientôt l'attention de Hopper, qui tourna la tête. Dans une salle adjacente, penchée sur les tiroirs d'un grand bureau qu'elle avait vidés de leur paperasse, Martha venait de dénicher ce qu'elle cherchait : une grosse boîte en fer verrouillée. La monnaie tinta à l'intérieur quand la jeune femme la secoua. Elle en tritura un instant la serrure avant d'abdiquer, d'attraper le petit coffre-fort par la poignée et de se ruer hors de la pièce. Avisant le fusil abandonné du gérant, elle s'arrêta juste le temps de le ramasser puis quitta les lieux.

Sous l'étau des doigts de Hopper, le pauvre homme émit une espèce de gargouillis, les yeux embués de larmes. Le sang d'un rouge vif qui lui coulait à présent des narines brouilla soudain la vue de son bourreau. Le regard du policier s'abîma dans celui de sa victime, jusqu'à ce que…

Depuis la rue, quelqu'un cria son nom.

— Désolé, souffla-t-il.

Il relâcha le commerçant puis recula. Le vieil homme s'effondra sur la moquette imbibée de son sang et essaya de ramper vers son bureau avant de renoncer, au bout de quelques dizaines de centimètres seulement. Le corps parcouru de spasmes, luttant pour continuer à respirer, il resta là, étendu sur le sol.

— Désolé, répéta Hopper.

Et après s'être essuyé les paumes sur son T-shirt, il se rua hors du magasin.

Cabane de Hopper
Hawkins, Indiana

26 décembre 1984

Sous prétexte de se dégourdir les jambes, Hopper se leva de table et entreprit de faire le tour du séjour. Une pause méritée, mais surtout nécessaire, le souvenir du cambriolage auquel les Vipères l'avaient contraint à participer n'ayant rien d'agréable, loin de là. L'ancien inspecteur avait beau avoir passé sous silence les détails les plus crus, son récit aurait forcément éveillé en Elfe quelques questions auxquelles, pour déplaisantes qu'elles soient, il allait bien devoir répondre.

Arrivé devant la télévision, il s'arrêta, dos à la cuisine, puis joignit les mains derrière la tête.

— Je comprends, tu sais.

Hopper laissa retomber ses bras et fit volte-face. Sa fille s'était retournée sur son siège, agrippée au dossier.

— Pardon ? fit-il.

— Ce n'était pas ta faute, répondit-elle.

Perplexe, il secoua la tête mais elle poursuivit.

— Tu ne voulais pas, c'est eux qui t'ont forcé. C'était pareil avec papa. Il m'obligeait… Parfois…

L'adolescente s'était rassise correctement et fixait à présent la table. Hopper reprit place en face d'elle.

— Parfois quoi, ma puce ?

— J'avais l'impression… que quelqu'un d'autre agissait à ma place. Comme si… je n'étais que spectatrice. Comme ces hommes, là…

— Quels hommes ?

Elfe releva le menton.

— Ceux qui m'observaient à travers la vitre.

Les joues en feu, des larmes au coin des paupières, Hopper sentit son cœur s'envoler et ébouriffa d'une main la tignasse de sa protégée.

— Bon, et ensuite ? demanda-t-elle.

Il interrompit son geste pour la dévisager, hésitant. Pas perturbée pour un sou par le sombre épisode qu'il venait de lui raconter, elle le regardait, pleine d'espoir.

— Eh bien, j'ai eu le droit de rejoindre le reste du gang, répondit-il en se frottant la barbe, et surtout, de parler à leur chef.

Elfe ouvrit de grands yeux.

— Tu as rencontré Saint John ?

— Absolument !

— O.K., dit-elle avant de se caler plus confortablement sur sa chaise. Je suis prête.

Chapitre 22

Un vrai nid de vipères

8 juillet 1977

Sud du Bronx

Le reste du trajet vers le nord se révéla encore plus bruyant qu'il ne l'avait été jusque-là. Comme défoncés à l'adrénaline, les trois adolescents beuglaient plus qu'ils ne discutaient. De ce que Hopper comprenait, ils se repassaient le film de l'exploit qu'ils venaient d'accomplir, mais, couplé à leur vocabulaire mâtiné d'argot, leur débit effréné restait trop difficile à suivre. L'inspecteur avait froid, mal au cœur et dès qu'il remuait la tête, son corps semblait se détacher du monde qui continuait d'avancer autour de lui.

Il ferma les yeux, concentré sur les frottements du cuir fendillé sous ses cuisses, sur la hanche de Martha contre la sienne et sur les mouvements de la jambe de Leroy quand celui-ci enfonçait les pédales du break à présent lourdement chargé. Comment s'étaient-ils débrouillés pour y faire rentrer la totalité de leur butin ? Hopper n'en avait pas la moindre idée. Compte tenu de ses grincements, cependant, le véhicule paraissait aussi fatigué que le policier lui-même, le râle du moteur désormais remplacé par un grondement sourd qui, même dans le cas d'une mécanique émanant de General Motors, ne pouvait qu'annoncer l'imminence de la fin du voyage.

— Eh oh, on se réveille, Hopper ! lança soudain Leroy.

Tiré tout à coup de sa somnolence, l'intéressé regarda le conducteur. Le jeune homme ralentissait et, sans lâcher le volant, pointa du doigt le pare-brise.

Ils avaient visiblement passé la rivière quelques minutes plus tôt et se trouvaient à présent quelque part dans le Bronx, dans une espèce de ruelle cernée de hauts murs. Droit devant, au milieu d'une paroi tout ce qu'il y avait de plus ordinaire, se dressait un immense portail à double battant, dans lequel s'ouvrit un panneau de taille standard. Dans la lumière des phares du break qui s'approchait au pas, deux hommes en sortirent. Le premier adressa un signe aux nouveaux venus, puis son comparse et lui actionnèrent l'imposant mécanisme de déverrouillage des portes. Ils s'arc-boutèrent ensuite dessus, et elles s'effacèrent lentement vers l'intérieur. Leroy appuya sur l'accélérateur dès que le passage fut assez large pour lui permettre d'avancer.

Le véhicule s'engouffra alors dans ce qui s'avérait un hangar, titanesque mais bien rempli. Ils dépassèrent d'abord plusieurs containers – parfois superposés – entourés de caissons de conditionnement regroupés en piles plus modestes, bâchées pour certaines. Un peu plus loin, contre le mur, Hopper distingua les silhouettes anguleuses – presque squelettiques – d'une rangée de motos tout-terrain. Derrière elles patientaient plusieurs voitures et même un gros camion, le plateau recouvert d'une énième bâche sous laquelle saillaient les contours d'une masse imposante.

Leroy se gara tout au bout de ce parking de fortune, près d'une sorte de salon improvisé. Canapés et fauteuils parfois encore enveloppés de plastique, tables, poufs, tabourets de camping et de jardin – tous ces meubles dépareillés avaient été disposés dans un coin de l'entrepôt, autour des flammes de quatre vieux barils d'essence reconvertis en poêles. Certaines chaises semblaient même tout droit sorties de la salle à manger du gouverneur.

Le chauffeur avait à peine eu le temps de serrer le frein à main que le break se retrouva encerclé, les portières et le coffre ouverts : le déchargement commençait. Si les trois occupants de la banquette arrière s'en extirpèrent illico – accueillis par leurs camarades à grand renfort de sifflets et de tapes dans le dos –, les deux passagers avant attendirent que Leroy ait coupé le moteur.

— Bienvenue chez toi, mec ! lança le garçon à sa recrue avant de couler à Martha un regard appuyé.

Décontenancé, coincé entre le frère et la sœur, l'inspecteur se tourna vers l'un puis vers l'autre. La jeune femme finit par quitter la voiture et Leroy laissa échapper une longue et lente expiration.

— Tout va bien ? murmura-t-il.

— Repose-moi la question plus tard, tu veux ? répondit Hopper, qui sortit à son tour.

Le silence s'abattit aussitôt sur l'entrepôt. Autour du véhicule, les gangsters s'étaient figés, les yeux soudain rivés sur le nouveau. On n'entendait plus que le crépitement des braseros. S'efforçant de soutenir les œillades glaciales de chacun de ceux qui l'observaient, l'intrus fit un tour sur lui-même. Que ce soit à cause du cachet de Martha ou du joint, il se sentait tout à coup terriblement exposé. Comme s'il venait de pénétrer dans le repaire des Vipères vêtu de son ancien uniforme bleu outremer, son insigne rutilant fièrement épinglé sur sa poitrine.

Volant à sa rescousse, Leroy vint se poster à ses côtés et lui passa un bras autour du cou.

— Bienvenue chez nous, mon frère. Viens, que je te présente deux ou trois potes !

Son ton assuré et le bref éclat de rire dont il ponctua ses propos durent rassurer les autres, car ils parurent se détendre un peu. Et s'ils continuaient à échanger des regards méfiants, ils se remirent néanmoins au travail. Hopper vit alors Martha attraper au fond de la voiture la caisse volée, se la caler sous le bras et s'éloigner d'un bon pas en direction d'un empilement de bureaux préfabriqués qui, montés contre la paroi à l'autre extrémité de l'entrepôt, surplombaient les lieux. Il y avait de la lumière dans les étages. L'inspecteur suivit du regard l'escalier métallique qui s'élevait le long de la structure et c'est alors qu'il l'aperçut.

Debout derrière la vitre du bureau le plus haut – au quatrième, donc –, une silhouette noire se découpait à contre-jour.

Saint John ?

Pris de vertiges, le policier baissa la tête et ferma les yeux.

— Ça va, mec ?

Hopper cligna des paupières. Leroy lui parlait et les membres du gang, sans cesser de s'activer autour de la marchandise volée, s'étaient remis à le dévisager. Il y avait là des hommes et des femmes, des Blancs, des Noirs, des Hispaniques et des Asiatiques. Les plus jeunes semblaient à peine entrés dans l'adolescence et les plus vieux – deux hommes à la longue barbe aussi grise que broussailleuse – avaient l'air de jumeaux échappés d'un conte de fées oublié. Tous affichaient la même mine, impassible et fermée. À l'instar des trois comparses de Martha, ils portaient une veste de cuir sans manches, ornée dans le dos d'un symbole que l'inspecteur n'avait pas remarqué jusque-là mais auquel il aurait pu s'attendre : un serpent rouge. Mis à part le blouson, cependant, chacun semblait avoir conservé les attributs vestimentaires de son précédent gang.

— Bon, alors ici, tu as Smoker, Liz, Betty et Jackie, reprit son jeune acolyte, le doigt tendu. Et puis Cookie aussi.

Si Hopper leur adressa un signe de tête à chacun, seul le premier lui rendit son salut. Rasé de près, le jeune homme arborait une longue chevelure brune au brushing digne de Farah Fawcett – la célèbre actrice. Sous sa veste en cuir, sa combinaison à fermeture Éclair bleu pâle n'aurait pas détonné en discothèque mais dans ce hangar miteux au fin fond du Bronx, elle faisait un peu tache.

À ses côtés, les trois femmes noires qui venaient d'être présentées jaugeaient Hopper de la tête aux pieds. Vêtues à l'identique – T-shirt blanc et salopette en jean coupé juste au-dessus de rangers montants –, elles mastiquaient leur chewing-gum à l'unisson, la bouche grande ouverte. Appuyées les unes contre les autres, elles faisaient bloc et ne se différenciaient finalement que par la couleur de l'élastique qui retenait leur haute queue-de-cheval – rouge pour Betty, bleu pour Liz et blanc pour Jackie, qui en réponse au semblant de sourire de la nouvelle recrue, se contenta de faire éclater une bulle sonore.

À côté d'elle, son T-shirt aussi noir que son jean moulant, Cookie offrait un contraste saisissant, le carré de ses cheveux teints corbeau tranchant avec la pâleur extrême de sa peau. Derrière sa frange qui lui arrivait au niveau des yeux, il n'adressa pas un regard à Hopper.

Continuant son petit tour, Leroy passa au groupe suivant.

— Elle, c'est Bravo, et tu as là City et Reuben.

La première – une blonde aux cheveux longs – portait un T-shirt près du corps barré du logo d'une sitcom à la mode et rentré dans un short en jean. Les pouces coincés dans les passants, elle avait parfait sa tenue d'une ceinture à la boucle en étoile et de bottes de cow-boy à pompons.

City, lui, se promenait torse nu. L'adolescent était si maigre qu'on lui voyait les côtes. Sa chevelure – qui n'avait rien à envier à celle de Bravo – lâchée dans le dos, il semblait hoqueter, et Hopper mit quelques secondes à comprendre que le garçon était en fait en train de rire, penché vers Reuben. Le dernier des présentés, qui dominait son camarade rachitique d'une bonne tête observait l'inspecteur les bras croisés, impassible derrière sa barbe légèrement plus foncée que sa peau.

Son accoutrement à lui (un simple jean et un maillot de base-ball – celui des Mets, floqué du numéro 42) se démarquait de celui des autres par sa normalité.

Pour peu que ce mot ait encore une quelconque signification dans la mode de nos jours, songea distraitement Hopper.

— Et Leroy Washington en oublie de se présenter.

L'intéressé fit volte-face. Derrière lui, la veste ouverte sur un torse musculeux et luisant de sueur, approchait un homme noir, qui balança ses gants de chantier sur son épaule avant de s'essuyer les mains sur un chiffon graisseux. Il venait apparemment de s'interrompre dans une entreprise impliquant poussière et cambouis, car il en avait encore plein les joues. Leroy s'avança vers le nouvel arrivant pour lui donner l'accolade et lorsque leurs poitrines s'entrechoquèrent, le gaillard, beaucoup plus mastoc que lui, le gratifia d'une tape dans le dos telle qu'elle dut lui couper le souffle.

— Ah, ça fait plaisir de te voir, mec ! parvint tout de même à lâcher le garçon.

— Ça faisait longtemps, Leroy. Trop longtemps. On s'inquiétait, tu sais. On commençait à se dire que…

— Fallait pas, tu vois, le coupa le gamin en se libérant de son étreinte. Tout va bien.

À ces mots, le sourire du grand baraqué s'évanouit.

— Non, mec, tu ne percutes pas. Il commençait à y avoir des rumeurs, tu comprends ? Des ragots qui traînaient.

— Qu'est-ce que tu veux que je te dise ? rétorqua l'adolescent après s'être passé la langue sur les lèvres. J'avais besoin d'air, c'est tout, de me changer un peu les idées. (Il haussa les épaules.) Ce n'est pas vraiment la cour de récré, ici. Faut bien respirer un peu de temps en temps, tu ne crois pas ?

Suspicieux, l'homme scruta un instant le visage de son camarade mais finit par se fendre d'un large sourire.

— Si, mon gars, bien sûr. À ce qu'il paraît, tu en as profité pour nous ramener un peu de chair fraîche ? lança-t-il avant de se tourner vers Hopper. C'est lui ?

— Ouais ! fanfaronna Leroy en repassant un bras autour du cou de l'inspecteur. Hopper, qu'il s'appelle. J'ai vérifié, mec, il ne nous posera aucun problème. Pas vrai mon pote, que tu ne poseras pas de problème ?

— Nan, t'inquiète, répondit l'aspirant gangster.

— Parfait. Lui, c'est Lincoln. Mon bras droit. On s'occupe du recrutement ensemble.

Après l'avoir salué d'un signe du menton, le policier s'apprêtait à serrer la main que le colosse lui tendait, lorsque celui-ci lui agrippa l'avant-bras. L'étau des doigts de Lincoln lui broyant le coude, l'inspecteur se raidit. Mais comme il l'avait fait avec Leroy, le mastodonte se limita à une accolade assortie d'une claque dans le dos.

— Tu n'as pas intérêt à te foutre de notre gueule, lui glissa-t-il cependant, son souffle chaud contre l'oreille de son interlocuteur.

Hopper eut beau se dégager, Lincoln continua de le fixer, jusqu'à ce que Leroy intervienne.

— Relax, relax ! s'exclama-t-il en gratifiant son associé d'une légère tape sur le bras. C'est comme ça qu'on accueille les nouveaux, peut-être ? Tu me déçois, franchement ! Allez, viens, regarde ce qu'on vient de choper. Ça se fête !

Le géant haussa un sourcil mais finit par secouer la tête en riant et se diriger vers les canapés. Si le garçon s'empressa de lui emboîter le pas, l'inspecteur resta en arrière pour regarder à nouveau autour de lui. La cargaison du break désormais entassée dans un coin, à côté de divers cartons et caisses, la plupart des autres membres du clan étaient repartis vaquer à leurs occupations, quelles qu'elles soient. Certains prenaient pourtant place dans le cercle de sofa et de sièges. Hopper se retourna vers les préfabriqués à l'autre bout du bâtiment. Martha avait disparu, tout comme l'homme à la fenêtre du bureau supérieur.

— Dis, mec ! T'as pas soif ?

Une bouteille à la main, le profil de Lincoln se découpait devant le feu des barils. L'inspecteur inspira profondément puis le rejoignit, prêt à se mêler aux Vipères.

Hopper avait une bonne descente, mais la situation commençait à devenir un peu gênante. Au pied du fauteuil inclinable couvert de crasse sur lequel il était assis gisaient trois bouteilles de bière vides, et il faisait durer la quatrième, encore à moitié pleine, depuis une éternité.

Contrairement à ce qu'on aurait pu croire, la chaleur des braseros, aspirée vers les hauteurs du vaste entrepôt, demeurait supportable. Au-dessus de sa tête, le policier distinguait les madriers et les étais rouillés qui supportaient le toit – partiellement démantelés, certains pendaient, telles les branches cassées d'un arbre.

La bière ne manquait pas – il y en avait des caisses par dizaines, entassées derrière les canapés – mais elle était tiède. Le reste du groupe était d'ailleurs passé depuis un bon moment au whisky, à la vodka ou à d'autres alcools que Hopper n'avait pas identifiés.

Plusieurs joints avaient également commencé à tourner. Jusque-là, l'inspecteur s'était débrouillé pour les transmettre à d'autres sans fumer lui-même – la plupart des Vipères ne s'intéressaient de toute façon pas beaucoup à son cas. Surprenant, mais plutôt pratique : assis au milieu des gangsters, le policier avait tout loisir de les étudier et de les écouter. Même sans comprendre la moitié de ce qui se disait, il s'appliquait à acquiescer et à rire en même temps que le reste de la bande. Surtout, rester calme. Ne pas oublier qu'il n'était encore qu'une pièce rapportée, un étranger. Un invité, certes, mais dont les hôtes pouvaient à tout moment se montrer beaucoup moins sympathiques pour que sa tête ne leur revienne pas, qu'ils décident qu'il n'avait pas sa place dans leurs rangs ou qu'ils doutent de la raison de sa présence parmi eux.

Hopper se sentait d'ailleurs surveillé. Installé en face de lui, Lincoln ne le quittait quasiment pas des yeux. Sûr que le gangster irait ensuite faire son rapport à Saint John.

L'inspecteur en était là dans ses réflexions quand Martha les rejoignit, sous les sifflets admiratifs de certains de ses camarades. Elle s'esclaffa à cet accueil, distribua quelques sourires et se dirigea droit sur la nouvelle recrue pour se poser, à la grande surprise de celui-ci, sur le bras de son fauteuil. Les rires gras fusèrent, accompagnés de vivats. Elle balaya la petite assemblée du regard puis, sans crier gare, attrapa la bière de son voisin. Une fois désaltérée, elle sauta sur ses pieds.

—Allez, debout !

Non sans jeter un coup d'œil aux autres, Hopper accepta la main qu'elle lui tendait pour l'aider à se relever. Sous les sifflements renouvelés, il croisa le regard de Leroy. Une expression indéchiffrable sur le visage, le garçon hocha imperceptiblement la tête avant de prendre une longue gorgée de ce qui ressemblait à de la tequila. Lincoln, lui, continuait d'épier la scène en silence.

L'inspecteur se laissa entraîner hors du cercle vers les escaliers qui menaient aux bureaux superposés.

—Euh, dis-moi… On va où comme ça ? finit-il par demander.

—Saint John veut te voir.

Hopper s'arrêta net, obligeant Martha à lui lâcher la main. Elle lui jeta un regard par-dessus son épaule puis continua d'avancer. Lui se retourna – derrière eux, la soirée se poursuivait.

Revenant à ce qui se passait devant, il leva les yeux vers les préfabriqués. Au dernier étage, la silhouette était réapparue.

Saint John. Le leader des Vipères.

Toute sensation de torpeur soudain évacuée, Hopper se remit en marche et, aussi lucide qu'apeuré, il suivit son guide.

Chapitre 23

Compagnons d'armes

8 juillet 1977

Sud du Bronx, New York

Si le dédale de couloirs et de bureaux qui constituait le pôle administratif du vieil entrepôt était bien plus impressionnant que Hopper ne l'avait imaginé, impossible de deviner quel type d'entreprise occupait le bâtiment à l'origine. Désormais vides, la plupart des pièces étaient utilisées comme espace de stockage. Hopper emboîtait le pas à Martha, tout en cherchant des indices du regard à travers les portes entrebâillées, en vain : une enfilade de caissons d'emballage, tous identiques, sans le moindre signe distinctif. Soudain, la jeune femme tourna la tête dans sa direction.

—Alors, comme ça, tu es flic ? lui lança-t-elle d'un air circonspect.

—J'étais flic, oui. Plus maintenant. (Mais Martha lui avait déjà tourné le dos, comme si la réponse importait peu.) C'est tout ? Tu ne veux pas en savoir plus ?

—Qu'est-ce que ça peut me faire ? Tu as des choses à cacher ?

Cette fois-ci, Hopper garda le silence. Il n'arrivait pas encore à cerner le personnage, et la sœur de Leroy était la première des Vipères à l'interroger directement sur son passé. Ce qui n'empêchait sans doute pas les autres de se poser des questions…

Leur chef, Saint John en personne, devait d'ailleurs en avoir une liste longue comme le bras.

Lorsqu'ils arrivèrent au dernier étage des préfabriqués, Martha fit entrer Hopper dans un bureau spacieux, probablement occupé par quelqu'un de haut placé à une époque. Deux pans entiers de murs, surmontés de grandes baies vitrées, offraient une vue panoramique sur l'entrepôt en contrebas. Une table de réunion trônait au milieu de la pièce – le plateau en était tellement imposant que Hopper se demandait comment elle avait pu être transportée jusque-là. À l'autre bout de la salle, encadré par deux portes closes, un bureau assorti d'une taille colossale faisait face aux baies vitrées. Des casiers de rangement étaient adossés au mur opposé, près d'un meuble à tiroirs qui devait sans doute servir à entreposer des documents de grand format du type plans d'aménagement, schémas directeurs ou dessins préparatoires d'architecte…

Mais le décor importait finalement peu à Hopper : le seul élément de la pièce qui comptait à ses yeux en cet instant précis, c'était l'homme qui lui tournait le dos et semblait embrasser du regard son domaine à travers les panneaux de verre. Il portait une sorte de long kimono de couleur aubergine, noué à la taille, qui lui donnait des airs de professeur d'arts martiaux.

— Bienvenue chez les Vipères ! déclara-t-il d'une voix forte avant de se retourner.

Visiblement plus âgé que Hopper, Saint John avait une coupe en brosse et la mâchoire encadrée d'une fine barbe taillée en collier. L'arête cabossée de son nez était surmontée d'une paire de lunettes polarisées de style aviateur qui masquait totalement ses yeux. Il s'avança vers Hopper, dont le reflet se profilait dans les verres argentés. Sous son espèce de peignoir, le chef du gang était vêtu d'une chemise de soie noire à moitié déboutonnée, qu'il portait le col relevé, et autour de son cou brillait une chaîne en argent au bout de laquelle deux petits médaillons rectangulaires pendaient sur sa poitrine dénudée.

Des plaques d'identité. Hopper en possédait une paire similaire, qu'il conservait chez lui dans un tiroir de sa table de chevet.

Profitant du silence de Saint John, le jeune homme s'empressa de prendre la parole.

— Un camarade, à ce que je vois, lança-t-il en adressant un signe de reconnaissance à son interlocuteur. Quelle unité ?

Sans prendre en compte le léger trouble de ses interlocuteurs, causé par son intervention, il enchaîna :

— Pour ma part, j'ai fait deux missions là-bas. Première infanterie. J'en ai vu, des horreurs… Mais bon, j'ai fait ce qu'on me demandait et on m'a filé une étoile à accrocher sur mon blouson avant de me renvoyer au bercail.

À cette remarque, Saint John se fendit d'un sourire, dévoilant une parfaite rangée de dents blanches.

—Armée de l'air, 101e division, répondit-il avant de serrer la main du nouveau venu d'une poigne ferme, que Hopper n'avait pas à lui envier.

—Les Aigles hurlants, souffla ce dernier en affichant à son tour un large sourire.

—Sans doute les meilleures années de ma vie ! renchérit le chef de gang. Alors comme ça, tu as été décoré ?

—Oui, étoile de bronze.

Saint John hocha la tête en signe d'approbation.

—Ah, comme je t'envie, camarade ! Pour ma part, j'étais toujours en détachement pour des missions spéciales. En fin de compte, j'ai passé plus de temps sur le terrain que la majorité des gars, mais il faut croire que ma contribution ne méritait pas vraiment de médaille.

—À vrai dire, je n'ai rien demandé. J'ai seulement fait mon devoir, rétorqua son interlocuteur.

Le sourire de Saint John se crispa légèrement. Il ne semblait pas vouloir quitter Hopper des yeux, et les lunettes de soleil qu'il arborait ne renvoyaient à l'inspecteur que son propre reflet. Mais le chef des Vipères finit par détourner la tête et se diriger vers le centre de la pièce. Toujours occupée à mâcher son chewing-gum près de la porte, Martha semblait passablement s'ennuyer. Hopper rejoignit Saint John près de la table, où étaient dépliés une immense carte de New York et ce qui ressemblait à des plans d'architecte. Malheureusement, l'inspecteur n'eut pas le temps de s'y attarder plus longuement – ni une ni deux, le chef de gang les avait déjà rassemblés et pliés.

—Ah ça… Mais ne faisions-nous pas tous notre devoir ? soupira Saint John en alignant soigneusement les feuilles sur la table. À en croire Leroy, tu as eu ton lot d'ennuis avec tes petits amis… La police locale, c'est bien ça ?

Hopper haussa les épaules.

— Pas de quoi fouetter un chat.

— Tant mieux, lança Saint John en finissant de classer sa paperasse. Pas question que tes petites affaires interfèrent avec les miennes, on est d'accord ? Si tu ramènes tes embrouilles ici, on ne va pas s'entendre. Mais autrement, on a plutôt le sens de l'hospitalité chez les Vipères, tu ne trouves pas ?

Il releva subitement la tête pour braquer son regard – ou plutôt, ses verres miroirs – sur Hopper.

— Carrément, une fine équipe. Rien à redire sur l'accueil !

Le sourire de Saint John réapparut sur son visage un bref instant, puis l'homme souleva un pan de sa veste et en extirpa un trousseau de clés. Il s'approcha du grand meuble de rangement, ouvrit l'un des tiroirs métalliques et glissa les documents à l'intérieur. Il replaça ensuite les clés dans sa poche, non sans avoir pris soin de fermer le compartiment à double tour.

— Ne va pas t'imaginer que je dirige une vulgaire bande de voyous et de petits délinquants, reprit Saint John le dos tourné, une main fermement appuyée sur le caisson de rangement comme pour appuyer son propos. Les Vipères n'ont rien à voir avec un gang. Je déteste ce terme ! Non, nous sommes une véritable organisation. Une congrégation, même ! J'y ai mis toute mon âme. Tu comprends, Hopper ? Mais en es-tu seulement capable…

—Écoutez, répondit l'intéressé en s'humectant les lèvres, si je suis venu ici, c'est parce que je cherche un endroit où me sentir enfin chez moi. Je suis revenu des enfers pour m'entendre dire que je n'avais qu'à reprendre le cours de ma vie là où je l'avais laissé, comme si de rien n'était ! Alors d'accord, c'était déjà il y a un moment et je ne faisais que mon devoir… Mais j'ai rempli ma part du contrat – je m'en suis même plutôt bien tiré. Tout ça pour qu'un beau jour, le gouvernement décide qu'il peut se passer de mes bons et loyaux services en échange d'une médaille, que je finirai par oublier au fond d'un tiroir. Tu parles d'une marque de gratitude !

Hopper s'avança vers Saint John, assez près pour voir de nouveau son reflet dans les lunettes de soleil toujours vissées sur le nez du chef des Vipères. À la vue de sa barbe de trois jours, de ses cernes presque noirs et des traces de sang qui maculaient sa chemise depuis la descente au magasin de multimédia, il sursauta et sentit son pouls s'accélérer. L'adrénaline commençait à pulser dans ses veines, mais il ne se laissa pas démonter, bien au contraire.

—Alors oui, j'ai fait mon boulot, comme tout le monde, poursuivit-il. Mais comment on est censé s'en remettre, une fois rentré ? On est entrés en guerre pour des raisons que je croyais comprendre à l'époque, sauf qu'aujourd'hui, je ne sais plus trop… Tout ça pour quoi ? Pour cette mascarade ? Au final, on est simplement passés d'une zone de combat à une autre, d'une jungle à une autre… Seulement, au pays, il ne reste plus rien à accomplir, pas le moindre ordre à suivre, aucune patrie à défendre ! Alors oui, je cherche un endroit où trouver ma place. Une cause qui vaille la peine que je me batte. Et comme je ne l'ai pas trouvée dans les rangs de la police, j'espère que ce sera le cas parmi vous. Mais c'est un peu pour cette raison que les Vipères existent, non ?

Les yeux plongés dans son propre reflet, Hopper s'interrompit enfin, à bout de souffle. En face de lui, Saint John semblait ébranlé – les plaques de métal qui ornaient son cou se soulevaient sur sa poitrine à un rythme saccadé. Martha, quant à elle, continuait de mâcher son chewing-gum dans un silence relatif.

Le chef des Vipères finit par poser une main sur l'épaule de sa nouvelle recrue.

— Pas d'inquiétude, camarade, tu as frappé à la bonne porte. Non seulement pour ton propre salut, mais pour notre rédemption à tous. La ville entière, cet enfer sur terre, sera absoute de ses péchés, dit-il d'un ton solennel. Le temps est venu, Hopper. Notre heure est enfin venue !

À ces mots, Saint John vint s'accouder à la table de réunion, le regard visiblement perdu dans le vide derrière ses lunettes de soleil. Le plateau avait beau être désormais débarrassé et les cartes rangées dans leur tiroir, Hopper ne pouvait s'empêcher de le fixer également, comme s'il espérait que les mystérieux plans échafaudés par les Vipères allaient se matérialiser miraculeusement sous ses yeux.

— Vous voulez parler du jour du Serpent ?

Saint John baissa la tête en riant.

— Tu tiens ça de Leroy ? Sa langue a dû fourcher…

— Ce qui compte, c'est que je sois là, non ? rétorqua Hopper.

Le chef du gang le dévisagea, avant de faire craquer ses épaules l'une après l'autre, les coudes toujours solidement plantés sur la table.

— Ça reste à voir. Cette ville a encore beaucoup de comptes à me rendre avant que je ne mette fin à ses souffrances.

L'inspecteur n'avait pas la moindre idée de ce que Saint John entendait par là mais une chose était sûre : cet homme était fou à lier.

Ou plutôt non, il n'était pas vraiment fou. Hopper avait fini par cerner le personnage. Il lui avait certes fallu creuser un peu, remuer des souvenirs du Vietnam longtemps gardés bien enfouis, mais sa stratégie avait porté ses fruits. Mieux, elle lui avait permis d'obtenir un bon aperçu de l'état de santé psychologique de sa cible en un temps record.

Saint John n'avait pas sombré dans la folie, non.

C'était un homme abîmé, voilà tout. Et ce n'était pas le premier que le policier croisait sur sa route. La guerre faisait cet effet-là à beaucoup de soldats – lui compris. Un détail d'importance différenciait cependant les deux hommes : contrairement à ce qu'il venait de raconter à son interlocuteur, Hopper avait bel et bien retrouvé une raison de vivre. En revenant du front, il avait cherché à se rendre utile et fini par trouver le chemin qui lui permettrait d'atteindre son but.

La voie que Saint John avait choisi d'emprunter était tout autre. À quel moment leurs vies respectives avaient-elles pris une tournure si différente ? Une seule et unique décision avait-elle pu faire bifurquer du jour au lendemain leurs parcours à ce point, en dépit de leur expérience commune ?

Le chef des Vipères se redressa tout à coup et fit un petit signe de la tête à Martha.

— Emmène notre nouvelle recrue en bas, lui dit-il. Il intégrera l'équipe de Leroy et Lincoln. Tu ne vas pas te tourner les pouces très longtemps, Hopper, ne t'en fais pas !

Sur ce, il traversa la pièce et retourna se poster face aux baies vitrées, mains jointes derrière le dos, à l'endroit même où l'enquêteur l'avait surpris en arrivant.

Martha avait arrêté de mâcher son chewing-gum, et pour la première fois depuis leur rencontre, elle lui sembla… différente. Elle ne donnait l'impression d'être ni inquiète ni nerveuse, mais cet air autoritaire – presque arrogant – que Hopper lui avait trouvé au départ s'était envolé. Tout à coup, elle lui paraissait avoir rajeuni et même perdu quelques centimètres.

Il en avait été de même avec Leroy, au commissariat.

— Le moment est venu de te rendre utile, lança Martha en se dirigeant vers la porte. Si tu sers mon intérêt et celui des Vipères, il y aura une place pour toi auprès du trône ardent. Allez, viens ! En ce qui me concerne, j'aurais bien besoin d'un petit remontant.

Posté face aux baies vitrées, Saint John leur tournait toujours le dos. L'inspecteur, qui ne l'avait pas quitté des yeux, se rendit soudain compte que les grandes plaques de verre produisaient le même effet que ses lunettes de soleil : elles reflétaient intégralement la pièce derrière lui.

Sans aucun commentaire, Hopper suivit son guide hors de la pièce.

Chapitre 24

Cellule de crise

9 juillet 1977

Brooklyn, New York

Le moment était venu, à n'en pas douter.

Au commissariat du 65e district, assise à sa place habituelle, en plein milieu de la grande salle de réunion, Delgado observait ses collègues arriver au compte-gouttes. On était samedi, et même si la jeune femme était de garde ce jour-là, le capitaine LaVorgna avait visiblement décidé d'ignorer la notion même de week-end pour tout le monde. La salle de réunion se remplissait à vue d'œil et il n'y eut bientôt plus une seule chaise libre autour de la table. Delgado crut même reconnaître les membres de l'équipe de nuit dirigée par le sergent Connelly parmi ceux forcés de rester debout.

L'annonce allait tomber, elle en était certaine à présent.

L'inspectrice se préparait à entendre l'histoire inventée de toutes pièces à propos de son coéquipier.

Croisant le regard de Harris au moment où elle réajustait sa chaise, elle lui signifia cependant d'un haussement d'épaules qu'elle n'avait aucune idée de ce qui pouvait bien se passer.

—Ils ont peut-être fini par arrêter le Fils de Sam, lâcha son collègue avant de plonger le nez dans sa tasse de café.

L'arrivée du capitaine LaVorgna fit taire quelques instants le vacarme des conversations. La salle de réunion disposait d'un pupitre, dont leur supérieur ne faisait que rarement usage lors de ses allocutions, préférant laisser au sergent McGuigan le soin de faire les comptes rendus détaillés.

Mais ce matin-là, le capitaine semblait bien décidé à rompre avec ses habitudes. Il s'avança d'un pas vif vers le pupitre, y déposa un dossier et l'ouvrit avec précaution. Puis, agrippant fermement le cadre en bois des deux mains, il passa en revue ses effectifs, se concentra un bref instant sur les documents devant lui et prit la parole.

—Cette nuit, à 2 heures du matin, des policiers de ce commissariat ont été dépêchés à South Slope après une fusillade. Ils ont dénombré deux victimes sur place, qui n'étaient autres que des indics bien connus de certains de nos inspecteurs. Nos hommes ont passé la scène de crime au peigne fin. Ils y ont trouvé une arme, et pas n'importe laquelle. Une arme officielle, délivrée par les services de police. Les analyses balistiques réalisées au labo central sont formelles : il s'agit bien de l'arme du crime, annonça LaVorgna avant de marquer une pause.

Le rouge aux joues, Delgado demeura parfaitement immobile sur sa chaise, sans quitter des yeux le capitaine à mesure qu'il détaillait l'affaire. Il lui semblait que la moindre réaction de sa part serait susceptible de la trahir.

Bon sang, elle avait beau s'être préparée, elle ne s'attendait pas à ça !

La jeune inspectrice risqua un regard vers Harris, assis deux chaises plus loin, la mine perplexe. Dans la salle, nombreux étaient ceux qui affichaient un air à la fois interrogateur et dubitatif.

Le capitaine se racla la gorge – il ne lui en fallut pas plus pour regagner l'attention de son auditoire.

— L'arme en question est déclarée au nom de l'inspecteur James Hopper.

À ces mots, un cri de surprise générale s'éleva de l'assemblée, suivi des premières questions qui commencèrent à fuser. LaVorgna releva les yeux de son dossier et les fit taire d'un geste de la main. Une fois le silence revenu, il reprit son discours.

— L'inspecteur Hopper manque à l'appel depuis plus de vingt-quatre heures et n'est pas venu prendre son service. Toutes ces raisons portent à croire qu'il est en fuite. James Hopper est donc notre principal suspect pour ce double homicide. Tout le monde est réquisitionné sur cette affaire jusqu'à nouvel ordre. Je compte sur les sergents McGuigan et Connelly pour briefer leurs équipes. (Le capitaine poussa un profond soupir puis marqua un temps d'hésitation.) Je sais bien que, sur le papier, la situation se présente mal. Je dirais même qu'elle sent très mauvais. Mais on ignore encore ce qui s'est passé. Je vous conseille donc de vous mettre dès maintenant au travail afin de résoudre cette enquête au plus vite, et ce, quelle qu'en soit l'issue. Nous avons un devoir envers cette ville et je compte sur chacun d'entre vous pour ne pas manquer à ses obligations. Me suis-je bien fait comprendre ?

Un murmure d'approbation se fit entendre. Delgado, elle, demeura silencieuse. Jetant de nouveau un bref coup d'œil à Harris, elle ne put s'empêcher de remarquer que plusieurs de ses collègues la dévisageaient.

Heureusement pour elle, le capitaine, qui en avait terminé avec son discours, fit signe à McGuigan, adossé au mur, de prendre place devant le pupitre. Puis, après avoir gratifié son sergent d'une tape sur l'épaule, il quitta la salle de réunion sous le regard attentif de Delgado.

— Bon, les gars, écoutez-moi bien car je ne me répéterai pas, lança McGuigan. Personne ne sortira d'ici avant que nous ayons résolu cette affaire.

La cellule de crise était désormais officiellement ouverte.

Tout comme le reste de ses collègues et des policiers en uniforme appelés pour l'occasion, Delgado ouvrit son calepin et se mit à prendre des notes. La tête basse et les yeux rivés sur le papier, elle s'efforçait de se convaincre que son partenaire savait vraiment ce qu'il faisait.

Chapitre 25

Notes confidentielles

9 juillet 1977

Brooklyn, New York

Tout en observant Diane à travers la vitre sans tain, Delgado considérait les différentes options qui s'offraient à elle. Dans la pièce voisine, l'épouse de Hopper se tenait assise à la table d'interrogatoire, les bras croisés devant elle, le visage impassible. Elle aussi semblait aux prises avec ses pensées, le regard plongé dans le miroir. La femme de son coéquipier avait beau ne pas pouvoir la voir, la policière n'avait pas l'esprit tranquille pour autant.

Conformément à la procédure habituelle, Delgado avait convoqué Diane pour l'interroger au sujet de l'absence de son mari – étant donné les circonstances, l'inspectrice se refusait de considérer l'affaire comme une disparition.

Sauf que, d'ordinaire, ce genre de procédure ne se déroulait pas en salle d'interrogatoire : l'épouse de Hopper ne faisait en effet partie ni des suspects, ni même des témoins. Quand une voiture était venue la chercher à son domicile, Diane avait confié Sarah aux Van Sabben – les voisins du dessus – avant de se laisser conduire au commissariat du 65e district, puis directement dans le bureau de LaVorgna où le capitaine lui avait expliqué la situation.

Delgado avait assisté à leur échange depuis la grande salle – du moins jusqu'à ce que son supérieur baisse les stores de son bureau. Pendant que la conversation se poursuivait en privé, la jeune inspectrice était allée trouver McGuigan et lui avait demandé la permission de prendre la déposition de Diane. Le sergent ne s'était pas fait prier pour accepter – sitôt la réunion de crise achevée, Delgado s'était retrouvée au cœur de toutes les préoccupations. La grande majorité de ses collègues lui avait déjà présenté ses condoléances, comme s'ils venaient d'apprendre la mort de ses parents. Delgado avait accueilli ces messages de sympathie avec indifférence. Aux yeux des autres, de toute façon, son partenaire était désormais un flic corrompu capable des pires atrocités, un pauvre type du fin fond de l'Indiana qui s'était retrouvé mêlé à une affaire bien trop complexe pour lui.

Tout le commissariat avait tourné le dos à Hopper à une vitesse fulgurante, mais fallait-il vraiment s'en étonner ? Ce que l'inspecteur lui avait raconté était sans doute vrai : nombreux étaient les anciens du service qui ne le considéraient pas vraiment comme l'un des leurs. Comment auraient-ils réagi si c'était elle que l'agent spécial Gallup avait choisi d'envoyer sous couverture ? Delgado préférait ne pas le savoir.

Elle avait donc attendu Diane et l'avait cueillie dès sa sortie du bureau du capitaine. Pas question de la laisser filer. La femme de son coéquipier était visiblement contente de la voir, et même si elle était bouleversée, elle semblait avoir surmonté le choc de la nouvelle que venait de lui apprendre LaVorgna.

Depuis qu'elle était assise en salle d'interrogatoire, en revanche, elle paraissait gagnée par la colère.

Une colère justifiée, d'ailleurs. Bien sûr que cette femme se refusait à croire que son mari était impliqué dans un double homicide… Et que penser du fait qu'il ait pu lui-même appuyer sur la gâchette ? Delgado n'avait aucun moyen de déterminer l'étendue de la couverture – devait-elle s'attendre à trouver deux cadavres à la morgue ? Gallup serait-il allé aussi loin ? Ou bien s'était-il contenté d'une mise en scène crédible et d'une histoire bien ficelée, qui tiennent la route juste assez longtemps pour permettre à Hopper de s'infiltrer chez les Vipères et d'en ressortir sain et sauf ?

L'inspectrice n'en avait pas la moindre idée. Ce dont elle était certaine, en revanche, c'est que maintenant qu'elle avait conduit en secret l'épouse de son partenaire en salle d'interrogatoire, elle allait bien devoir l'affronter tôt ou tard.

En temps normal, elle aurait reçu Diane dans une pièce lambda, voire à son bureau. Cette pièce-là était loin d'être aussi accueillante, avec son éclairage douteux et son odeur de moisi. L'humidité rongeait la structure du bâtiment depuis longtemps et les dalles de plâtre commençaient à tomber en décrépitude dans un coin du plafond. L'endroit rêvé pour intimider un suspect… ou s'entretenir en cachette, à huis clos.

Delgado prit son courage à deux mains et quitta son poste d'observation. Elle n'avait pas fait deux pas dans la salle d'interrogatoire que Diane l'apostrophait déjà.

—Rosario… Dites-moi que c'est une blague ! C'est quoi ce cirque ? J'attends vos explications !

L'inspectrice s'installa face à son interlocutrice et jeta un rapide coup d'œil à l'horloge murale. Tôt ou tard, ses collègues allaient s'inquiéter de ne les trouver nulle part ni l'une, ni l'autre, même si rien ne l'empêchait au fond d'utiliser une salle d'interrogatoire pour prendre la déposition de Diane. Sans doute se montrait-elle trop méfiante… Cela dit, mieux valait ne pas commettre d'imprudence.

—Nous n'avons pas beaucoup de temps devant nous… commença-t-elle.

Mais l'épouse de Hopper perdait déjà patience.

—Comment ça ? Écoutez, je ne comprends pas… Jim, empêtré dans un bourbier pareil ? Ce que m'a raconté le capitaine n'a aucun sens ! s'écria-t-elle, le visage en feu.

Elle se ressaisit un instant et se passa une main sur le front, comme pour se redonner une contenance. Elle avait beau tout faire pour ne pas craquer, ses doigts tremblaient, ce que Delgado ne manqua pas de remarquer.

—Calmez-vous, Diane. J'ai quelque chose de très important à vous dire, mais promettez-moi de m'écouter attentivement, d'accord ? Je ne devrais pas vous en parler, seulement, j'ai promis à Hopper de…

— Quoi ? Vous lui avez promis quoi ? Vous avez de ses nouvelles ? l'interrompit la jeune femme, les yeux écarquillés.

À ce moment précis, l'inspectrice entendit derrière elle un bruit sourd, presque imperceptible. Sans se retourner, elle fixa son interlocutrice droit dans les yeux et secoua discrètement la tête. Déjà confuse, Diane sembla mettre un moment à comprendre le message.

Quelqu'un se trouvait dans la salle d'observation. Delgado avait entendu la porte se fermer – un suspect, lui, n'y aurait jamais fait attention, d'autant que c'était le genre de détail qui avait peu d'importance. Mais une chose était certaine à présent : leur conversation n'avait plus rien de confidentiel.

Mâchoire crispée, la policière extirpa à la hâte un stylo et une carte de visite de sa poche. Elle y griffonna une adresse et fit glisser le carton jusqu'à Diane, en s'efforçant de le cacher du mieux qu'elle pouvait dans le repli de sa manche. L'épouse de Hopper eut la présence d'esprit de l'imiter et fit disparaître l'objet sous la table en un clin d'œil.

Il était temps : la porte de la salle d'interrogatoire s'ouvrit soudain sur LaVorgna.

— Inspectrice Delgado, je vous attends dans mon bureau.

— Entendu, mon capitaine, répondit la jeune femme en pivotant sur sa chaise. Je prends juste la déposition de Diane et…

— Tout de suite, si vous voulez bien, la coupa-t-il en lui faisant signe de sortir, la main toujours sur la poignée de la porte. Navré, madame. Quelqu'un va vous raccompagner chez vous en voiture. Veuillez patienter encore un instant, s'il vous plaît.

Les deux complices échangèrent un dernier regard, puis Delgado se leva et quitta la pièce.

Les mains fièrement posées sur les hanches, l'inspectrice se planta devant le bureau du capitaine, droite comme un i. C'était une posture caractéristique chez elle et, la plupart du temps, elle l'adoptait sans même y penser.

À cet instant précis, en revanche, elle avait parfaitement conscience de son attitude.

La porte était fermée, les stores baissés. LaVorgna repositionna machinalement quelques objets sur son bureau avant de lever les yeux vers sa subordonnée.

— Détendez-vous, inspectrice.

— Je suis parfaitement détendue, merci... Vous pouvez me dire de quoi il s'agit, exactement ? J'ai du pain sur la planche.

— Bien sûr... Écoutez, je comprends que vous ayez envie de vous rendre utile...

— Comment ça, me rendre utile ? Je ne fais que mon travail. Bon, je peux y aller ? Tous les inspecteurs sont mobilisés sur cette affaire, il faut que j'aille leur donner un coup de main.

— Ce ne sera pas nécessaire.

— Je ne suis pas sûre de vous suivre, mon capi...

— Deux partenaires qui travaillent ensemble entretiennent toujours une relation particulière, privilégiée... Sur le plan professionnel comme personnel.

— J'en suis bien consciente.

LaVorgna s'enfonça un peu plus profondément dans son fauteuil et posa le stylo qu'il avait entre les mains à plat sur son bureau.

— En êtes-vous bien certaine ? Vous n'avez pas l'air de comprendre où je veux en venir. Vous êtes trop proche de la cible de cette enquête. Et puis, quoi qu'il en soit… ça fait beaucoup à encaisser pour une jeune gradée comme vous. Rentrez chez vous, Delgado. Prenez une semaine de congé, tous frais payés. Les jours ne vous seront pas décomptés, vous avez ma parole.

— Je vous serai plus utile ici, mon capitaine, rétorqua la policière, passée de l'incrédulité à la colère.

— Et moi je pense exactement le contraire. Comprenez-moi bien : je tiens à m'assurer que tous mes hommes travaillent sur cette affaire sans être détournés de leur objectif. Or votre implication pourrait être considérée par certains comme malvenue.

— Comment ça ? Je…

— Rentrez chez vous, c'est un ordre. On se revoit dans une semaine. Peut-être aura-t-on clôturé le dossier d'ici là, qui sait. Je vous promets de vous appeler s'il y a du nouveau. Entendu ?

Delgado ne bougea pas d'un pouce.

— Bien, mon capitaine, acquiesça-t-elle avec un soupir.

— Ah, et fermez la porte derrière vous.

Contrariée, la jeune femme s'exécuta malgré tout sans un mot. Puis, jetant un coup d'œil à l'horloge de la grande salle, elle attrapa son sac au passage sur son bureau et sortit du commissariat sans demander son reste, sous le regard ébahi de ses collègues auxquels elle ne prêta pas la moindre attention.

Étape suivante : *Tom's Restaurant*. Elle y resterait attablée à attendre toute la journée s'il le fallait.

Ne restait plus qu'à croiser les doigts et espérer que Diane aurait bien compris son message.

Chapitre 26

Deuxième jour

9 juillet 1977

Sud du Bronx, New York

Hopper était loin d'avoir passé une nuit agréable à l'entrepôt, mais il avait déjà connu pire. Après avoir retrouvé le reste de la bande dans la salle commune, il avait descendu quelques bières en compagnie de Martha, avachi avec elle sur un canapé grinçant, usé jusqu'à la corde. Ils étaient restés là plusieurs heures, jusqu'à ce que les autres mettent enfin un terme à leur beuverie et s'éclipsent, le laissant dormir sur son lit improvisé. Lorsqu'il s'était réveillé seul dans le grand hangar vide du rez-de-chaussée, le creux des reins complètement noué, l'inspecteur en avait conclu qu'il devait y avoir des dortoirs disséminés dans l'entrepôt.

— Un petit creux ?

Hopper se redressa d'un seul coup – Martha venait de faire son apparition, un carton de pizza à la main. Elle le posa négligemment sur la table avant de s'affaler sur le canapé, puis attrapa une des deux parts restantes et mordit dedans à pleines dents.

De la pizza froide pour le petit-déjeuner… L'inspecteur poussa un soupir. À choisir, il aurait plutôt opté pour du café, et pas qu'une seule tasse. Il se résolut malgré tout à accepter la pitance et jeta un œil autour de lui tout en grignotant sa part de pizza desséchée. Le rez-de-chaussée semblait désert.

— Où sont passés les autres ?

— Ils bossent, répondit Martha. On devrait déjà y être aussi, d'ailleurs… Je t'ai laissé dormir. Mais c'est bien parce que c'était ta première nuit, hein ! Ne t'imagine pas que tu pourras faire la grasse matinée demain. Si tu veux intégrer les Vipères, il va falloir respecter certaines règles.

— La pizza froide dès le matin en fait partie ?

Martha éclata de rire.

— Ah, ça… J'ai fait ce que j'ai pu ! Ce n'est pas ma faute si tu as loupé le petit-déjeuner au mess.

— Vous avez un mess ? s'étonna Hopper entre deux bouchées.

— Tout à fait. Il aime que règne une certaine discipline, notre Saint Patron. Alors bon, il appelle ça le mess, même si c'est juste une pièce avec quelques tables et des chaises où on se retrouve pour manger de la bouillie en conserve. À même les boîtes, comme à l'armée. Laisse-moi te dire que la pizza rassie, c'est un festin, en comparaison !

Ce n'était pas Hopper qui allait la contredire.

— Et pour dormir ?

— Ah, tu fais bien de me poser la question. Comme tu es dans l'équipe de Leroy et Lincoln, ils t'ont gardé une place. Va te chercher un sac à viande, ajouta Martha tout en lui agitant ce qu'il restait de sa part de pizza sous le nez pour lui indiquer une rangée de cageots partiellement recouverts d'une bâche.

— Un sac à viande ?

— Tu m'as bien entendue.

Intrigué, Hopper se leva pour aller voir du côté des caissons en bois que lui désignait la jeune femme, tout en étirant ses bras et ses jambes encore raides de la nuit passée sur le canapé. Après avoir retiré la bâche, il s'aperçut que la caisse du dessus était déjà ouverte : à l'intérieur, de gros baluchons étaient disposés en fagots, maintenus par de larges bandes de toile. L'inspecteur se hissa sur la pointe des pieds pour en attraper un.

C'était un sac de couchage, de ceux fournis par l'armée : exactement le même modèle que le duvet dans lequel il avait passé bien des nuits, à l'époque du Vietnam. Le sac sentait un peu le renfermé, mais il était intact et surtout, certifié authentique. Les Vipères avaient dû dévaliser un stock excédentaire de l'armée.

Martha, qui s'était levée, se dirigea vers les bureaux de l'entrepôt.

— Allez, on décolle, lui lança-t-elle. On va te trouver un coin où t'installer, et ensuite, au boulot !

Curieux d'explorer davantage le bâtiment, Hopper cala son baluchon sur une épaule et suivit sa camarade, tout en récapitulant mentalement ce qu'il venait d'apprendre.

Les Vipères avaient un mess.

Ils se nourrissaient de rations.

Et pour finir, ils dormaient dans des sacs de couchage fournis par l'armée.

Décidément, cette bande ressemblait de moins en moins à un gang, et de plus en plus à un régiment militaire.

Chapitre 27

L'heure des explications

9 juillet 1977

Brooklyn, New York

Le café de chez *Tom's Restaurant* était tellement immonde que Delgado se demanda si on ne lui avait pas servi le fond de cafetière de la veille. Pourtant, le temps que Diane arrive, Sarah dans les bras, l'inspectrice s'en était déjà resservi trois tasses – quatre, même. La policière ne put retenir un sourire devant le regard de la petite fille, soudain rempli de convoitise au passage d'une assiette de pancakes arrosés de sirop d'érable que venait d'apporter l'une des serveuses à la table voisine. Depuis sa banquette – par une étrange coïncidence, la même que celle qu'elle avait partagée avec Hopper le jour précédent – Delgado observait d'un œil amusé la mère négocier avec sa fille : « D'accord pour un pancake, si tu es sage et que tu te tiens tranquille pendant que maman discute avec son amie. » Sarah acquiesça sans hésiter, et quelques instants plus tard, la douceur tant attendue et son petit flacon de sirop atterrirent sur la table, accompagnés d'une tasse de café pour Diane.

Bonne manière d'occuper la petite, songea Delgado. Ainsi pourrait-elle raconter à sa mère la vérité au sujet de Hopper en toute tranquillité. Mais ce fut Diane qui prit la parole en premier.

— J'espère que vous avez des nouvelles pour moi, parce que j'ai besoin de savoir la vérité et dans quel pétrin Jim s'est fourré, lança-t-elle sans préambule. Je me doute bien qu'il n'a jamais commis de double meurtre ou que sais-je encore. D'ailleurs, dès l'instant où j'ai mis les pieds dans ce commissariat, j'ai compris que vous étiez au courant de ce qui se passait réellement. Alors, inutile de me raconter des co… (Elle jeta un coup d'œil à Sarah qui s'appliquait à couper son pancake.) De me la faire à l'envers. S'il vous plaît, dites-moi que Jim va bien.

Delgado retint sa respiration. Les deux femmes ne se connaissaient pas très bien – elles ne s'étaient croisées qu'à deux ou trois reprises au cours des six semaines durant lesquelles Hopper et la nouvelle inspectrice avaient fait équipe – mais la policière était sûre d'une chose : tout comme son mari, Diane avait un mental d'acier et de la suite dans les idées. Pour être honnête, Delgado n'en attendait pas moins de sa part.

Et puis, c'était plutôt une bonne nouvelle, car la tâche n'en serait que plus facile. Mais il y avait un hic…

L'inspectrice baissa les yeux. De l'autre côté de la table, percevant son hésitation, son interlocutrice se pencha davantage, comme pour l'inciter à parler.

— Quoi ? Qu'est-ce qu'il y a ? insista-t-elle.

Delgado finit par relever la tête.

— Je ne peux pas vous l'affirmer, pour la simple et bonne raison que je n'en suis pas certaine moi-même.

Diane poussa un soupir désabusé et se redressa contre la banquette en vinyle.

— Comment ça ? Alors, en fait, vous n'êtes au courant de rien ?

— Pas si vite, rétorqua la policière. Vous avez raison, je sais ce qui se passe. Pas tout, mais l'essentiel. Et comme je vous l'ai déjà dit, j'ai promis à votre époux de veiller sur vous. En commençant par vous rassurer. Enfin, par essayer, du moins.

Diane ne semblait pas vraiment convaincue. Si bien que quand Sarah releva la tête, le menton dégoulinant de sirop et la mine réjouie, sa mère lui passa une main distraite dans les cheveux, sans pouvoir lui retourner un sourire sincère.

— Si vous êtes dans la confidence, alors pourquoi ne pas me dire que Jim est en sécurité ?

— Parce que j'ignore si c'est le cas ou non, je vous jure que c'est la vérité. Je ne sais même pas où il est.

Diane soupira de nouveau et s'affaissa sur la banquette, une partie de l'énergie et de la combativité qui l'animaient à son arrivée à présent envolée.

La jeune mère tentait vraiment de tenir bon, de faire front. Malgré tout, la situation était difficile à encaisser… Et encore, Delgado savait bien que c'était là l'euphémisme du siècle.

— Bon, écoutez, je ne devrais pas vous raconter ça… Si quelqu'un l'apprend, vous n'imaginez même pas les ennuis qui nous attendent. Votre mari n'est pas en cavale, et je ne sais peut-être pas où il se trouve précisément, mais je peux vous assurer qu'il n'a pas déserté. Cette histoire de double homicide, c'est une couverture. Il a été recruté par une unité spéciale montée par une agence fédérale pour démanteler un réseau de crime organisé. Un gang qui serait impliqué dans une série de meurtres. L'affaire des cartes de Zener, ça vous dit quelque chose ?

Delgado marqua une pause. Diane la regardait fixement, un sourire aux lèvres. Puis quelques larmes vinrent rouler sur ses joues.

— Qu'est-ce qu'il y a, maman ? demanda Sarah, interrompant momentanément les travaux de démolition qu'elle avait entrepris sur son pancake.

L'interpellée passa de nouveau une main dans les cheveux de sa fille.

— Pas de quoi t'inquiéter, ma chérie, lui dit-elle avant d'essuyer ses pleurs et de se tourner vers Delgado. Racontez-moi tout. Et ne lésinez pas sur les détails.

L'inspectrice hocha la tête, avala d'un seul trait une grande gorgée de café et commença son récit.

Chapitre 28

Enquête aux quatre coins de la ville

10 juillet 1977

Manhattan, New York

Ce dimanche-là, Delgado ne parvint à se rendre à la dernière adresse qui figurait sur la liste de Jacob Hoeler qu'en fin d'après-midi. C'était une petite maison de quartier située au sud de Manhattan : un bâtiment moderne niché entre deux immeubles défraîchis divisés en lots pour abriter des groupes industriels.

C'était le troisième endroit du genre que l'inspectrice visitait ce jour-là. Elle avait déjà assisté à deux réunions des Alcooliques anonymes et participé à deux groupes de soutien aux anciens combattants. Au départ, elle avait un peu appréhendé l'exercice, ne sachant pas très bien comment sa présence serait accueillie, mais il s'était avéré qu'on l'avait reçue chaleureusement partout. Il ne lui avait pas fallu longtemps pour comprendre que dans ce genre d'associations, tout le monde était le bienvenu.

On n'y jugeait personne, bien sûr. C'était tout l'intérêt de ces groupes de parole. Non seulement on y venait comme on voulait et quand on le souhaitait, mais la participation active ne faisait pas partie des prérequis – Delgado avait donc pu rester tranquillement assise en tant qu'observatrice sans craindre d'attirer les soupçons.

En revanche, l'inspectrice commençait à douter de sa méthode d'investigation : sur les quatre réunions, une seule – celle qui s'adressait aux vétérans du Vietnam – lui avait permis d'établir un rapprochement avec l'affaire des cartes de Zener.

Et encore, le lien n'était même pas direct. À la pause-café, en discutant avec d'autres participants, Delgado avait appris que ce groupe-là était relativement récent : il avait été créé sur les vestiges d'un autre cercle, dissous après la disparition soudaine du coordinateur.

Son nom ? Jonathan Schnetzer.

La première victime.

Et quand la policière avait fait circuler le portrait de Jacob Hoeler (un simple emprunt au dossier), deux des habitués l'avaient formellement identifié malgré la mauvaise qualité de la photographie. Il avait participé quelques fois aux réunions de l'ancien groupe.

L'enquête avançait enfin. Mais Delgado avait beau savoir qu'elle était sur la bonne voie, le chemin qu'il lui restait à parcourir lui paraissait infiniment long. Certes, elle avait obtenu un indice, mais seule une de ses pistes s'était avérée concluante et il était déjà presque 16 heures. Idéalement, il lui aurait fallu pouvoir assister aux quatre réunions en même temps, mais c'était bien sûr impossible.

Elle n'avait personne d'autre qu'elle-même sur qui compter pour résoudre une affaire dont on l'avait explicitement et officiellement déchargée.

Sur le point de franchir le seuil de la maison de quartier, Delgado remarqua une affiche sur l'une des fenêtres de la devanture. Une annonce en apparence banale, perdue au milieu d'autres, placardées là de façon à être lisibles de l'extérieur.

L'inspectrice ne s'était *a priori* pas trompée d'endroit... Mais elle arrivait après la bataille.

« Groupe de soutien aux vétérans de 16 heures annulé », pouvait-on lire sur l'affiche.

Groupe de soutien aux vétérans ? Sans doute celui auquel se rendait Jacob Hoeler.

Delgado entra malgré tout et se dirigea vers l'accueil.

—Je peux vous aider ? lui demanda sans grande conviction une femme aux cheveux bouclés derrière le comptoir, tout en relevant ses lunettes d'un air suspicieux.

Cette fois-ci, la policière allait devoir changer de stratégie. Elle plongea une main dans son sac pour en sortir son insigne et le présenta à son interlocutrice. Cette dernière laissa retomber sa monture sur le bout de son nez.

—Un problème ? demanda-t-elle en haussant les sourcils.

—Je me présente, inspectrice Delgado.

—Mais encore ?

La nouvelle venue remit le badge dans son sac et indiqua la vitre où étaient placardées les affiches.

—Le cercle de parole pour les vétérans se réunit à 16 heures, d'habitude ?

—Ah, ce n'est plus d'actualité depuis un petit moment, lui répondit la femme de l'accueil tout en se levant pour aller décoller l'annonce. Le groupe que vous cherchez ne se retrouve plus ici.

—Je peux savoir à quand remonte leur dernier rendez-vous ?

La secrétaire, qui avait repris sa place derrière le comptoir, se mit à tourner les pages d'un grand cahier à spirales.

—Attendez, je regarde, lui dit-elle en passant en revue chaque entrée du doigt, avant de s'arrêter sur l'une d'entre elles. Voilà, j'ai trouvé. Ça fait déjà un mois qu'il n'y a plus de réunions. Elles se tenaient deux fois par semaine, le mercredi soir et le dimanche après-midi. (Elle s'interrompit, le temps de tourner la page.) Je vérifie… Oui, la réservation de la salle avait même été payée d'avance, et pourtant, les huit dernières sessions n'ont pas eu lieu. Désolée, cette affiche aurait dû être retirée depuis longtemps. Oh, mais si je me rappelle bien…

—Oui ?

Elle examina attentivement le cahier de suivi et interrompit sa lecture pour marteler à nouveau une date de son index.

—Le premier mercredi où la réunion n'a pas eu lieu, les membres du groupe étaient là mais le modérateur leur a fait faux bond, précisa-t-elle en relevant ses lunettes sur le haut de son front. Ils se demandaient où il avait bien pu passer, d'ailleurs. Quand j'ai essayé de le joindre par téléphone, il ne s'est même pas donné la peine de décrocher. Et rebelote le dimanche suivant. Les quelques participants qui s'étaient déplacés ce jour-là sont de nouveau repartis bredouilles.

Cette fois-ci, en ouvrant la bouche, Delgado avait une petite idée de la réponse à sa prochaine question.

— Vous pouvez me donner le nom du responsable ?

— Oh, vous savez, des groupes de ce genre, il y en a plein… Mais il ne vous faut pas un mandat pour ce genre de chose ?

La policière secoua la tête.

— J'ai juste besoin d'un nom.

La secrétaire rouvrit son cahier en reniflant. Elle le parcourut une seconde fois lentement, repassant avec la même rigueur son index sur chaque ligne avant de s'arrêter brusquement.

— Trouvé ! s'exclama-t-elle en tournant le cahier pour que Delgado puisse lire par elle-même. Sam Barrett.

L'inspectrice avait vu juste. C'était bien lui qui animait le groupe de parole des vétérans.

La deuxième victime.

Mais Delgado avait encore une question à poser. Elle tendit la photo de Jacob Hoeler à son interlocutrice.

— Vous avez déjà croisé cet homme ici ?

La femme de l'accueil laissa retomber ses lunettes et rapprocha la photo de son nez, puis l'examina à bout de bras, sourcils froncés.

— C'est possible, je n'en sais rien. Difficile à dire avec une photo de cette qualité…

La policière n'allait pas la contredire sur ce point.

— Prenez votre temps, c'est important.

La secrétaire soupira, comme si Delgado venait de lui gâcher sa journée. Elle observa la photo une dernière fois et la rendit à sa propriétaire.

— Ce fameux mercredi, quand tout le monde se demandait où était passé le modérateur… Il était là. Vous cherchez quoi, au juste ? On ne veut pas d'ennuis ici, c'est clair ?

L'inspectrice rangea la photo dans son sac.

— Ne vous en faites pas pour ça. Vous m'avez été d'une aide précieuse, merci.

Puis sans s'attarder davantage, elle se dirigea vers la sortie – dans son dos, la dame de l'accueil pestait une dernière fois entre ses dents.

À peine Delgado avait-elle fait quelques pas sur le trottoir qu'elle s'arrêta pour réfléchir à ce qu'elle venait d'apprendre au sujet de Jonathan Schnetzer, Sam Barrett et Jacob Hoeler.

Puis, ni une ni deux, elle tourna les talons et se dirigea vers le nord de Manhattan.

Il lui restait une ultime adresse à rayer sur sa liste et une dernière personne à interroger : Lisa Sargeson.

Delgado jeta un coup d'œil à sa montre – en se dépêchant un peu, elle arriverait pile à l'heure pour la séance du groupe de parole que menait la psychologue.

Chapitre 29

Le retardataire

10 juillet 1977

Brooklyn, New York

Arrivée avec quelques minutes d'avance à la réunion organisée par Lisa, Delgado se fraya un chemin parmi les autres participants, tous occupés à trouver un siège. La coordinatrice du groupe l'avisa bientôt, visiblement surprise de la voir.

— Bonjour, inspectrice ! Que me vaut cette visite ? demanda-t-elle en fronçant les sourcils. Du nouveau ?

— À vrai dire, j'aurais souhaité vous poser quelques questions…

— Ça dépend, c'est urgent ? L'atelier est sur le point de commencer, dit Lisa, un peu gênée.

Delgado ouvrit son sac et en tira la photographie de Jacob Hoeler.

— Je ne vous retiendrai pas longtemps, rassurez-vous. Est-ce que vous connaissez cet homme ?

Mais son interlocutrice secouait déjà la tête.

— Son visage ne me dit rien, désolée. C'est quoi, son nom ?

Au point où elle en était, la policière n'avait rien à perdre à le révéler.

— Jacob Hoeler. On a de bonnes raisons de croire qu'il a participé à plusieurs groupes de soutien comme le vôtre ces dernières semaines.

— Ce n'est pas vraiment un groupe de soutien, rectifia Lisa. Les participants à mon atelier sont présélectionnés par un comité. Lui n'en fait pas partie et c'est la première fois que j'entends son nom.

— Eh bien tant pis. Et sinon, Jonathan Schnetzer ou Sam Barrett, ça vous dit quelque chose ?

— Pas davantage, répondit Lisa avant de réfléchir quelques secondes. Non, je ne vois pas.

— Bon… Merci quand même, soupira Delgado, la mine déconfite.

— Vous en faites une tête ! fit remarquer Lisa, soudain préoccupée.

L'inspectrice ne put réprimer un rire nerveux.

— Ça va, c'est juste que… j'essaie de rassembler les pièces d'un puzzle plus compliqué que je ne le croyais.

— Bon… Si je peux faire quoi que ce soit, en tout cas, n'hésitez pas à m'appeler, lança la psychologue avant de s'interrompre brusquement. Attendez, ça a quelque chose à voir avec les cartes de Zener ?

— Je ne peux rien vous dire à ce sujet, j'en ai bien peur. Merci de m'avoir accordé quelques minutes. Je ne vous retiens pas plus longtemps. Je vous appelle s'il y a du nouveau.

Ou comment éluder pour assurer ses arrières. Si jamais quiconque laissait échapper qu'elle avait enquêté sur cette affaire pendant les jours de congé que lui avait sommé de prendre le capitaine, Delgado ne donnait pas cher de sa peau.

Lorsqu'elle se retourna pour partir, il ne restait plus la moindre chaise vacante dans la salle et les conversations allaient bon train. Elle se dépêcha donc de regagner la sortie et poussa les grandes portes à double battant qui s'ouvraient sur le hall d'accueil. En sortant, elle croisa un homme aux cheveux courts, coupés en brosse, qui portait une veste en cuir et des lunettes d'aviateur argentées. Plutôt bel homme, sa mâchoire carrée était accentuée par une fine barbe taillée en collier.

Un retardataire, sans doute, songea la policière sans lui prêter plus d'attention.

Chapitre 30

La danse du serpent

10 juillet 1977

Brooklyn, New York

— Cette séance était vraiment formidable, bravo ! Quelle efficacité !

Lisa releva la tête sans cesser de ranger ses affaires dans sa sacoche. L'atelier de réinsertion venait juste de se terminer et quelques-uns des participants bavardaient encore près de la porte.

— Vous avez besoin d'un coup de main, peut-être ? reprit l'homme qui s'était avancé entre les rangées de vieilles chaises élimées alignées en demi-cercle, ses yeux cachés derrière des lunettes de soleil polarisées.

— Volontiers, merci, répondit-elle en agitant les papiers qu'elle tenait à la main en direction du mobilier. Un peu d'aide ne serait pas de refus. J'avais pris l'habitude de mettre le groupe à contribution à la fin de chaque session, avant. Mais bon, ça faisait un peu trop scolaire à mon goût…

L'homme éclata de rire et se mit à empiler les chaises les unes sur les autres, avant d'aller les ranger le long du mur dans un coin de la salle, à côté d'un vieux piano droit. Lisa l'observa un instant, une main sur la hanche. Lorsqu'il se retourna pour aller chercher la pile suivante, elle fronça les sourcils.

— On s'est déjà rencontrés ? Je ne crois pas vous avoir déjà vu ici.

L'intéressé s'interrompit brièvement, puis poursuivit sa tâche sans prêter plus d'attention à la remarque. Grand, le teint mat et le visage partiellement masqué par ses lunettes d'aviateur, il avait les cheveux presque ras et portait une courte barbe. Sous sa veste de cuir noire, il était vêtu d'une chemise violette d'où dépassaient une chaîne et deux pendentifs rectangulaires.

Lisa se crispa tout à coup et jeta un regard méfiant à l'inconnu. L'atelier était ouvert exclusivement sur inscription, soumise à l'accord préalable des gérants de l'association en charge du programme de réinsertion. Mais quand bien même les participants étaient présélectionnés, la vieille église méthodiste qui accueillait les séances restait un lieu public et ses portes étaient toujours ouvertes. Et si Lisa et son groupe occupaient cette salle-là régulièrement, ce n'était pas comme si elle en fermait l'accès au début de chaque séance. N'importe qui pouvait entrer…

À l'exemple de cet homme. À vrai dire, rien dans son apparence ne le distinguait des autres membres. Le public de la psychologue ne se composait pas de prisonniers, contrairement à l'époque où elle travaillait à l'institut Rookwood. L'association fonctionnait quelque peu différemment : elle ne prenait pas de détenus en charge mais s'occupait uniquement de ceux qui, déjà dehors, s'efforçaient de repartir à zéro et de redémarrer une vie normale de l'autre côté des barreaux. Les responsables tentaient de repérer les profils à risque parmi les individus qui venaient tout juste d'être libérés – plus ils s'y prenaient tôt, plus les anciens détenus avaient des chances de s'en sortir. Certains des participants étaient donc de vrais durs à cuire, quand bien même ils venaient de leur plein gré et avaient conscience de devoir changer en profondeur s'ils ne voulaient pas se retrouver de nouveau entre quatre murs.

Mais ces hommes – il n'y avait là aucune femme – étaient sujets à des comportements à risque à bien d'autres égards. Leur vulnérabilité et leur incertitude quant à leur avenir de simple citoyen en faisaient des cibles de choix pour les gangs qui cherchaient à les enrôler – et ce n'étaient pas les bandes organisées qui manquaient à New York. Cet individu-là en était la preuve. Car s'il se montrait très serviable, un détail n'échappa pas à Lisa : au moment où il empilait son troisième lot de chaises, elle aperçut un écusson au dos de sa veste en cuir – un serpent rouge enroulé sur lui-même, à la langue fourchue. Et en dessous, un mot : « VIPÈRES ».

La jeune femme inspira un grand coup avant de venir se poster devant l'indésirable. Ce n'était pas la première fois qu'elle devait affronter un homme de son espèce, et ce n'était pas un vulgaire blason qui allait l'intimider.

— Excusez-moi, dit-elle en arrivant à sa hauteur, je vais devoir vous demander de sortir maintenant, sinon j'appelle la police.

L'homme leva les mains en l'air en signe de reddition et hocha la tête, comme s'il s'attendait à une telle réaction. D'instinct, Lisa eut pourtant un mouvement de recul. Elle songea un instant à appeler à l'aide : certains membres du groupe avaient pris l'habitude de traîner ensemble après la séance et devaient encore être dans les parages – une bonne manière de poursuivre leur processus de réinsertion. Rien de tel en effet pour leur apprendre à apprécier les vertus de l'amitié en dehors du cadre restreint de l'atelier, à établir entre eux une certaine complicité et à nouer des liens plus personnels.

La psychologue avait laissé son sac à l'entrée de la salle. Pas de chance : la bombe de gaz lacrymogène et la matraque télescopique qui ne la quittaient jamais se trouvaient à l'intérieur. C'était ça, de vivre à New York quand on était une femme : il fallait prendre certaines précautions.

Lisa se ressaisit. Elle savait très bien se défendre. Elle pouvait gérer la situation.

— Pardon de vous avoir importunée, je peux vous assurer que je ne vous veux aucun mal. Vraiment, il n'y a pas lieu de vous inquiéter, insista l'étrange personnage, les mains toujours en l'air.

La jeune femme fit un pas de plus en arrière. L'inconnu avait de drôles de manières pour un voyou et son langage n'avait rien à voir avec l'argot des quartiers. C'était de toute évidence un homme intelligent et bien élevé. Un homme singulier, c'était le moins qu'on puisse dire.

— Je ne plaisantais pas, tout à l'heure, quand je faisais l'éloge de votre atelier formidable, reprit-il. Vous faites vraiment un travail remarquable. Ce n'est pas seulement à vos patients que vous venez en aide, mais à la ville tout entière. Je me devais absolument de vous féliciter. D'ailleurs, pour être honnête… c'est ce qui m'a poussé à venir jusqu'ici.

—Vous seriez donc là pour me complimenter… Ben voyons, comme si j'allais vous croire ! lança Lisa, dubitative.

L'homme éclata de rire avant de reprendre son sérieux.

—Et pourtant… Mais à vrai dire, j'ai aussi un poste à vous proposer.

La psychologue le dévisageait à présent, incrédule.

—Pardon, je ne suis pas sûre d'avoir bien entendu.

—Oh, vous m'avez parfaitement compris. Je représente une organisation…

—Chez moi, on appelle ça un gang, l'interrompit Lisa. Les Vipères… Si vous vouliez vous la jouer discrète, c'est raté : je vous rappelle que c'est brodé sur votre veste !

L'homme ne put s'empêcher de s'esclaffer de nouveau.

—En effet… Mais comme je viens de vous le dire, nous ne sommes pas un gang, plutôt une association. Je ne vais pas nier que j'ai emprunté certains codes à des structures d'un autre genre, pourtant, le projet que je chapeaute n'a rien de criminel. Ce n'est certes pas non plus une association caritative comme la vôtre, mais nous partageons les mêmes objectifs. Nous venons en aide à ceux qui en ont besoin. C'est la raison d'être même de ce groupe, non ? Voilà pourquoi j'aimerais vous voir nous rejoindre. Qu'en pensez-vous ?

Un tant soit peu rassurée quant aux intentions de l'intrus – au moins ne comptait-il pas l'agresser –, Lisa se dirigea en vitesse vers la sortie et attrapa au passage ses affaires et son sac en bandoulière, qu'elle mit à l'épaule.

— Ne le prenez pas mal, répondit-elle enfin, mais qu'importe ce que vous avez à me proposer, je ne suis pas intéressée. Bonne chance avec votre association, la mienne me convient tout à fait, merci.

— Vous n'allez pas me faire croire que vous y trouvez votre compte !

La jeune femme ralentit le pas.

— Qu'est-ce que vous insinuez ?

— Regardez autour de vous, enfin : tout ce que votre employeur a à vous offrir, c'est une salle paroissiale miteuse et un salaire de misère. Alors que de votre côté, vous vous démenez. Et tout ça pour sauver une dizaine d'âmes en perdition. Si vous travaillez pour moi, non seulement vos efforts serviront au plus grand nombre, mais vous pourrez payer votre loyer en temps et en heure.

— Il est surtout l'heure d'y aller maintenant, répondit Lisa sèchement.

— Vous ne voulez pas participer à un réel changement ? Insista l'inconnu en la rejoignant. Voir les choses en grand ? Vous œuvrez déjà pour le bien commun… C'est ce que vous faites, non ? Vous avez ça dans le sang, c'est évident. En unissant nos forces, c'est la ville entière que nous pourrions remettre sur le droit chemin !

Irritée, Lisa poussa un soupir. Elle avait supporté cette mascarade trop longtemps, mais elle voulait tout de même tirer au clair un dernier détail.

— Qu'est-ce que vous en savez ? Vous ne me connaissez pas, alors ne venez pas me parler de ma vocation ! Vu que vous n'êtes pas inscrit à mon atelier, j'imagine que vous connaissez l'un des participants… Vous vous êtes renseigné à mon sujet, c'est ça ?

— Oh, mais je sais très bien qui vous êtes, doctoresse Sargeson. Je suis même familier de votre travail. Votre thèse en sociologie appliquée aux techniques de réinsertion est d'ailleurs un pur chef-d'œuvre, si je puis me permettre. J'ai suivi vos recherches de près, vous savez. Quel esprit fascinant vous avez là…

Un admirateur maniaque, qui l'épiait par le biais de ses travaux plutôt que par le trou de la serrure… De mieux en mieux, décidément ! Lisa s'apprêtait à formuler une nouvelle objection quand l'homme l'interrompit d'un geste de la main.

— Vous n'auriez pas un stylo ?

— Un… un stylo ? balbutia-t-elle, désarmée.

Son interlocuteur acquiesça, avant d'extirper une petite pochette d'allumettes rouge de l'intérieur de sa veste et de l'examiner un instant, comme pour vérifier qu'il n'en avait pas besoin. La jeune femme fronça les sourcils mais se plia à la requête et tira un stylo de son sac.

L'homme l'attrapa et s'accouda sur le dessus du piano afin de griffonner quelques mots sur le rabat.

— Voici nos coordonnées. Réfléchissez. Mon instinct me souffle que vous viendrez. Prenez votre temps mais passez me voir. Je vous attendrai.

Il déchira la pochette d'allumettes et en tendit à Lisa la moitié, au dos de laquelle était inscrite une adresse, quelque part dans le Bronx. La psychologue lui lança un regard interrogateur.

— Qu'est-ce que…

— Tenez, votre stylo, la coupa son interlocuteur avant de le lui rendre et de se diriger aussitôt vers la sortie. J'ai été heureux de vous revoir, docteure Sargeson. J'espère que vous prendrez la bonne décision.

Sur ce, il quitta la pièce et Lisa se retrouva seule. Debout, toute tremblante, elle jeta un bref coup d'œil à la carte de visite improvisée qu'elle tenait entre les mains et, dans un soupir, la fourra dans son sac.

Ce n'est que lorsqu'elle releva la tête qu'elle s'aperçut qu'il lui restait encore la moitié des chaises à ranger.

Elle laissa donc retomber son sac au sol et s'empressa de se remettre au travail, sans pouvoir chasser de son esprit le souvenir persistant de son étrange admirateur.

Cabane de Hopper
Hawkins, Indiana

26 décembre 1984

Comme Elfe semblait avoir perdu le fil, Hopper interrompit son récit et jeta un coup d'œil à sa montre. Il avait beau se demander si ce n'était pas lui qui fatiguait le plus vite, il se faisait déjà tard… Mais l'adolescente le dévisageait, une question aux lèvres.

— Qu'est-ce qu'il y a ?

— Comment tu sais tout ça ? lui demanda-t-elle, bras croisés sur la poitrine.

— Tout ça quoi ?

— Ce qui est arrivé à ta coéquipière et à Lisa. Je veux dire… Tu n'étais pas là !

— Très juste, chère collègue. Mais à la fin de l'enquête, on a rassemblé les pièces du puzzle ensemble, Delgado et moi. Il nous a fallu interroger tout le monde et rédiger un long rapport officiel. En définitive, on a passé plus de temps sur ce fichu compte rendu que sur l'affaire elle-même. On a même dû aller jusqu'à Washington pour le présenter à tout un tas d'inconnus en costard cravate dans une des agences fédérales. Ils nous ont pas mal cuisinés, eux aussi… Qui étaient-ils ? Mystère… (Hopper se fendit d'un sourire.) Ce mot résume d'ailleurs assez bien toute cette affaire.

Visiblement guère convaincue par son explication, Elfe finit tout de même par acquiescer, prête à écouter la suite.

— Avec Delgado, on a essayé d'en apprendre un maximum, même s'il restait quelques zones d'ombre, il faut bien l'avouer. Après coup, on a vraiment fait de notre mieux pour éclaircir tout ça, mais on ne pourra jamais faire la lumière sur le déroulé exact des événements, comme il est impossible de se mettre à la place de tous les protagonistes. Enfin bon, ça fait partie du boulot !

Il fit glisser ses mains sur la table, paumes retournées, comme s'il s'apprêtait à distribuer un jeu de cartes invisible, puis enchaîna :

— Quand on travaille dans la police, il faut rassembler tout un tas d'informations : confronter les dépositions des témoins avec ses propres sources et essayer de reconstituer le puzzle. Ce n'est pas facile, car il arrive parfois que les renseignements dont on dispose ne tiennent pas debout. Et puis un témoignage ne correspond jamais vraiment à la réalité, même quand on pense dire la vérité. D'ailleurs, si je suis capable de te raconter cette histoire aujourd'hui, c'est parce qu'elle me trotte dans la tête depuis des années. Parfois, on met un bon moment avant de pouvoir reparler de certains événements qu'on a vécus et de comprendre ce qui s'est vraiment passé. (À ces mots, Hopper recula sa chaise et posa les mains sur ses genoux avec un haussement d'épaules.) Malgré tout, il arrive qu'il nous manque des bouts. Il faut alors combler les trous du mieux qu'on peut, en sachant qu'on court le risque de faire fausse route. Mais comme je te l'ai dit, ça fait partie du boulot. En gros, le travail d'inspecteur, c'est de faire en sorte que tous les éléments d'une enquête concordent. Puis on ficelle le tout et, avec un peu de chance et si on est assez rigoureux, le dossier tient debout tout seul.

Elfe avait à présent le regard perdu dans le vide. Son père ne parvenait pas à déchiffrer son expression, mais sans doute n'était-ce pas nécessaire. Ses explications étaient difficiles à suivre, et le récit de base, déjà assez complexe comme ça. Bon Dieu, ce que c'était long ! Hopper était loin de s'imaginer dans quelle galère il s'embarquait quand il avait commencé…

Et puis, on ne pouvait pas dire que c'était très gai, comme histoire, même s'il ne s'en était pas rendu compte tout de suite. Or il avait beau faire de son mieux pour préserver les oreilles innocentes d'Elfe, il se demandait à présent s'il n'aurait pas dû pratiquer davantage l'autocensure. D'un autre côté, il se devait de lui dire la vérité – un devoir envers elle mais aussi envers lui-même. Ces souvenirs-là étaient restés enfouis déjà trop longtemps, et la jeune fille avait besoin de connaître le passé de son père. C'était son droit, après tout.

Mais bon, avec ces histoires de culte satanique et de tueur en série, on était loin des super aventures que Hopper s'était imaginé raconter à sa protégée. Comment aurait-il réagi à ce récit, lui, à son âge ?

Encore une fois, pas sûr que ce genre de question lui soit très utile dans le cas présent.

Et puis, il se faisait vraiment tard.

Il se pencha de nouveau vers Elfe et lui proposa de remettre la suite au lendemain matin.

— Certainement pas ! s'écria-t-elle dans un élan de protestation.

— Bon, d'accord… Tu es sûre que ça ne te fait pas trop peur ?

L'adolescente réfléchit un instant, comme si sa réponse se devait d'être formulée avec une attention particulière.

— Je crois que ça va. Seulement un peu. Mais je me demandais…

— Quoi donc ?

— Ça a dû être dur pour toi… Est-ce que ça va, maintenant ? Tu y penses encore souvent ?

À cette remarque, Hopper afficha un sourire attendri. Les yeux d'Elfe s'illuminèrent et toute la tension sur son visage sembla se dissiper d'un seul coup.

— Mais oui, ma grande, je m'en suis bien tiré finalement. Regarde-moi, je suis en pleine forme !

L'adolescente esquissa à son tour un sourire, visiblement satisfaite.

— Bon, tu es sûre de vouloir continuer, alors ? Où j'en étais, déjà ?

Hopper reprit le fil de son récit sans pouvoir s'empêcher de songer à la dernière question de sa fille.

Car il s'en était sorti, certes. Mais de justesse.

Chapitre 31

Delgado à l'appareil

12 juillet 1977

Brooklyn, New York

Delgado s'empara du téléphone avant de le reposer aussitôt sur son socle. Elle répéta ce même geste trois fois puis, rouspétant contre elle-même, se leva et se mit à faire les cent pas dans son minuscule appartement.

Avant de passer à l'action, il lui fallait s'assurer que c'était vraiment la bonne solution. Mais à vrai dire, elle avait déjà retourné le problème dans tous les sens la veille, sans parvenir à trancher.

Si elle finissait par passer ce coup de fil, elle savait qu'il n'y aurait pas de retour en arrière possible. Décrocher son téléphone revenait à tenter le tout pour le tout, peu importent les conséquences !

Alors forcément, elle devait être sûre de son coup. D'autant que le temps pressait : le lendemain, il serait déjà trop tard.

Delgado revint au salon en prenant soin de ne pas glisser sur l'une des dizaines de feuilles éparpillées au sol.

Sur le canapé se trouvait le carnet qu'elle avait passé des heures à noircir la veille au soir – elle y avait distillé diverses idées et théories jusqu'à aboutir à un raisonnement qui lui semblait cohérent. Elle relut pour la énième fois sa dernière page de notes. Y figuraient deux noms reliés et entourés : Jonathan Schnetzer et Sam Barrett. L'un comme l'autre animaient des groupes de soutien aux anciens combattants de la guerre du Vietnam. Des réunions qui semblaient rencontrer un franc succès – du moins jusqu'au jour où les deux hommes avaient soudain été portés disparus, et leurs cercles dissous.

Si la troisième victime – Jacob Hoeler – semblait être l'exception, son assassinat cadrait malgré tout avec la théorie échafaudée par Delgado. À vrai dire, les pièces du puzzle paraissaient même s'emboîter un peu trop parfaitement. Peut-être l'inspectrice tirait-elle des conclusions hâtives mais… tout concordait. Elle en était absolument certaine.

Notamment parce que ce fameux Jacob Hoeler, agent spécial sous couverture pour l'unité spéciale de Gallup, s'était rendu à tous les endroits figurant sur sa liste – et surtout, parce qu'il avait participé aux réunions organisées par Schnetzer et Barrett. Or, après chacune de ces visites, les deux coordinateurs avaient été assassinés et leur groupe dissous. Peu de temps après, Hoeler avait connu le même sort : le tueur aux cartes l'avait supprimé lui aussi. Sans doute l'agent infiltré avait-il côtoyé l'assassin, tout comme ses victimes précédentes. Delgado avait beau ne pas savoir pourquoi le meurtrier avait ciblé ces cercles-là et leurs organisateurs en particulier, il ne faisait aucun doute que Hoeler avait flairé sa piste.

Devenu gênant, l'agent spécial avait été éliminé à son tour.

L'inspectrice marqua une pause dans sa réflexion et secoua la tête. Sa théorie se tenait-elle vraiment ou bien la jeune femme le souhaitait-elle seulement à tout prix ? La question se posait. Et puis, quel rapport avec Lisa ? Avait-elle d'ailleurs le moindre lien avec cette affaire ? Bien sûr, la psychologue savait à quoi correspondaient les cartes de Zener, et elle animait un atelier à l'une des adresses qui figuraient sur la liste de Hoeler. Mais comme Delgado avait pu le constater, des dizaines d'autres associations se réunissaient, elles aussi, dans la salle paroissiale de l'église méthodiste.

Sans compter qu'une autre énigme restait irrésolue : sur quoi, ou plutôt sur qui, enquêtait l'agent spécial, au juste ? Les Vipères, d'accord, mais avait-il vraiment pour cible le tueur en série ? Se pouvait-il que le croisement des deux affaires – celle du gang et celle des cartes – soit simplement dû au hasard ? Que Hoeler ait été tué par accident, le meurtrier le croyant à ses trousses alors qu'en réalité, l'agent enquêtait sur un autre cas ?

Delgado fixa ses notes tellement longtemps que sa vue finit par se brouiller. Elle jeta alors son carnet sur le canapé, fit un dernier petit tour de son appartement et arrêta sa décision.

Peut-être venait-elle de faire une découverte de taille qui pourrait s'avérer utile à la suite de l'enquête et même, qui sait ? faciliter la tâche de son partenaire, où qu'il soit.

Elle s'en retourna donc à son téléphone, décrocha le combiné et composa le numéro de l'antenne locale du FBI. La sonnerie ne retentit qu'une petite poignée de secondes.

— Bonjour, inspectrice Delgado à l'appareil. Je travaille au commissariat du 65e district. J'aurais besoin de parler à l'agent spécial Gallup, de toute urgence.

Chapitre 32

L'heure de vérité

13 juillet 1977

Brooklyn, New York

— Attendez, Jerry, j'ai peur de ne pas comprendre. Qu'est-ce que vous me racontez ?

Lisa arpentait son appartement de long en large, déroulant autour d'elle le câble du téléphone à mesure qu'elle décrivait des cercles dans son salon. Les yeux rivés au sol, elle tentait d'assimiler ce que son patron essayait de lui expliquer. Enfin, « patron » était un bien grand mot pour désigner le président de l'association qui finançait le dispositif de réinsertion dont elle avait la charge.

D'autant que ce qu'il déblatérait, depuis ce que la jeune femme imaginait comme un petit bureau surchauffé quelque part au sud de Manhattan, n'avait absolument aucun sens.

—Malheureusement, que voulez-vous que je vous dise de plus ? lui répondit-il à l'autre bout du fil. Nous suspendons votre programme à compter d'aujourd'hui. Le comité a accepté de vous verser votre salaire jusqu'à la fin du mois, mais j'ai bien peur que ce soit le dernier que nous puissions vous payer.

Lisa s'arrêta net au milieu du couloir de l'entrée et porta une main à son front.

—Je... je ne comprends pas.

—Encore une fois, je suis sincèrement désolé mais nos fonds sont très limités : on ne peut pas se permettre de continuer à financer ce projet pilote, poursuivit Jerry après un profond soupir.

Les doigts de la psychologue se crispèrent sur le téléphone. Elle n'en croyait pas ses oreilles.

—« Pilote » ? Vous vous fichez de moi ? Ce programme a dépassé la phase d'essai depuis belle lurette ! Non seulement l'association s'est engagée à financer mon atelier pendant un an, mais le bilan intermédiaire après six mois était excellent. Pour reprendre vos propres termes, « les résultats dépassaient toutes vos espérances » ! On a même reçu une lettre d'éloges de la part de la police de New York, bon sang ! Vous voulez que j'aille vous la chercher, Jerry ?

—Docteure Sargeson... Lisa... je comprends que vous soyez...

—Et moi, je ne comprends rien du tout !

Le président de l'association soupira de nouveau.

—Bon, écoutez, je vais être honnête avec vous. C'est une histoire d'argent. On n'a pas le budget. En tout cas, plus maintenant.

—Comment ça ?

—Enfin, Lisa, regardez autour de vous un peu ! répliqua Jerry, une pointe d'exaspération dans la voix.

Vous avez vu dans quel état est New York ? Tout va à vau-l'eau. Même nos politiques pensent que la ville est irrécupérable et ont jeté l'éponge ! Et si ce constat me fait de la peine, c'est un avis que partagent un certain nombre de nos bienfaiteurs. Je vous le répète et j'en suis navré, on ne peut plus se permettre de continuer ainsi.

Lisa rejoignit son salon d'un pas raide pour s'affaler dans le canapé près de la baie vitrée.

— Enfin, on ne peut pas les abandonner, Jerry. Tous les participants ont déjà fait tellement de progrès ! Il faut poursuivre notre travail, on ne va pas annuler les ateliers comme ça, du jour au lendemain ! Vous savez très bien ce qui va leur arriver, sinon.

— Voyons, docteure, vous avez si peu de respect pour votre propre travail ou même celui de l'association ?

— Je vous demande pardon ?

— Le comité s'est bien sûr arrangé pour intégrer les membres de votre groupe au sein d'autres cercles de parole. Même si je dois admettre que le vôtre était sans doute le meilleur de toute la ville, vous n'êtes pas la seule à vouloir aider ces anciens détenus, vous savez. Ne vous méprenez pas : vous avez fait un travail remarquable, très utile. Alors, oui, ce n'est jamais bon d'interrompre ce genre de programme, mais on fera de notre mieux pour minimiser les dégâts. Tous ces hommes que vous avez suivis s'en sortiront, ne vous en faites pas. Et ce sera grâce à vous.

La conversation – ou plutôt, le monologue de Jerry – se poursuivit et Lisa laissa ses pensées vagabonder à mesure que son employeur psalmodiait d'une voix monotone.

Elle n'arrivait pas à y croire. Tout cet investissement, tout ce temps, tous ces efforts réduits à néant en quelques secondes.

Bien sûr, ce n'était pas la première fois que l'un de ses projets tombait à l'eau, mais lorsqu'elle travaillait à l'institut Rookwood, elle avait au moins perçu quelques signaux d'alerte qui lui avaient permis de quitter le navire avant qu'il ne sombre. Rien à voir avec la situation présente – elle avait tant accompli au sein de l'association, et avec si peu de moyens…

Elle ne pouvait pas y renoncer, pas maintenant ! Elle était incapable de s'y résoudre. Mais comme elle ne semblait pas avoir son mot à dire, elle finit par raccrocher, non sans avoir enduré davantage d'excuses et de témoignages de sympathie de la part de Jerry, qui ne tarissait pas de louanges à son égard : « Bien sûr qu'elle était compétente – un véritable exemple ! » avait-il même osé lui dire.

Le problème venait d'eux, pas d'elle.

Lisa reposa le téléphone sur son support, puis, la tête basculée en arrière, poussa un cri de désespoir qui résonna jusqu'au plafond. Elle ferma ensuite les yeux et resta assise dans la même position quelques minutes avant de se redresser tout à coup, d'un bond.

Ce n'était pas parce qu'elle venait de se faire renvoyer qu'elle devait baisser les bras. Bien sûr qu'elle était douée dans ce qu'elle faisait. Bien sûr que son travail était utile aux autres !

D'ailleurs, tout n'était peut-être pas perdu…

Elle sauta du canapé pour s'emparer de sa besace, qu'elle avait posée par terre, près du fauteuil. Elle l'ouvrit d'un geste empressé et la fouilla en hâte jusqu'à trouver ce qu'elle cherchait : le semblant de carte que le chef des Vipères lui avait donné la veille. Elle l'examina un bref instant. Au recto figurait le nom de l'établissement d'où provenait la pochette d'allumettes – *Louie's*, un restaurant du Bronx – et, au verso, une adresse écrite à l'encre noire, presque illisible sur le fond rouge.

Était-ce vraiment une bonne idée ? Pure folie, oui ! Elle ne savait strictement rien de cet individu. Certes, c'était un homme brillant et très éloquent… mais il portait tout de même l'insigne d'un gang sur son blouson ! Qu'il insiste pour l'appeler « organisation » n'y changeait rien…

Pourtant… Se pouvait-il qu'il dise la vérité ? Après tout, son histoire était suffisamment tordue pour être plausible. Et puis, s'il faisait bien partie d'un gang, pourquoi vouloir recourir aux services de Lisa, dans ce cas ? Ce n'était pas comme si ce genre de bandes étaient réputées pour leurs actions de bienfaisance envers leurs concitoyens, ni pour leur souci des autres et des plus démunis. C'était même plutôt l'inverse.

Et puis… vérité ou mensonge, Lisa n'avait pas grand-chose à perdre. Elle pouvait toujours aller vérifier pour en avoir le cœur net.

De toute façon, elle n'avait pas d'autres engagements. Ou de travail tout court, d'ailleurs – en dehors de ses activités parallèles de magicienne à la demande, bien sûr. Si cet individu n'avait pas menti, s'il était vraiment en mesure de financer lui-même un programme de réinsertion comme ceux qu'elle avait tenté de mettre en place à l'institut Rookwood ou avec l'association avec le budget adéquat, qui lui permettrait de s'y consacrer à plein temps…

Elle ne tergiversa pas plus longtemps. Après tout, rien ne l'empêchait d'aller jeter un coup d'œil. Dans le pire des cas, elle se serait déplacée à l'autre bout de la ville pour rien. Et autrement…

Lisa remit la carte dans son sac, s'assura que sa bombe lacrymogène et sa matraque s'y trouvaient bien et se mit en route vers le Bronx.

Chapitre 33

Visite à domicile

13 juillet 1977

Brooklyn, New York

Delgado venait tout juste d'arriver devant un petit immeuble de briques rouges et passait en revue la liste des noms à côté de l'interphone lorsque la porte d'entrée s'ouvrit soudain. Sur le seuil patientait justement celle à qui la jeune femme était venue rendre visite.

—Inspectrice ! s'exclama Diane, sa fille dans les jambes. Vous avez du nouveau ?

—Malheureusement, non… Désolée, répondit Delgado en se redressant. Pardon, je ne voulais pas vous déranger.

—Aucun problème. De toute façon, je suis restée toute la journée à la maison avec Sarah, à guetter à la fenêtre. Je la garde avec moi cette semaine, le temps que la situation se tasse un peu. Alors, quand je vous ai aperçue dans la rue, je… enfin, j'ai cru que quelque chose était arrivé. Je ne voulais pas vous faire peur !

—À vrai dire, j'ai bien quelques nouvelles. Rien qui concerne votre mari directement mais j'ai eu envie de passer vous en parler en personne. J'ai pensé que vous ne seriez pas contre un peu de compagnie… Et puis, j'ai promis à Hopper de veiller sur vous. Alors me voici ! Je peux m'inviter à prendre le thé ou on continue à discuter sur le palier ?

—Je vous en prie, avec plaisir ! s'exclama Diane en ouvrant grand la porte, un sourire aux lèvres. Je vais devenir folle, à rester cloîtrée ici. Entrez ! Entrez donc, c'est au premier étage.

Delgado s'avança dans le hall, puis suivit son hôtesse et Sarah jusqu'en haut des escaliers.

Chapitre 34

Saint John du Bronx

13 juillet 1977

Sud du Bronx, New York

Bon, d'accord, je n'aurais jamais dû venir...

Lisa était suffisamment raisonnable pour le reconnaître. D'ailleurs, si elle était vraiment honnête avec elle-même, elle avait commencé à avoir des doutes dès l'instant où elle avait mis le pied dehors. Mais sous le coup de la colère et de la frustration, elle n'avait pas réfléchi. Et puis, elle avait besoin de prendre l'air. Quoi de mieux dans ce cas qu'un petit tour en ville ?

Sauf que le quartier indiqué au dos de la pochette d'allumettes n'avait rien d'accueillant. Une route trouée de nids-de-poule, des terrains en friche étouffés par les mauvaises herbes entourés de hautes clôtures métalliques et d'immenses entrepôts anonymes, assez grands pour renfermer des engins militaires ou des avions de chasse. Il faisait un temps idéal – pas le moindre nuage à l'horizon – mais l'endroit ne donnait pas vraiment envie de s'y attarder. Même le taxi que Lisa avait pris pour la dernière partie du trajet avait refusé de la conduire jusqu'à l'adresse exacte. Au lieu de quoi, il l'avait déposée quelques rues plus loin, sans tenir compte ni de sa sécurité ni de ses protestations.

Malgré tout, la jeune femme continuait d'avancer. Coincée entre deux entrepôts massifs, la route, qui s'apparentait davantage à une ruelle étroite, débouchait sur un troisième bâtiment – sans doute une autre division du même parc industriel. Hormis une grande porte d'accès, assez large pour y faire passer un camion semi-remorque, il ne semblait y avoir aucune autre issue.

Lisa pivota sur elle-même pour tenter de se repérer. Dans quel pétrin était-elle venue se fourrer ? Ce n'était d'ailleurs peut-être même pas la bonne adresse... La zone industrielle était si vaste qu'il semblait impossible de s'y orienter sans connaître déjà les lieux et savoir précisément où aller. Elle avait déjà marché un bon kilomètre depuis que le chauffeur l'avait déposée mais, si elle ne s'était pas trompée, la route principale devait longer le chemin qu'elle suivait. Il lui suffirait donc de couper à travers les terrains vagues adjacents pour retrouver la civilisation – et sauter dans un autre taxi pour rentrer.

Se tordant les doigts nerveusement, Lisa crut capter une lueur étrange et tendit la main gauche devant elle. Sa bague d'humeur avait viré au noir – signe de tension et de nervosité...

Ou que le bijou était tout simplement détraqué.

— Saleté de camelote ! pesta la jeune femme en baissant le bras.

La bague avait déjà quelques années et ne changeait plus de couleur depuis bien longtemps. Pourtant, Lisa ne pouvait s'empêcher de se demander si la pierre était aussi sombre quelques heures plus tôt.

Décidément, son imagination lui jouait des tours...

La jeune femme accéléra le pas, le bruit de ses bottes sur le bitume se répercutant sur les hauts murs des hangars alentour. L'endroit était désert : Lisa n'avait croisé personne, pas même une voiture ou un camion, mais être la seule âme qui vive dans les parages ne la rassurait pas pour autant. Au contraire... La situation faisait plutôt froid dans le dos. C'était une erreur de venir jusque-là, une décision imprudente que la psychologue n'aurait jamais prise en temps normal... Qu'importe, rien ne l'empêchait à présent de rebrousser chemin et de rentrer à Brooklyn, pour aller noyer son chagrin dans le bar que tenait l'Italien en bas de chez elle. C'était d'ailleurs ce qu'elle aurait dû faire tout de suite après le coup de fil de Jerry.

Lisa venait de contourner l'entrepôt et se dirigeait vers la parcelle vide sur sa gauche pour regagner la route quand, soudain, un homme apparut à l'angle du bâtiment. La jeune femme poussa un cri de surprise et s'arrêta net, avant de reculer à pas mesurés. Un grand sourire aux lèvres, l'inconnu la dévisageait tout en mastiquant son chewing-gum, les pouces coincés dans les passants de sa ceinture. Il portait un jean poisseux et un T-shirt blanc sous une veste de cuir marron sans manches, ainsi qu'un bandana vert dans les cheveux.

— Ben alors, ma petite dame, on part déjà ? lui lança-t-il en s'avançant lentement vers elle. Ah non, pas de ça chez nous, hein ! C'est quoi, ces manières ? On vient nous rendre visite et on ne dit même pas bonjour ?

Lisa battit en retraite un peu plus loin, tout en ouvrant sa besace pour y plonger la main. La voyant faire, le voyou cessa subitement de mastiquer son chewing-gum et secoua la tête d'un air réprobateur.

— Qu'est-ce que tu caches là-dedans ? Oh, je vois… Tu veux jouer un peu, c'est ça ?

La jeune femme tira la matraque télescopique de son sac et la déploya d'un geste vif en direction de l'agresseur, qui se fendit d'un grand sourire et se mit à applaudir lentement.

— Pas mal, dis donc ! Pas mal du tout. Qu'est-ce que tu en penses, Jookie ?

Le gravier crissa derrière Lisa. Elle se retourna juste à temps pour voir un homme à l'accoutrement similaire surgir de derrière l'entrepôt. D'un coup de pied, il envoya un caillou ricocher contre la tôle du bâtiment puis écrasa sa cigarette contre sa langue.

— C'est moi ou elle est d'humeur joueuse, celle-là ? fit remarquer le nouveau venu, avant de jeter le mégot encore fumant par terre, non sans l'accompagner d'un crachat de circonstance.

Lisa fit un pas de côté, s'efforçant de garder son calme du mieux qu'elle pouvait. Si elle voulait s'en sortir, il allait lui falloir faire preuve de sang-froid et d'un minimum de concentration. Deux adversaires, très bien… Ils la surpassaient peut-être en nombre, mais pas forcément en force. Après tout, elle était armée, contrairement à eux… À ce qu'il lui semblait, du moins. Et puis, une simple matraque pouvait s'avérer redoutable entre des mains habiles… Des mains comme les siennes, par exemple.

Profitant de ce que les deux hommes arrivaient à la même hauteur sur le chemin, elle s'écarta davantage. Ils se saluèrent d'une accolade avant de se concentrer sur leur proie. À chaque pas qu'ils faisaient en avant, Lisa en esquissait un en arrière, maintenant prudemment ses distances.

Levant soudain les yeux, elle s'aperçut que les deux autres bâtiments cernaient le chemin. Jamais elle n'aurait dû reculer aussi loin : elle venait de s'engager dans une impasse.

C'est alors que plusieurs silhouettes émergèrent sur les toits au-dessus d'elle. Quatre d'un côté, cinq de l'autre. Si ces individus se trouvaient bien trop haut pour représenter un quelconque danger immédiat, ils étaient la preuve vivante qu'elle s'était trompée lourdement. Pas âme qui vive, pensait-elle ! Mais bien sûr… On lui avait tendu un piège, oui, et elle n'avait rien trouvé de mieux à faire que de se jeter dedans !

Jookie et son acolyte éclatèrent de rire, encouragés par leurs camarades qui applaudissaient et sifflaient depuis les toits. Lisa serra la matraque un peu plus fort entre ses doigts. Peu importaient ces spectateurs : si elle parvenait à échapper aux deux hommes à terre, elle s'en tirerait saine et sauve.

Soudain, un grand fracas métallique suivi d'un claquement sourd se fit entendre. Aussitôt, le petit attroupement se dispersa sur les toits et les deux agresseurs au sol s'immobilisèrent sur le chemin, comme paralysés de peur. Lisa se risqua à jeter un coup d'œil derrière elle. Perdue au milieu du portail d'accès principal du hangar, une petite porte de service que la jeune femme n'avait pas remarquée en passant la première fois venait de s'ouvrir. Dans l'embrasure se tenait un troisième individu – les verres polarisés de ses lunettes reflétaient le soleil éclatant. Il passa à côté de la jeune femme pour venir se planter devant Jookie et son camarade.

— En voilà une façon d'accueillir mon invitée ! Je m'occuperai de vous plus tard, leur promit-il d'une voix grave et menaçante avant de se tourner vers Lisa en souriant. Je suis ravi que vous soyez là ! Vous avez pris vos précautions, à ce que je vois. (Il indiqua sa matraque d'un geste de la main.) Je dois dire que je suis impressionné, même si je suis ravi que vous n'ayez pas eu à vous en servir. Mes petits camarades oublient parfois leurs bonnes manières.

— Non mais je rêve ! éclata son interlocutrice, incrédule. Pourquoi m'avoir demandé de venir si c'est pour… pour… Vous allez me dire qui vous êtes, à la fin ?

— Je vous l'ai déjà dit, docteure. Si je vous ai contactée, c'est que j'ai besoin de votre aide. Mon nom est Saint John, et voici mon domaine. Soyez la bienvenue. Vous êtes ici chez vous.

Chapitre 35

Le bleu

13 juillet 1977

Quelque part à New York

Après deux jours passés à jouer les déménageurs, Hopper avait fini par s'intégrer suffisamment parmi les Vipères pour se voir confier de véritables missions. Leroy et Lincoln s'étaient entretenus avec leur chef, et quelques instants plus tard, avaient proposé au nouveau une petite excursion. Le soir venu, les trois hommes s'étaient entassés dans le break et s'étaient mis en route vers un vieux gymnase.

Les installations commençaient à dater un peu mais le lieu était bien équipé. Chevaux d'arçons et poutres étaient regroupés dans un coin de la salle, et du plafond anneaux et cordes pendaient, ces dernières soigneusement accrochées au mur. Le gymnase, d'un marron uniforme, sentait un mélange de transpiration, de tabac (tout le monde ou presque fumait dans la salle) et de café, dont le fumet odorant s'échappait de deux grands thermos disposés sur des tréteaux non loin du matériel. On avait déroulé un tapis au sol afin de protéger le parquet, le temps de la réunion qui s'annonçait.

Les trois gangsters s'attardèrent un peu devant l'entrée. Leroy et Lincoln avaient relégué leur tenue habituelle aux couleurs des Vipères au placard et enfilé des maillots blancs près du corps. Quant à Hopper, s'il n'avait pas quitté son blouson d'aviateur, il avait en revanche pris soin de le fermer jusqu'en haut, histoire de masquer les taches de sang qui maculaient son vieux T-shirt à l'effigie de Jim Croce. Il avait chaud mais, pour une fois, la soirée était relativement douce et il faisait encore plus frais dans la salle.

Ou peut-être était-ce son imagination qui lui jouait des tours…

Car il avait beau ignorer ce qui se préparait, la situation ne lui disait rien qui vaille. Au milieu de la salle, des chaises étaient disposées en cercle, parmi lesquelles certaines avaient déjà trouvé preneur. Hopper et ses camarades n'étaient pas les seuls à traîner un peu, aussi se mêlèrent-ils aux autres arrivants afin d'engager la conversation. Tous étaient là dans un but bien précis.

Le gymnase accueillait en effet un groupe de soutien, Hopper l'avait deviné tout de suite, mais il ne s'agissait ni des Alcooliques anonymes, ni d'un cercle de malades luttant contre une quelconque addiction. Pas plus que d'un rassemblement pour parler douleurs chroniques, chômage longue durée ou violences domestiques. Il n'y avait là que des hommes – tous plus ou moins de la même génération. Au moins un tiers d'entre eux portait de vieilles vestes militaires plus ou moins usées, et l'un des participants tenait dans sa main une paire de plaques d'identité, dont il faisait nonchalamment rouler la chaîne entre ses doigts comme un chapelet. À vrai dire, Hopper n'était pas vraiment surpris : il avait lu l'affiche sur la porte en entrant. C'était d'ailleurs à ce moment-là qu'il avait été saisi d'un mauvais pressentiment.

Il s'agissait d'un groupe de soutien aux vétérans de la guerre du Vietnam. L'inspecteur connaissait bien sûr leur existence et était conscient de leur utilité. Car si lui était rentré du front non seulement indemne, mais aussi avec toute sa tête, c'était une chance. Certes, la guerre l'avait changé et ce n'était pas facile tous les jours, le cacher ne servirait à rien. Pourtant, ce n'était pas grand-chose en comparaison de ce qu'elle avait fait à d'autres soldats… Lui n'avait jamais ressenti le besoin de participer à ce genre de réunions, mais il était heureux de savoir que ceux pour qui il était nécessaire de partager leur expérience pouvaient compter dessus.

Quoi qu'il en soit, Hopper n'avait aucune idée de ce que ses deux camarades et lui faisaient là. En revanche, il avait bien l'intention de le découvrir, et vite. Le simple fait de se retrouver dans cette salle parmi d'autres vétérans lui retournait l'estomac. La présence de membres des Vipères – dont il faisait désormais partie – lui apparaissait comme une violation, une intrusion dans cet espace rassurant dont ces anciens soldats avaient fait leur sanctuaire.

L'inspecteur ravala la bile qui lui montait dans la gorge et alla prendre place sur l'une des chaises. Il n'avait pas la moindre envie d'être là et de se prêter au jeu mais il savait qu'au bout du compte, il agissait pour la bonne cause. À présent qu'il était parvenu à gagner la confiance de Saint John, c'était grâce à ce genre de missions qu'il pourrait découvrir ce que le chef des Vipères et ses hommes préparaient en ciblant des groupes comme celui-là. Or plus Hopper en apprendrait, plus vite il aurait la possibilité d'y mettre un terme – et de reprendre le cours normal de sa vie.

En quelques minutes, chacun avait fini par prendre place dans le cercle. Leroy était assis en face de Lincoln – soit à respectivement 3 et 9 heures quand la nouvelle recrue du gang, elle, siégeait à 6 heures. En face de Hopper se trouvait un homme qui ressemblait en tout point à ses camarades, à l'exception de ses yeux, qui étincelaient d'une lueur dont le regard absent des autres vétérans semblait dépourvu. Vêtu d'une veste de velours côtelé bien trop épaisse pour la saison, il tenait dans ses mains un carnet et un stylo. Il croisa les jambes, les pattes d'éléphant de son pantalon claquant comme des drapeaux.

— Bienvenue à tous, et merci d'être aussi nombreux. Je suis ravi de retrouver nos habitués, mais je suis aussi très heureux de voir de nouvelles têtes se joindre à nous ce soir. Pour ceux qui ne me connaissent pas encore, je m'appelle Georges, dit-il en dévisageant Hopper avec un sourire tout en débouchant son stylo. Alors, qui voudrait commencer aujourd'hui ?

L'inspecteur entendit bientôt une espèce de grondement monter à ses oreilles et sa vision périphérique sembla tout à coup s'auréoler d'un halo de lumière blafarde. Sans même s'en apercevoir, il s'était déjà éclairci la gorge pour prendre la parole.

— Euh… salut tout le monde. Moi c'est Jim.

— Bonjour, Jim, répondirent les participants à l'unisson.

Hopper releva la tête et leur adressa un sourire gêné. Il ne savait pas trop ce qu'il faisait – à vrai dire, il n'était même pas certain que c'était bien sa propre voix qui résonnait dans le gymnase.

De part et d'autre du cercle, il vit Leroy et Lincoln échanger un regard perplexe.

— Bonjour, bonjour, reprit-il. Je… euh, donc, je m'appelle Jim, et j'ai fait le Vietnam.

Il se pencha ensuite en avant et, les coudes sur les genoux, la tête entre les mains, il entama son récit.

Le café tiède était tout juste buvable mais Hopper ne s'attarda pas trop sur le goût et en avala une gorgée. Après avoir autant parlé, il avait besoin de boire quelque chose – n'importe quoi. Il se servit une seconde tasse et resta debout près de la table un moment, en profitant pour étirer sa nuque, les yeux fermés. Il ne savait pas trop ce qui lui était passé par la tête, pour prendre la parole ainsi et, surtout, il ne s'était encore jamais rendu compte de tout ce qu'il avait gardé pour lui jusqu'à présent. C'était…

— Ça fait du bien, non ?

Hopper ouvrit les yeux. À côté de lui, l'un des participants se servait du café – un thermos fraîchement rempli venait d'atterrir sur la table comme par magie. L'inspecteur en but une autre gorgée et haussa les épaules.

— J'ai goûté pire, disons.

Son interlocuteur ajouta au breuvage une dose de lait en poudre et un peu de sucre, puis s'approcha de Hopper.

— Ah ça... Non, je parlais de la réunion, rectifia-t-il en indiquant les chaises en partie vides d'un geste de la main.

— Oh, je vois, s'esclaffa l'inspecteur. Oui, c'est vrai, ça m'a fait du bien. C'était... Enfin, je ne sais pas. Je n'arrive pas trop à décrire ce que je ressens... Bizarre, hein ?

— Non, non, je vois très bien ce que vous voulez dire, rétorqua l'ancien soldat avant de tendre la main à Hopper. Au fait, je m'appelle Bob. Caporal Devlin, Robert Douglas, US096231777. Mais on peut peut-être se tutoyer, non ? Je te couvre, Jim.

Le ton était solennel. C'était apparemment le mantra du groupe de soutien, comme le policier s'en était aperçu à la fin de son discours.

— Ah, oui... Moi aussi, Bob, répondit-il en lui serrant la main. Enchanté de faire ta connaissance.

Toujours adossés à la table, les deux hommes buvaient leur café tout en observant les autres vaquer à leurs occupations. Leroy et Lincoln semblaient avoir disparu.

— Alors comme ça, tu fais partie des habitués ? demanda Hopper en s'humectant les lèvres.

— Oui et non. Je participe régulièrement à des séances, mais pas avec ce groupe.

Le policier hocha la tête.

— Ah oui, c'est vrai, on m'a dit qu'il y avait des réunions de ce genre organisées un peu partout... Tu peux te pointer à celle que tu veux, c'est ça ?

— Tu te crois chez les Alcooliques anonymes ou quoi ? s'esclaffa Bob. Bien sûr, il y a plein de groupes de soutien aux vétérans et rien ne t'empêche d'aller où tu veux. Mais c'est vrai que c'est mieux de se rendre toujours au même. Ce n'est pas facile de retourner à la vie normale, alors un peu de stabilité ne peut pas faire de mal. Enfin, c'est ce qu'ils nous conseillent, du moins : trouver un point d'ancrage dans la tempête, un phare dans la nuit… Tu vois l'idée, quoi !

— Je me trompe ou ce genre d'expression bien sentie, c'est du Georges tout craché ? demanda Hopper, le sourire aux lèvres.

Bob éclata de rire.

— Même pas ! Mais je te l'accorde, elle aurait pu venir de lui, celle-là. Non, on me l'a soufflée dans un autre groupe, très sympa, d'ailleurs. J'y suis allé pendant deux ans, peut-être un peu plus. J'en garde vraiment de bons souvenirs. On avait un super modérateur. Je le préférais à celui-là. Georges est très bien aussi, hein… (Il s'interrompit le temps d'avaler une autre gorgée de café.) Mais certains savent mieux y faire que d'autres, ils ont une sorte de don, tu ne trouves pas ? Ou alors, ça tient simplement au changement d'habitude, je ne sais pas. Il faut toujours un petit temps d'adaptation. C'est une autre dynamique, il faut rencontrer d'autres gens… Mais bon, ça n'engage que moi.

— Tu as déménagé, c'est ça ?

— Quoi ? Ah, non, pas du tout. Le groupe a juste été dissous, expliqua Bob en haussant les épaules. Ça arrive.

— J'imagine, oui.

— Enfin, dans ce cas précis... c'est vraiment dommage car tout se passait très bien. On n'a rien vu venir !

Hopper parcourut la salle du regard – toujours pas le moindre signe de Leroy ou de Lincoln. Distrait, il se tourna de nouveau vers Bob.

— Comment ça ?

— Eh ben, c'est arrivé sans prévenir, d'un seul coup, insista Bob en déchirant un autre sachet de lait en poudre avec ses dents avant de le verser dans son café. Notre modérateur a cessé de venir, du jour au lendemain. Pas de message, pas de remplaçant, rien. Un soir, il ne s'est pas pointé à la réunion et on n'a plus jamais entendu parler de lui. Vraiment dommage. Un super coordinateur, Sam. Un des meilleurs que j'aie rencontrés.

Hopper, qui s'apprêtait à boire une gorgée, se figea sur place, tasse en l'air.

— Sam ? Sam comment ?

— Barrett. Tu le connais ?

Sous le choc, l'inspecteur s'empressa d'avaler son café sans rien dire.

Sam Barrett... La deuxième victime sur sa liste.

— En tout cas, j'espère qu'il va bien, où qu'il se trouve, poursuivit Bob, sans prêter plus d'attention à son interlocuteur. C'était l'un des nôtres, on partageait la même souffrance... Enfin, bref, je te laisse, il faut que j'aille faire un tour au petit coin. La faute au café !

Hopper adressa un signe de tête au vétéran, qui déposa sa tasse de café sur la table avant de s'éloigner en direction des toilettes.

Sam Barrett, mais bien sûr !

Hopper avait beau savoir qu'il y avait un lien entre les Vipères, Saint John et l'affaire des cartes de Zener, entendre quelqu'un d'étranger à l'enquête ou même au gang prononcer ce nom-là lui faisait froid dans le dos.

Voyant Leroy réapparaître non loin, l'inspecteur déposa brusquement tasse et soucoupe sur la table. Il ferma les paupières un instant pour tenter de dissiper sa colère mais un feu brûlant et inextinguible montait en lui.

Cette fois, c'en était trop.

Il saisit son complice par le col et l'envoya valser contre le matériel de gymnastique.

—Non mais c'est quoi, ce délire, à la fin ? siffla Hopper entre ses dents. Qu'est-ce qu'il mijote, Saint John ? C'est dans ce genre d'endroit que vous lui dégotez ses nouvelles recrues ? Dis-moi que j'ai tort ! Parce que si c'est le cas et qu'il vient tourmenter des âmes déjà torturées, des vétérans – ses semblables, bon sang ! je te jure que…

—Oh, doucement, mec, on se calme ! s'exclama Leroy avec une grimace en repoussant l'inspecteur.

—Je suis parfaitement calme ! Allez, vas-y, maintenant, crache le morceau : qu'est-ce que vous manigancez ? Je te rappelle que tu es venu me trouver complètement *stone* pour demander protection en échange de renseignements. Sauf que, bizarrement, dès que tu es redescendu sur terre… les infos, zou, envolées !

Leroy réajusta le col de son T-shirt et jeta un coup d'œil autour de lui – les autres commençaient déjà à regagner leurs chaises et personne ne leur prêtait attention.

— Reste zen, mec, et fais gaffe à ce que tu dis ! On est dans le même bateau, je te signale.

Mais plutôt que de lui rendre son regard, le frère de Martha baissa les yeux.

Hopper le sentait venir à mille bornes. Des années qu'il était flic, on ne la lui faisait pas.

— Qu'est-ce que tu me caches, toi ?

— Tout va bien ?

Leroy profita de ce que Lincoln les rejoignait pour se dégager.

— Nickel.

Le nouveau venu les dévisagea brièvement.

— Je viens d'avoir le Saint Patron au téléphone, leur dit-il en mimant l'appel. On rentre au bercail.

— Ah bon ? s'étonna Leroy. Pourquoi ça ?

— Parce que tu crois qu'il m'a donné des détails, peut-être ? De toute façon, il n'y a pas à discuter. S'il dit qu'on lève le camp, on s'exécute, point barre.

Sur ce, Lincoln tourna les talons. Hopper jeta un coup d'œil vers Leroy mais le jeune gangster avait déjà emboîté le pas à son acolyte sans broncher. L'inspecteur les suivit donc et croisa Georges qui sortait des toilettes. Le modérateur s'arrêta au milieu du hall.

— Ça va, Jim ? On va reprendre, si vous voulez vous joindre à n…

— Désolé, je dois filer, lança Hopper, tout en continuant à avancer à reculons vers la sortie. Mais merci, merci pour tout. Je me sens beaucoup mieux grâce à vous !

Dehors, Leroy faisait déjà vrombir le moteur et Lincoln avait pris place à l'avant. Le policier eut à peine le temps de s'installer sur la banquette arrière et de claquer la portière que le chauffeur démarrait déjà au quart de tour.

Cabane de Hopper
Hawkins, Indiana

26 décembre 1984

Hopper se leva de table et fit quelques pas jusqu'au coin cuisine, histoire de s'étirer un peu les jambes. Il se passa une main sur le visage puis dans les cheveux avant de se figer tout à coup, le dos tourné à Elfe.

Il ne voulait pas qu'elle le voie dans cet état. Il se frotta une nouvelle fois les paupières et croisa son reflet dans la fenêtre, sa fille en arrière-plan.

Cet épisode-là lui était complètement sorti de la tête. Enfin, ce n'était pas tout à fait vrai… Impossible d'oublier, bien sûr, mais au fil des années, il avait appris à compartimenter, à ranger ce genre de souvenirs tout au fond de sa mémoire, où ils finissaient par prendre tranquillement la poussière…

Jusqu'au jour où ils lui tombaient dessus sans prévenir, comme en cet instant. Il avait suffi que Hopper commence à raconter cette fameuse excursion avec Leroy et Lincoln pour que tout lui revienne.

Il en était le premier surpris : il ne s'attendait pas à ce que ce souvenir-là le touche particulièrement – pas à ce point, du moins. Il savait pourtant que cette partie de l'histoire allait finir par arriver, mais il n'y avait pas réfléchi avant de relater l'épisode à Elfe.

Bien sûr, il ne lui avait pas raconté son intervention dans les détails. Il savait qu'il avait piqué la curiosité de l'adolescente en se lançant dans une telle confession mais il y avait coupé court. Pas question de parler du Vietnam, ils en avaient déjà discuté. Dans cette histoire-là, on parlerait de New York – seulement de New York.

Hopper se sentait un peu bête de ne pas avoir anticipé le fait que les deux récits – les deux lieux – étaient en réalité indissociables. Il était pourtant bien placé pour le savoir.

— Tout va bien ? lui demanda Elfe, toujours assise à la table de la cuisine.

Son père respira un grand coup et se retourna en prenant appui sur le plan de travail.

— Oui, oui, ça va… Et toi, comment tu te sens ? Désolé, cette histoire n'en finit pas… Rappelle-toi, on s'arrête quand tu veux.

La jeune fille secoua la tête avant de le dévisager, la mine soucieuse.

— Tu n'es pas trop fatigué ?

Hopper se frotta énergiquement les paupières une dernière fois en riant.

—Ne t'inquiète pas pour moi, va, je reprends une dose de mon breuvage de survie et on y retourne !

Sur ce, il frappa le comptoir des deux mains comme pour ponctuer sa phrase et remit la cafetière en marche.

—« Je te couvre », lança soudain Elfe, après quelques minutes de silence.

Son père s'immobilisa, la tête tournée vers elle.

—Pardon ?

—Qu'est-ce que ça veut dire ?

Hopper se détendit d'un seul coup.

—Oh, c'est une formule qu'on utilisait dans l'armée pour signifier à un camarade qui s'exposait sans pouvoir se protéger qu'on surveillait l'ennemi pour lui. Aujourd'hui, le sens a un peu évolué : « Tu peux compter sur moi, quoi qu'il arrive », voilà ce que ça veut dire, au fond. Tu comprends ?

Elfe hocha la tête, puis se leva pour s'étirer à son tour. Hopper l'observa un instant et mit la cafetière en route.

—Je te couvre, tu sais, lança soudain l'adolescente. Tu peux compter sur moi quoi qu'il arrive. Oui, je te couvre…

Menton relevé, elle le regardait droit dans les yeux avec le plus grand sérieux. Entendre cette expression prononcée d'un ton si solennel par sa fille déclencha un fou rire chez Hopper, ce qui ne manqua pas de décontenancer Elfe. Les joues en feu, elle eut un mouvement de recul.

—Ce n'est pas comme ça qu'on dit ? insista-t-elle.

Son père hocha la tête et la prit dans ses bras, la serrant fort contre lui.

— Si, c'est exactement ça.

— Je te couvre, répéta l'adolescente à voix basse.

Hopper lui ébouriffa les cheveux.

— Moi aussi, ma grande, je te couvre… On pourra toujours compter l'un sur l'autre, toi et moi. Promis.

La jeune fille rompit soudain leur étreinte, écœurée par l'odeur du café.

— Encore ? Beurk ! s'exclama-t-elle avec une grimace avant de retourner s'asseoir à la table de la cuisine, comme si de rien n'était. Allez, la suite !

— Oui, chef ! lança Hopper en riant. Bon, où est-ce qu'on en était déjà…

Il rejoignit Elfe à la table de la cuisine, non sans avoir rempli sa tasse de café à ras bord.

L'adolescente trépignait d'impatience.

Chapitre 36

Qui s'y frotte s'y pique

13 juillet 1977

Sud du Bronx, New York

Le trajet du retour avait permis à Hopper de reprendre ses esprits. La réunion des vétérans l'avait secoué, et pas qu'un peu, mais il ne pouvait pas se laisser submerger par ses émotions – il lui restait encore une mission à accomplir pour Gallup.

Le gang était visiblement sur le pied de guerre et l'entrepôt grouillait de monde : les rangs des Vipères semblaient s'être considérablement étoffés durant l'absence du trio. Répartis en différents groupes, certains transportaient des caisses de matériel quand d'autres les chargeaient dans des véhicules. Un peu plus loin, un petit groupe s'affairait à l'arrière d'un grand camion à plateau.

Leroy gara le break sur le parking à côté de l'engin, dont le chargement n'échappa guère à Hopper : des kilomètres de câble montés sur un enrouleur mécanique, *a priori* tout droit sortis des entrepôts de l'un des plus grands fournisseurs en électricité du pays. Aussitôt le véhicule immobilisé, Lincoln fila dans un autre coin du hangar. Leroy s'extirpa à son tour de derrière le volant et en profita pour se rapprocher de son complice, qui, adossé à la voiture, observait les alentours, tendu.

— Écoute, mec, il faut vraiment que tu te calmes, chuchota-t-il.

Hopper se contenta d'un hochement de tête. Bien sûr que le gamin avait raison. N'ayant rien à ajouter pour sa défense, il préféra changer de sujet.

— C'est quoi, tout ça ? demanda-t-il en indiquant le camion. Tu sais ce que Saint John nous prépare ?

Leroy haussa les épaules, l'air méfiant.

— Non, je te l'ai déjà dit.

— Pourtant, ils doivent bien le savoir, eux, non ? Insista l'inspecteur en désignant le petit groupe qui s'affairait dans l'entrepôt. De qui reçoivent-ils leurs directives ? Tu n'es jamais là, quand le Saint Patron donne ses instructions ?

Leroy, qui semblait nerveux, s'assura que personne ne pouvait les entendre avant de répondre.

— Écoute, mec, siffla-t-il entre ses dents, ce n'est pas moi qui commande, ici. Saint John ne plaisante pas avec l'organisation, les règles et tout le Schmilblick : chacun reste à sa place et se contente de faire son boulot, compris ? Alors, non, je n'ai aucune idée de ce que les autres fabriquent. Ce n'est pas pour ça, justement, qu'on mène l'enquête ? Qu'est-ce que tu proposes, hein ? D'aller voir Saint John pour lui demander ce qui se passe et à quelle heure Satan compte se pointer, qu'on sorte les petits fours ?

— Je n'en demande pas tant… En revanche, je ne serais pas contre quelques réponses.

Sur ce, Hopper carra les épaules et s'approcha d'une pile de caisses prêtes à être transportées à l'arrière d'un pick-up garé près d'une rangée de mobylettes. Des caisses plutôt étroites et peu profondes… Si le policier devinait bien ce qui pouvait se trouver à l'intérieur, cela ne présageait vraiment, mais alors vraiment rien de bon.

Profitant de ce que le reste du gang soit d'humeur besogneuse, Hopper tenta sa chance. Il ramassa un pied-de-biche au sol et s'apprêtait à faire sauter un des couvercles, lorsqu'une main s'abattit fermement sur son épaule.

— Je peux t'aider, camarade ?

L'inspecteur pivota sur lui-même et se retrouva nez à nez avec Lincoln, qui, s'il ne semblait déjà pas ravi, s'emporta en voyant l'outil que le petit nouveau tenait contre lui.

— Qu'est-ce que tu fabriques ? cracha-t-il en le poussant violemment.

Hopper encaissa le coup mais heurta un des coins du chargement qu'il visait – le pied-de-biche lui échappa des mains. Il tituba puis se laissa tomber à quatre pattes sur le sol, gémissant de douleur.

— Je…

Il cherchait à se redresser quand, tout à coup, il sentit Lincoln tirer sur sa ceinture. Lorsqu'il finit par retrouver l'équilibre, c'était trop tard : son adversaire tenait déjà son pistolet. L'expression du gangster ne présageait rien de bon.

— À quoi tu joues, Hopper ? Pourquoi tu gardes ton flingue si tu es vraiment en cavale comme le prétend Leroy ? Tu ne cherches pas à jouer les héros, j'espère !

Un petit attroupement commençait à se former autour d'eux : attirés par l'altercation, les autres Vipères avaient interrompu leurs activités pour les encercler. Le policier balaya la foule du regard – tous avaient les yeux rivés sur lui, de même que son adversaire. Mais où était Leroy, bon sang ?

Lincoln cracha sur le béton et fit craquer sa nuque de gauche à droite, tout en soupesant l'arme incriminée dans la paume de sa main. À peine l'inspecteur avait-il fait mine d'avancer que son opposant l'avait déjà mis en joue.

— Tu veux jouer les justiciers, c'est ça ? reprit le gangster. Dommage qu'ils n'existent pas pour de vrai ! Allez, bas les masques, Hopper ! Tu sais très bien qu'il n'y a pas de place pour les héros dans une ville comme New York. Et encore moins pour un flic chez les Vipères.

— Tout va bien, par ici ?

Si le colosse semblait agacé qu'on vienne interrompre son discours, il n'abaissa pas pour autant son arme le temps que la foule s'écarte pour laisser passer celle qui venait de s'exprimer. Martha s'avança au milieu des spectateurs de sa démarche chaloupée.

— Laisse, je m'en occupe, lui lança Lincoln en serrant la crosse du pistolet entre ses doigts.

Mais, par son intervention, la jeune femme avait complètement changé la donne : ce n'était plus son camarade mais bien elle qui commandait désormais.

Elle contourna Lincoln sans prêter la moindre attention à l'arme dans sa main et s'approcha de Hopper. L'inspecteur ne bougea pas d'un pouce, se contentant de regarder Martha ramasser le pied-de-biche là où il était tombé puis revenir se poster aux côtés de son acolyte en laissant l'instrument traîner bruyamment sur le sol.

—Alors comme ça, on joue les curieux ? finit-elle par demander au policier avant de se retourner vers son collègue. Le patron veut te voir.

Avec un soupir, l'intéressé relâcha légèrement sa prise sur l'arme qu'il braquait toujours sur Hopper.

—Je t'ai dit que je m'en occupais, Martha.

—Et moi je te dis que le Saint Patron te réclame. Tu sais aussi bien que moi qu'il n'aime pas qu'on le fasse attendre.

La tête basse, Lincoln soupira de nouveau et tendit à contrecœur son pistolet à la jeune femme. Puis il tourna les talons sans un mot. Hopper s'était efforcé de se faire oublier pendant toute la scène, de peur que le moindre geste de sa part ne joue en sa défaveur. Mais à présent, le pied-de-biche dans une main et le pistolet dans l'autre, Martha le dévisageait, le menton relevé et une lueur de défi dans le regard.

—Je me méfie de toi, le bleu, lui lança-t-elle. Tu pues les embrouilles à plein nez. Dès que je t'ai rencontré, j'ai senti qu'il y avait un truc qui clochait chez toi. Je ne sais peut-être pas ce que tu caches mais ça ne me dit rien qui vaille.

—Écoute, tout ce que je veux, moi, c'est faire mon trou ici et travailler pour Saint John. Tu n'as qu'à lui demander si tu ne me crois pas.

—Je sais, je sais… Le Saint Patron m'a parlé de toi. Mais on va faire les choses à ma façon, pour une fois.

Martha jeta le pistolet au sol, hors de leur portée à tous les deux, puis frappa le pied-de-biche par terre, dans une pluie d'étincelles. Quelques applaudissements et sifflements s'élevèrent du cercle qui venait de se reformer autour d'eux. Et voilà qu'en quelques secondes, Hopper se retrouvait au centre d'une arène avec pour rivale la sœur de Leroy, prête à dégainer son pied-de-biche comme une épée.

Sans aucune arme pour se défendre, l'inspecteur se prépara au pire. La jeune femme avait beau être un petit gabarit, elle en avait sous le pied : il l'avait vue à l'œuvre lors du casse le premier soir. Elle n'avait pas vraiment le choix de toute façon : dans ce genre de gang, soit on s'endurcissait, soit on restait sur le carreau.

C'était le bon vieux principe de la sélection naturelle – la loi du plus fort.

Pas de pitié pour les faibles.

— Tu veux être des nôtres, Hopper ? Prouve-le !

Et le pied-de-biche en l'air, Martha se jeta sur lui.

Chapitre 37

Le secret de l'entrepôt

13 juillet 1977

Sud du Bronx, New York

Le parc industriel était immense – comme Lisa s'en doutait, il ne s'agissait pas d'un ensemble de bâtiments isolés, mais bien d'une seule et même structure composée de plusieurs entrepôts reliés les uns aux autres. Saint John devait posséder des ressources financières non négligeables pour avoir acquis un quartier général de cette envergure.

Sans parler des ressources humaines dont il disposait également : de toute évidence, les Vipères étaient nombreux et ne rechignaient pas à la tâche. Le chef du gang lui fit visiter d'immenses ateliers, remplis de petites mains qui s'affairaient à assembler, nettoyer ou réparer du matériel divers. Des hommes soudaient des composants électroniques, vissaient ensemble des mécanismes composites et rangeaient ensuite de petits objets dans des caissons en bois.

Lisa n'avait pas la moindre idée de ce qui se tramait sous ses yeux et son guide ne s'embarrassa pas d'explications.

Un détail la frappa, en revanche : il régnait dans l'entrepôt un silence pesant. Le travail en lui-même était plutôt bruyant – le vacarme emplissait l'espace – mais les Vipères, eux, restaient concentrés sur leur tâche sans échanger le moindre mot.

— Pourquoi me montrer tout ça ? demanda la psychologue en passant devant une énième rangée d'ouvriers.

Saint John s'arrêta à côté d'une table et se tourna vers elle.

— Pour que vous compreniez.

— Que je comprenne quoi, au juste ? Je ne sais même pas ce qu'ils font, rétorqua-t-elle en désignant plusieurs hommes non loin d'elle.

— Ils travaillent à réaliser notre œuvre, bien sûr. Je vous avais prévenue que nous n'étions pas un vulgaire gang. Je ne vous ai pas menti. Les Vipères visent à faire de New York une ville meilleure. Mais pour atteindre cet objectif, nous devons nous rassembler autour d'un but commun et emprunter le même chemin sans nous en détourner, car cette voie est celle de la vérité. Une telle attitude requiert à la fois obéissance… et une vraie volonté de puissance.

Lisa secoua la tête, incrédule.

Un sourire aux lèvres, Saint John claqua des doigts. L'effet fut immédiat : l'ouvrier le plus proche s'interrompit dans son travail, qui consistait à assembler des panneaux avec un long tournevis.

— Henri, reprit le chef des Vipères, tu travailles pour moi, n'est-ce pas ?

—Affirmatif, répondit l'intéressé avec le détachement le plus total, son visage ne laissant paraître aucune émotion.

—Et tu ferais n'importe quoi pour moi, pas vrai ?

—Tout ce que vous voudrez.

Lisa blêmit. Elle ne comprenait pas la situation mais n'aimait pas du tout la tournure que prenait la conversation. Autour d'eux, les autres ouvriers poursuivaient leur tâche, imperturbables.

—Merci pour ton travail, Henri, répondit Saint John. Tu sais ce qu'il te reste à faire, désormais.

À ces mots, l'homme empoigna son tournevis et le porta à sa gorge. La pointe s'enfonça dans sa chair comme la lame d'un couteau. Lisa se jeta sur lui.

—Arrêtez ! Mais vous êtes fou ?

Elle tira le poignet de l'ouvrier de toutes ses forces pour l'obliger à abaisser son instrument mais du sang gouttait déjà de son cou. Saint John ricana et fit de nouveau claquer ses doigts. Aussitôt, le bras du pauvre homme se relâcha sous l'étreinte de la jeune femme, avant de retomber d'un seul coup sur la table.

—Vous êtes malade… cracha-t-elle au visage de son hôte. C'est de la folie !

—Non, c'est l'image même du pouvoir.

—Donnez-moi une seule bonne raison de ne pas sortir d'ici et appeler les flics sur-le-champ.

—Oh, mais ce ne sont pas les motifs qui manquent. Vous ne vouliez pas changer le monde, docteure ? C'est justement ce que je vous propose.

En le voyant lui faire signe d'avancer, Lisa serra les poings sous le coup de la colère et de la peur, mais aussi d'une multitude d'autres émotions. Entre-temps, Henri s'était remis à son travail comme si de rien n'était.

Sous le choc, Lisa emboîta donc le pas à Saint John, sans vraiment se rendre compte de ce qu'elle faisait.

Arrivés au quatrième et dernier étage, ils pénétrèrent dans une vaste pièce, dont les deux grandes baies vitrées panoramiques donnaient sur le hangar. Le chef des Vipères contourna un grand bureau pour se diriger vers la porte qui se trouvait derrière, l'ouvrit et invita la psychologue à le suivre.

La jeune femme s'exécuta et pénétra dans ce qui ressemblait à une petite salle d'archives, aux murs couverts d'étagères métalliques. Les rayonnages croulaient sous le poids des livres et des cartons et au centre trônaient deux fauteuils positionnés face à face ainsi qu'une petite table ronde. Dessus étaient disposés un couteau argenté aux allures de crucifix avec un manche en croix et un calice en argent ouvragé, rempli d'un liquide foncé.

Lisa en avait assez vu.

Elle voulut prendre ses jambes à son cou mais Saint John, qui lui bloquait le passage, ferma la porte avant de forcer son invitée à reculer jusqu'à l'un des sièges.

— Mettez-vous à l'aise, je vous en prie. Nous avons beaucoup à nous dire. Mais laissez-moi d'abord vous expliquer ce que nous faisons ici et pourquoi je vous ai demandé de venir.

Lisa n'avait d'autre choix que d'accepter. Une fois installée, elle jeta un rapide coup d'œil à son environnement.

Tous les ouvrages de la pièce traitaient de psychologie et de psychiatrie – des essais, qu'elle connaissait pour la plupart.

Puis, soudain, au milieu des cartons d'archives, elle avisa une pile de classeurs, tous étiquetés d'un autocollant blanc. « INSTITUT ROOKWOOD », y était-il inscrit.

La jeune femme lança un regard médusé à Saint John, qui venait de prendre place en face d'elle.

— Qu'est-ce que… Où avez-vous trouvé ça ? Qui êtes-vous, bon sang ?

— J'en déduis que vous ne vous souvenez pas de moi, lâcha son interlocuteur avec un sourire. Vous ne me reconnaissez pas ?

Lisa secoua la tête, confuse.

— Je suis l'un de vos plus fervents admirateurs, et ce, depuis longtemps, poursuivit-il. Tous vos articles au sujet de la pensée de groupe et du pouvoir de suggestion sont vraiment… fascinants ! On en a même discuté ensemble, lors de notre première rencontre.

La psychologue plissa le front sous le coup de la concentration. Les pensées se bousculaient dans sa tête… Et puis soudain, le déclic.

L'institut Rookwood. Mais bien sûr !

À l'époque, il avait les cheveux plus longs et sa barbe lui mangeait le visage. Sans compter qu'il ne portait pas de lunettes de soleil, bien sûr.

Saint John opina du chef, content de lire dans les yeux de son interlocutrice qu'elle l'avait enfin reconnu.

— Je faisais partie de votre programme pilote, précisa-t-il. J'étais même l'un des six premiers prisonniers à en profiter.

—Je… balbutia Lisa. Je n'avais pas du tout fait le rapprochement. Mais je ne comprends toujours pas votre démarche. Vous disiez avoir créé votre propre groupe… Ici ? Vous… vous vous êtes inspiré de mon travail ?

Elle désignait les dossiers sur l'étagère.

—Je dirige en effet un programme similaire au vôtre, même si notre rencontre n'a été que le point de départ de l'aventure pour moi. Quand j'ai fait votre connaissance, une flamme s'est rallumée en moi. Vous m'avez rappelé une partie de mon passé, que je m'étais efforcé d'oublier. Une mission que j'avais accomplie il y a longtemps. Une mission divine.

—Divine ? Comment ça ?

—J'ai travaillé très dur, ces derniers mois, continua Saint John sans tenir compte de la question de Lisa. Il me reste encore beaucoup à faire afin que tout soit prêt mais j'ai employé mon temps à bon escient. Vous êtes loin d'être ma première recrue. J'ai passé plusieurs mois à envoyer mes frères en ville chercher des âmes en perdition, dans le besoin. Ils ont ensuite ramené ces brebis égarées ici, pour que je les remette dans le droit chemin. J'ai alors dévoilé mon projet à ces pauvres hères et je les ai mis à l'ouvrage. Vous y mettrez du cœur, vous aussi…

Lisa secoua vivement la tête et voulut se lever de sa chaise – sans succès. Elle ne pouvait plus bouger. Ses mains semblaient avoir été soudées aux accoudoirs du fauteuil, ses pieds vissés au sol. Elle était figée sur place, comme pétrifiée.

— Le jour du Serpent approche, poursuivit Saint John. Vous l'avez senti aussi, n'est-ce pas ? Je le vois dans vos yeux. Bientôt les ténèbres recouvriront la terre, et le jour adviendra où notre Seigneur montera sur le trône.

Hypnotisée, la jeune femme ne quittait pas des yeux son double reflet dans les lunettes de son interlocuteur. Elle avait beau se sentir faible, elle était pourtant réveillée et bien vivante, le cœur brûlant d'un feu ardent, comme si chaque cellule de son corps était parcourue d'une décharge électrique. En face d'elle, Saint John lui paraissait physiquement loin, très loin – intouchable, même – et les étagères métalliques ondulaient comme des flammes léchant les murs de la pièce exiguë.

Soudain, Lisa entendit comme une détonation. Aussitôt sa nuque redevint mobile, la pièce reprit ses proportions normales lorsqu'elle tourna la tête et le chef des Vipères lui apparut de nouveau distinctement. Il semblait dans une colère noire.

— Sors tout de suite ! hurla-t-il à l'intrus qui avait eu le malheur de faire irruption dans la pièce.

La psychologue fléchit les genoux et pivota légèrement sur son fauteuil pour voir de qui il s'agissait. L'un des hommes de Saint John se tenait dans l'encadrement de la porte.

— Ça chauffe en bas.

— Eh bien, débrouille-toi, répliqua sèchement le chef des Vipères.

— C'est Martha et votre dernière recrue. Je pense que vous feriez mieux de descendre…

Bouillant de rage, Saint John se leva brusquement, jeta un rapide coup d'œil à Lisa et sortit en claquant la porte si fort derrière lui que les étagères au mur tremblèrent.

La jeune femme n'arrivait pas trop à savoir si ce qu'elle venait de vivre s'était réellement passé ou non, mais elle n'attendit pas plus longtemps pour bondir de son fauteuil, soulagée d'avoir retrouvé sa liberté de mouvement.

Une chose était sûre, en revanche : elle était désormais prisonnière.

Elle tira de toutes ses forces sur la poignée, en vain : la porte était verrouillée.

Mais Lisa avait plus d'un tour dans son sac. Les yeux fermés et l'oreille collée contre la cloison, elle s'assura d'abord que personne ne se trouvait de l'autre côté, puis elle s'agenouilla et, à l'aide d'une épingle qu'elle tira de ses cheveux, se mit au travail. Comme quoi, toutes ces heures passées à s'exercer pour ses tours de magie n'avaient pas été inutiles…

Si elle avait su qu'un jour ce genre de compétences lui permettrait de sauver sa peau !

Chapitre 38

Partie de cache-cache

13 juillet 1977

Sud du Bronx, New York

— Ça suffit maintenant !

Alertés par la voix inimitable de Saint John, Hopper et Martha mirent immédiatement fin aux hostilités. La foule se fendit pour laisser son chef rejoindre les deux adversaires. Il les dévisagea longuement derrière ses lunettes argentées, avant d'ordonner aux autres de reprendre le travail. Mais aucun d'entre eux ne semblait décidé à obtempérer. Saint John fit alors volte-face et écarta les bras, son kimono se gonflant dans les airs comme une cape.

— EXÉCUTION ! vociféra-t-il.

Une fois que ses disciples se furent dispersés sans demander leur reste, il s'approcha des deux opposants toujours sur le qui-vive : l'un avait les poings levés, l'autre le pied-de-biche entre les mains. Sans un regard pour Martha, le chef des Vipères se dirigea vers Hopper, qui ne manqua pas de remarquer l'expression de la jeune femme.

Son visage n'exprimait ni crainte, ni adoration à l'égard de son supérieur : il rayonnait de haine.

Ce détail laissa l'inspecteur songeur. Était-elle simplement énervée de ne pas avoir pu se défouler ? Ou bien ce regard trahissait-il une animosité plus profonde envers son chef ?

Saint John finit par lui adresser la parole, les yeux toujours rivés sur Hopper.

— Crois-tu vraiment que ce soit le moment de défier notre nouvel ami, Martha ? Tu sais pourtant que Sa venue est proche…

Se retournant d'un seul coup, Saint John s'en prit brusquement à sa subordonnée, avec une rapidité que le policier ne lui connaissait pas. La jeune femme tituba en arrière en faisant racler son arme sur le sol.

— Tu le sais, n'est-ce pas ? insista-t-il.

— Oui, Saint John, j'en suis consciente.

À cette réponse, il retrouva instantanément le sourire et vint tapoter la joue de sa protégée en signe d'approbation.

— Eh bien dans ce cas, je te suggère de te remettre rapidement au travail…

Non seulement Martha ne prit pas la peine de lui retourner son sourire, mais elle le gratifia d'un nouveau regard méprisant dès qu'il reporta son attention sur Hopper. Le policier ne s'y était donc pas trompé la première fois : c'était bien après Saint John qu'elle en avait.

Sans plus s'attarder, la jeune femme tourna les talons et laissa les deux hommes en tête à tête.

— Je te prie de bien vouloir accepter mes excuses pour ce comportement indigne de mon… associée, reprit

Saint John. J'ai cru comprendre que tu étais curieux de savoir ce qui se tramait ici, c'est bien ça ? Peut-être le moment est-il venu, en effet. Suis-moi, je voudrais te montrer quelque chose.

Sur ce, le chef des Vipères s'en retourna vers l'escalier qui menait aux préfabriqués à l'autre extrémité de l'entrepôt.

Hopper le suivit jusqu'au premier étage.

Il était clair que le bâtiment avait été laissé à l'abandon pendant des années : les bureaux que l'inspecteur et son guide traversaient n'étaient plus que des carcasses vides aux murs décrépis, couverts de graffitis à de nombreux endroits. Mais à mesure que les deux hommes s'enfonçaient dans le couloir, les pièces semblaient se remplir – les Vipères s'en servaient visiblement comme d'un espace de stockage supplémentaire.

Hopper jura intérieurement. Il lui fallait absolument découvrir ce qui se cachait à l'intérieur de ces caisses. Étroites et rectangulaires, elles étaient en tout point identiques à celles qu'il avait repérées dans l'atelier.

Il devait en avoir le cœur net.

— Crois-tu en la notion de sacrifice ? lui demanda soudain Saint John, le tirant de ses réflexions.

Il s'était arrêté au beau milieu du couloir pour se retourner vers l'inspecteur, lui-même immobilisé quelques portes en arrière. Le chef des Vipères l'observait donc – il l'avait d'ailleurs vu regarder les stocks avec attention.

— Je… bredouilla la nouvelle recrue.

— C'est une question difficile, j'en suis bien conscient. Je vais donc te dire ce que je crois être ta réponse, reprit

Saint John en se rapprochant assez près pour que Hopper se distingue de nouveau avec netteté dans le reflet de ses verres. Je suis persuadé que oui, tout comme moi, tu crois au sacrifice. Tu l'envisages de la même manière. Je le perçois dans tes yeux.

Il s'interrompit un instant, à présent si près que l'inspecteur pouvait sentir le souffle de son interlocuteur sur son visage.

— Ne dit-on pas que les yeux sont le reflet de l'âme ? reprit le chef du gang. Je trouve que c'est assez vrai. On ne peut plus vrai, même, puisque je peux sonder la tienne rien qu'en regardant au fond de tes prunelles… Je devine la nature profonde de ton être. Tu es un homme de sacrifice, de conviction. (*Vous n'y voyez que ce que vous projetez vous-même*, rétorqua l'inspecteur en pensée. *Un reflet de vos divagations, pas davantage.*) Je sens aussi que tu comprends le sens du travail à accomplir… C'est un don rare que tu as là. Nous avons traversé tant d'épreuves, toi et moi. Nous avons assisté à des scènes terribles ! Et maintenant, nous voilà enfin réunis et déterminés, prêts à passer à l'action. Je sais que tu me comprends. Tes mains ne sont autres que les Siennes. Il te guidera dans ta mission comme dans la mienne et brandira nos corps comme des outils pour parfaire Sa création et accomplir Sa tâche. Il voit clair dans ton cœur car ton âme Lui appartient désormais. Je suis à Lui de même que tu es à Lui, et ensemble, nous nous en réjouissons.

Hopper respira un grand coup. De toute évidence, Saint John lui vouait un profond respect – une estime apparemment justifiée par le simple fait que tous deux étaient rentrés vivants du Vietnam.

Était-ce pour cette raison que le chef des Vipères avait demandé à Leroy et Lincoln de l'accompagner à la réunion des vétérans ? Il semblait accorder une grande importance à l'expérience militaire sur le terrain…

Mais oui, tout s'expliquait ! Ce groupe de soutien – ainsi que tous les autres – lui servait de vivier permanent. Saint John était sans cesse à l'affût de nouvelles recrues, et pas n'importe lesquelles : il fallait qu'elles aient le « bon profil » – selon ses critères, du moins.

En ce sens, Hopper était l'archétype même de l'adepte idéal : un vétéran avec l'expérience du terrain et le désir de changer les choses. Le policier remplissait en effet les deux critères, même s'il avait pris soin de présenter au chef des Vipères une vision du monde sur mesure qu'il était en fait loin de partager. Résultat, plutôt que d'être considéré comme un simple bizut, l'inspecteur avait réussi à gagner les faveurs de Saint John.

De là où il se trouvait à présent, il pouvait facilement déchiffrer les inscriptions gravées sur les plaques d'identité que l'ancien soldat portait à son cou.

SAINT
JOHNATHAN
RA098174174
A POS
CATHOLIQUE

Le policier observa Saint John – ou plutôt Johnathan Saint.

Les lunettes de soleil lui renvoyaient en double son reflet à la manière de miroirs grossissants. Mais comme le couloir qui desservait les bureaux était bien éclairé, Hopper eut l'impression l'espace d'un instant – aussi furtif qu'un battement de cils – de pouvoir discerner l'ombre d'un clignement de paupières derrière les verres polarisés.

— Si les yeux sont véritablement le miroir de l'âme, dit-il tout haut, alors pourquoi les cacher ?

Que cherches-tu donc à dissimuler ?

Saint John gratifia l'inspecteur d'une petite tape sur l'épaule, un sourire aux lèvres.

— Je savais bien que tu étais l'homme qu'il me fallait. Au royaume des aveugles, les borgnes sont rois, mon ami. Il est partout pour qui veut bien Le voir. Toi et moi, on fait partie des élus. S'Il t'a envoyé jusqu'à moi, c'est pour parachever Son œuvre. Et quelle œuvre !

À ces mots, le chef des Vipères se remit en marche, avant de s'arrêter de nouveau lorsqu'il s'aperçut que Hopper ne le suivait pas.

— De qui parlez-vous ? C'est pour « Lui », tout ça ?

— Mais de notre Maître, bien sûr, répondit Saint John avec un sourire mystérieux.

— Le nôtre, vraiment ?

— Absolument. C'est notre Maître à tous, répondit-il en se rapprochant de quelques pas. Et s'Il répond à différents noms, celui qu'Il me souffle aux oreilles est Satan. Bientôt, Il marchera parmi nous et nous Le conduirons jusqu'à Son trône ardent.

Hopper mit quelques instants à mobiliser ses forces et à clarifier sa pensée avant de rattraper Saint John. Car en réalité, il n'avait qu'une envie : fuir dans la direction opposée.

Tous deux rejoignirent le bureau du chef des Vipères au dernier étage, en empruntant cette fois-ci une rampe de service plutôt que le grand escalier de métal qui se trouvait dans l'atelier. Quand bien même il n'abritait plus aucune activité à proprement parler, l'endroit était vraiment gigantesque… Par moments, Hopper s'imaginait même entendre des ouvriers travailler – il lui semblait percevoir des bruits sourds, une sorte de fracas métallique provenant d'une partie plus éloignée du bâtiment, comme si l'entrepôt accueillait encore une entreprise industrielle entre ses murs. Ils n'avaient pourtant pas croisé âme qui vive sur le trajet jusqu'aux quartiers de Saint John.

À première vue, la pièce était identique au souvenir que l'inspecteur en avait. Pourtant, dès que les deux hommes eurent franchi le palier, le chef des Vipères se dirigea droit vers le bureau et le contourna pour se précipiter vers l'une des deux portes qui se trouvaient derrière. Celle restée entrebâillée.

—Non, impossible… souffla Saint John en ouvrant le battant en grand.

Une petite salle d'archives aux murs intégralement recouverts de piles de cartons et de rangées de dossiers se dissimulait derrière. Au centre de la pièce étaient disposés une table ronde et deux fauteuils assortis. Il ne semblait y avoir qu'une seule issue.

Hopper venait à peine d'arriver sur le seuil que Saint John se retourna et, le bousculant sur son passage, se rua dans son bureau jusqu'aux grandes baies vitrées qui donnaient sur l'atelier. Puis sans un mot, le chef des Vipères entrouvrit l'une des fenêtres pour s'adresser à ses disciples, assis en contrebas près des barils de pétrole.

— Leroy, Lincoln ! Je veux vous voir avec vos équipes. Tout de suite !

Les intéressés se levèrent aussitôt de leur canapé comme un seul homme et piquèrent un sprint jusqu'à l'escalier, comme s'ils venaient soudain d'être ramenés à la vie.

— Un problème ? demanda Hopper qui avait rejoint Saint John.

— Rien de bien méchant, dit-il, le pouls battant pourtant à ses tempes, avant de pointer son interlocuteur du doigt. On va régler ça, ensemble.

Il traversa de nouveau la pièce pour jeter un dernier coup d'œil dans la salle d'archives, puis ouvrit le premier tiroir de son bureau. Toujours posté près des baies vitrées, Hopper ne pouvait voir ce que contenait le compartiment – d'autant que le chef des Vipères hocha la tête d'un air satisfait et le referma aussitôt. Au même moment, Leroy et Lincoln firent irruption dans la pièce, visiblement essoufflés. Les membres de leur groupe suivaient.

Saint John dévisagea un instant l'assemblée, avant d'aller extirper une immense feuille de papier du deuxième tiroir de l'un des grands caissons de rangement. Hopper nota dans un coin de sa tête que le meuble n'était pas fermé à clé. Le chef du gang déplia ensuite le document sur la table de réunion, et tous – l'inspecteur compris – se rassemblèrent autour de lui pour étudier ce qui ressemblait à un plan détaillé du parc industriel qu'ils occupaient. Comme Hopper s'en doutait, l'entrepôt qu'il avait visité ne constituait qu'une infime partie de l'ensemble. Apparemment, les Vipères avaient aussi réquisitionné plusieurs bâtiments voisins, reliés entre eux par un réseau de passerelles et de coursives sur plusieurs niveaux.

—Messieurs dames, la chasse est ouverte. Leroy, tu ratisseras l'aile est avec ta bande, ordonna Saint John en indiquant différentes zones sur la carte. Vous vous séparerez en deux unités : l'une s'occupera des étages, l'autre du rez-de-chaussée, compris ? Lincoln, même chose pour la partie ouest. Passez en revue tous les niveaux. Postez aussi des hommes aux issues des ailes nord et sud. Si elle est toujours dans l'entrepôt, elle ne pourra pas nous échapper.

Qui ça, « elle » ? s'interrogea Hopper.

Tous acquiescèrent de concert. Ils semblaient avoir parfaitement compris les instructions de leur chef, contrairement à l'inspecteur, qui avait malgré tout une petite idée de ce qui venait de se passer.

Un individu – de sexe féminin, donc – préalablement enfermé dans la salle d'archives avait pris la poudre d'escampette. Mais qui ? Delgado ? Impossible. Elle savait que son partenaire était en mission… Et puis, elle lui faisait confiance, surtout. Elle n'avait aucune raison de venir interférer dans son enquête.

De qui pouvait-il bien s'agir, alors ?

Saint John pointa son doigt sur la carte et se tourna vers sa dernière recrue.

— Hopper, je te laisse prendre en charge une partie de l'équipe de Leroy. Vous commencerez par ce niveau et vous descendrez progressivement pour couvrir la zone administrative au centre de l'entrepôt. Si elle est encore là, il ne nous sera pas difficile de la débusquer.

— Qui est-ce qu'on cherche, au juste ? se risqua à demander l'inspecteur.

— Quelqu'un de très important, se contenta de lui répondre Saint John sans même détourner les yeux – ou plutôt les lunettes – de la carte. Allez, on se dépêche !

Lorsqu'il fit signe à ses fidèles de partir, tous se redressèrent et commencèrent à se rassembler par petits groupes de deux ou trois. Après s'être concerté avec ses camarades, Leroy interpella Hopper.

— City et Reuben vont te prêter main-forte, lui dit-il.

Le policier les reconnut tous deux : le premier, un jeune Blanc qui tirait toujours une tête d'enterrement, avec de longs cheveux blonds retenus en arrière par un bandana rouge, et le second, un homme noir un peu plus âgé avec une coupe en brosse taillée au millimètre près. Quand Leroy et Lincoln quittèrent la pièce, leur groupe sur les talons, Hopper, lui, fit signe à son équipe.

Il venait d'avoir une idée.

— Écoutez, les battues, ça me connaît, lâcha-t-il en se tournant vers Saint John. J'ai été flic pendant des années, je sais comment quadriller un secteur. Vous permettez ?

Le chef des Vipères invita l'inspecteur à prendre place à côté de lui. Penché sur la table, Hopper commença donc à étudier la carte de plus près, traçant les contours d'une zone en particulier du bout de son index – mais son attention était ailleurs. Discrètement, il balaya des yeux aussi vite que possible les autres parties du complexe, s'efforçant d'en conserver une image mentale.

—Bon, il vaut mieux qu'on se sépare, comme ça, on pourra ratisser plus large, reprit-il après un moment d'apparente réflexion. City, tu couvriras ce secteur. Reuben, par là. Je me chargerai du pôle central. Le but, c'est de la prendre en tenaille, comme l'a dit le patron. Si elle se trouve quelque part au centre, on aura plus de chances d'atteindre notre cible. Et si elle est déjà en dehors de notre zone, on ne fait que la pousser dans l'une ou l'autre direction… Dans ce cas-là, les autres se chargeront de la cueillir au passage. Pigé ?

Les deux hommes opinèrent du chef et se mirent en route, non sans que City ait assené à Reuben une vigoureuse tape dans le dos.

Hopper laissa traîner son regard sur la carte une dernière fois, puis se redressa. Saint John l'observait, bras croisés sur la poitrine.

—Voilà ce que j'appelle de la planification, soldat !

L'inspecteur s'humecta les lèvres, sans un mot. Il se contenta de hocher la tête en guise de réponse et quitta la pièce sans demander son reste.

L'ampleur de l'opération menée par les Vipères suscitait chez Hopper des réactions contraires. D'un côté, que le gang ait réussi à s'approprier l'ensemble d'un complexe industriel de cette taille l'impressionnait. Quel que soit l'objectif de Saint John, il requérait visiblement une place considérable.

En même temps, la facilité avec laquelle l'organisation avait pris le contrôle de la zone n'était guère surprenante. Après tout, New York était une ville aux multiples contradictions. À l'extrémité sud de Manhattan, les tours jumelles du World Trade Center s'élevaient vers le ciel comme la preuve de la résilience et de l'ambition d'une ville qui s'engouffrait par ailleurs dans la plus grave crise financière de son histoire. Un peu plus au nord, le quartier d'affaires de Midtown ne cessait de croître et en remontant du côté ouest de l'Hudson, la bonne société new-yorkaise fleurissait dans un quartier résidentiel flambant neuf près de Central Park.

Mais pour combien de temps encore ? Là était toute la question. Car comme Hopper avait pu le constater lui-même, d'autres coins de la ville s'en tiraient beaucoup moins bien. Il n'avait jamais exercé son métier dans le Bronx, par exemple, et l'idée de travailler dans ce secteur-là ne lui avait pas même effleuré l'esprit. Il faut dire qu'il en avait déjà beaucoup entendu parler avant de quitter Hawkins… et pas en bien. Certes, de nombreux quartiers de New York avaient été frappés de plein fouet par la mauvaise gestion de ses dirigeants, et ce, de bien des manières, mais le Bronx, c'était encore une autre histoire : des bâtiments en ruines, des vestiges d'immeubles incendiés entre des terrains vagues et des lotissements entiers au bord de l'effondrement. Pour les Vipères, dégoter un parc industriel abandonné et le récupérer pour leur compte ne devait donc pas avoir été très compliqué dans ce coin-là. C'était le camp de base idéal pour Saint John et ses disciples : un lieu suffisamment vaste pour leur permettre de grossir leurs rangs et transformer l'ensemble en un véritable quartier général. Mais l'endroit n'était pas seulement pourvu de toutes les ressources et de tous les équipements nécessaires : il se trouvait surtout assez loin des zones commerciales et résidentielles existantes – du moins, de celles qui n'avaient pas été désertées – pour que personne ne vienne leur chercher des noises (la police en particulier). Enfin, c'était aussi un quartier dont on pouvait contrôler facilement les entrées et les sorties, et qui restait malgré tout assez proche du centre.

En résumé, Saint John s'était plutôt bien débrouillé. Et s'il semblait en proie à certaines hallucinations – voire souffrir de sérieux troubles psychiatriques –, impossible de nier ses compétences en matière de logistique et de gestion de projet. Hopper ne pouvait s'empêcher de se demander si ces aptitudes-là avaient un lien avec la « mission spéciale » que le chef des Vipères lui avait confié avoir effectuée au Vietnam. Mais de quoi s'agissait-il, au juste ?

À cette question s'en ajoutaient deux autres : que préparait Saint John ? Et dans quel but ?

L'occasion semblait toute trouvée pour y répondre. Puisque tout le monde se mobilisait pour retrouver la fugitive – Hopper ne pouvait se résoudre à croire que la mystérieuse inconnue se trouvait là de son plein gré, qui qu'elle soit – et que l'inspecteur lui-même avait été mis à contribution, il avait enfin la possibilité de fureter à droite et à gauche sans éveiller les soupçons de ses camarades.

Pile l'occasion qu'il attendait…

Il déambulait donc dans les couloirs, s'efforçant de visualiser mentalement le plan de l'entrepôt. L'endroit était un véritable labyrinthe. Hopper avait d'abord pensé que leur proie avait dû avoir le temps de s'échapper. Mais après une demi-heure à passer en revue chaque pièce l'une après l'autre et à arpenter les couloirs en long et en large… rien n'était moins sûr. Lui-même avait perdu toute notion de l'espace et sa carte mentale n'était plus qu'un lointain souvenir. De temps à autre, il entendait ses camarades chahuter au loin lors de leurs propres investigations. Autant dire que la discrétion ne semblait pas être un critère à leurs yeux.

Et pour cause : cette chasse à l'homme n'était rien d'autre qu'un jeu pour eux. Un nouveau défi…

Jusqu'à présent, les recherches de Hopper dans les différentes salles de stockage n'avaient rien révélé de probant. Cette partie-là du bâtiment semblait surtout servir à entreposer les réserves de nourriture. Les anciens bureaux et salles de réunion étaient plus ou moins remplis de caisses et de cartons, mais tous ceux que l'inspecteur avait ouverts ne contenaient rien d'autre que du pâté en conserve, des sachets de lait en poudre et des fruits au sirop. Il y en avait assez pour nourrir tout un régiment… Une idée qui faisait frémir Hopper.

Quant à la fugitive, elle n'avait toujours pas montré le bout de son nez. Le policier s'apprêtait à descendre inspecter le niveau inférieur quand, arrivé au bout du couloir qui menait à une cage d'escalier de l'aile ouest, il s'arrêta net.

Un bruit, là, tout proche, qui ne venait pas de l'étage du

dessus, où les Vipères poursuivaient leurs recherches avec toujours autant d'enthousiasme. Non, quelqu'un se trouvait au même niveau que lui, l'inspecteur en était certain.

Soudain, Hopper l'entendit de nouveau, quelque part à l'autre bout du couloir : le grincement d'une porte, suivi du crissement caractéristique de chaussures sur du béton.

La fugitive, à coup sûr. Cachée dans un bureau, elle devait avoir attendu que Hopper s'en aille. Et dire que, concentré sur sa propre mission, le policier avait failli ne pas détecter la présence de l'intruse…

Il laissa la porte d'accès aux escaliers se refermer derrière lui, non sans avoir fait un pas en arrière pour remonter discrètement le couloir jusqu'à la première intersection. Arrivé à l'angle, il se colla à la paroi et attendit un moment, à l'affût du moindre bruit.

Bientôt, des pas résonnèrent de nouveau : lentement mais sûrement, quelqu'un avançait dans le couloir – et se rapprochait de Hopper.

Le policier inspira profondément, ne sachant pas à qui ou à quoi s'attendre. Deux pensées lui vinrent cependant à l'esprit.

Tout d'abord, capturer la prisonnière évadée lui permettrait de s'attirer les bonnes grâces des Vipères. Si leur chef lui avait déjà accordé sa confiance – et ce, plutôt rapidement, en raison de leurs exploits militaires communs –, l'inspecteur ne savait pas trop à quoi s'attendre avec les autres membres du gang, excepté Leroy. Ils avaient en tout cas apprécié de le voir en difficulté face à Martha, et Lincoln ne semblait guère éprouver de sympathie à son égard. Quand bien même Saint John lui témoignait son soutien, Hopper n'avait aucun moyen de savoir si les Vipères le considéraient vraiment comme l'un des leurs.

Et puis, s'il mettait le premier la main sur leur proie, le policier pourrait en tirer doublement profit. Car il avait beau ne pas connaître l'identité de la prisonnière, s'il s'agissait d'une ennemie de Saint John, il avait de bonnes chances de s'en faire une alliée. Le chef de gang lui avait laissé entendre qu'elle occupait une place importante dans son projet… Peut-être avait-elle eu vent des véritables intentions de Saint John et de ce qu'il préparait ? Avec un peu de chance, elle pourrait même fournir à Hopper les informations que Gallup attendait pour intervenir.

Dans le silence de mort qui régnait dans le couloir, les deux derniers pas sonnèrent aussi fort qu'un gong aux oreilles de l'inspecteur. Tous ses sens en alerte, il tenta d'imaginer l'inconnue… À quoi ressemblait-elle ? Quelle était sa corpulence ? Portait-elle une arme ? Elle avait beau être une femme, cette information ne voulait rien dire. Il en tenait Martha pour preuve : si la sœur de Leroy n'était pas bien grande, elle était plus que capable de l'emporter sur le policier. Hopper n'excluait donc aucune hypothèse.

Mais il pouvait faire autant de suppositions qu'il voulait, il était flic, pas devin. Sa clairvoyance avait des limites.

Cette fois, sa cible était toute proche. L'inspecteur se raidit, prêt à passer à l'action.

Soudain, une porte s'ouvrit dans un couloir adjacent.

Des pas lourds et des voix masculines emplirent aussitôt le couloir : une autre unité de recherche fouillait les environs et pouvait tomber sur Hopper à tout moment. À l'angle, la fugitive semblait s'être figée sur place, sans doute elle aussi alertée par le bruit.

Le policier devait agir, et vite. Il prit donc son courage à deux mains et s'élança d'un bond... avant d'être coupé dans son élan par la surprise. Car la jeune femme brune qui le dévisageait, aussi stupéfaite que lui, n'était autre que Lisa Sargeson.

Mais pas le temps de s'expliquer : les Vipères approchaient. Hopper fit signe à la psychologue de ne pas faire de bruit, puis pointa du doigt l'extrémité du couloir d'où elle venait. Sur un hochement de tête de Lisa, tous deux se précipitèrent dans la direction indiquée et s'engouffrèrent dans la première pièce venue.

Comme le mur qui donnait sur le couloir était partiellement vitré à mi-hauteur, la jeune femme s'accroupit pour se glisser sous un vieux bureau – c'était de toute manière le seul meuble à disposition. Hopper voulut s'y cacher aussi, avant de s'apercevoir qu'il n'y avait pas assez de place pour deux. Le visage de Lisa s'assombrit d'inquiétude. L'inspecteur la rassura d'un geste et, le dos courbé, alla se mettre à couvert sous la paroi vitrée. Si ses « camarades » venaient à fouiller la salle, mieux valait qu'ils le trouvent lui plutôt qu'elle.

Tous deux avaient fait preuve d'une telle prudence qu'en comparaison, les Vipères leur semblèrent approcher dans un vacarme assourdissant. Contrairement au couloir, le bureau était plongé dans l'obscurité.

Hopper en profita pour surveiller les cinq ombres qui se profilaient sur le sol, jusqu'à ce qu'elles aient complètement disparu. Puis, toujours aux aguets, il se releva lentement et jeta un coup d'œil à travers la vitre. Le petit groupe venait de disparaître à l'angle du couloir.

—La voie est libre ? demanda Lisa à voix basse en se risquant à passer une tête hors de sa cachette.

L'inspecteur se tourna vers elle et lui fit signe de le rejoindre.

—Qu'est-ce que vous faites là ? chuchota-t-elle en rampant jusqu'à lui.

Hopper s'assura une nouvelle fois qu'il n'y avait plus personne dans le couloir avant de lui répondre.

—Je suis sous couverture pour le FBI. Mais c'est plutôt à vous que je devrais poser la question ! Comment diable vous êtes-vous retrouvée dans le bureau de Saint John ?

—C'est une longue histoire.

—Vous feriez mieux de vous y mettre tout de suite, alors.

—Il m'a proposé un travail.

—Quoi ? Comment ça ? Quel travail ?

Lisa haussa les épaules.

—Je ne sais pas trop. C'était juste une ruse, de toute façon. Il m'a invitée ici, m'a fait faire le tour du propriétaire… tout ça pour me cloîtrer là-haut ensuite ! Et puis il a essayé de me…

—De quoi ? l'interrompit Hopper, le visage blême et le cœur battant.

—Peu importe. Ce qui est sûr, c'est que les Vipères n'ont rien à voir avec les gangs auxquels j'ai eu affaire jusqu'à maintenant. C'est un mélange bizarre entre une milice populaire et un genre de secte. Ils sont tous sous l'emprise de Saint John… Ce type est obsédé par ce qu'il appelle le jour du Serpent : il est persuadé qu'une prophétie apocalyptique est sur le point de se réaliser.

Hopper fronça les sourcils.

—Parce que vous n'y croyez pas, vous ?

—Je vous demande pardon ?

—Eh bien… Vous ne vous rappelez pas ? À l'anniversaire des jumeaux, chez les Palmer, quand vous êtes entrée en transe, vous avez évoqué des ténèbres, une nuit d'un « noir serpent ».

Lisa semblait confuse.

—Je suis désolée, je… je ne m'en souviens pas, chuchota-t-elle, dubitative. J'ai vraiment dit ça ? Je n'en reviens pas !

—Figurez-vous que ça m'a fait le même effet… lança Hopper tout en changeant de position. Enfin, vous n'allez quand même pas me faire croire que vous n'avez aucun lien avec les Vipères !

—Ah si, bien sûr qu'il y en a un ! Ce Saint John, c'est une vieille connaissance.

Cette révélation fit l'effet d'une piqûre d'adrénaline à l'inspecteur.

—Comment ça ?

—J'ai travaillé avec lui, il y a longtemps déjà, dans le cadre d'une étude expérimentale à l'institut Rookwood. C'était l'un des anciens criminels qui participaient à mon programme pilote de réinsertion. Malheureusement, le projet a été interrompu assez vite.

Lisa fit part à Hopper de ce qu'elle avait appris en fréquentant le nouveau chef des Vipères. Il l'écouta attentivement en s'efforçant d'assimiler avec soin chaque information puis reprit la parole, l'air grave.

— Bon… Il faut trouver un moyen de vous faire sortir d'ici.

— Et vous alors ? Vous ne comptez pas rester, j'espère ?

— Je n'ai pas le choix. D'après ce que vous me dites, le jour du Serpent ne devrait plus tarder et je dois à tout prix savoir de quoi il retourne avant qu'il ne soit trop tard.

— Mais je peux me rendre utile !

— C'est vrai, oui… en déguerpissant d'ici au plus vite. Une fois dehors, allez trouver l'inspectrice Delgado au commissariat du 65e district et racontez-lui tout ce que vous savez. Elle en informera l'unité spéciale concernée.

— Bon, très bien, répondit Lisa. Mais comment je fais pour quitter cet endroit ?

Hopper s'accorda un instant de réflexion.

— J'ai un contact sur place, il devrait pouvoir nous aider. Sauf que pour ça, il faut d'abord que je le trouve. Ça ira si je vous laisse toute seule ?

La jeune femme hocha la tête.

— Parfait, conclut le policier en se relevant avant de se diriger vers la porte. Planquez-vous et n'allumez surtout pas la lumière, compris ? Je fais aussi vite que possible.

— Bonne chance, alors, souffla Lisa.

Hopper lui lança un dernier regard et referma la porte derrière lui.

Chapitre 39

Inquiétantes découvertes

13 juillet 1977

Sud du Bronx, New York

Hopper revint sur ses pas du mieux qu'il put, heureux de constater qu'il avait en fin de compte plutôt bien mémorisé le plan de l'entrepôt. Il ne mit pas longtemps avant de rejoindre le pôle administratif et, se fiant au brouhaha ambiant, parvint à localiser l'unité de recherche menée par Leroy.

— Alors, mon vieux, la pêche a été bonne ? lui demanda son complice.

Hopper fit non de la tête et jeta un bref coup d'œil au reste du groupe. Il allait devoir faire preuve de rapidité pour ne laisser aucune place au doute.

— Elle aurait été aperçue dans le secteur ouest, lança-t-il avant de se tourner vers les autres. Vous deux, allez rejoindre Lincoln et sa bande de ce côté-là. Leroy et moi, on va faire le tour par l'extérieur. On aura plus de chances de la coincer, comme ça.

Les intéressés échangèrent un regard méfiant – l'improvisation de l'inspecteur ne semblait pas les avoir convaincus.

—Allez, allez, on s'active ! Insista Leroy en tapant dans ses mains. Et que ça saute !

Son petit numéro suffit à convaincre les deux indécis, qui gratifièrent leur camarade d'une tape amicale dans le dos avant de remonter le couloir. Hopper attendit qu'ils se soient suffisamment éloignés pour se tourner vers son complice.

—Où est-ce qu'elle se cache, alors ? lâcha le jeune homme avec un petit sourire en coin.

Le policier posa une main sur l'épaule de Leroy.

—« Elle » s'appelle Lisa, lui murmura-t-il sur le ton de la confidence, et il faut absolument que tu la fasses sortir d'ici. Elle doit rejoindre Gallup, saine et sauve : elle a des infos importantes à transmettre au FBI. Tu penses pouvoir l'évacuer sans te faire griller ?

—Ça ne devrait pas poser de problème.

Hopper indiqua l'itinéraire à son acolyte du mieux qu'il put, mais Leroy, qui semblait déjà connaître le chemin jusqu'à l'ancien bureau, abrégea les explications et se mit en route. Une fois seul, l'inspecteur chercha à se repérer. Il se trouvait au rez-de-chaussée du pôle administratif – celui surplombé par le bureau de Saint John quatre étages plus haut.

Parfait...

Avec un peu de chance, Lisa serait bientôt en sécurité. Cette perspective soulageait Hopper, qui se sentait comme libéré d'un poids.

Ce problème en passe d'être résolu, le policier était bien décidé à aller jeter un petit coup d'œil dans les réserves.

De retour dans les couloirs plus familiers du secteur administratif, le policier se faufila dans le premier bureau vide qu'il croisa. La pièce était remplie de piles de six caisses chacune, qui lui arrivaient à peu près aux épaules. Tous les caissons de bois étaient estampillés d'un même logo, recouvert à la va-vite de quelques coups de pinceau.

Hopper s'avança vers la caisse la plus proche, fermée par un couvercle garni de plusieurs clous. Il allait avoir besoin d'outils pour l'ouvrir – un pied-de-biche, comme celui qu'il avait sous la main un peu plus tôt, lui aurait été d'une aide précieuse. L'inspecteur balaya la pièce du regard mais ne vit rien qui puisse s'avérer utile. Jurant dans sa barbe, il s'éclipsa dans le couloir afin d'inspecter la salle d'à côté, sans succès.

Il fut plus chanceux à son troisième essai : tout comme la pièce où se cachait Lisa, celle-là était encore munie d'un vieux bureau remisé dans un coin. Et si le dessus du meuble était en bois, Hopper s'aperçut bientôt que les tiroirs étaient faits de métal. Il en sortit un de ses charnières pour l'examiner de plus près : quatre plaques vissées ensemble sur les côtés et pour le fond, un simple morceau de tôle qui trembla sous ses doigts.

L'inspecteur s'empara du compartiment et s'en retourna dans la pièce de stockage, où il posa son trophée à la verticale au sol, puis le cala fermement sous le talon de sa chaussure, avant de tirer de toutes ses forces sur la poignée. Il dut s'y reprendre à plusieurs fois et avec les deux mains, mais le tiroir finit par céder et Hopper put en extraire le morceau de tôle.

C'est déjà mieux que rien, songea-t-il en se dirigeant vers la pile de caisses. Il inséra ensuite un coin de la fine plaque de métal sous le rebord du couvercle et, après quelques mouvements de coulisse et de levier qui lui permirent d'insérer complètement la lamelle, il finit par libérer assez d'espace pour y glisser les doigts. Les clous sautèrent sans peine et le policier souleva enfin le panneau de bois, qu'il déposa contre la pile de caisses avec son pied-de-biche improvisé. Enfin il put jeter un coup d'œil au mystérieux chargement.

C'était exactement ce qu'il craignait. Sur un garnissage de paille reposait une arme automatique, et pas n'importe laquelle : un fusil d'assaut, mieux connu sous le nom de kalachnikov ou d'AK-47. Un modèle conçu par les Russes et produit dans les pays de l'Union soviétique. D'une simplicité d'utilisation déconcertante – son fonctionnement avait peu évolué en trente ans – et d'une redoutable efficacité, l'AK-47 nécessitait peu d'entretien et était très facile à manipuler, ce qui en faisait une arme de premier choix pour les groupes révolutionnaires sur le marché noir à travers le monde… et pour les cartels de drogue à la frontière du Mexique.

Mais pour un gang de la ville de New York, c'était de l'artillerie lourde. Hopper s'empara du fusil et l'examina rapidement. Pas besoin d'être un expert pour se rendre compte que la kalachnikov qu'il tenait là n'avait rien de factice. Soulevant l'arme d'une main, il farfouilla dans la caisse de l'autre : il semblait y en avoir cinq de plus enfouies sous la paille – ce qui faisait donc six fusils d'assaut par caisson. Hopper en avait une pile de six devant lui, et une dizaine d'autres l'entouraient, rien que dans la pièce où il se trouvait. S'il faisait le calcul en comptant tous les espaces de stockage dont disposait l'entrepôt – sans parler des caisses déjà prêtes à quitter l'atelier… –, l'étendue de l'opération menée par Saint John avait de quoi faire froid dans le dos.

Ce n'était pas un gang qu'il avait mis sur pied… mais une véritable armée. Menée qui plus est par un commandant complètement fou – un vétéran du Vietnam rentré du front avec une idée bien précise de la manière de changer le système.

Il n'était pas revenu au pays avec la bonne parole, non, plutôt le message de son opposé divin. Et l'ancien soldat s'appuyait désormais sur cette croyance pour persuader ses disciples que la fin était proche et qu'un monde meilleur les attendait – un qui leur appartiendrait.

À la condition que tous lui prêtent allégeance, bien entendu.

Selon lui, le jour du Serpent marquerait l'avènement du diable en personne, qui remonterait des enfers pour réclamer Son trône à la ville de New York, dont Il ferait Son royaume.

Évidemment, toute cette histoire avait été montée de toutes pièces. Car Saint John avait beau avoir été victime des ravages de la guerre, il était bien trop intelligent pour croire à de telles sornettes. Déblatérer des fadaises pseudo-bibliques à longueur de temps lui permettait simplement d'asseoir sa suprématie sur ses disciples et de faire régner l'ordre au sein du gang. Il est facile de faire croire n'importe quoi à qui veut bien l'entendre, à condition d'y mettre un peu de conviction…

En revanche, le jour du Serpent, lui, n'avait rien d'une fiction : à cette date précise, Saint John déploierait son armée et l'enverrait à l'assaut de la ville.

Soudain pris d'un haut-le-cœur et d'une vive panique, Hopper reposa le fusil dans la caisse. Que préparaient donc les Vipères ? Où déclencheraient-ils leur attaque ? Surgiraient-ils simplement de l'entrepôt, fusils en main ?

Non, impossible : leur chef était le roi de l'organisation. Il avait même pris le temps et le soin de fédérer une armée et de constituer un arsenal, attendant son heure et peaufinant sa tactique. Et Hopper avait une bonne idée de l'endroit où Saint John avait consigné son plan.

Plus déterminé à le trouver que jamais, il quitta la zone de stockage au pas de course et fonça vers l'escalier menant au dernier étage.

L'inspecteur progressait rapidement mais restait prudent. Précaution qui s'avéra inutile : l'endroit était désert. Les unités de recherche semblaient toutes s'être dispersées dans l'aile ouest. Leroy avait dû répandre la fausse rumeur lancée par son complice, afin de libérer la voie pour faire sortir Lisa du complexe.

Il ne restait plus qu'à espérer que Saint John avait rejoint ses disciples car, dans le cas contraire,

Hopper pourrait tirer une croix sur son plan à lui : pénétrer dans le bureau du patron. Sur le trajet, il évalua ses différentes options : en cas de problème, la fuite lui paraissait encore la meilleure solution. Il avait récolté assez d'informations pour permettre à Gallup et à ses hommes d'intervenir, sans compter que Lisa lui fournirait sans doute davantage de renseignements. Certes, le policier n'avait aucune idée de quand aurait lieu ce fameux jour du Serpent et il n'avait pas réussi non plus à établir un lien formel entre le gang et l'affaire des cartes. Mais il comptait sur les aveux des uns et des autres pour éclaircir la situation une fois que Saint John et sa bande se retrouveraient derrière les barreaux.

Malgré tout, la chance semblait encore lui sourire : le bureau du chef des Vipères était vide.

Une fois à l'intérieur, l'inspecteur avisa le plan cadastral toujours déplié sur la table de réunion, à côté d'un kit de dessin industriel. Il étudia le schéma quelques secondes puis plia le document et le glissa sous sa veste – la carte serait sûrement très utile à l'unité de Gallup pour préparer sa descente dans le parc industriel.

Hopper se dirigea ensuite vers le grand meuble de rangement adossé au mur. Les six tiroirs étaient tous fermés à clé, excepté le deuxième tiroir en partant du haut, qui était vide. Mais le caisson n'avait rien d'un coffre-fort. Le policier examina de plus près l'interstice entre le tiroir du haut et la structure du meuble. Le mécanisme de la serrure semblait fragile.

Ni une ni deux, l'inspecteur alla chercher une règle en métal parmi les compas, crayons et équerres qui traînaient sur la table et il la glissa dans la fente au-dessus du premier tiroir. Le système de verrouillage sauta sous l'effet de la pression. Le policier tira alors d'un coup sec sur le tiroir, l'ouvrant assez grand pour pouvoir consulter les documents qui se trouvaient à l'intérieur sans avoir à les déplacer.

Il s'agissait surtout de schémas aux lignes blanches caractéristiques. Hopper ne comprenait rien à tous ces diagrammes mais il finit par trouver sur un des bords une minuscule légende, qu'il s'efforça de déchiffrer.

Le dessin représentait apparemment une turbine – une énorme machine industrielle, du genre qu'on trouvait dans les centrales électriques.

Sourcils froncés, Hopper feuilleta les autres documents dénichés dans le tiroir : des croquis similaires, détaillant divers générateurs et réseaux électriques, mais aussi de larges feuilles de papier blanc qui ressemblaient à première vue au plan d'une ville. Après un examen plus pointilleux, cependant, l'inspecteur se rendit compte que le tracé correspondait en fait au schéma de câblage d'un circuit électrique à très, très grande échelle.

Il alla déposer son butin sur la table puis répéta la procédure qui lui avait permis d'ouvrir le premier tiroir sur les suivants. Il y trouva des dessins d'architecture approximatifs et des feuillets perforés, malheureusement, il ne savait pas à quoi ils pouvaient bien correspondre. Et surtout, il n'avait pas le temps de s'éterniser dessus.

Qu'est-ce que ces plans avaient à voir avec le jour du Serpent ? Hopper n'en avait pas la moindre idée.

Il ne lui restait donc plus qu'à poursuivre ses recherches.

Il commença par vérifier le contenu du grand bureau, mais tous les compartiments étaient vides. Tous, excepté le premier tiroir de droite – celui dont Saint John avait vérifié le contenu un peu plus tôt. À l'intérieur se trouvait un crucifix en argent.

Hopper fronça les sourcils, perplexe, puis se souvint des inscriptions aperçues sur les plaques d'identité du chef des Vipères : Saint John était catholique. Mais quand bien même, pourquoi conserver un crucifix dans un tiroir ? Au fond, peu importait – ce n'était pas ce que cherchait l'inspecteur.

Délaissant le bureau, il ouvrit ensuite la première porte qui se trouvait derrière. C'était la salle d'archives qui avait fait office de cellule pour Lisa. Au moment de contourner la table ronde pour aller jeter un coup d'œil aux rayonnages, Hopper se figea sur place. Sur l'une des étagères était alignée une série de classeurs marqués d'une étiquette qui ne lui était pas inconnue.

Département de la défense
Retrait strictement interdit

Les dossiers de l'appartement secret de Hoeler. Ils étaient tous là.

Un mystère de moins à résoudre… Le policier ignorait dans quelle mesure ces documents avaient de l'importance mais il ne manquerait pas d'en faire part à Gallup dans son rapport. Il parcourait le reste des étagères, en quête d'autres indices utiles pouvant lui permettre de déterminer les intentions de Saint John, quand il finit par reculer, perplexe.

Car si les rayonnages étaient remplis de livres divers et variés, Hopper ne reconnaissait aucune logique dans cette sélection. Une série de tomes reliés très épais traitant tous de psychologie et de psychiatrie – probablement des travaux universitaires – côtoyaient par exemple divers ouvrages sur l'histoire militaire et autres manuels de survie. Sur une autre étagère reposait un ensemble hétéroclite de volumes anciens de différentes tailles, dont certains, aux tranches dorées, étaient reliés de cuir ou de tissu. Plusieurs dos affichaient aussi des mots en langue étrangère – l'inspecteur reconnut quelques bribes de latin et en déduisit qu'il devait y avoir là aussi du grec. Mais même les titres qu'il parvenait à déchiffrer n'étaient pas très explicites quant au contenu des ouvrages : *La Clé de Salomon*, *Le Grimoire de Calvacan*, *La Voix du troisième œil*...

Sur le mur opposé se trouvaient davantage de livres – certains récents, d'autres plus anciens – ainsi que des classeurs rangés par ordre alphabétique. « INSTITUT ROOKWOOD », indiquait l'étiquette dont ils étaient pourvus.

Intéressant... D'après ce que Lisa avait raconté à Hopper, c'était là où elle avait rencontré Saint John pour la première fois – mais le temps manquait pour creuser cette piste. D'ailleurs, même si le contenu de la bibliothèque personnelle du chef des Vipères se révélait d'une quelconque importance, l'inspecteur pouvait difficilement emporter quoi que ce soit avec lui – pas dans l'immédiat. Le policier jeta donc un dernier coup d'œil aux étagères et s'apprêtait à quitter la pièce quand il entendit quelqu'un pénétrer dans le bureau.

Hopper se figea puis recula jusqu'au mur sans un bruit. Acculé dans un coin de la pièce, le dos pressé contre les étagères, il patienta, à l'affût. Que n'aurait-il pas donné en cet instant précis pour pouvoir se rendre invisible ! Il ne restait plus qu'à espérer très fort que personne n'entrerait dans la salle d'archives. Une autre porte s'ouvrit bientôt avant de se refermer, et le silence se fit de nouveau. L'inspecteur laissa passer quelques secondes et s'approcha du seuil avec prudence. Comme il n'entendait plus rien, il se risqua à passer la tête dans l'entrebâillement.

Le bureau était vide et les documents sur la table n'avaient pas bougé – personne ne semblait y avoir touché. Le policier aurait juré avoir entendu une porte s'ouvrir et se fermer, pourtant celle qui donnait sur le couloir était restée ouverte. Il devait donc s'agir de la troisième – celle qui se trouvait derrière le bureau et qui devait probablement donner sur une autre salle d'archivage. Hopper se glissa le long du mur et abaissa la poignée – le battant n'était pas verrouillé. De l'autre côté, la pièce était telle qu'il s'y attendait, identique à la première, du moins en termes de dimensions. En revanche, nulle trace d'une table ou de fauteuils, mais à la place une grande armoire. L'inspecteur ne trouva à l'intérieur que deux ou trois portemanteaux vides et un autre où était suspendue une longue robe de bure noire à capuche, d'une étoffe de piètre qualité.

Prenant conscience des précieuses minutes qui lui filaient entre les doigts, Hopper se ressaisit et referma l'armoire avant de s'en retourner dans le bureau principal.

Soudain, un grand fracas retentit au-dessus de lui, comme si un objet très lourd venait de tomber au sol. Mais en levant les yeux au plafond, l'enquêteur se rappela qu'il se trouvait déjà au dernier étage. Debout au milieu de la pièce, il entendit chahuter de nouveau sur le toit. Il y avait de l'animation dehors, c'était certain.

Et le public avait l'air au rendez-vous.

Bien décidé à découvrir ce qu'il en était, le policier se faufila hors du bureau.

Une fois à l'air libre, Hopper rasa le mur de la cage d'escalier – un abri tout trouvé, qui lui permettait de rester à couvert tout en avançant de côté – dans l'espoir de comprendre enfin ce qui se tramait.

Le toit du pôle administratif – une large étendue plane et carrée – surplombait celui de l'entrepôt, qui se trouvait sur la gauche. De la taille d'un terrain de football, celui-là se divisait en une multitude de petits dômes pointus. Il faisait nuit et, de là-haut, les lumières du Bronx semblaient scintiller de mille feux. Le complexe industriel était de loin la construction la plus élevée à des centaines de mètres à la ronde, même si Hopper parvenait à discerner de faibles lueurs émanant d'appartements à quelques rues de là. De l'autre côté de la ville, en revanche, le ciel s'apparentait plutôt à un brasier inextinguible – même les nuages exhibaient les tons orangés que projetaient les lumières vives de Manhattan. Malgré la distance, on distinguait clairement la façade éclatante de l'Empire State Building, tout comme on pouvait apercevoir d'autres monuments éclairés du centre-ville. Plus loin encore, des lumières rouges clignotaient au bout de l'antenne perchée en haut d'une des deux tours jumelles du World Trade Center.

Mais Hopper n'était pas monté sur le toit pour profiter de la vue. Il reporta donc son attention sur ce qui se passait au-dessus des bureaux, tout en veillant à rester à l'abri des regards derrière la paroi de la cage d'escalier.

L'endroit grouillait de monde – des Vipères, sans aucun doute, même si l'inspecteur n'avait aucun moyen de s'en assurer : revêtus de longues robes blanches à capuche, tous les membres de l'assistance lui tournaient le dos, alignés en rangs.

Face à ses fidèles, Saint John présidait ce rassemblement aux airs de cérémonie mystique, habillé d'une tenue identique de couleur noire. Hopper avait beau être dans sa ligne de mire, il profitait de l'ombre projetée par le mur pour se rendre invisible malgré les lumières environnantes qui éclairaient le toit.

Soudain, le chef du gang leva les bras au ciel pour s'adresser à la foule.

— Mes bien chers frères, mes bien chères sœurs, nous voici rassemblés ici ce soir dans l'ombre de notre Maître à tous, le souverain des ténèbres, et nous L'en remercions. Oui, nous Lui témoignons notre gratitude et remettons notre sang, notre vie et notre âme entre Ses mains. Écoutez Sa parole !

Lorsque Saint John leva la tête vers le ciel, le visage toujours masqué sous sa capuche, Hopper aperçut néanmoins le reflet étincelant de ses habituelles lunettes de soleil argentées.

— Nous sommes à l'aube d'un jour nouveau, de *notre* jour ! poursuivit solennellement le maître de cérémonie. Celui du jugement dernier qui annoncera notre éveil, celui inscrit au plus profond de notre âme depuis notre naissance, lorsque nous étions perdus dans l'obscurité. Écoutez-moi bien : le moment que nous attendions tous est enfin venu : le jour du Serpent ! (Saint John laissa retomber ses bras et sa nuque quelques instants, comme en signe de prière. Face à lui, le gang demeurait silencieux, immobile. Puis le leader releva la tête.) N'oubliez pas : quoi qu'il arrive, on se couvre les uns les autres.

Si Saint John avait prononcé cette dernière phrase dans un murmure, presque trop bas pour que Hopper puisse l'entendre, elle fut en revanche accueillie par une clameur retentissante. La foule reprit la formule en chœur, le poing levé sous les encouragements de son supérieur.

L'inspecteur s'accroupit, complètement abasourdi devant une telle ferveur.

— Chers frères et sœurs, écoutez bien ! cria soudain le chef des Vipères au milieu des cris d'enthousiasme de ses fidèles. Il nous reste une dernière tâche à accomplir. Un ultime devoir pour que le monde nous appartienne enfin et que le Maître de la nuit nous accorde Sa sombre bénédiction ! L'ultime sacrifice… Et bientôt les ténèbres plongeront la terre dans une nuit d'un noir serpent !

Hopper, qui venait de capter un mouvement du coin de l'œil, détourna aussitôt la tête et s'enfonça plus profondément dans l'obscurité. Deux silhouettes blanches venaient de faire irruption sur le toit, traînant entre elles une femme en robe rouge, qui se débattait, ses cheveux bruns voletant en tous sens.

Sous le choc, l'inspecteur sentit soudain l'air lui manquer. Il s'efforça malgré tout de faire le moins de gestes possible afin de ne pas trahir sa présence.

Lisa...

Les Vipères l'avaient attrapée.

Les deux hommes la forcèrent à avancer jusqu'à Saint John. Elle avait beau se démener de toutes ses forces, ils ne la lâchaient pas. Dans un mouvement de panique, elle regarda autour d'elle, le visage blême. Le sang de Hopper se glaça à son tour.

C'est de ma faute, c'est entièrement de ma faute... Jamais je n'aurais dû faire confiance à Leroy, j'aurais dû la tirer de ce guêpier moi-même !

Le chef des Vipères grimpa sur le muret qui délimitait le rebord du toit et, à la vue de tous, extirpa de sous sa robe un objet argenté – le crucifix que l'inspecteur avait aperçu un peu plus tôt dans le tiroir du bureau. Puis d'un seul geste, il tira sur le manche, faisant apparaître une longue lame effilée. Dans son autre main miroitait la croix à présent amputée.

Hopper étouffa un juron. Le cœur battant à une vitesse proche de celle de la lumière, il balaya le toit du regard. Que faire ? C'était peine perdue – tout seul, jamais il ne ferait le poids contre une centaine d'adversaires.

À la vue du poignard, Lisa poussa un cri strident et lutta de plus belle. Les deux hommes qui l'encadraient tinrent bon mais, dans le feu de l'action, la capuche de l'un d'eux retomba sur ses épaules, dévoilant son visage.

C'était Leroy.

Mon Dieu, qu'est-ce que j'ai fait ? songea Hopper, pris d'une soudaine envie de vomir.

Non sans peine, l'otage fut escorté jusqu'à Saint John, toujours perché sur son muret. Le prêcheur la contempla de haut et, le poignard dans sa main droite, ouvrit de nouveau grand les bras puis commença une nouvelle litanie, que Hopper ne parvint pas à entendre.

Soudain, Lisa cessa de se débattre et se redressa, désormais immobile face au maître de cérémonie qui fit signe aux gardes de s'écarter et tendit la main à la jeune femme. Comme possédée, elle la prit et grimpa sur le parapet à ses côtés, avant de se tourner vers l'assemblée.

L'un des deux serviteurs apporta un calice argenté à son chef, qui le présenta à son tour à Lisa. Cette fois-là, Hopper n'eut aucun mal à comprendre les paroles du chef des Vipères.

— Buvez.

D'un air absent, la jeune femme saisit la coupe et la porta à ses lèvres, puis tressaillit avant d'interrompre son geste. Saint John lui passa un bras autour de l'épaule, comme pour l'encourager.

— L'heure est venue, lui dit-il. Vous l'avez vu vous-même. Vous savez ce qu'il vous reste à faire. Buvez, maintenant.

L'inspecteur ne pouvait pas rester sans rien faire. Il n'avait peut-être pas la moindre idée de ce qui était en train de se dérouler sous ses yeux, ni de la marge de manœuvre dont il disposait, mais il devait agir. Quand bien même la cause était perdue d'avance et risquait de mettre sa vie en danger. Oui, il lui fallait intervenir, et vite.

Advienne que pourra !

Tout espoir n'était peut-être pas perdu : il devait au moins tenter le coup.

Prenant fermement appui sur ses pieds et ses mains, il se mit en position, prêt à bondir hors de sa cachette.

À cet instant précis, Lisa laissa échapper le calice, qui s'en alla rouler sur le toit.

Sortant aussitôt de sa cachette, Hopper se précipita vers l'assemblée. Son seul atout résidait dans le fait que tous lui tournaient le dos – tous, excepté Saint John.

Et Lisa. Au moment où il s'engageait sur le toit, la jeune femme leva un visage implorant vers lui. Elle l'avait vu, il en était sûr. Mais dans la seconde qui suivit, elle fit un pas en arrière et bascula dans le vide, le tissu de sa robe rouge voletant autour d'elle.

— NON !

La foule se retourna comme un seul homme vers le trouble-fête. Face à eux, imperturbable, Saint John leva les bras au ciel.

— Que viennent les ténèbres ! Le jour du Serpent se lève enfin !

À ces mots, toutes les lumières du Bronx s'éteignirent à l'horizon. Hopper retint son souffle. Autour de lui, toute la zone industrielle était à présent plongée dans l'obscurité la plus totale – un véritable trou noir qui s'étendait d'est en ouest. Au loin, Manhattan rougeoyait encore comme un rubis scintillant dans la nuit. Mais bientôt, les lumières s'y évanouirent aussi peu à peu, des hauteurs de Staten Island jusqu'à Midtown, traçant une sorte de zigzag au milieu de la ville. Des zones entières ne tardèrent pas à perdre ensuite leur éclat par vagues successives et les lueurs orangées des gratte-ciel firent alors place au noir le plus complet. L'Empire State Building disparut d'un seul coup et, quelques instants plus tard, ce fut au tour du World Trade Center d'être avalé par les ténèbres.

New York faisait face à une coupure d'électricité d'une ampleur sans précédent.

Seul le reflet de la lune éclairait désormais le toit de l'entrepôt où retentit soudain le rire de Saint John. Lorsque Hopper se retourna, le chef des Vipères le pointait du doigt.

— Attrapez-le !

L'inspecteur n'eut pas le temps de réagir : une main venait d'empoigner la sienne et le tirait en arrière.

Martha.

— Fini de rêvasser, on décolle ! lui lança-t-elle d'un ton qui ne laissait pas de place à la discussion.

Hopper ne se le fit pas dire deux fois.

Chapitre 40

Brooklyn, extinction des feux

13 juillet 1977

Brooklyn, New York

En équilibre sur l'escabeau, le nez dans l'armoire électrique de la copropriété, Delgado considéra un instant l'amas poussiéreux de câbles enchevêtrés devant les vieux fusibles en céramique et les disjoncteurs.

— Vous voyez quelque chose ?

L'inspectrice orienta sa lampe torche vers Diane, en veillant à ne pas la lui braquer en plein visage.

— Non… Tout m'a l'air en ordre, mais je suis loin d'être une spécialiste.

Elle referma l'armoire à fusibles et descendit de l'escabeau, que maintenait solidement au sol Éric Van Sabben, le voisin du dessus. Sa femme Esther éclairait les marches de sa lampe de poche, afin que Delgado puisse voir où elle mettait les pieds. Mme Schaefer, la vieille dame du rez-de-chaussée, alluma la sienne à son tour et dirigea le faisceau sur l'armoire électrique.

— C'est ce que je vous disais, on se croirait en 1965 !

La coupure avait bien duré, oh, douze heures, au bas mot ! En plein hiver, vous imaginez… Un hiver rude, en plus.

À peine descendue de son perchoir, l'inspectrice se préparait déjà à endurer un autre « souvenir du bon vieux temps ». Elle n'avait fait la connaissance de Mme Schaefer qu'une demi-heure plus tôt, mais était déjà incollable sur toute l'histoire de l'immeuble et même du quartier – elle savait par exemple à présent que la dernière panne de courant en date remontait à presque quinze ans.

Pour une fois, cependant, la vieille dame s'abstint de tout autre commentaire. Le petit groupe se tenait dans le hall d'entrée du bâtiment de briques rouges, chacun pointant sa lampe sur les autres.

— Mme Schaefer a raison, fit remarquer Delgado en se dirigeant vers la porte d'entrée. Le problème ne vient pas de l'immeuble.

La rue entière était plongée dans le noir, à l'exception de quelques faisceaux lumineux – d'autres habitants du quartier s'étaient visiblement aventurés dehors pour mener l'enquête.

Éric dévisagea son épouse puis se tourna vers l'inspectrice d'un air implorant. Il espérait sans doute que les deux femmes seraient capables de remettre le courant par la seule force de la pensée, de façon à ce qu'il puisse regarder la suite du match de base-ball à la télévision.

Après quelques secondes, il poussa un soupir et prit la lampe torche des mains d'Esther.

— Je vais aller jeter un coup d'œil, lâcha-t-il. On ne peut pas faire grand-chose, de toute façon…

Alors autant essayer de savoir jusqu'où la coupure s'étend, non ?

Diane croisa les bras, un sourire en coin.

—À moins de marcher jusqu'au Shea Stadium, vous ne verrez pas les Mets ce soir… Le Queens, ça fait une trotte !

Éric éclata de rire.

—Vous m'avez démasqué, admit-il en souriant de toutes ses dents avant de se tourner vers Delgado, comme s'il attendait la permission de l'inspectrice.

Celle-ci prit alors la mesure de l'espèce d'autorité que son statut de membre des forces de l'ordre lui conférait – en théorie, du moins. Elle hocha la tête et orienta sa lampe torche vers la porte.

—Allez-y, mais soyez prudent. On ne doit pas y voir à deux mètres, dehors.

—Ne vous inquiétez pas, je ne vais pas me faire agresser, lui répondit Éric d'un ton légèrement moqueur.

Esther, qui ne semblait pas jusque-là avoir envisagé cette possibilité, s'agrippa à son bras.

—Peut-être pas, répondit Delgado. En revanche, trébucher ou tomber dans un trou est vite arrivé. Le moment serait mal choisi pour se casser une jambe.

—Compris.

Éric adressa à l'inspectrice un salut militaire avec sa lampe torche puis se tourna vers son épouse et ses deux voisines.

—Je fais aussi vite que possible, leur promit-il. Je verrai bien ce que… enfin, si je remarque quelque chose. Je ne serai pas long.

Sur ce, il embrassa sa femme sur la joue, alluma sa lampe et franchit le pas de la porte. Delgado observa un instant Esther, qui n'avait pu s'empêcher de suivre son époux jusque sur le perron pour le regarder disparaître dans l'obscurité.

— Il vaudrait mieux qu'on reste tous ensemble, si vous êtes d'accord, lança l'inspectrice. On va attendre le retour d'Éric et on avisera en fonction de ce qu'il nous dira. D'ici là, j'ai quelques coups de fil à passer. On peut se retrancher dans votre appartement, Diane ?

— Bien sûr. On doit avoir un poste de radio à piles quelque part… Peut-être qu'on en apprendra plus sur cette coupure aux informations ?

Esther hocha la tête.

— Eh bien, faisons comme ça, alors, trancha Delgado. Madame Schaefer ? Vous préférez patienter chez vous ?

— Ciel, non ! Je veux être là pour entendre ce qu'Éric aura à raconter quand il rentrera.

— Très bien, comme vous voulez…

— Laissez-moi juste aller chercher quelques provisions, reprit la vieille dame avant de se diriger vers la porte de son appartement. On pourrait faire une partie de Monopoly aux chandelles, qu'en dites-vous ?

Delgado regarda la commère disparaître à l'intérieur et poussa un profond soupir.

— Génial… murmura-t-elle entre ses dents.

Diane s'esclaffa et donna à l'inspectrice une petite tape d'encouragement sur l'épaule.

— N'ayez crainte, vous allez finir par vous entendre, toutes les deux !

—Par contre, quoi qu'il arrive, ne vous avisez pas de mentionner *American Graffiti*, précisa Esther.

Delgado fronça les sourcils.

—Le film de George Lucas ?

—Celui-là même… Autant vous prévenir tout de suite, Mme Schaefer a beaucoup, beaucoup de choses à en dire, répondit Diane. Allez, rentrons et essayons de dénicher cette radio !

Chapitre 41

Black-out

13 juillet 1977

Sud du Bronx, New York

Martha fut la première à atteindre la cage d'escalier. Après s'être ruée sur le seuil, elle poussa Hopper, qui venait de la rejoindre, et claqua la porte derrière eux aussi sec, avant de bloquer le mécanisme d'ouverture avec un pied-de-biche – sans doute le même que celui qu'elle avait brandi contre l'inspecteur un peu plus tôt.

— Grouille-toi ! lui lança-t-elle en dévalant les premières marches.

Hopper s'empressa de la suivre tout en s'efforçant de chasser les multiples questions – hormis la plus évidente – qui l'assaillaient, pour se concentrer sur l'objectif principal : arriver en bas en un seul morceau. Seuls quelques faibles rayons de lune éclairaient l'escalier par intermittence, fendant l'obscurité à intervalles réguliers au travers des minces ouvertures vitrées percées au plafond.

— C'est quoi ce cirque, Martha ?

— Pas maintenant. On fera la causette plus tard. Essaie plutôt de ne pas te briser la nuque !

L'inspecteur s'en remit à son bon conseil. À mesure qu'ils descendaient, la cage d'escalier s'apparentait de plus en plus à un puits sans fond. Au bruit de ses pas, Martha était toujours devant lui, mais l'inspecteur fut contraint de ralentir pour s'agripper d'une main à la rampe et tâtonner de l'autre dans l'obscurité, effleurant de temps en temps le mur du bout des doigts.

Tout à coup, une lueur jaillit dans le noir : sa complice avait atteint la sortie et fixait Hopper avec impatience. Accélérant la cadence, il dévala les marches quatre à quatre et passa enfin la porte, que lui tenait grande ouverte sa présumée sauveuse.

L'escalier devait mener à l'entrepôt mais le policier n'y voyait strictement rien. Aveuglé par la lumière, l'inspecteur tentait de se protéger les yeux quand il entendit le ronflement stationnaire d'un moteur et comprit qu'il était en fait ébloui par les phares d'une voiture – et pas n'importe laquelle : le vieux break de Leroy. Installée au volant, Martha entamait déjà une manœuvre.

Hopper s'empressa de grimper côté passager sans demander son reste. L'usure des suspensions accentua l'embardée du véhicule quand la conductrice effectua un virage serré pour se positionner face à la sortie. Maltraitant la boîte de vitesses, elle mit le pied au plancher, si bien que sous l'effet de l'accélération, la portière se referma violemment sur l'inspecteur. Dans un crissement de pneus qui résonna dans tout le hangar, le break s'élança dans la nuit noire sur le chemin caillouteux. Hopper agrippa fermement la poignée au-dessus de sa tête et ne la lâcha plus. Les phares tressautèrent encore un instant sur les murs des bâtiments alentour et, quelques secondes plus tard, la voiture regagnait la route principale. Martha vira brusquement de bord et ils quittèrent enfin la zone industrielle pour prendre la direction du centre du Bronx.

— Personne ?

Hopper pivota sur la banquette, non sans être secoué par un énième nid-de-poule. Rien à l'horizon, si ce n'étaient les vagues contours de l'entrepôt sous le faible clair de lune – l'astre venait de disparaître derrière un nuage.

— Je ne vois strictement rien.

— Tant pis, lança la conductrice, qui braqua subitement pour s'engager dans un nouveau virage à trop vive allure.

Le break heurta le bord du trottoir et le moteur cracha bruyamment avant de caler. Martha actionna le frein à main et le véhicule s'immobilisa. Les mains toujours sur le volant, elle tenta de reprendre ses esprits, un peu sonnée.

— Putain, ce n'est pas vrai ! s'exclama-t-elle en frappant le tableau de bord avec un nouveau juron.

— Bon, tu vas me dire ce qui se passe, maintenant ? C'était quoi ce cirque, sur le toit ? Et pourquoi ce revirement d'humeur, tout à coup ? La dernière fois qu'on s'est croisés, tu semblais bien décidée à me régler mon compte…

Martha lui lança un regard en coin, sans bouger d'un pouce.

— Désolée… lâcha-t-elle. Je ne pouvais pas rester sans rien faire. Quand j'ai vu que Lincoln allait te trouer la peau, j'ai pensé que ça valait quand même le coup de te sauver la mise, au cas où. Ne t'en fais pas, va, je n'avais aucune intention de te tuer. Au pire, tu aurais juste passé un sale quart d'heure. Mais dis-moi… Les flics, tout ça… Tu travailles toujours pour eux, non ?

Hopper écarquilla les yeux.

— Euh… de quoi tu parles ?

— Tu es sous couverture, pas vrai ? On ne me la fait pas à moi. Mais bon, c'est peut-être juste que j'ai tendance à plus creuser que les autres… Mieux vaut garder les yeux grands ouverts, chez les Vipères. Un an que j'y suis, j'ai eu le temps de développer mes talents d'observatrice.

L'inspecteur resta figé sur place.

— Qu'est-ce que tu entends par là ? Tu fais partie du gang, non ?

— Ça se discute, répondit Martha. Mais on rentrera dans les détails plus tard, si tu veux bien. Pour l'instant, il faut qu'on se barre d'ici, et vite.

À ces mots, la jeune femme remit le contact. Et si elle dut s'y reprendre à plusieurs fois, elle finit par ramener le vieux break à la vie. Après quelques coups d'accélérateur, elle enclencha la première d'un air satisfait.

— Surveille nos arrières, reprit-elle. J'ai comme l'impression qu'ils ne vont pas tarder à nous rattraper.

— Tu ne crois pas si bien dire…

Martha se retourna pour jeter un coup d'œil à travers le pare-brise arrière et fit le même constat que son camarade. Au loin, des phares scintillaient dans une rue adjacente.

Les Vipères s'étaient mis en chasse.

Hopper pivota sur son siège.

— Fonce !

Martha débraya et mit la gomme.

Chapitre 42

La ville à l'envers

13 juillet 1977

Sud du Bronx, New York

Hopper n'en revenait pas : New York était littéralement plongée dans les ténèbres. Il prenait peu à peu conscience de la couleur du ciel – *« une nuit d'un noir serpent »*, lui soufflait une petite voix dans son esprit.

Bien sûr, ce n'était pas la première fois qu'il se trouvait confronté à une telle obscurité. Peut-être même était-ce pour cette raison qu'il se sentait déboussolé… Et ce, bien plus qu'après avoir vu Lisa Sargeson s'élancer dans le vide, du haut du toit de l'entrepôt.

Car cette absence de lumière là, on n'en faisait l'expérience que dans le désert ou dans la jungle, loin de toute civilisation.

Hopper s'efforça de reléguer ces sombres pensées dans un coin de sa mémoire pour se concentrer sur le présent. Le plan était simple : échapper aux Vipères et se réfugier dans un endroit sûr, au plus vite. Il aurait ensuite tout le loisir de chercher à comprendre qui était vraiment Martha et pourquoi elle lui venait en aide. Il lui faudrait aussi prévenir les autorités, et surtout Gallup. La jeune femme ne se montrerait peut-être plus très coopérative à ce moment-là. Mais une chose était certaine : pour l'instant, elle semblait tout aussi pressée que lui d'échapper à l'emprise du gang.

Et puis, l'inspecteur devait retrouver les siens, bien sûr. Il ignorait si la coupure d'électricité avait également touché Brooklyn – il croisait fort les doigts pour que ce ne soit pas le cas – mais, quoi qu'il en soit, il avait été séparé de Diane et Sarah déjà bien assez longtemps.

Agrippé à la poignée au-dessus de lui, Hopper se fit violence pour ne pas songer à sa famille – temporairement, du moins – et se concentrer sur le prochain objectif. Mais il dut vite se rendre à l'évidence : tous les plans qui lui venaient s'avéreraient plutôt compliqués à mettre à exécution.

Ils n'avaient croisé ni passants, ni voitures autour de la zone industrielle, et rien ne distinguait les rues les unes des autres. Qu'importe, Martha semblait en connaître le tracé par cœur. Toujours au volant, la jeune femme paraissait plus que jamais déterminée à semer les Vipères lancés à leur poursuite. Jusqu'à présent, elle y avait d'ailleurs plutôt bien réussi : depuis la lointaine lueur presque aussitôt disparue, ils n'avaient repéré aucune trace d'un quelconque poursuivant.

Progressivement, à l'horizon, l'obscurité se teinta d'un éclat jaune orangé, qui révéla bientôt un nuage de fumée.

Martha, qui venait de quitter la zone industrielle pour s'engager sur l'une des artères principales, pila soudain, manquant de foncer dans une foule de piétons plantés au milieu de la chaussée. Un peu plus loin, à l'angle de la rue, un immeuble brûlait. Les flammes s'élevaient jusqu'à une dizaine de mètres de hauteur, dévorant le bâtiment déjà réduit à un squelette carbonisé. L'extrême chaleur qui s'en dégageait était perceptible jusqu'à l'endroit où les deux fuyards s'étaient arrêtés. Tout autour d'eux, les habitants s'étaient dispersés sur la chaussée pour se tenir à distance du brasier, lampes torches à la main.

Un petit coup de klaxon dissipa mollement la foule, qui finit par laisser passer la voiture. Hopper comprit alors pourquoi aucun autre véhicule ne circulait.

La panne de courant avait ameuté tous les résidents hors de chez eux. Il était encore tôt – environ 21 heures, d'après sa montre – et il faisait une chaleur étouffante. Or, sans électricité, pas d'éclairage, de télévision ou d'air conditionné (enfin, pour les habitants du quartier qui avaient la chance d'avoir la climatisation).

Mais sur les nombreux visages qui peuplaient la foule, Hopper ne décela pas le moindre sentiment de peur ou d'inquiétude. Les habitants semblaient au contraire se réjouir de la situation. La voiture se frayait lentement un passage au milieu des badauds, pour la plupart souriants. Certains les saluaient, d'autres leur faisaient signe de la main ou tapotaient la carrosserie et, malgré le vrombissement des flammes, une clameur rieuse ponctuée de cris de joie s'élevait dans la nuit. Une fois dépassée la fournaise, le cortège se raréfia, libérant enfin la voie. Les passants s'étaient rassemblés sur le bord du trottoir ou installés sur le capot des véhicules garés là. Entre deux bouffées de cigarettes dont les étincelles orangées dansaient dans la pénombre, canettes et bouteilles passaient de main en main.

Les yeux rivés droit devant elle, Martha se pencha sur le volant et se risqua à accélérer un peu.

— On ne pouvait pas choisir meilleur moment pour une fête de quartier… murmura-t-elle.

Un demi-pâté de maisons plus loin, Hopper se retourna de nouveau pour prendre la pleine mesure de la foule, illuminée par les flammes. La scène avait en effet des allures de veillée populaire.

Un bruit sourd retentit tout à coup et fit se redresser l'inspecteur sur son siège. Martha braqua le volant à gauche dans un juron et se déporta sur la voie opposée, puis pesta de nouveau quand un piéton fit irruption sur sa trajectoire – elle l'évita de justesse. Au moment où la voiture repassait de l'autre côté de la ligne centrale, un cri de protestation s'éleva, suivi encore d'un bruit mat : un homme venait de balancer ce qui ressemblait à une demi-brique contre la portière avant du véhicule. Martha remit les gaz et le break fila de plus belle au son de bris de verre. Hopper se retourna pour comprendre l'origine du fracas. Derrière eux, les individus qui avaient lancé des projectiles sur leur passage s'employaient désormais à pulvériser la devanture d'un magasin. Sous le halo de lumière qui émanait de l'incendie à l'autre bout de la rue, le groupe de casseurs força la vitrine jusqu'à ce qu'elle s'effondre. Et si plusieurs silhouettes se glissèrent à l'intérieur de la boutique, d'autres prirent leurs jambes à leur cou.

— Les pillards sont déjà à pied d'œuvre, fit remarquer Hopper. Et ça ne va pas s'arranger…

— Plus vite on s'arrachera d'ici, mieux ce sera !

— Et où tu veux aller, au juste ? Toute la ville est plongée dans le noir. Si le courant n'est pas bientôt rétabli, ça risque de vite dégénérer.

— C'est l'idée, oui. Le jour du Serpent : une simple défaillance électrique et New York sombre dans le chaos. Il suffit d'éteindre les lumières pour que les habitants s'écharpent entre eux… Les laisser s'entre-tuer et détruire leur cité, c'était ça, le fameux projet de Saint John : faire en sorte qu'il ne reste plus rien de New York. Avec une armée derrière lui et ses adversaires privés d'électricité, il peut enfin régner en maître !

Pendant qu'ils discutaient, la rue s'était de nouveau animée. D'autres feux étaient allumés un peu partout, mais les visages que les fuyards croisèrent dans ce coin-là paraissaient moins sympathiques et autrement plus pressés. Les habitants s'activaient à droite et à gauche, traversant la rue de tous côtés, les bras chargés de piles de vêtements. Jetant un coup d'œil sur le trottoir d'en face, Hopper repéra un grand magasin de prêt-à-porter aux doubles portes d'entrée saccagées. Devant, le macadam était jonché d'habits épars que les pillards avaient sans doute laissés là le temps d'aller en récupérer davantage à l'intérieur.

L'inspecteur se pencha vers Martha.

— Bon, écoute, je ne sais pas encore si je peux vraiment te faire confiance, mais oui, tu avais raison : je suis toujours flic et il me reste une mission à accomplir. Il faut impérativement que j'avertisse ma hiérarchie de ce qui se trame. Alors, je vais partir du principe que tu veux bien m'aider. Autrement, j'imagine que tu m'aurais laissé me débrouiller tout seul sur le toit. Pas vrai ?

Concentrée sur la route, Martha se contenta de hocher la tête en signe d'approbation.

Ce fut alors que la lueur de phares se refléta dans le rétroviseur, bientôt accompagnée de grands coups de klaxon. Slalomant derrière eux sur la route pour esquiver les piétons, une voiture les suivait.

— Saletés de Vipères, maugréa Hopper. Il faut les semer !

— Comment tu veux que je m'y prenne, avec tout ce monde ? On ne va même pas pouvoir passer ! lui rétorqua Martha en désignant la route encombrée.

Sans perdre une seconde, l'inspecteur pointa droit devant lui.

— Par là !

Ils arrivaient au niveau d'un grand carrefour où se croisaient quatre voies. Sur la file pour tourner à droite s'était formé un bouchon monstrueux où les véhicules se talonnaient pare-chocs contre pare-chocs, dans un festival de coups de klaxon et d'appels de phares. En sens inverse, la voie était libre.

Martha quitta l'axe principal et les lumières des incendies pour s'enfoncer dans l'obscurité de la rue dégagée droit devant. Penchée sur le volant, elle décéléra pour mieux regarder à travers le pare-brise.

— Un problème ? demanda Hopper.

— Non, j'aimerais juste savoir où on est.

Soudain, le visage de la jeune femme s'illumina : une autre voiture venait de surgir derrière eux. La lumière se refléta aussi dans le rétroviseur et aveugla momentanément l'inspecteur qui, par réflexe, baissa la tête un instant. En se redressant, il distingua la voiture des Vipères qui fonçait à toute allure pour les rattraper.

— Tu ne voudrais pas rouler plus vite, par hasard ? lança-t-il à Martha.

— Je fais ce que je peux ! Tu as vu ce tas de ferraille qu'on se traîne ?

Les phares du véhicule adverse, plus récent, enveloppèrent bientôt le break d'un halo. En arrivant à leur hauteur, les gangsters firent vrombir le moteur avant de les doubler. Deux des occupants à l'arrière passèrent la tête par la fenêtre pour proférer des insanités. Hopper aperçut alors le conducteur, qui n'était autre que Lincoln. Durant un bref instant, les deux hommes échangèrent un regard, puis le colosse accéléra de plus belle, sans tenir compte du carrefour qui s'annonçait. Après avoir distancé leur cible, les Vipères partirent en tête-à-queue et, une fois à contresens, fondirent droit sur le break.

— Bon sang, ils ne veulent pas nous lâcher la grappe !

Martha pila de nouveau. Les pneus crissèrent en signe de protestation mais ne se montrèrent guère efficaces pour endiguer leur rotation. Hopper se prépara à l'impact. Si Lincoln ne lui semblait pas fou au point de vouloir les percuter de plein fouet, mieux valait prévenir que guérir.

Ce fut alors qu'un troisième véhicule approcha du croisement : un camion benne de couleur grise semblable à un véritable fourgon blindé s'apprêtait à déboucher sur le carrefour depuis une rue perpendiculaire sur la gauche. Hopper fut le premier à le remarquer du coin de l'œil. Sans réfléchir, il saisit le volant et donna un violent coup vers le bas-côté pour tenter d'échapper à la collision qui s'annonçait.

Impossible pour l'inspecteur de savoir si Lincoln avait vu venir le camion, pourtant, dans les dernières secondes qui précédèrent l'accident, il crut que les Vipères avaient eux aussi repéré le danger. Mais la voiture du gang s'engagea dans l'intersection et le camion benne lui coupa brusquement la route, s'encastrant à pleine vitesse dans la portière côté passager. C'est à peine si l'impact avait ralenti la course de l'engin : il ne dévia que très légèrement, non sans entraîner la voiture avec lui de l'autre côté du croisement, manquant de la couper en deux. Des étincelles décrivaient d'immenses arcs de cercle orange et blancs au-dessus des deux véhicules imbriqués, qui vinrent finir leur course folle sur la bordure du trottoir d'en face. Pendant ce temps, le break avait fini par s'immobiliser après un dérapage laborieux en travers de la chaussée sur ses suspensions vacillantes.

Les oreilles bourdonnantes, Hopper se redressa. À ses côtés, Martha s'était recroquevillée en boule, la tête dans les genoux. Du côté des Vipères, aucun signe de vie. Difficile d'imaginer qu'il puisse y avoir des rescapés parmi les occupants de la voiture après un tel crash… La cabine surélevée du camion benne, elle, était en revanche parfaitement intacte et deux hommes s'en extirpèrent, indemnes. Sous les yeux ébahis de l'inspecteur, le passager sortit par la fenêtre pour se hisser sur le toit, où il releva la tête et tendit les bras vers le ciel en hurlant. Le conducteur, lui, avait ouvert sa portière, pris appui sur le marchepied et, après être resté brièvement en suspens, il sauta de son perchoir afin d'aller constater les dégâts sur la voiture de plus près. Lorsque l'individu passa devant le faisceau lumineux des phares du camion – déformés mais toujours allumés –, Hopper remarqua l'écusson au dos de sa veste de cuir : « FLÉAU ».

Un gang rival. Les deux hommes avaient dû dérober le camion benne pour s'offrir une petite virée en ville.

— Merde alors !

Incapable de détacher son regard du carnage au coin de la rue, Martha venait de se ressaisir.

— Tu l'as dit... Pardon de t'avoir pris le volant. Je n'étais pas sûr que tu les aies vus arriver.

— Tu plaisantes ! hoqueta la jeune femme, le souffle court et les mains errant entre le tableau de bord et le levier de vitesse. Sans toi, on serait morts.

Soudain inquiet, Hopper se tourna vers elle.

— Tu n'as rien, au moins ?

Elle secoua la tête.

— Bon, reprit-il, dans ce cas, on ferait mieux d'y aller avant d'éveiller leur curiosité.

Avec une grimace, sa camarade fit craquer la boîte de vitesses et enclencha la marche arrière. En face, une silhouette sombre se détacha du halo lumineux : le conducteur du camion semblait les avoir repérés. Sans lui laisser le temps de les identifier, Martha effectua un demi-tour à l'arraché pour se diriger vers une rue adjacente, apparemment déserte. Au moment de quitter l'intersection, Hopper se remit en position sur la banquette afin de surveiller leurs arrières. Aucune voiture n'était lancée à leurs trousses.

Chapitre 43

Dans les bas-fonds

13 juillet 1977

Sud du Bronx, New York

Toujours penchée sur le volant, Martha secoua la tête.

Hopper et elle roulaient dans des ruelles sensiblement vides depuis déjà quinze bonnes minutes. Dans le chaos consécutif à la coupure de courant, la majorité de la population avait dû se rassembler sur les avenues principales. À choisir, l'inspecteur aurait fait de même. Car là, dans les ruelles étroites enclavées entre de hauts immeubles, l'obscurité paraissait se mouvoir à la manière d'un serpent : le reptile s'enroulait autour de la ville, se resserrant autour d'elle comme un étau.

Hopper se força à revenir à la réalité.

Martha ralentit en plein milieu d'un quartier résidentiel.

—On devrait faire demi-tour, dit-elle. Si on veut avoir une chance de croiser les flics, mieux vaut filer vers le sud jusqu'à Manhattan.

Quelques instants plus tard, le moteur souffreteux cessa de tourner au ralenti et la voiture s'immobilisa. Hopper pivota sur son siège.

— Pourquoi tu as décidé de m'aider, alors ?

Martha se mordit la joue, les deux mains posées bien à plat sur le volant. Puis, après une seconde d'hésitation, elle les laissa retomber sur ses genoux avant de se tourner vers son interlocuteur.

— Tu sais, là d'où je viens, la police n'est pas vraiment synonyme de bonnes nouvelles.

— Euh... je ne suis pas sûr de te suivre.

La jeune femme poussa un soupir.

— Je peux compter sur toi ou pas ? J'aimerais pouvoir te faire confiance. Te sauver la mise, c'était un coup de poker pour moi... À l'heure où on parle, je pense que j'ai bien fait, mais j'aimerais en être sûre.

— Bon, écoute, tu avais vu juste, je suis bien flic. Sous couverture – enfin, plus maintenant. Ma mission, c'était de comprendre ce que Saint John trafiquait avec les Vipères, quel était son plan, et comment l'entraver. Une fois ces infos récupérées, j'étais censé les transmettre à une unité spéciale du FBI pour qu'ils prennent le relais. Alors, oui, tu peux me faire confiance. Mais moi, est-ce que je peux compter sur toi ? Parce que la police attend mon rapport et je vais sans doute avoir besoin de ton aide sur ce coup-là.

— C'est d'accord. Il nous reste peut-être une chance d'y arriver, même si je sais que je m'y suis prise trop tard.

— Comment ça ?

— Ben... En ce qui me concerne, je ne suis pas flic, mais moi aussi j'étais là pour une raison précise : retrouver mon frère... Leroy.

— Attends, tu te fiches de moi, là ? C'est lui qui essayait de te sortir de là, je te signale ! C'est même comme ça que je me suis retrouvé impliqué dans cette affaire. Il est venu au commissariat pour nous demander de le protéger en échange de sa coopération.

Visiblement partagée entre stupéfaction et amusement, Martha dévisagea Hopper un moment.

— C'est donc pour ça qu'il a disparu aussi longtemps ! Alors là, je n'en reviens pas. Tsss... En même temps, ça ne devrait pas m'étonner, c'est du Leroy tout craché ! (Elle se renfonça dans son siège, comme pour se remettre de cette révélation.) Je te jure, j'ai mis des années à le retrouver ! Tu sais, chez nous, ce n'était pas drôle tous les jours. J'ai parfois du mal à lui en vouloir de s'être tiré, d'ailleurs. Ces gangs... ils lui ont fait miroiter monts et merveilles et lui ont donné un aperçu de ce que pourrait être une vie différente de la sienne. Alors il a saisi la balle au bond. Tu aurais vu notre mère, elle était dans tous ses états. Je parie que tu ne devineras même pas quel âge il avait à l'époque.

Hopper ne répondit rien.

— Onze ans ! Ce petit merdeux n'avait que onze ans quand il a commencé à fricoter avec les Tueurs. J'ai essayé de le repêcher, à l'époque, et pas qu'une fois... Mais il a toujours replongé. On a fini par perdre contact. Dans notre famille, tout le monde le croyait mort. Ils pensaient qu'il s'était fait tuer au fin fond d'une ruelle obscure, tu vois le genre. Mais ma mère, elle, n'a pas perdu espoir. Elle ne l'a jamais laissé tomber. Jamais. Et moi non plus. Alors j'ai fini par lui promettre que je retrouverais Leroy et que je le ramènerais à la maison. J'ai quitté mon boulot, j'ai dit au revoir à ma mère et je suis partie à sa recherche. Entre-temps, il avait quitté les Tueurs et s'était entiché des Fauves. J'ai rejoint le gang sans trop d'efforts, mais mon frère les a montés contre moi. Il avait peur que je sois venue pour le ramener à la maison… Il avait raison, bien sûr. Mais bon, je suis sa grande sœur, alors je savais comment m'y prendre. Je devais faire preuve de patience si je voulais qu'il rentre avec moi sain et sauf. Sauf qu'à ce stade, il était déjà impliqué jusqu'au cou… Je n'avais plus qu'une solution : me laisser à mon tour entraîner dans ce bourbier pour réussir à l'en sortir.

— Donc, si je comprends bien, tu es restée dans ce milieu pour le protéger…

— C'est ça, oui. J'avais fait une promesse à notre mère. Je parie que tu aurais agi pareil… (Elle attendit que Hopper hoche la tête, puis baissa les yeux.) Évidemment que oui, la question ne se pose même pas. Et puis, au fond, ce n'était pas si terrible. Ça nous a rapprochés, tous les deux. Au fil du temps, Leroy a semblé moins en colère contre moi, c'était déjà ça de gagné. Alors on s'est serré les coudes et on a tenu bon. Le jour où les Vipères sont entrés en scène, les Fauves sont allés grossir leurs rangs, comme les autres… Les Lames, les Truands, les Jokers. Tous les gangs ont répondu à l'appel, sans exception.

— Et vous n'en avez pas profité pour vous échapper ?

— Oh, j'ai bien essayé de nous trouver une porte de sortie, mais c'était plus facile à dire qu'à faire ! Alors j'ai attendu une opportunité sans jamais baisser la garde. Le plus important pour moi, c'était qu'on soit en sécurité. (Martha plongea ses yeux dans ceux de Hopper.) Comme je te l'ai dit, j'espère ne pas m'être trompée sur ton compte. Il faut absolument que je sorte de là, mais je ne partirai pas sans Leroy. On nous attend à la maison depuis bien trop longtemps.

— À qui le dis-tu… lâcha l'inspecteur. Et si on s'entraidait ? Qu'est-ce que tu en penses ? Tu as l'air d'en savoir un paquet sur Saint John, les Vipères et toute cette pagaille qu'ils ont semée en ville.

— Possible. J'en sais plus que beaucoup d'autres, en tout cas. J'étais montée en grade chez les Fauves et Saint John m'a gardée au même poste, alors oui, je suis au courant de deux trois trucs.

— Ce qui est sûr, c'est que tu en sais plus que moi ! Le FBI va avoir besoin de toutes les infos qu'on pourra lui fournir. Bon alors… partante ? demanda Hopper à Martha après une courte pause.

— Plutôt deux fois qu'une, oui ! Si je peux bientôt ramener son fils à ma mère, je suis prête à tout. Tu crois qu'on pourrait dénicher un téléphone quelque part ?

Elle considéra les deux rangées de maisons mitoyennes de chaque côté de la rue.

— Eh bien, normalement, le réseau téléphonique est indépendant du réseau électrique… répondit Hopper en se tournant sur son siège. Tiens, regarde, il y a une cabine à l'angle. Essaie voir de faire redémarrer ce tas de ferraille…

Martha mit le contact et le break revint à la vie dans un boucan d'enfer. Une fois la marche arrière enclenchée, le véhicule tressauta à reculons jusqu'au bord du trottoir, à côté de la cabine téléphonique. L'inspecteur en sortit et, en contournant la voiture, crut apercevoir du coin de l'œil des ombres danser sur les toits. Mais lorsqu'il leva le nez, il n'y avait rien de particulier à l'horizon. Rien que des bâtiments qui se détachaient sur le ciel nocturne et sa couverture de nuages de plus en plus claire, à mesure que le Bronx tout entier s'embrasait. Les sirènes des pompiers retentissaient au loin. En revanche, toujours pas le moindre signe de patrouilles de police – et ce n'était pas faute de guetter leur présence.

La cabine avait échappé aux vandales – de quoi redonner espoir à Hopper malgré ses réserves. À première vue, le combiné se trouvait bien à sa place et en un seul morceau. Malheureusement, l'appareil était hors service : pas de tonalité. Hopper décrocha et raccrocha plusieurs fois, en vain. Les réseaux téléphoniques n'avaient pas été épargnés.

Le policier regagna le trottoir et tendit de nouveau l'oreille : au milieu des sirènes et des klaxons qui s'élevaient toujours dans le lointain, il lui sembla percevoir un bruit différent. Il regagna la chaussée et passa en revue les rangées de maisons des environs. Entre-temps, Martha était sortie de la voiture pour s'accouder à la portière.

— Alors ?

— Raté, répondit-il. Tu entends ça ?

La jeune femme s'écarta du véhicule et marcha jusqu'à Hopper. Puis tous deux s'avancèrent jusqu'à un carrefour en T qui débouchait sur un parc cerné d'arbres où serpentait un chemin pavé jusqu'à une fontaine asséchée. De l'autre côté, dans une rue parallèle, le dernier étage d'un des immeubles était éclairé. Des silhouettes se découpaient aux fenêtres, sur fond de musique électronique.

— L'accès à l'électricité est un problème de pauvres, visiblement, grommela Martha.

Hopper lui jeta un regard circonspect avant de scruter une nouvelle fois les environs. Elle avait raison : le quartier autour du parc avait l'air relativement aisé. Certains des bâtiments mitoyens – composés chacun de quatre étages – semblaient partager une vaste terrasse couverte sur le toit, accessible par de grandes portes-fenêtres. C'était là que la fête battait son plein.

— Tu penses qu'ils daigneraient nous prêter leur téléphone ? Insista la jeune femme en faisant claquer sa langue.

— Oublie, lui répondit Hopper en pointant de son pouce la cabine au coin de la rue. La ligne est coupée. Ce qu'il nous faut, c'est une patrouille. Eux auront un poste de radio.

Martha éclata de rire.

— J'ai l'impression que ça ne court pas les rues, par ici ! Je crois même que ça les arrange bien de laisser le Bronx partir en fumée… déplora-t-elle avant de s'interrompre un instant. Et les pompiers, alors ? Ils doivent bien pouvoir communiquer entre eux, eux aussi, non ?

— On peut toujours essayer, mais ils ont déjà bien assez à faire comme ça…

Un sifflement aigu perça la nuit, comme si un passant venait de héler un taxi.

— C'est toi, Frankie ? hurla quelqu'un depuis la terrasse.

Hopper s'avança avec prudence pour essayer de voir ce qui se passait derrière les arbres. Martha sur les talons, il s'enfonça un peu plus loin dans le parc et aperçut sur la terrasse une dizaine de jeunes qui discutaient, cigarettes et verres en main. Un gros lecteur de cassettes à piles était posé sur une table dans un coin et diffusait un morceau de Bruce Springsteen – *Born to Run*.

— Mauvaise pioche ! répondit l'inspecteur en poussant la voix.

Plusieurs invités se pressèrent contre la balustrade et se penchèrent pour tenter d'apercevoir le nouveau venu. Ce dernier ne parvenait pas non plus à les distinguer dans le halo de lumière qui produisait le même effet qu'un contre-jour.

— Charles ? s'enquit une voix féminine.

Martha et Hopper échangèrent un regard.

— Toujours pas…

— En tout cas, qui que vous soyez, j'espère que vous avez ramené du champagne !

Hopper entendit un bouchon sauter, suivi d'un éclat de rire, comme si les fêtards avaient joint le geste à la parole.

Un bruit similaire retentit alors, mais lui ne provenait pas d'une bouteille – c'était un coup de feu. Tout proche. D'instinct, les deux fugitifs baissèrent la tête. Sur la terrasse, un cri d'effroi réduisit tout le monde au silence et on n'entendit bientôt plus que Bruce et ses amis du E Street Band.

Hopper s'accroupit encore un peu plus lorsqu'un deuxième coup de feu retentit – suivi d'un troisième. Sur un signe de l'inspecteur, Martha et lui se précipitèrent vers les voitures garées le long du trottoir, en dessous de la maison où avait lieu la fête. La jeune femme risqua une tête pour observer les environs, son acolyte, lui, surveillait la véranda. Quelqu'un semblait les observer depuis la balustrade de la terrasse toujours éclairée.

— Faites rentrer tout le monde, vite ! cria Hopper aussi fort que sa discrétion pouvait le lui permettre. Éteignez la musique et les lumières, et restez à l'intérieur !

Aucune réponse ne leur parvint mais la silhouette s'éclipsa aussitôt. Quelques instants plus tard, le morceau en cours s'interrompit et le toit fut plongé dans l'obscurité. Le policier attendit que les portes-fenêtres aient claqué pour se tourner vers Martha, toujours aux aguets.

— Ça venait de pas loin… murmura-t-il, inquiet.

— Je ne vois rien. On aurait dit que ça venait d'une rue voisine.

— Bon, il faut qu'on se bouge. Tu as eu le temps de prendre tes repères ?

— Oui, ça y est, je sais où on est. On y va ?

Hopper se redressa lentement, histoire de s'assurer qu'ils étaient bien seuls. Ils n'avaient pas entendu d'autres coups de feu et personne ne semblait rôder dans les parages.

— Allez, c'est parti !

L'inspecteur laissa Martha s'élancer depuis sa cachette pour courir à l'autre bout du parc et passa le voisinage en revue une dernière fois avant de la rejoindre à leur voiture. Il la rattrapa au moment où elle s'engouffrait dans le véhicule et il l'imita sans tarder. La jeune femme entama ensuite une manœuvre pour faire demi-tour mais le break était tellement énorme qu'elle dut monter sur le trottoir. La roue avant patina pour franchir l'obstacle, puis ce fut au tour du pneu arrière, et quand la conductrice fut enfin parvenue à orienter le véhicule dans le bon sens, encore à cheval sur le bas-côté… le moteur cala.

Puis soudain, la voiture s'effondra sur ses amortisseurs dans un bruit sourd avant de se mettre à trembler dans un soubresaut. Il y eut un autre choc et Martha poussa un cri perçant : le plafond venait de s'affaisser juste au-dessus de sa tête – le break se remit à trembler sous le poids de ce qui venait d'atterrir sur la carrosserie. Deux nouveaux coups se succédèrent et le haut du pare-brise avant se fendit bruyamment, juste devant Hopper. Le toit du véhicule, lui, ployait à présent davantage.

Secouée sans ménagement et toujours aux prises avec la boîte de vitesses, la jeune femme releva les yeux et hurla de plus belle : deux jambes venaient d'apparaître sur le pare-brise. Quelqu'un avait donc bien atterri sur leur toit. Après une glissade, l'intrus se retrouva à genoux sur le capot. Il se retourna d'un coup pour s'étaler de tout son long sur la paroi vitrée et s'époumona en riant de sa bouche béante.

Quel que soit l'angle, la situation n'était pas meilleure : des hommes surgissaient depuis le toit de tous côtés, à l'avant comme à l'arrière. Désorienté, Hopper, resta figé quelques secondes avant d'abattre sa paume sur le verrou de sa portière et de se pencher aussi sec par-dessus Martha pour verrouiller le côté conducteur.

Ils étaient encerclés. Leurs assaillants semblaient avoir sauté d'une terrasse, sans doute celle de la maison devant laquelle la voiture s'était malencontreusement arrêtée. Hopper dénombra sept individus, qui s'amusaient à bringuebaler la voiture de gauche à droite… Et c'était sans compter ceux qui arrivaient à pied du bout de la rue. Tous étaient vêtus de jean bleu délavé de la tête aux pieds, certains équipés d'armes improvisées comme des battes de base-ball. L'un d'entre eux semblait même tenir dans sa main une hache d'incendie.

Sûrement un autre gang. Mais Vipères ou pas, les chances de survie des deux fugitifs venaient d'être réduites à peau de chagrin – telle était la conclusion de Hopper.

Martha remit le contact – la voiture rugit mais, au moment où la jeune femme appuya sur l'accélérateur, le moteur crachouilla et tomba une nouvelle fois à plat. Elle répéta la manœuvre sous le regard impuissant de son camarade, ballotté comme elle en tous sens – un véritable navire en pleine tempête ! Ne manquait aux gangsters qu'un tout petit peu de coordination pour faire tomber le break à la renverse, passagers inclus.

Soudain, la hache d'incendie entraperçue quelques secondes plus tôt entre les mains d'un des nouveaux venus s'abattit sur le pare-brise, juste en face de Hopper. Par réflexe, il leva les bras pour se protéger le visage. Le verre résista mais se fissura davantage, dessinant une toile d'araignée. Le gangster bondit alors sur le toit et souleva son arme avant de la laisser retomber avec fracas, ce qui lui fit perdre l'équilibre – un spectacle qui ne manqua pas de réjouir ses comparses. L'un d'eux prit aussitôt le relais et frappa une nouvelle fois le pare-brise depuis le capot.

— Suis-moi ! s'écria l'inspecteur.

À ces mots, il agrippa Martha par sa veste de base-ball et se jeta tête la première par-dessus le siège pour atterrir lourdement sur le plancher à l'arrière du break, les jambes en l'air. La conductrice s'agrippa à la cheville de Hopper pour se tracter à son tour et vint s'écraser à ses côtés. Mais l'inspecteur ne semblait pas vouloir s'arrêter là. Il rampa jusqu'à la banquette et se hissa sur ses bras pour basculer dans le coffre. Ni une ni deux, sa camarade le rejoignit et ils s'accroupirent derrière les sièges. À l'extérieur, les gangsters semblaient avoir jeté leur dévolu sur l'avant du véhicule et s'évertuaient à matraquer les vitres de leurs battes de base-ball. L'homme à la hache, lui, s'appliquait désormais à transformer le break en décapotable. Qu'ils aient eu conscience que leurs cibles étaient encore à l'intérieur du véhicule ou non, de toute façon, Hopper n'avait pas le choix : c'était le moment ou jamais. Un rapide coup d'œil par la vitre arrière suffit à lui confirmer que la voie était libre. Il se glissa donc au fond du coffre et s'attarda un instant sur le plancher du véhicule, avant de gratter la moquette du bout des ongles pour soulever la trappe de la cache qui renfermait d'ordinaire la roue de secours. Elle ne faisait pas partie de l'inventaire mais Hopper dénicha quand même ce qu'il cherchait : un démonte-pneu. L'inspecteur le détacha de son support et Martha en profita pour abaisser le hayon de la porte arrière. Personne à l'horizon. La jeune femme se tourna malgré tout vers le policier pour obtenir son feu vert.

— Vas-y, je te suis !

Elle sauta de la voiture sans hésiter et prit ses jambes à son cou. Aussitôt, deux hommes surgirent sur les côtés en criant pour rattraper les fuyards : ils les avaient repérés.

Hopper bondit à son tour hors du coffre et lança son arme de fortune dans leur direction. Le démonte-pneu faucha les deux gangsters dans leur course : il mit le premier K.-O. et envoya le second rouler au sol, la tête dans les mains et le visage ensanglanté. Alertés par le bruit, ceux postés à l'avant du break accoururent, mais trop tard : l'inspecteur s'était enfui à toutes jambes et les avait déjà distancés. Cherchant à s'éloigner le plus possible du gang, il continua sur sa lancée jusqu'à apercevoir Martha, accroupie derrière une voiture garée un peu plus loin. Sur un signe de lui, elle sortit de sa cachette et repartit à grandes foulées, Hopper sur les talons.

Ensemble, ils coururent jusqu'à en perdre haleine.

Chapitre 44

L'Équipée sauvage

13 juillet 1977

Sud du Bronx, New York

Ils progressaient bien plus vite à pied qu'en voiture – si vite, même, que l'inspecteur regretta de ne pas avoir abandonné le vieux break de Leroy plus tôt. Leurs agresseurs avaient renoncé rapidement après les avoir poursuivis le long du parc. Au bout d'un moment, Martha et Hopper finirent par s'arrêter pour reprendre leur souffle. Lorsqu'ils s'assirent sur le trottoir, la jeune femme se fendit d'un sourire amusé. Le policier se laissa à son tour gagner par un certain sentiment d'euphorie, même s'il était parfaitement conscient qu'ils ne devaient leur survie qu'à un coup de chance. Il aurait suffi que les gangsters soient armés de pistolets pour que la situation change du tout au tout.

Après avoir retrouvé quelques forces, les deux acolytes se remirent en chemin vers l'artère principale. Il leur fallait absolument trouver un moyen de se brancher sur la fréquence de la police afin de contacter Delgado et, avec un peu de veine, Gallup lui-même. Hopper pensait avoir plus de chances de tomber sur une patrouille en arpentant les rues principales plutôt que de petites ruelles et Martha s'était rangée à son avis.

Pourtant, où qu'ils aillent, pas l'ombre d'un flic. Et si les grandes avenues étaient noires de monde, comme quelques heures plus tôt, l'ambiance n'était plus du tout à la fête. En l'absence de courant et de présence policière, les habitants, regroupés en différentes factions, avaient décidé de prendre la situation en main. Sur leur chemin vers Manhattan, Hopper et Martha assistèrent à de nombreux pillages. Certaines boutiques déjà vandalisées n'étaient plus que des coquilles vides, cernées de débris de verre et de détritus. Assis dans un fauteuil de jardin devant un magasin de sport, un vieil homme faisait le guet, un fusil à pompe contre la poitrine et un pistolet à la main. Dans le même temps, l'épicerie voisine se faisait démanteler jusqu'à la moindre étagère par un groupe d'individus qui en sortaient en file indienne. Le vieillard regarda Martha et Hopper passer en réajustant son fusil contre son épaule. Derrière lui, la devanture du magasin de sport était parfaitement intacte, contrairement à l'échoppe voisine d'où deux jeunes venaient d'émerger en tirant derrière eux un réfrigérateur encore rempli de boissons, chargé sur un diable.

— On dirait bien que c'est le début de la fin, soupira Martha, le regard plongé dans le vide. Il a suffi d'une canicule et d'une panne d'électricité pour que la loi de la jungle l'emporte !

Hopper ne répondit pas. Spectateur impuissant de la destruction de la ville, il cherchait désespérément un signe de la police.

Mais toujours rien.

Sa complice et lui observèrent une courte halte à l'intersection suivante, le temps d'opter pour un autre itinéraire : la rue d'en face était bloquée par de nombreuses voitures, dont l'une était retournée sur le flanc et une autre en flammes. Devant, un adolescent et trois hommes s'insultaient copieusement, sous les cris d'un trio féminin. L'instant d'après, le garçon se retrouva roué de coups, face contre terre. Un peu en retrait, deux des femmes essayaient tant bien que mal d'empêcher la troisième d'intervenir.

La rue suivante semblait avoir été ravagée par une bombe, mais l'œil de Hopper était assez avisé pour qu'il se rende compte que les dégâts ne dataient pas de cette nuit-là – il n'avait pas fallu attendre une coupure de courant généralisée pour que New York tombe en ruines. Deux larges immeubles aux fenêtres condamnées par des planches en bois jouxtaient un terrain vague où avaient poussé des herbes folles presque aussi hautes que lui. De l'autre côté de la route, deux hommes fumaient le long d'une clôture.

L'inspecteur accéléra la cadence et Martha se cala sur son rythme. Ils approchaient d'une rue attenante lorsqu'ils entendirent des appels à l'aide, visiblement lancés par une femme plutôt âgée. Ses cris répétés semblaient provenir de partout et de nulle part à la fois. À mesure qu'ils avançaient, les supplications semblaient de plus en plus fortes, mais elles faiblirent tout à coup, avant de se réduire finalement au silence.

Hopper serra les dents. Martha, quant à elle, avait de nouveau l'air hagarde.

La jeune femme avait raison : prise dans une folie autodestructrice, la ville était bel et bien en perdition.

Le jour du Serpent, tel que l'avait proclamé Saint John.

En cet instant, Hopper se jura de faire payer les Vipères pour leurs crimes.

Plus ils se rapprochaient de l'itinéraire principal qui les mènerait à Manhattan et plus la nuit paraissait éclatante – les feux s'étaient multipliés sur leur trajet de façon exponentielle. Quelques pâtés de maisons plus loin, une rue entière semblait en proie aux flammes, leur lueur dansant dans l'obscurité. À quoi pourrait bien ressembler le Bronx au lever du jour ? Hopper préférait ne pas le savoir.

— Tu crois que c'est pareil, du côté de Manhattan ? lui demanda Martha.

L'inspecteur fit la moue. Difficile à dire. Il songea aux gigantesques gratte-ciel et à tous les monuments célèbres qui s'y trouvaient… Il ne pouvait se résoudre à les imaginer transformés en brasiers. Mais l'île de Manhattan était vaste, et ce que le commun des mortels entendait souvent par New York City n'en constituait en réalité qu'une infime partie.

— Bonne question, finit-il par répondre. J'imagine que si on n'a croisé aucun flic de ce côté-ci, c'est sûrement qu'ils ont tous été réquisitionnés pour maintenir l'ordre là-bas. Logique, c'est un quartier plutôt riche.

— Ouais, enfin en attendant, les pauvres du Bronx, eux, auront perdu le peu qu'ils avaient au réveil…

Ils étaient de moins en moins seuls à arpenter les rues et croisaient à présent davantage de voitures : des habitants qui cherchaient à fuir la ville mais se retrouvaient coincés dans les embouteillages – ce qui n'empêchait pas les automobilistes de donner du klaxon. L'afflux de véhicules était si dense que le bruit était assourdissant. Hopper longeait la file motorisée en se couvrant les oreilles, quand il remarqua un groupe de motards qui traversait le croisement d'en face, contournant les voitures à l'arrêt avec une facilité déconcertante.

Si seulement on avait des bécanes comme ça, pensa-t-il. *Ça ferait belle lurette qu'on serait arrivés à Manhattan !*

Plus ils avançaient et plus le rugissement des motos se faisait sonore et discordant. Soudain, un deux-roues surgit d'une rue adjacente et s'arrêta net. Hopper l'observa attentivement. Le motard semblait regarder dans leur direction, pourtant, il fit volte-face presque aussitôt en pétaradant pour repartir d'où il était venu.

L'inspecteur ralentit le pas, puis s'immobilisa. Certes, il était mort de fatigue et son esprit harassé commençait à lui jouer des tours mais… il avait soudain un très mauvais pressentiment.

Martha finit par s'arrêter aussi, étonnée.

— Qu'est-ce qui se passe ?

Le vrombissement des motos s'éleva à nouveau de nulle part et la jeune femme pivota sur ses talons. Hopper suivit son regard. Le motard avait reparu, accompagné de six camarades, tous en selle sur des engins semblables

– un modèle de motocross léger, la garde au sol assez haute. Le chef de file se redressa en appui sur les étriers de métal.

— Tiens, tiens, cria-t-il à la ronde, mais qui voilà ! Martha et son poteau le flic ! Ça va comme vous voulez, les tourtereaux ?

Hopper n'eut aucun mal à le reconnaître. C'était City.

Autour de lui, les autres motards décrivaient de grands cercles sur leurs bécanes et s'esclaffaient tellement fort que le ronflement des moteurs ne suffisait pas à étouffer leurs rires.

Incrédule, Martha dévisagea l'inspecteur, qui semblait avoir soudain perdu sa langue.

Les Vipères avaient retrouvé leur trace.

Chapitre 45

Éric au rapport

13 juillet 1977

Brooklyn, New York

— Alors voilà ce que j'ai dit à George : « Si tu veux faire un film qui touche au cœur, il faut que tu puises au fond de ton cœur à toi. » Il m'a regardée d'un air bêta : il ne comprenait pas où je voulais en venir, le pauvre. Du coup, je l'ai pris entre quatre yeux. « Si tu veux un conseil, mon garçon, je lui ai lancé, penche-toi sur la meilleure période de ta vie : l'école ! Après les études, tout le monde se disperse et à partir de là, pfiou, fini, rideau ! Tu pourrais peut-être faire un film là-dessus. »

Delgado lança un regard désespéré à Diane, qui luttait contre un bâillement tout en hochant mollement la tête, le visage impassible.

Depuis le début de la soirée, elles avaient déjà eu l'occasion d'entendre cette histoire à de nombreuses reprises. Au milieu de la table trônait encore la boîte de Monopoly, mais le jeu avait rapidement lassé l'inspectrice qui, en dépit de l'avertissement reçu, avait préféré interroger Mme Schaefer sur le sujet tabou.

La vieille dame s'était pliée à l'interrogatoire tellement volontiers qu'en deux heures, elle avait trouvé le moyen de raconter quatre fois la même histoire. Si chaque version apportait son lot de variations, le but, lui, en revanche, restait identique : démontrer comment, du temps où elle enseignait dans une prestigieuse école de cinéma près d'Hollywood, Mme Schaefer avait inspiré un certain cinéaste du nom de George Lucas pour réaliser ce qu'elle considérait comme son « chef-d'œuvre ». Delgado ignorait si la vieille dame disait la vérité ou si l'anecdote était un pur produit de son imagination fantasque. Quant à Diane, elle refusait de se plier au jeu et de rentrer dans la conversation.

Une autre partie de Monopoly à la bougie n'était peut-être pas une si mauvaise idée, en fin de compte.

Depuis un moment déjà, Esther guettait le retour de son mari à la fenêtre qui donnait sur la rue. Sans prêter attention à Mme Schaefer qui jacassait toujours, Delgado jeta un coup d'œil à sa montre et supplia Diane du regard. La femme de Jim secoua la tête : elles avaient déjà eu cette conversation.

— Ça ne sert à rien de sortir, vous ne le trouverez pas, lui répéta-t-elle. Il pourrait être n'importe où ! Et puis, imaginez qu'il rentre entre-temps. C'est ensuite vous qu'on cherchera partout.

Elle avait raison, bien sûr. Le mieux était encore d'attendre. Elles savaient à présent que la panne de courant touchait toute la ville, mais c'était à peu près tout ce que la radio leur avait appris, avant que les piles ne tombent à plat. Elles avaient passé une bonne demi-heure à en chercher des neuves chez les uns et les autres, en vain. Il ne restait donc plus qu'à prendre leur mal en patience.

Au moins Delgado était-elle parvenue à joindre Gallup. Elle ne savait pas vraiment pourquoi elle avait ressenti le besoin de lui faire un compte rendu de la situation mais, après lui avoir présenté les conclusions de son enquête parallèle, il lui semblait logique de le tenir au courant. Ses informations avaient d'ailleurs intéressé l'agent spécial au point d'éluder toute question quant à leur provenance et au fait que la jeune femme était au courant de l'opération sous couverture menée par Hopper.

Delgado avait beau ne toujours pas faire partie de l'opération, en ces heures incertaines qui pouvaient potentiellement faire basculer la ville tout entière dans le chaos, il lui paraissait important d'informer Gallup – ou qui que ce soit de l'unité spéciale – de sa position.

Au téléphone, l'agent lui avait recommandé de s'adresser plutôt à sa propre hiérarchie, mais à peine avait-elle raccroché et composé le numéro du commissariat du 65e district que la ligne avait été coupée. Delgado avait envisagé un bref instant de se rendre au poste le plus proche mais avait rapidement écarté cette idée. Elle devait tenir sa promesse et veiller sur la famille de son partenaire.

— Le voilà de retour !

Esther courut depuis la fenêtre jusqu'à la porte de l'appartement et l'ouvrit d'un coup sec, avant de se ruer dans l'escalier. Mme Schaefer, elle, s'était enfin tue. Delgado entendit cavaler jusqu'au hall d'entrée et, quelques instants plus tard, le couple réapparut, bras dessus, bras dessous.

Diane se leva de table dans un sursaut.

— Bon sang, Éric, ce n'est pas trop tôt ! Où étiez-vous passé ?

L'intéressé éteignit sa lampe torche et la posa sur la table. Il tira une chaise vers lui et s'assit, avant d'inspirer un grand coup. Esther posa une main sur la sienne et il prit enfin la parole.

— Je me suis promené un peu partout… C'est la jungle, dehors ! Il y a des gens partout et un paquet de voitures aussi. Je n'ai jamais rien vu de tel, dit-il avant de se tourner vers sa femme. Je suis passé chez Charles et June. Tout allait bien de leur côté mais comme Charles comptait aussi faire un tour, il m'a accompagné. Désolé, je ne me suis pas rendu compte que j'étais parti aussi longtemps… On a quand même poussé jusqu'à Willoughby Avenue.

Éric s'interrompit tout à coup, l'air songeur.

Une vague d'interrogation parcourut la pièce. Delgado se rapprocha de la table et prit place à côté de lui.

— Quelque chose ne va pas ?

— Je ne sais pas ce qui se passe, mais… il y a un truc pas net.

Diane se pencha vers lui.

— Comment ça ?

— Sur Willoughby Avenue, il y a un bâtiment qui a toujours l'électricité, répondit Éric en accompagnant son récit de grands gestes, comme pour le modeler sous leurs yeux. Ou du moins un générateur de secours assez puissant pour qu'il y ait de la lumière à tous les étages. Mais le plus étrange, c'était la foule. Ils étaient peut-être des centaines à se diriger vers la bâtisse. On aurait dit des soldats, avec leurs vestes militaires. Et puis, ils portaient tous un fusil à l'épaule, aussi.

—L'armée, j'en étais sûre ! s'exclama Mme Schaefer. Je savais bien qu'ils viendraient nous porter secours.

—Non, non, ce n'était pas l'armée, rectifia son voisin. Je sais ce que j'ai vu, et je peux vous dire qu'on s'est éclipsés dès l'instant où on a compris que c'était un gang ! Et pas des moindres, apparemment. Ils portaient tous un écusson dans le dos en forme de serpent.

Le sang de Delgado ne fit qu'un tour.

—Un serpent, vous être sûr ?

—Certain.

Voyant l'inspectrice s'affaler sur sa chaise, Esther serra la main de son mari et leva un sourcil inquiet vers la policière.

—Vous connaissez ce symbole ? Vous savez de qui il s'agit ?

Delgado éluda délibérément la question pour s'adresser à Éric.

—Vous avez dit Willoughby, c'est bien ça ? Vous vous rappelez où, exactement ?

—Oui, bien sûr. Ce bâtiment éclairé, c'est un grand complexe. L'institut Rookwood, ça vous parle ?

Chapitre 46

Droit dans le piège

13 juillet 1977

Sud du Bronx, New York

Penché sur sa moto, City fit halte après un long dérapage. Une fois à l'arrêt, les mains toujours fermement agrippées au guidon de sa bécane, il décocha un sourire moqueur à Martha.

— On t'a cherchée partout de chez partout, miss ! lui lança-t-il avec un léger accent texan, tout en faisant vrombir son moteur. Ta maman ne t'a jamais dit de ne pas traîner avec des inconnus ?

Martha serra les poings. Elle faisait partie des Vipères depuis un bon bout de temps – depuis qu'elle y avait débarqué avec son frère – et était devenue plutôt proche des autres gangsters. Y compris de cet ado qui se faisait appeler City.

Derrière lui, les six autres motards s'étaient rangés en ligne, imitant leur chef à grands coups d'accélérateur. L'un de ceux en bout de file se montra un peu trop enthousiaste et fit soudain vriller la roue arrière de son engin si fort qu'elle le fit basculer en arrière : il se retrouva aussitôt les quatre fers en l'air.

Hopper n'y connaissait pas grand-chose en motos, mais il en savait suffisamment pour identifier ces modèles comme des tout-terrain : de facture légère et assez hauts, avec de grandes fourches de suspension. Ils étaient apparemment loin d'être faciles à manœuvrer, avec leur moteur à couple élevé et des commandes assez sensibles.

L'inspecteur profita de croiser le regard de Martha pour lui faire part de son plan à voix basse. Précaution inutile, cependant : City n'aurait rien entendu tant il faisait rugir sa moto.

— À mon signal, tu cours, compris ?

Visiblement peu convaincue, la jeune femme hocha malgré tout discrètement la tête.

— Eh oh, pas de cachotteries entre nous, Martha ! s'indigna City. Allez, on te ramène à la maison, le Saint Patron t'attend. Tu n'as qu'à monter sur mon engin, si tu vois ce que je veux dire… Je te préviens, tu as intérêt à avoir l'estomac bien accroché !

Il fit tourner son moteur à plein régime – une fois, deux fois, puis trois. Ses comparses éclatèrent de rire avant de faire de même.

— Maintenant !

Hopper se précipita sur la droite et courut s'abriter sous un auvent sur le trottoir. En face, de l'autre côté de la rue, des piquets de clôture luisaient dans l'obscurité autour d'un parc, apparemment bien plus grand que celui sur lequel ils étaient tombés un peu plus tôt. L'inspecteur fila jusqu'à la grille puis se retourna. En vain : Martha ne l'avait pas suivi.

— Ce n'est pas vrai ! pesta-t-il en l'apercevant enfin.

Elle avait foncé dans la direction opposée. En formation serrée pour mieux encercler leur proie, trois motards s'étaient déjà élancés à sa poursuite, à grand renfort de dérapages. Au milieu de la rue, les quatre autres, City en tête, roulaient à toute allure, droit sur Hopper.

Le policier se réfugia en vitesse derrière le portail et manqua de trébucher – le chemin descendait abruptement. Dans l'obscurité, le parc semblait soudain immense : des sentiers étroits et mal entretenus descendaient en pente escarpée et traçaient par endroits des nœuds tortueux et bosselés entre de vieux arbres.

L'inspecteur alterna entre pas de course et glissades le long du talus, agrippant les branches d'un arbre pour freiner son élan. Mais lorsqu'il s'arrêta enfin, il n'eut pas le temps de réfléchir à la meilleure direction à prendre. Le bruit des moteurs se faisait de plus en plus proche et lorsque Hopper se retourna, il aperçut City et ses trois acolytes, qui venaient de s'élancer à plein régime à travers le portail. Ils n'avaient sans doute pas prévu que leurs motos décollent du sol et les propulsent en avant, directement au bas de la pente. L'un des motards rata son atterrissage et bascula sur le flanc, mais les autres ne prirent pas la peine de l'attendre. City avait repéré Hopper et embraya aussi sec, se hissant sur sa selle en appui sur ses deux bras. Tel un cow-boy sur sa monture, il chargea droit sur sa cible, qui l'esquiva de justesse en se jetant sous un arbre.

Le jeune gangster passa devant sa proie mais rebroussa aussitôt chemin, serpentant entre les arbres dans un parcours de plus en plus sinueux. Ses comparses, en revanche, ne semblaient pas aussi à l'aise. Comme Hopper l'avait pressenti, des motocross de ce genre n'étaient pas faciles à manier pour des motards inexpérimentés, tout juste bons à foncer tête baissée sur des routes goudronnées. Résultat, leurs engins avaient beau être conçus exactement pour ce genre d'arène, les Vipères étaient loin de les maîtriser sur ce terrain accidenté et parsemé d'obstacles.

— Hopper !

Échappant aux Vipères qui zigzaguaient à travers les branchages, l'inspecteur se dissimula de nouveau derrière un tronc. À l'autre bout du parc, Martha lui adressait de grands signes de la main, ses habits blancs ressortant dans la nuit noire. Soudain, elle s'élança dans sa direction, bras écartés pour essayer de garder l'équilibre dans la pente raide. Un instant plus tard, elle se retrouvait littéralement sous le feu des projecteurs : les trois Vipères qu'elle venait de semer s'étaient arrêtés au niveau du portail afin de mieux repérer la fugitive, avant de remettre le turbo et de pénétrer dans l'enceinte du parc.

Martha rejoignit Hopper pile au moment où le chef des motards fonçait sur lui sur la roue arrière. La jeune femme se jeta d'un côté et son acolyte plongea de l'autre, peinant ensuite pour se remettre debout dans un nuage de poussière. Sans lui laisser le temps de souffler, City fit pivoter sa moto et, dans un halo suffocant de particules, se dirigea droit sur l'inspecteur.

Puis, sur un sifflement de ralliement, les six Vipères filèrent à toute berzingue vers les deux traîtres dans un vrombissement de moteurs assourdissant. Mais c'était sans compter les arbres dressés sur leur parcours, que leurs proies utilisèrent comme boucliers – le dos plaqué contre l'écorce, elles échappèrent de justesse aux motards. Les motos venaient à peine de les frôler dans une gerbe de terre et de projectiles que la lumière des phares décrivit un demi-cercle dans le ciel. Contraints d'immobiliser leurs engins, les gangsters bataillaient à l'arrêt afin de repartir sur la trace des fuyards. Profitant du nuage de poussière qui s'était formé autour d'eux, Hopper courut se réfugier derrière un autre arbre un peu plus loin. Discrètement, il fit signe à Martha de rester où elle était, mais étant donné l'épaisseur du brouillard de particules, il n'était pas sûr qu'elle l'ait bien vu.

Bientôt, la voix de City se fit entendre au milieu des bruits de pots d'échappement – il s'adressait à ses camarades. Aussitôt, le rugissement tapageur reprit et les motos se remirent en marche, avec cependant un peu moins de puissance, leurs phares balayant d'une lumière hésitante l'air poussiéreux.

C'était exactement ce que Hopper espérait : les Vipères les avaient perdus de vue. Peu à l'aise avec leurs engins, les gangsters étaient obligés de se concentrer sur leur conduite pour rester en selle… quitte à négliger leur traque, donnant même l'avantage à leurs proies sans le vouloir – les jets de terre qui giclaient sous leurs pneus profitaient aux fugitifs.

Tapi dans l'herbe sèche, l'inspecteur tâtonna autour de lui. La terre était meuble, pleine de petits cailloux, mais il lui en fallait un gros. En cherchant parmi les graviers, il finit par mettre la main sur un morceau de roche partiellement enfoui dans le sol, qu'il parvint à extraire sans difficulté. La pierre faisait à peu près la taille d'une balle de base-ball, ce qui ferait très bien l'affaire.

À l'approche de leurs poursuivants, Hopper souleva le projectile et le lança au loin. Il le vit passer au travers des faisceaux lumineux puis s'évanouir dans le noir et l'entendit s'écraser dans un grand fracas de branchages, une seconde plus tard.

Les phares se braquèrent aussitôt là où avait atterri la pierre et les Vipères s'y dirigèrent prudemment, un par un. Au moment où le dernier motard du groupe s'apprêtait à s'élancer, Hopper sortit de sa cachette pour se poster derrière le retardataire et l'empoigner par le col de sa veste.

Ce simple geste suffit à faire patiner l'engin sur place et à en faire perdre le contrôle à son conducteur. Les mains du gangster glissèrent des poignées et le bolide lui fila entre les jambes, avant d'aller se coucher sur le côté un peu plus loin. S'écartant d'un bond, Hopper relâcha sa victime, qui tomba en arrière. Puis sans perdre un instant, il s'assit à califourchon sur le torse du motard, lui comprimant la poitrine de ses genoux. D'une main, il attrapa l'homme par son T-shirt et, de l'autre, lui assena un coup de poing au visage. L'os du nez du gangster se brisa sous les doigts du policier et du sang chaud éclaboussa ses phalanges.

Il se releva alors brusquement et enjamba le blessé pour s'approcher de la moto, toujours au sol, dont le moteur tournait dans le vide, à plein régime. Hopper la releva et réduisit les gaz. Surgie derrière lui d'un arbre tout proche, Martha grimpa illico à l'arrière de la bécane.

L'inspecteur jeta un coup d'œil de part et d'autre de l'engin pour identifier la position du sélecteur de vitesse et du frein arrière.

— Tu es sûr que tu sais piloter ce machin ? hurla la jeune femme en passa les bras autour de sa taille.

— Disons que ça fait un bail, répondit Hopper.

Car même s'il n'avait jamais conduit de moto de motocross, il avait chevauché d'autres cylindrées dans sa prime jeunesse. Une fois qu'ils auraient regagné la route, ce serait un jeu d'enfant.

Enfin, en théorie.

Soudain, Martha lui tapota l'épaule. Face à eux, les phares des motos avaient changé de direction – les Vipères fonçaient de nouveau droit sur eux, City toujours en tête.

Hopper abaissa le sélecteur et essora la poignée, comme si sa vie en dépendait – ils démarrèrent au quart de tour. Plus ils iraient vite, plus ils auraient de chance de rester en équilibre : il ménagea donc une brusque poussée vers l'entrée du parc. Mais au moment de franchir le portail d'accès, son épaule heurta le bord de la grille, ce qui les fit dévier de leur trajectoire. Le conducteur vacilla, lâcha un juron et accéléra davantage. À peine les pneus de la moto avaient-ils touché le bitume que le moteur s'emballa et monta en régime d'un seul coup, prenant Martha et Hopper par surprise.

La jeune femme cria quelque chose, qui se perdit dans la nuit. Aucune importance : ils étaient toujours en selle et, surtout, ils continuaient de rouler, vite et loin.

À ce stade, ils avaient gagné la partie.

La moto fila vers l'ouest et atteignit bientôt le détroit de la Harlem River, qui séparait Manhattan du Bronx. Hopper remonta une rue étroite qui longeait le chenal, coincée entre des voies de chemin de fer et des terrains vagues sur la rive. Un peu plus tôt, l'inspecteur avait su tirer parti de la souplesse et de la vivacité de la moto pour échapper aux Vipères sans encombre, dessinant sa course au gré des croisements et des virages qui se présentaient à lui. Aussi, à présent que Hopper n'avait plus qu'à suivre une ligne droite dans cette rue déserte, le bolide avalait les kilomètres sans effort.

Plus au sud, voies rapides et échangeurs routiers commencèrent à s'entrecroiser au-dessus de leurs têtes, convergeant tous vers un pont. Les rues étaient désormais saturées de voitures, qui jouaient du klaxon et ne lésinaient pas sur les appels de phares. Tous les véhicules semblaient à l'arrêt, mais Hopper comptait sur la moto pour passer entre les mailles du filet.

Ils venaient d'arriver au niveau du pont de University Heights, qui débouchait sur un ensemble désordonné de routes entrelacées. L'inspecteur ralentit et remonta une bretelle d'accès, rasant de près les voitures immobiles, jusqu'au moment où il fut lui aussi contraint de mettre fin à leur course folle.

Ils n'étaient pas tombés dans un embouteillage quelconque : le pont n'était pas seulement fermé, il était carrément barricadé. Des glissières de sécurité trônaient au milieu de la chaussée, barrant l'accès aux véhicules et les obligeant à prendre une autre route pour les rediriger hors de Manhattan. D'immenses projecteurs avaient aussi été installés juste derrière les obstacles, et étaient alimentés par quatre groupes électrogènes. Aussi gros que des camionnettes, ceux-ci ronronnaient sur le bas-côté.

Un peu plus loin, là où le pont débutait à proprement parler, une troupe de policiers à cheval stationnait en rang, sur toute la largeur des voies, dans les deux sens. Les hommes en faction portaient des casques de protection dont la visière grillagée recouvrait intégralement leur visage, et brandissaient de longues matraques en bois dans leurs mains gantées de cuir. Leurs montures – bien moins protégées que les cavaliers – piétinaient et s'ébrouaient tranquillement sous la brise nocturne.

Hopper poussa un soupir de soulagement. La police, enfin.

—Accroche-toi, dit-il à Martha.

Il tourna la poignée de l'accélérateur et remonta la file de voitures immobiles, puis tourna légèrement afin de se glisser entre les barrières métalliques et se diriger vers la rangée de cavaliers.

—Restez où vous êtes !

L'inspecteur ralentit et s'arrêta dans un dérapage. À l'extrémité de la rangée d'uniformes se tenait un policier avec un mégaphone, qui fit avancer sa monture de quelques pas – que le cheval sembla effectuer de mauvaise grâce.

— Mettez pied à terre, et surtout ne bougez pas ! répéta-t-il dans son porte-voix.

Martha s'exécuta sans demander son reste. Après s'être assuré qu'elle était bien descendue, Hopper fit basculer la béquille d'un coup de pied et sauta de la moto à son tour. Les deux acolytes échangèrent un regard et l'inspecteur se risqua à faire un pas en avant.

— Je répète : ne bougez pas ! Gardez vos mains bien en évidence !

Hopper s'arrêta net et leva les bras en l'air. Il devait tenter le coup. En théorie, il était recherché et aurait déjà dû être en état d'arrestation, mais dans le chaos ambiant, les flics qui gardaient l'accès au pont ne se soucieraient sans doute pas de son nom.

— Inspecteur Jim Hopper, brigade criminelle ! Je travaille au commissariat du 65e district à Brooklyn !

Le policier abaissa son mégaphone et rapprocha sa monture des autres pour souffler quelques mots à l'un de ses collègues, qui fit aussitôt demi-tour et s'éloigna sur son cheval. Le reste du groupe resserra aussitôt les rangs.

Maugréant entre ses dents, Hopper se remit en marche.

— Attends ! s'écria Martha.

Il se tourna vers elle mais fit volte-face dès qu'il entendit le claquement des sabots sur le bitume – deux cavaliers se dirigeaient droit sur lui. Il leva de nouveau les mains en l'air et ne fit plus un geste.

— Vous ne comprenez pas… Je suis policier. Il faut absolument que je joigne mon commissariat par radio ! J'ai des informations capitales à leur transmettre. Des informations qui doivent remonter au plus vite aux forces d'intervention fédérales !

Les deux cavaliers décrivaient à présent des cercles autour de Hopper, si bien que Martha fut contrainte de battre en retraite. Bientôt, son camarade se retrouva seul en plein milieu du pont.

— Mains sur la nuque ! À genoux !

L'inspecteur releva la tête vers celui qui venait de lui donner cet ordre, mais son visage était masqué par la visière de son casque.

— À genoux, j'ai dit ! vociféra le policier en menaçant Hopper de sa matraque.

L'intéressé soupira et se plia aux ordres sans plus rechigner. Joignant les mains à la base de son crâne, il s'accroupit lentement sur l'asphalte brûlant. Il avait voulu jouer et il avait perdu.

La rangée de cavaliers s'écarta tout à coup pour laisser passer une voiture de police, voyants allumés, suivie d'un grand fourgon noir. À peine les deux véhicules s'étaient-ils arrêtés que plusieurs policiers vêtus de l'uniforme habituel – chemise bleu clair à manches courtes et pantalon foncé – en sortirent. Armes au poing, ils encerclèrent Hopper.

— Qu'est-ce qui vous prend ? Bas les pattes !

Menottes aux poignets, Martha se faisait déjà traîner jusqu'au fourgon. Hopper n'eut pas le temps de protester : un des policiers lui décocha un coup de poing dans la mâchoire.

La vision de l'inspecteur se brouilla et il tomba au sol. Toujours conscient, quoique étourdi par le choc, il sentit un liquide chaud ruisseler sur son visage et sa bouche se remplir d'un goût de ferraille. Ce fut ensuite son tour d'être menotté, la face écrasée contre le bitume et les mains jointes dans le dos, puis relevé sans ménagement.

Ses pieds décollèrent alors du sol et on le transporta jusqu'au fourgon, avant de le jeter à l'arrière comme un vulgaire sac à patates.

Cabane de Hopper
Hawkins, Indiana

26 décembre 1984

La neige s'était arrêtée de tomber. Enfin une bonne nouvelle. Hopper regardait au-dehors par la fenêtre de la cuisine tout en lavant sa tasse de café. Il avait dû en boire des litres.

Côté salon, Elfe était étendue sur le canapé, ensevelie sous une montagne de couvertures. Seul le sommet de sa tête bouclée dépassait de l'accoudoir. L'adolescente n'avait pas bougé depuis un petit moment. Il se faisait tard et Hopper venait de marquer une nouvelle pause dans son récit. Elfe avait dû s'endormir – c'était sans doute pour le mieux. Son père avait palabré toute l'après-midi puis une bonne partie de la soirée et, même si sa voix lui restait fidèle, il n'était pas certain de pouvoir tenir encore longtemps.

Ils pourraient reprendre dans la matinée. Peut-être même se contenterait-il de lui raconter une version abrégée de la suite de l'histoire, en se concentrant sur les événements les plus marquants. Ces quelques jours de 1977 n'avaient pas été de tout repos pour lui. Il s'en était passé, des choses... Ça faisait sans doute beaucoup à encaisser pour Elfe.

À moins que Hopper ne la couve un peu trop... Après tout, elle était intelligente. Certes, elle n'avait pas grand-chose en commun avec les gosses de son âge, mais elle semblait vraiment apprécier le récit. Elle l'avait écouté avec une réelle attention – comme si un tout autre univers, encore inconnu jusqu'alors, venait de s'ouvrir à elle. Mais c'était surtout son père qui se dévoilait à elle sous un jour complètement nouveau.

Il ne restait plus qu'à espérer que la lumière soit flatteuse. À l'époque, il avait fait de son mieux, mais il tenait à lui dire la vérité. En aucun cas il ne voulait embellir la réalité.

Son histoire demeurait sombre et terrifiante, même après en avoir censuré certains passages. Mais était-ce vraiment grave ? Les enfants aiment se faire peur, c'est bien connu – enfin, tant qu'ils se sentent en sécurité, du moins. Et puis, les dés étaient jetés depuis longtemps déjà. Hopper avait quitté New York indemne et il avait déjà laissé entendre que Delgado s'en était tirée, elle aussi.

Il y avait eu des morts, bien sûr. Et le récit n'était pas encore terminé.

Hopper poussa un soupir. Sans doute réfléchissait-il trop... Et peut-être sous-estimait-il sa fille.

À vrai dire, cela ne faisait même aucun doute.

Elfe remua sur le canapé et pointa le bout de son nez hors des couvertures.

— C'est quoi, la suite ? demanda-t-elle aussitôt.

— Tu ne dors pas ? s'étonna Hopper avant de la rejoindre.

Elle secoua la tête pour toute réponse puis se rassit et s'adossa contre le canapé, une jambe repliée contre elle.

— Saint John, il était comme moi ? demanda-t-elle de but en blanc.

Son père en resta interdit.

— Comment ça, comme toi ?

— Il était... spécial aussi, non ? Différent.

Hopper se passa une main sous le menton, songeur. Bonne question, en effet – qui devait travailler Elfe depuis un moment, d'ailleurs. Vu l'expérience personnelle de la jeune fille avec le Dr Brenner, cette conclusion coulait de source.

Et peut-être cette idée ne s'éloignait-elle pas tant que ça de la vérité, en fin de compte.

— Eh bien, commença Hopper en s'asseyant à côté de l'adolescente, Saint John n'était pas capable de déplacer des objets par la seule force de son esprit, mais oui, il faisait aussi partie d'un projet expérimental. Enfin, pas comme celui de Brenner et de son laboratoire. Mais n'allons pas trop vite en besogne. Et puis, encore une fois, je ne voudrais pas que tu fasses des cauchemars...

Il posa une main rassurante sur les jambes de sa fille, emmitouflées sous les couvertures. Elfe sembla considérer sa remarque le plus sérieusement du monde puis gratifia son père d'un grand sourire, avant de s'installer un peu plus confortablement dans le canapé pour attendre la suite du récit.

Hopper ébouriffa affectueusement les cheveux de l'adolescente et alla reprendre sa place dans son fauteuil. Il s'étira une dernière fois et se mit à son aise, tête en arrière et mains croisées derrière la nuque.

Il était temps de poursuivre l'aventure.

Chapitre 47

Échange d'informations

13 juillet 1977

New York

— Tu vois quelque chose ?

À l'arrière du fourgon, Martha jeta un coup d'œil par la minuscule vitre grillagée – seule ouverture sur l'extérieur. Avec un profond soupir, elle pivota sur le banc de métal où elle était assise afin de faire face à Hopper, sur la banquette opposée.

— Rien du tout. Je n'ai aucune idée d'où on peut bien être.

L'inspecteur chercha une position confortable, en vain – le fourgon exigu était complètement inadapté pour un homme de sa taille. Il n'avait même pas la place de s'asseoir complètement et était obligé de se contorsionner, le rebord de l'assise lui rentrant douloureusement dans les fesses. Il faut dire que ses mains menottées dans le dos n'arrangeaient rien – pas plus que sa tête qui le faisait souffrir, ainsi que sa lèvre inférieure, fendue sous le coup du policier.

Jusqu'à présent, leur voyage avait été marqué par de multiples arrêts. Ils avaient d'abord quitté le pont à une allure raisonnable, puis fait une première halte, sans doute à un autre poste de contrôle. À travers la vitre arrière, Hopper avait aperçu les ombres menaçantes de policiers à cheval, avant que le fourgon ne reprenne la route vers sa mystérieuse destination.

Dix minutes plus tard, le véhicule s'était immobilisé une deuxième fois sans prévenir pendant une dizaine de minutes avant de repartir.

Et dix minutes après… rebelote. Ça faisait à présent au moins une demi-heure qu'ils n'avaient pas bougé. Le moteur du fourgon tournait toujours et Hopper n'avait entendu personne sortir de la cabine avant. Aucun policier non plus n'était venu s'assurer de leur présence à l'arrière.

— Tu crois vraiment qu'ils vont nous écouter ? lui demanda Martha. Une petite frappe et un inspecteur en cavale ?

Son complice fronça les sourcils.

Elle n'avait pas tort.

— On n'a rien à perdre à essayer, de toute façon. Il faut juste que j'arrive à joindre un membre de l'unité de Gallup… Eux sauront qui je suis.

Martha ne semblait pas convaincue.

— Au cas où tu n'aurais pas remarqué, la ville entière est plongée dans le chaos ! Si tu veux mon avis, la police a mieux à faire que de jouer les standardistes… répliqua-t-elle en s'affalant contre la paroi du fourgon. Tu vas voir qu'ils vont nous jeter dans une cellule avec le même traitement que celui réservé à tous ceux qu'ils auront coffrés. Alors, oui, ils finiront bien par piger qu'on dit la vérité, mais il va sûrement falloir patienter jusqu'à Noël !

Hopper se passa la langue sur les lèvres. Martha avait raison. En temps normal, les services de police de New York étaient déjà débordés et leurs fonds insuffisants, et voilà qu'ils devaient gérer une crise bien au-delà de leurs capacités. Une pensée pratique lui traversa alors l'esprit : peut-être qu'à défaut de cellules disponibles pour les accueillir, ils allaient être condamnés à rester enfermés dans ce fourgon pour un temps indéfini.

Martha retourna se poster à l'arrière du véhicule et pressa son visage contre la vitre, dans l'espoir d'apercevoir ce qui se tramait au-dehors. De son côté, Hopper s'efforçait toujours de trouver une position moins inconfortable, quand quelque chose lui chatouilla le menton. En inclinant la tête, il vit un coin de la carte qu'il avait subtilisée dans le bureau de Saint John dépasser du col de sa veste. Il se ressaisit aussitôt.

— Bon, et si tu me racontais ce que tu sais du plan de Saint John ?

À cette question, Martha retourna s'asseoir à sa place.

— Pas grand-chose… Je fais peut-être partie des heureux élus qu'il gratifie parfois de quelques confidences, mais il n'est pas non plus du genre à déballer ses secrets. Il préfère garder le plus important pour lui. Tout ce que je peux te dire, c'est que ça fait au moins deux ans qu'il prépare son coup avec les Vipères. Il prend le contrôle d'autres gangs, de leurs territoires et de tout ce qu'ils possèdent. Il intègre leurs membres, bien sûr, mais il y a aussi beaucoup de fric en jeu.

— Et des armes aussi, non ? hasarda Hopper.

— Ah ça, oui, il a de quoi faire ! Il a conclu des accords avec pas mal de cartels, des géants de la drogue de Colombie, du Mexique… et d'autres groupes qui avaient déjà une part de marché à New York. Il savait très bien comment s'y prendre avec eux. En échange, ils lui fournissaient ce dont il avait besoin.

— En échange de quoi, exactement ?

Martha haussa les épaules.

— Aucune idée. D'argent, peut-être ? Ou d'axes stratégiques à travers la ville, je ne sais pas trop. En tout cas, une chose est sûre, c'est que lui savait exactement où il allait. Ce mec, c'est un génie, dans son genre, un expert en ressources humaines. Il sait comment s'y prendre avec les gens, les amadouer d'abord et les tenir ensuite. Après, il en fait ce qu'il veut. Je te jure, j'en ai vu mourir simplement parce qu'il le leur avait demandé.

La jeune femme s'interrompit et se mordit la lèvre. Hopper hocha la tête. Lui aussi avait été témoin du pouvoir de persuasion de Saint John.

Lisa Sargeson s'était jetée dans le vide de son plein gré – après en avoir reçu l'ordre du chef des Vipères, visiblement. La scène avait beau s'être déroulée sous les yeux de l'inspecteur, il n'en revenait toujours pas.

Martha y avait également assisté, l'inspecteur en était persuadé. Après tout, elle se trouvait sur le toit avec lui à ce moment-là.

Les yeux rivés au sol, Hopper essayait d'y voir plus clair. Certains éléments clés lui manquaient encore et plusieurs pièces du puzzle ne correspondaient pas tout à fait, mais il touchait au but, il le sentait.

Seul problème ? Le temps pressait.

— Son truc, c'est la psychologie, lâcha soudain l'inspecteur.

— Quoi ?

Il releva la tête.

— La psychologie, c'est ça, son secret. Saint John avait plein de bouquins dans la réserve à côté de son bureau. Des manuels et des ouvrages théoriques. Comme s'il s'était constitué sa propre bibliothèque de recherche. Il m'a parlé d'une « mission spéciale » à laquelle il a participé au Vietnam. Et si ça avait un rapport avec le lavage de cerveau ?

— Parce que tu crois que ça existe vraiment ? fit Martha, dubitative.

Hopper haussa les épaules et changea une énième fois de position.

— Je ne sais pas. Je n'ai moi-même jamais assisté à ce genre d'expériences mais j'en ai pas mal entendu parler. Enfin, ce que je veux dire, c'est qu'on a tous les deux vu Saint John à l'œuvre. Il a une sorte de… pouvoir. Il exerce une véritable emprise sur son entourage. C'est de là que vient tout son jargon pseudo-divinatoire. Il lui fallait tromper son monde avec des phénomènes étranges dont la plupart des gens ignorent l'existence. Une fois ce point réglé, le tour était joué.

— Possible… Saint John avait pas mal de lubies étranges.

Hopper inclina la tête sur le côté, songeur.

— Comment ça se fait que tu ne sois pas tombée dans le panneau, toi ?

Martha haussa les épaules.

— Il a sûrement essayé de m'avoir, mais bon, je te l'ai déjà dit, j'avais mes propres préoccupations. Je suis restée concentrée sur mon objectif et j'ai fait le nécessaire pour survivre et protéger Leroy.

— Sauf que ton frère est plus crédule, je me trompe ? Peut-être que le petit numéro de Saint John n'a pas marché avec toi mais qu'il a fini par fonctionner sur Leroy ?

La jeune femme secoua la tête, impuissante.

— Je pensais pouvoir le tenir à l'écart de tout ça. Il avait l'air plutôt détaché. Enfin, c'est ce que je croyais. Mais maintenant je le vois bien : je me fourrais le doigt dans l'œil !

— Je ne crois pas, non, rétorqua Hopper. N'oublie pas que c'est grâce à ton frère que je suis ici. C'est lui qui est venu me trouver pour me demander de l'aide et que *toi*, tu puisses t'enfuir. Il essayait d'échapper à l'emprise que Saint John pouvait avoir sur lui. Il y était presque !

— Presque, oui… Mais tu as raison, j'ai vu ce cinglé à l'œuvre. J'ai parfaitement conscience de ce dont il est capable.

— Bon, comme je te l'ai dit, ce n'est rien de plus qu'un peu de psychologie. Saint John connaît bien le fonctionnement du cerveau humain, c'est tout. Il sait pertinemment que s'il arrive à convaincre son public – choisi avec soin, bien sûr – qu'il est entré en contact avec un pouvoir surnaturel quelconque, la frayeur va l'emporter. Or la peur est un moyen puissant pour arriver à ses fins – sans doute le plus puissant au monde, d'ailleurs. Lui ne croit pas un mot du baratin qu'il raconte. Pas la peine, tant que ses disciples y croient, eux. Il ne fait qu'ajouter un peu de folklore pour rendre son mensonge plus convaincant, en demandant aux Vipères d'assister à des cérémonies de temps en temps et à ses fidèles de commettre des meurtres rituels.

—Euh, attends, de quoi tu parles, là ?

—Avant qu'on ne fasse le lien avec le gang, j'enquêtais sur une série de crimes avec ma coéquipière. Tous étaient perpétrés selon un procédé rituel, mais qui ne semblait pas avoir de signification en soi. Pour Saint John, ce n'était en fait qu'un moyen comme un autre de contrôler ses disciples.

Abasourdie, Martha poussa un long soupir.

—Je ne savais rien de tout ça… Il faut que tu me croies !

—Je n'en doute pas, mais c'est son nouveau plan qui m'importe. Tu es sûre que tu n'es au courant de rien ? C'est forcément Saint John qui est derrière tout ça. La coupure d'électricité, je veux dire. Ça m'étonnerait qu'il ait plongé la ville dans le noir juste pour le plaisir. Il doit avoir une idée derrière la tête.

Martha ne trouva rien à lui répondre. Soudain, les portes du fourgon s'ouvrirent avec fracas et les deux prisonniers sursautèrent, bientôt éblouis par l'éclat des lampes torches que plusieurs policiers en tenue d'assaut leur braquaient sur le visage. En sortant du véhicule sous escorte, Hopper devina à l'équipement de protection que leur comité d'accueil était probablement composé de militaires. À présent qu'il n'était plus aveuglé par la lumière, il pouvait lire les deux mots inscrits en grandes lettres jaunes sur le plastron des gilets pare-balles : « AGENT FÉDÉRAL ».

Au milieu du groupe qui fourmillait près du fourgon, Hopper fit de son mieux pour se repérer. Ils se trouvaient au centre d'une vaste esplanade – autour d'eux se dressaient de hauts immeubles aux flancs droits, tous feux éteints. Malgré les projecteurs et les groupes électrogènes installés en renfort, il fallut un bon moment à l'inspecteur pour se rendre compte qu'il était en fait en plein Times Square.

Un homme s'approcha bientôt de Hopper afin de défaire ses menottes. Les poignets enfin libres, le policier secoua les mains pour y faire affluer le sang, qui semblait les avoir quittées momentanément. Ce fut alors qu'il vit un autre agent venir à sa rencontre au pas de course. L'individu en question portait un costume noir, par-dessus lequel il avait négligemment enfilé un gilet pare-balles.

— Inspecteur Hopper ! s'exclama Gallup. Ravi que vous ayez pu vous joindre à nous. On n'attendait plus que vous.

Chapitre 48

Dernières instructions

13 juillet 1977

Manhattan, New York

Sur toute la largeur de Broadway Street, au niveau de l'intersection avec Times Square, une grande tente blanche faisait office de poste de commandement improvisé. L'intérieur grouillait de policiers en uniforme et d'agents fédéraux qui s'affairaient en tous sens, au milieu de collègues en civil. D'autres encore, vêtus de bleus de travail et coiffés de casques de chantier, examinaient de grandes cartes disposées sur des tréteaux. Dans un coin bourdonnait un groupe électrogène diesel, non loin d'une radio de campagne militaire qui attira immédiatement l'attention de Hopper.

Gallup leur avait donné les dernières nouvelles en chemin : le réseau électrique de New York était hors service. Le fournisseur principal d'électricité de la ville avait en effet été contraint de suspendre toute activité, y compris sur l'infime portion du réseau restée opérationnelle après la coupure initiale, afin de pouvoir rééquilibrer la charge électrique et identifier la cause de la panne. Certains quartiers, alimentés par une entreprise concurrente, avaient été miraculeusement épargnés – notamment une partie du Queens et la péninsule de Rockaways.

Dans un coin de la tente, un immense tableau blanc était placé bien en évidence, toute sa surface déjà presque entièrement noircie d'informations diverses et variées. Gallup, lui, poursuivait le résumé de la situation, mais Hopper n'avait désormais plus qu'une seule pensée à l'esprit, qui tournait en boucle et noyait les paroles de l'agent spécial.

— Inspecteur Hopper ?

Gallup dut s'y reprendre à deux fois mais finit par tirer le policier de ses pensées. Après quelques secondes de flottement, l'intéressé fixa son interlocuteur d'un air résolu.

— Bon, on ne va pas y aller par quatre chemins. J'ai fait tout ce que vous vouliez, alors maintenant, à votre tour de m'aider. Il faut que je rentre chez moi. Diane et Sarah m'attendent. La situation doit déjà être compliquée pour ma femme, alors si en plus la panne de courant s'étend jusqu'à Brooklyn…

L'agent spécial posa une main ferme mais rassurante sur le bras de Hopper.

— Diane et Sarah vont bien, vous avez ma parole.

— Vous… Qu'est-ce que vous en savez ?

— L'inspectrice Delgado est avec elles.

— Delgado ?

Gallup hocha la tête.

— Elle est venue nous trouver hier pour nous présenter certaines pièces à conviction qu'elle s'était chargée de rassembler en votre absence. Avant de partir, elle m'a fait savoir qu'elle allait passer par chez vous. À ce qu'elle m'a dit, il lui restait une promesse à tenir. Je ne vous cache pas que je suis content qu'elle s'en soit chargée, parce qu'avec cette fichue panne, tout le monde est mobilisé et je n'aurais pas été en mesure de faire quoi que ce soit pour votre famille. En tout cas, soyez rassuré, Delgado est toujours là-bas. Elle s'est signalée auprès de nous à la minute où les lumières se sont éteintes.

Soudain soulagé, Hopper s'étouffa presque de rire, envahi qu'il était par une sensation d'apaisement jamais éprouvée auparavant – une joie inouïe, incommensurable. De savoir sa femme et sa fille en sécurité malgré le chaos ambiant…

Il dévisagea Gallup puis Martha.

— Je vais les rejoindre. Je vous ai dit tout ce que je savais, je ne vous serai d'aucune utilité. Martha saura mieux répondre à vos questions que moi. Tenez, cette carte pourrait vous être utile, ajouta-t-il en extirpant le plan du Q.G. des Vipères de sa veste. Si vous vous décidez à envoyer une unité spéciale maintenant…

L'agent l'interrompit d'un geste de la main.

— Plus facile à dire qu'à faire, inspecteur. Notre groupe d'intervention n'est pas encore opérationnel. Tous nos hommes sont éparpillés aux quatre coins de la ville, en attente d'instructions qu'ils ne recevront même pas.

— Comment ça ?

—Aucune radio ne fonctionne. Sans électricité, pas d'émetteur. Même si vous étiez parvenus à rejoindre un commissariat, vous n'auriez pas pu me contacter. Je n'ai d'ailleurs su que vous étiez en route pour me trouver que grâce à une patrouille à moto qui nous a informés de ce qui se passait dans le Bronx.

—C'est la guerre, là-bas, voilà ce qui se passe ! lui lança Martha d'une voix indignée.

—Croyez-moi, je suis au courant, rétorqua Gallup. Juste avant que les lignes téléphoniques ne soient coupées à leur tour, tous les policiers ont reçu l'ordre de gagner le commissariat le plus proche de leur domicile.

Hopper en resta bouche bée quelques secondes.

—Non mais c'est n'importe quoi ! finit-il par éclater.

—Vous ne pouvez pas leur reprocher d'avoir tenté le coup, inspecteur.

—Mais enfin, la plupart de mes collègues n'habitent pas dans le même quartier que leur commissariat de rattachement, et encore moins dans le Bronx ! Insista Hopper, avant de se tourner vers Martha. Voilà pourquoi on n'a croisé aucun flic ! Il n'y en avait aucun là-bas…

—Ce n'est pas tout à fait exact, rectifia Gallup. Vous oubliez ceux déjà en service.

—Mouais. Pas sûr qu'ils fassent le poids, d'après ce qu'on a vu… fit observer la jeune femme, désabusée.

—Quoi qu'il en soit, en cas de problème, on fait toujours en sorte de mettre en place un système radio de secours, reprit l'agent spécial en désignant le matériel de communication de l'armée qui se trouvait un peu plus loin. Seulement, si on veut pouvoir établir une liaison fiable, il faut d'abord le roder un peu et s'assurer qu'il fonctionne bien dans chacune de nos unités. Ce processus va prendre un petit moment, mais on sera bientôt en mesure de planifier une descente chez les Vipères.

—Entendu. Je suis désolé, mais de mon côté, ça ne change rien : je dois y aller, reprit Hopper. Tout de suite.

—J'avais compris. Je vais tâcher de vous trouver un moyen de transport et on fera ensuite le point avec Martha, répondit Gallup avant d'interpeller un policier en uniforme qui passait par là.

Une vague de culpabilité envahit soudain l'inspecteur. Oui, c'était bien ça : de la culpabilité. Car malgré tout le travail accompli, le temps investi, le danger qui menaçait la ville et les mystérieux plans de Saint John, Hopper n'avait qu'elles deux à l'esprit...

Diane et Sarah.

Quand bien même il aurait le devoir de servir et de protéger New York en tant que policier, il avait aussi le devoir de servir et de protéger sa famille.

D'autant qu'il avait mené à bien sa mission : celle de recueillir des informations. Martha était en effet une précieuse source de renseignements.

Gallup vint le retrouver quelques instants plus tard et lui tendit un encombrant émetteur-récepteur radio militaire.

—Vous savez vous en servir, j'imagine ?

—Oui, en effet... Merci.

Le boîtier pesait une tonne – le système n'avait visiblement pas évolué depuis la dernière fois que Hopper s'en était servi au Vietnam.

— Une moto vous attend, reprit l'agent. Bonne chance, inspecteur.

Chapitre 49

Brooklyn ne dort jamais

14 juillet 1977

Manhattan, New York

Hopper n'atteignit pas son immeuble avant minuit. Gallup avait réquisitionné pour lui une grosse cylindrée – un véritable monstre sur lequel l'inspecteur se sentait bien plus à l'aise que sur le précédent engin, nerveux et imprévisible. À la lumière du gyrophare et toutes sirènes hurlantes, il n'avait guère eu de mal à se frayer un passage dans Manhattan malgré les bouchons et à traverser les rues bondées de Brooklyn. Le trajet avait par ailleurs confirmé son intuition : la situation semblait bien moins critique de ce côté-là de la ville. Grâce aux instructions données aux policiers à la dernière minute, la sécurité de Manhattan et de Brooklyn était désormais assurée par des forces de l'ordre en sureffectif. Une bonne nouvelle pour les habitants de ces arrondissements… moins pour le Bronx et les autres quartiers plus défavorisés, où les policiers avaient déserté les commissariats – pourtant nombreux.

Hopper se gara juste devant le perron et abaissa la béquille de sa moto avant même d'avoir coupé le moteur. Puis il extirpa la radio de la sacoche du deux-roues et grimpa à toute vitesse les marches jusqu'à la porte d'entrée.

Mais quand l'inspecteur voulut pénétrer dans l'immeuble, quelqu'un sembla lui barrer le passage. Troublé, Hopper força l'ouverture d'un coup de pied et manqua de trébucher sur un obstacle au sol. Le hall d'entrée étant éclairé à la bougie, le nouveau venu mit un moment avant d'apercevoir un homme, vautré à terre, qui tentait difficilement de se relever, en appui sur le coude.

— Bon sang ! Oh, mais c'est vous, Jim ?

Hopper reconnut alors Éric Van Sabben, à qui il adressa à peine un regard avant de se précipiter dans les escaliers.

— Oui, euh… Bonjour, Éric ! Désolé, je…

Une fois sur le palier de son appartement, l'inspecteur tambourina à la porte – il ne voulait pas prendre le risque d'effrayer sa femme et sa fille en se servant de sa clé.

— Diane, c'est moi ! Ouvre ! Je suis rentré, ouvre !

Un instant plus tard, un meuble lourd raclait contre le sol, comme si on le déplaçait de derrière la porte. Puis ce fut le cliquetis du loquet et, enfin, le bruit métallique du verrou.

— Jim ! s'exclama la jeune femme en se jetant dans les bras de son mari.

Le corps secoué de sanglots, elle se blottit contre la poitrine de Hopper. Le boîtier radiophonique toujours entre les mains, le policier fit de son mieux pour enlacer Diane.

— Je suis là… murmura-t-il, le menton enfoui dans ses cheveux blonds bouclés, dont il retrouvait enfin l'odeur réconfortante.

Il répéta ces trois mots jusqu'à ce que les pleurs de son épouse s'apaisent.

Elle finit par rompre leur étreinte et lui lança un regard humide. Les yeux pareillement noyés de larmes, Hopper écarta une mèche du visage de Diane et lui sourit.

— Où est Sarah ? finit-il par lui demander.

Elle le guida à l'intérieur et était sur le point de refermer la porte quand elle remarqua l'objet volumineux qu'il transportait.

— C'est quoi, ça ?

L'inspecteur alla déposer le boîtier sur le plan de travail de la cuisine.

— Un téléphone de campagne, pour me permettre de rester en contact avec la base. Mais du coup, tu ne m'as pas dit… Elle est où, Sarah ?

Sans même attendre de réponse, il se dirigea vers le couloir qui desservait les chambres.

— Elle dort, lui répondit Diane en lui emboîtant le pas. Ne t'inquiète pas, elle va bien. Elle était déjà couchée quand le courant a été coupé.

Hopper ouvrit la porte et entra dans la chambre de sa fille. La petite était allongée sur le ventre au milieu de ses draps défaits, dans une chaleur étouffante – sans électricité, pas de climatisation.

Lorsqu'il s'assit sur le rebord du lit avec précaution, Sarah entrouvrit les paupières et dévisagea son père l'espace de quelques secondes avant de se rendormir aussitôt. Hopper resta un moment assis auprès d'elle à la regarder, lui passant une main dans les cheveux.

Ça y est, je suis rentré.

Enfin, il poussa un profond soupir et se frictionna le visage, puis se releva doucement. Il regarda sa fille une dernière fois, referma la porte et regagna le salon. Sa femme était en train d'allumer d'autres bougies quand on frappa à la porte d'entrée. C'était Éric. Diane le fit entrer sous le regard gêné de son époux.

— Esther va bien ? lui demanda Hopper.

Son voisin hocha la tête.

— Oui, elle est allée se coucher. Mme Schaefer aussi : elle est restée dormir chez nous. Vous croyez que je devrais les réveiller ?

Hopper l'interrompit d'un geste de la main.

— Non, non, pas la peine, du moment qu'elles vont bien… insista-t-il avant de fouiller la pièce du regard.

— Et Delgado… elle est où, au juste ?

Diane et Éric échangèrent un regard perplexe.

— J'allais te poser la même question, rétorqua la jeune femme.

— Comment ça ?

— Ce n'est pas elle qui vous a retrouvé ? demanda leur voisin.

— Me retrouver ? Où donc ?

— À l'institut Rookwood.

Ils mirent plusieurs minutes à faire marcher le poste de télécommunication. Pendant que Hopper essayait de joindre Gallup à son quartier général de Times Square, Diane fit un rapide compte rendu de la situation de son époux – ou du moins, songea l'inspecteur qui ne l'écoutait qu'à moitié, de ce qu'elle en savait, d'après ce que lui avait dit Delgado.

Delgado, partie seule de son côté, faire on ne savait quoi, on ne savait où.

La radio se mit enfin à grésiller et tout le monde retint son souffle.

— *Poste de commande T-70-70, bien reçu, à vous.*

Le policier poussa un soupir de soulagement et appuya sur le bouton d'enregistrement.

— Ici l'inspecteur Hopper. Je voudrais parler à l'agent spécial Gallup. À vous.

— *Roger.*

Le signal se tut un moment et Diane en profita pour venir s'adosser au comptoir de la cuisine à côté de son époux. Soudain, la communication fut rétablie.

— *Faites vite, Hopper. À vous.*

— Delgado n'est pas chez moi, déclara l'inspecteur dans le micro. Elle est allée seule à l'institut Rookwood. À vous.

Silence radio. Gallup devait être en train de transmettre l'information à Martha – Hopper ne s'était rendu compte qu'après coup que son interlocuteur ne savait peut-être pas de quel endroit il parlait, et encore moins l'importance que revêtait ce lieu pour Saint John.

Cela dit, la sœur de Leroy en avait-elle elle-même conscience ?

Le policier jeta un regard inquiet à sa femme et enclencha de nouveau le bouton émetteur.

— Voulez-vous que je répète ? À vous.

— *Désolé, je parlais à Martha. On ne sait pas de quoi il s'agit. Vous avez l'adresse ? À vous.*

Hopper s'essuya le front. Il n'avait pas le temps d'expliquer dans le détail le lien qu'entretenait le chef des Vipères avec l'institut – non seulement le moment était mal choisi, mais ils risquaient surtout d'être coupés à tout instant.

— Oui. Des membres du gang ont été aperçus pas loin. Ils se dirigeaient vers l'endroit en question. Il semblerait que le bâtiment soit encore pourvu en électricité. À vous.

— *Et c'était une raison valable pour dépêcher Delgado sur place ? À vous.*

— Rookwood compte beaucoup pour Saint John. Martha vous a parlé de Lisa Sargeson ? À vous.

— *Affirmatif. À vous.*

— C'est là-bas qu'il a rencontré Lisa pour la première fois, expliqua Hopper. Juste avant qu'il ne soit libéré de prison. Je vous expliquerai ça plus tard mais c'est là que tout a commencé. Si les Vipères se dirigent vers l'institut, c'est que Saint John leur en a donné l'ordre. Delgado me croit toujours avec eux, elle a dû aller me chercher. À vous.

— *Entendu, restez où vous êtes. Je vous envoie autant de renforts que possible. Si vous avez vu juste, on pourra sans doute capturer Saint John là-b…*

— Négatif, négatif ! rétorqua l'inspecteur en se retenant de hurler dans le micro. Envoyer vos agents sur place reviendrait à lui déclarer la guerre !

Hopper ferma les yeux en pensant à la puissance de tir dont disposaient les Vipères – une force de frappe qui risquait de toucher son quartier de plein fouet. Il souleva de nouveau le micro mais, avant qu'il ne puisse reprendre la parole, le récepteur radio se remit à crépiter, plus fort cette fois. Le haut-parleur crachait par intermittence, comme si le bouton d'enregistrement s'allumait et s'éteignait, coup sur coup. L'inspecteur considéra l'émetteur qu'il avait en main, mais l'appareil semblait fonctionner correctement – sur le dessus, une diode rouge signalait que, de son côté, le micro était éteint.

— Qu'est-ce qui se passe ? demanda Diane.

Son époux haussa les épaules.

— Il doit y avoir un problème à l'autre bout de la ligne.

— *Hopper !* hurla soudain une voix qui n'était pas celle de Gallup.

L'intéressé reprit aussitôt son émetteur.

— Martha ?

D'autres bruits parasites se firent entendre, puis le canal de communication fut rétabli à l'autre extrémité de la ligne. Hopper crut deviner à l'oreille qu'une altercation avait éclaté. Quelques secondes plus tard, les voix se firent entendre plus distinctement et le policier reconnut formellement celle de Martha.

— *Lâchez-moi !* fit-elle avant que le micro ne se coupe de nouveau brièvement. *Oui, ça va, gardez-la votre chemise. La vache ! Hopper, tu es toujours là ?*

— Toujours, oui. Qu'est-ce qui se passe ? À toi.

— *Je ne fais qu'emprunter la radio une minute.*

— Tu as entendu ce qu'on a dit ? À toi.

— *Oui. Écoute, si tout le gang se dirige vers l'institut, alors Leroy y sera aussi, et donc… Euh, à toi.*

L'inspecteur eut une moue désapprobatrice. Il savait pertinemment ce que s'apprêtait à dire la jeune femme.

— Reste où tu es. Je peux gérer de mon côté, d'autant que Gallup et ses agents sont prêts à intervenir à tout moment. D'accord ?

— *Pas question que j'attende, Hopper. Il faut que j'aille chercher mon frère avant qu'il ne soit trop tard, compris ? Et je ne laisserai personne m'en empêcher, ni toi ni monsieur l'agent spécial !*

— Martha, attends ! Martha ?

Hopper relâcha le bouton. La fréquence grésilla, puis il y eut un craquement et Gallup fut de retour à l'antenne.

— *Restez où vous êtes, inspecteur. On a la situation en main.*

— Ben voyons… C'est vrai que vous vous en êtes tellement bien sortis jusqu'ici… Terminé.

Le policier posa l'émetteur sur le plan de travail et éteignit le poste de radio. Ce n'est que lorsque l'appareil redevint silencieux que Hopper s'aperçut que Diane et leur voisin le dévisageaient tous les deux.

— Il faut que j'aille retrouver Delgado.

De toute évidence surpris, Éric voulut ouvrir la bouche mais aucun son n'en sortit. Hopper ne lui prêta guère d'attention : seule Diane comptait. Sauf qu'elle aussi se taisait. Ce qu'elle venait d'entendre ne semblait pas lui suffire – elle attendait de véritables explications.

Mais son mari n'avait rien d'autre à lui offrir que la vérité.

Il passa de l'autre côté de la table de la cuisine et voulut prendre la main de Diane. Mais bras sur la poitrine et tête baissée, la jeune femme eut un mouvement de recul, comme pour se protéger.

—Jim…

—Je suis désolé, lui dit-il. Delgado a peut-être des ennuis, il faut que j'aille l'aider. Cette situation ne va pas pouvoir durer très longtemps. Si je peux mettre un terme à cette folie dans le calme avant que la cavalerie ne débarque, ça vaut la peine d'essayer.

Diane acquiesça.

—C'est qui, Martha ?

—Une fille qui essaie de sauver son petit frère… et qui ne manque pas de ressource, crois-moi. Pourvu qu'elle soit en chemin elle aussi ! Si on s'y met ensemble, il y a peut-être une chance qu'on mette fin à tout ça.

Diane dévisagea son mari un instant puis baissa de nouveau les paupières.

—Fais attention à toi, d'accord ? dit-elle en relevant la tête avec un sourire un peu forcé, les yeux déjà baignés de larmes.

Hopper s'approcha et la prit dans ses bras – cette fois, elle ne recula pas. Ils restèrent enlacés un moment, se berçant doucement.

—Éric, vous voulez bien prendre soin de ma famille en mon absence ? demanda-t-il à son voisin, resté planté au milieu de la pièce.

L'interpellé opina du chef.

L'inspecteur rompit alors son étreinte avec Diane et lui déposa un baiser sur le front.

—Je fais aussi vite que possible, insista-t-il avant de quitter l'appartement sans même oser se retourner.

Chapitre 50

Dans la gueule du serpent

14 juillet 1977

Brooklyn, New York

Dans les ruelles sombres et silencieuses de Brooklyn, l'image de New York en proie aux flammes, au carnage et au chaos faisait à Hopper l'effet d'un vieux rêve presque tombé dans l'oubli. Il planqua la moto de police dans un parking désert non loin de l'institut Rookwood et fit le reste du trajet à pied. Il connaissait bien le tour que lui jouait son cerveau. L'adrénaline, l'épuisement, la faim, la soif, sans parler des blessures légères qu'il avait reçues depuis qu'il s'était échappé du quartier général des Vipères, constituaient un cocktail explosif qui commençait à faire son effet. Il en connaissait les conséquences pour les avoir déjà subies au Vietnam, et avait assez d'expérience pour savoir qu'il ne tiendrait plus très longtemps.

L'inspecteur n'eut aucun mal à trouver l'institut. C'était un édifice colossal, un assemblage de colonnes et d'arches de style gothique, quelque part entre une église et un manoir, érigé à l'extrémité d'une large avenue avec laquelle il était parfaitement aligné – le point de mire de tout le quartier.

C'était aussi le seul bâtiment éclairé à la ronde. Hopper n'avait eu qu'à suivre sa lueur éclatante – et les Vipères, qui défilaient sans discontinuer jusqu'à leur point de ralliement devant l'institut. Les gangsters avaient dû se déplacer en voiture ou à moto – leur quartier général était à des kilomètres de là –, mais avaient sans doute abandonné leurs véhicules un peu plus loin pour poursuivre leur chemin à pied, exactement comme lui. Le policier n'arrivait pas vraiment à comprendre pourquoi – et ce détail n'avait sûrement aucune importance – mais il se sentait… déstabilisé par l'attitude des Vipères. Les gangsters lui semblaient en effet bien silencieux – trop silencieux, même. À défaut de marcher en cadence, ils avançaient en silence, sans échanger un mot ni faire le moindre bruit, à part celui de leurs pas mesurés sur le bitume.

Hopper avait beau avoir perdu le compte, ils étaient bien plus nombreux qu'à l'entrepôt. Tous portaient des vestes de cuir ornées du blason des Vipères et un AK-47 à l'épaule.

L'armée personnelle de Saint John avançait aveuglément au pas vers…

Quoi ?

L'inspecteur devait absolument pénétrer dans l'institut afin de le découvrir. Les Vipères se rassemblaient en rang devant le bâtiment, les yeux levés vers le ciel, comme pour attendre les ordres de leur maître. Cette scène rappelait étrangement à Hopper la cérémonie à laquelle il avait assisté sur le toit de l'entrepôt – celle qui avait scellé le sort de Lisa.

Le policier dut se faire violence pour ne pas y penser. Il observa le gang encore un instant et prit sa décision.

Il n'attendrait pas Martha. Elle mettrait un petit moment à arriver – et encore, à condition qu'elle parvienne à convaincre Gallup de lui fournir un moyen de transport… Sans compter qu'il était impossible pour Hopper de savoir où elle se trouvait ni même si elle avait vraiment l'intention de venir. Rien ne servait donc de lambiner sur place. Et puis, même si elle le rejoignait bel et bien, l'inspecteur espérait qu'en voyant l'ampleur du rassemblement, elle ferait preuve de bon sens et se tiendrait à l'écart.

Évidemment, lui ne comptait pas suivre ses propres recommandations.

Le policier tourna à l'angle et descendit la rue déserte à petites foulées. Au croisement suivant, il prit un virage, puis un autre, et se retrouva bientôt sous une rangée d'arbres, non loin de la queue du cortège où se pressaient quelques retardataires.

Tapi derrière un tronc, Hopper tentait de déterminer le nombre de soldats et le temps dont il disposait. Le calcul fut rapide. Il compta ensuite jusqu'à cinq et se jeta sur le gangster qui fermait la marche pour lui passer un bras en collier autour du cou et serrer de toutes ses forces. L'homme résista mais avant qu'il n'ait eu le temps d'appeler à l'aide, le policier lui avait déjà plaqué sa main libre sur la bouche. L'inspecteur le fit basculer légèrement de côté, de sorte que la kalachnikov ne glisse pas de son épaule au risque d'alerter ses camarades, et le traîna jusqu'au trottoir pour se cacher derrière une voiture.

Une fois assuré que la victime était bien inconsciente, Hopper la laissa retomber au sol et lui ôta sa veste en cuir, puis il ôta la sienne et endossa les couleurs des Vipères par-dessus son vieux T-shirt jaune, maculé de sang.

Il s'empara enfin de l'arme du gangster, la passa à son épaule et s'empressa de rejoindre les autres pour se fondre dans la masse au milieu des derniers arrivants. Quand l'institut fut en vue, il feignit de regarder le bâtiment aux fenêtres éclairées comme le reste de ses camarades.

Alignés en rang, ils attendaient.

Après quelques instants, l'inspecteur se détacha du reste du groupe et alla se glisser derrière une rangée de voitures garées là. S'il lui fallait absolument entrer à l'intérieur de l'édifice, la porte d'entrée n'était de toute évidence pas une option. Heureusement, l'immense bâtiment carré occupait un pâté de maisons à lui tout seul. Hopper rampa donc le long des véhicules qui bordaient le trottoir et parvint au bout de la rue – il se trouvait presque devant l'immeuble. Depuis sa position, le vif éclairage de l'institut projetait deux larges zones d'ombre triangulaires à chaque angle de la façade de briques. L'inspecteur prit le risque de se mettre à découvert pour traverser la rue à grandes enjambées et, une fois qu'il eut gagné le côté de l'édifice, se fondit dans la nuit. Collé au mur, il patienta là un moment, à l'affût du moindre bruit.

Rien à signaler. Hopper jeta un coup d'œil aux étages puis, cherchant un moyen de pénétrer dans l'institut, il remonta la rue sombre.

L'occasion qu'il attendait se présenta à lui quelques secondes plus tard. À l'arrière de l'édifice, le mur jusque-là droit présentait un renfoncement qui menait à une vaste arrière-cour jonchée de sacs-poubelles. Derrière un petit muret de briques, une benne à ordures masquait en partie une porte, fermée à clé. Qu'à cela ne tienne… L'inspecteur prit appui sur le parapet et écrasa la poignée de son talon. Quatre coups de pied plus tard, le battant céda et il suffit d'une dernière poussée de l'épaule pour que Hopper parvienne à en forcer l'ouverture.

De l'autre côté, c'était le noir complet. L'intrus prit une profonde inspiration et s'engagea à l'intérieur.

Ses yeux s'accommodèrent rapidement à l'obscurité. La salle où il se trouvait était plongée dans le noir mais une lueur semblait émaner de sous une porte close. Hopper traversa la pièce à pas de loup et abaissa doucement la poignée. La porte s'ouvrait sur un couloir désert. Après avoir vérifié qu'il était seul, l'inspecteur pénétra donc dans l'institut à proprement parler.

Le couloir lambrissé de boiseries était éclairé par des lustres rococo en fer forgé suspendus au plafond. Au sol, le revêtement en linoléum ciré reluisait à la lumière des ampoules. Après avoir passé des heures dans une ville privée de courant, le policier était légèrement déconcerté de se retrouver dans un environnement aussi lumineux – d'autant qu'il était bien conscient de déambuler dans le seul bâtiment encore pourvu d'électricité à des kilomètres à la ronde. Hopper tendit de nouveau l'oreille et se concentra du mieux qu'il put, jusqu'à ce qu'un léger ronron continu lui parvienne du sous-sol. Le bruit d'un générateur, à coup sûr.

Un pied devant l'autre, l'inspecteur avança prudemment dans le couloir, rassuré par la présence – peut-être un peu trop familière – de la kalachnikov entre ses mains.

Lorsqu'il finit par se rendre compte que l'institut Rookwood était désert, il accéléra le pas. Contrairement au quartier général des Vipères dans le Bronx, ce bâtiment-là était en parfait état, le sol rutilant et les tables soigneusement empilées dans les bureaux désaffectés. L'espace d'un instant, de vieux souvenirs d'école remontèrent à la surface. À l'époque – environ vingt-cinq ans plus tôt – Hopper était encore élève à Hawkins et ses camarades et lui aidaient leur professeur à ranger la salle de classe pour qu'elle soit ensuite nettoyée de fond en comble pendant les vacances scolaires.

Les sens toujours en éveil, l'inspecteur poursuivit sa ronde, se raccrochant à l'espoir de croiser Delgado dans le dédale de l'institut. Ou Saint John, d'ailleurs. Ils étaient là tous les deux, quelque part, le policier en était intimement convaincu.

Il ne lui restait à présent plus qu'à les trouver.

Arrivé au deuxième étage, Hopper tomba sur un plan de l'édifice – et pas n'importe lequel : une marqueterie ancienne, encadrée et décorée de minutieux détails semblant retracer l'architecture du site, sur le mur qui jouxtait l'escalier principal. Le visiteur avait beau se demander à quoi pouvait bien servir le bâtiment avant qu'il ne devienne la propriété de l'État, il remercia en pensée les artisans qui avaient eu la bonne idée de réaliser cette pièce au siècle précédent. Il l'examina attentivement, histoire d'avoir une meilleure vue du circuit qu'il pourrait emprunter et d'élaborer une stratégie de recherche plus efficace. Mais il abandonna très vite, se décidant à poursuivre son chemin à l'aveugle. Il était trop tard pour mettre en doute l'efficacité de ses propres méthodes.

Le couloir débouchait sur deux grandes portes, partiellement vitrées. Une lumière mouvante – comme provenant de la lueur d'une flamme – se reflétait derrière le verre teinté. Intrigué, Hopper s'approcha pour jeter un coup d'œil à l'intérieur. Écarquillant alors les yeux d'horreur, il ouvrit brutalement la porte pour se précipiter de l'autre côté.

Si la grande pièce vide tout en longueur avait sans doute servi un jour de salle de conférences ou de réunion, elle était à présent dépourvue de mobilier et éclairée par des centaines de bougies de cire noire disposées au sol.

Au centre, étendue sur le dos, se trouvait Delgado. Bras et jambes écartés, elle gisait au milieu d'une immense étoile à cinq branches ciselée à même le parquet. Autour, d'autres symboles brillaient, grossièrement peints en rouge vif. Les paupières de la jeune femme étaient closes mais sa poitrine se soulevait et s'abaissait au rythme régulier de sa respiration.

Saisi d'effroi, Hopper resta figé sur place. Il ne pouvait détacher les yeux de sa partenaire et de l'homme penché sur elle.

Saint John.

Il portait toujours sa longue robe noire, mais sans la capuche. La lueur des bougies miroitait dans les verres polarisés de ses lunettes de soleil.

— Sois le bienvenu, cher frère.

Le chef des Vipères semblait l'attendre, impassible, un mystérieux sourire aux lèvres et les maintes jointes en un geste de prière.

Sentant la rage monter en lui, Hopper se précipita sans réfléchir sur Saint John, oubliant même qu'il portait une arme dont il aurait pu se servir – au fond de lui, il voulait affronter son adversaire à mains nues.

Mais son élan fut interrompu par une force surgie de nulle part dans son dos, qui s'abattit sur ses épaules pour l'obliger à se mettre à genoux et lui arracher le AK-47 des mains.

Leroy relâcha momentanément son emprise pour se débarrasser du fusil d'assaut, qu'il jeta au sol aussi loin que possible, avant de reprendre position auprès de Hopper. De l'autre côté du prisonnier, Reuben était lui aussi aux aguets.

Les yeux vitreux, les deux hommes ne laissaient paraître aucune émotion.

Exactement comme leurs camarades au-dehors.

Le chef des Vipères semblait avoir pris le contrôle de leur esprit.

Hopper leva la tête vers Saint John qui contournait le corps inerte de Delgado pour s'avancer vers lui.

— Ce n'est pas fini, cette mascarade ? s'écria l'inspecteur. Pourquoi vous faites ça ? Les bougies, les symboles, les… les…

Saint John s'immobilisa sans un mot devant son prisonnier avant de s'accroupir face à lui. Cette fois encore, l'inspecteur ne put voir que son propre reflet.

Face au silence de son interlocuteur, Hopper explosa.

— À quoi ça rime ce délire mystique, franchement ? Vous avez dirigé des hommes au Vietnam, non ? Donné des ordres, obéi à d'autres… Il n'y avait rien de magique là-dedans. Ni à l'époque, ni maintenant. (Il leva un sourcil interrogateur vers son adversaire toujours muet et pointa du regard les différents éléments du décor.) Toutes ces absurdités à propos du jugement dernier, de la venue de Satan à New York, l'Apocalypse, le jour du Serpent ou que sais-je encore… Votre petit numéro a assez duré. Je sais bien que vous n'y croyez pas vous-même. Vous ne faites qu'utiliser ce folklore pour contrôler vos disciples et planter dans leur esprit la graine qui fera naître en eux la peur, leur donnera une raison de se plier à vos ordres, parce que vous représentez pour eux le seul moyen de s'en sortir ! Vous êtes le seul homme qui puisse les protéger de la fureur du diable. Osez me dire que j'ai tort !

Saint John se contenta d'incliner la tête sans prononcer un mot. Hopper plongea son regard dans les verres miroirs comme pour essayer de voir au travers.

— Le pire, c'est que vous prenez plaisir à ce petit jeu ! reprit l'inspecteur d'une voix hargneuse. Jamais vous n'auriez acquis tout ce pouvoir autrement. Ça vous galvanise, hein, de rassembler toutes ces âmes faibles et vulnérables autour de votre culte. Vous êtes un manipulateur, Saint John. Un « génie », à ce qu'il paraît. Je veux bien le croire. Un génie de la planification, oui. Un véritable chef, c'est certain. Tout ce temps passé à préparer votre coup… Je ne sais pas comment vous vous êtes débrouillé pour mettre en place ce black-out, mais je dois reconnaître que c'était un coup de maître. La touche finale pour votre jour du Serpent.

Hopper essaya de voir si, derrière Saint John, sa coéquipière avait bougé, malheureusement Delgado était toujours étendue sur le sol dans la même position. Soudain, les flammes des bougies vacillèrent autour d'eux, comme si un léger courant d'air avait parcouru la pièce. Pourtant, l'atmosphère était toujours aussi pesante.

Le chef des Vipères hocha la tête d'un air satisfait, laissant entrapercevoir la pointe de sa langue entre ses dents immaculées.

—Mes félicitations pour cette brillante enquête, Hopper. Nous aurions vraiment fait une merveilleuse équipe, toi et moi.

—Répondez-moi… Insista le prisonnier dans un murmure. Pourquoi vous faites tout ça ?

Saint John se releva et éclata de rire. Puis il marcha jusqu'au centre de la pièce pour contempler Delgado et se retourna vers l'inspecteur.

—Tu l'as dit toi-même, lâcha-t-il, les bras écartés en éventail, sa robe noire déployée autour de lui. Le jour du

Serpent se lève enfin. L'heure où le diable montera sur Son trône est proche.

Lentement, le chef des Vipères revint s'accroupir face à Hopper.

—Il m'est apparu un jour où je rampais dans la boue, reprit-il, à l'époque où je tuais aveuglément pour obéir aux ordres. Il est venu à moi pour me donner Ses instructions et grâce à Lui, j'ai vu l'avenir. C'est Lui qui m'a montré comment effectuer les rituels et préparer au mieux Sa venue.

Saint John se leva de nouveau pour rejoindre Delgado.

—Cinq sacrifices pour que le voile des ombres recouvre la terre, précisa-t-il, le dos tourné à Hopper.

L'inspecteur sentit son pouls marteler à ses tempes.

Il avait fait fausse route. Il était même tellement loin de la vérité…

Saint John ne faisait pas que manipuler ses disciples. Il était absolument convaincu de ce qu'il prêchait.

Il y croyait corps et âme.

Le chef des Vipères tira bientôt une grande carte blanche de sa manche, non sans prendre la peine de se retourner pour la montrer à Hopper.

Une carte de Zener. Peinte à la main, comme les autres, avec en son centre un carré aux contours noirs. Saint John s'agenouilla près de la jeune femme et déposa l'objet à l'emplacement de son cœur.

Hopper dénombra les victimes dans sa tête.

Jonathan Schnetzer. Sam Barrett. Jacob Hoeler…

Lisa Sargeson.

Rosario Delgado serait la cinquième.

Rassemblant le peu d'énergie qu'il lui restait, le policier repoussa de toutes ses forces les deux hommes qui le retenaient prisonnier… en vain. Les dents serrées, il fit une nouvelle tentative, les nerfs de son cou aussi tendus que des câbles électriques.

Pendant ce temps, Saint John s'était relevé. La main plongée dans une de ses manches, il se dirigeait droit vers l'inspecteur.

Hopper crut apercevoir l'éclat brillant d'une lame et sentit comme une décharge électrique brûlante lui parcourir la nuque.

Puis ce fut une pluie d'étincelles, et enfin… le trou noir.

Chapitre 51

L'ultime victime

14 juillet 1977

Brooklyn, New York

Les lumières dansaient dans les ténèbres. Un brasier, tout proche, illuminait de ses flammes incandescentes cette nuit d'un noir serpent.

Où suis-je ?

Hopper avait repris connaissance, cherchant désespérément à reprendre son souffle. Il ne semblait pas avoir quitté la grande salle de conférences de l'institut. Au milieu du pentagramme, Delgado n'avait pas bougé non plus.

Lorsqu'il se rendit compte de la situation dans laquelle il se trouvait, les rides de son front se creusèrent sous l'effet de la confusion. Il était assis dans un fauteuil en bois, les mains vissées aux accoudoirs… mais pas pour autant attachées. De l'autre côté de la petite table ronde qui avait été disposée face à lui, Saint John occupait un siège identique. Sur la table se trouvait un calice d'argent rempli d'un liquide sombre et le crucifix-poignard, la lame nue pointée vers le chef des Vipères.

Le cœur battant, Hopper chercha à lever son bras… qui ne bougea pas d'un millimètre. Le souffle de nouveau court, il redoubla d'efforts et tenta de soulever ses jambes – en vain. Aucun de ses membres ne lui répondait plus, à l'exception de ses doigts. Il lui semblait lutter contre une force invisible.

— Qu'est-ce que vous m'avez fait ? hurla-t-il à Saint John.

L'intéressé haussa les épaules avec exagération.

— Moi ? Rien du tout. Tu es le seul et unique responsable de ton sort.

L'inspecteur essaya encore une fois de se mouvoir, avec un peu plus de succès : il parvint à faire trembler son fauteuil. Perplexe, il baissa les yeux. Impossible de déterminer ce qui le privait de ses mouvements. Au moins pouvait-il encore tourner la tête. Leroy et Reuben, toujours imperturbables, étaient postés près de la porte – bien trop loin pour que le prisonnier puisse espérer les atteindre.

— Tu avais raison à propos du Vietnam, reprit soudain Saint John, captant l'attention de l'inspecteur. C'était vraiment l'enfer, pas vrai, Jim ?

Hopper garda le silence.

— Tout ce qu'on a, ce que *j'ai* enduré là-bas… continua le chef du gang sur sa lancée. Je ne m'étais pas porté volontaire, au départ. J'ai simplement été détaché de mon régiment au motif que mon profil les intéressait. Résultat, on m'a envoyé dans une base cachée au fin fond de la jungle. Selon eux, c'était là-bas que je serais le plus utile à mon pays. Comme si j'avais le choix… Je n'ai jamais eu le choix de rien du tout.

Hopper prit une grande bouffée d'air par le nez puis hocha la tête.

— Vous avez participé à une mission secrète, c'est ça ? Il paraîtrait que la CIA a mené des expériences douteuses sur le terrain… À l'époque, quand j'ai entendu ces histoires de militaires drogués, je n'en ai pas cru un mot… Mais vous savez mieux que moi de quoi je parle, pas vrai ?

— Je leur ai servi de cobaye, purement et simplement. « Sujet Zéro », qu'ils m'appelaient, au labo. Ils m'ont dit chercher un moyen de rendre les soldats plus performants et j'y ai cru dur comme fer. Je pensais accomplir mon devoir, sans rien comprendre au reste… Enfin, au début, du moins. Sauf que j'ai survécu. Ils ne devaient pas s'y attendre. Peu importaient les drogues qu'ils me faisaient prendre et le protocole appliqué, je survivais toujours. Les autres, non, bien sûr. Mais moi… invincible, j'étais !

— Je suis désolé, soupira Hopper.

Saint John se fendit d'un haussement d'épaules aussi théâtral que le précédent.

— Il n'y a pas de quoi, répondit-il, un petit sourire aux lèvres. J'ai survécu… C'est le plus important, non ? J'ai même fini par collaborer pleinement au projet. J'ai intégré l'équipe de chercheurs et j'ai répliqué sur d'autres cobayes ce qu'on m'avait fait. J'ai aidé à peaufiner les expériences, à parachever le processus. On a fait du bon travail. J'ai beaucoup appris, sur le fonctionnement du cerveau notamment. (Il tapota sa tempe de son index, comme pour expliciter son propos.) Tu savais que l'être humain n'est rien d'autre qu'un composé chimio-électrique ?

L'âme et l'esprit ne sont qu'illusions… Les simples effets secondaires d'un bouillon de neurotransmetteurs, d'hormones, de réactions chimiques et d'impulsions nerveuses. Ce mélange se produit en temps réel, sous notre crâne, et c'est ce qui nous définit en tant qu'êtres humains. Ce qui définit nos rêves, nos *croyances*, même. (Saint John laissa retomber ses mains.) De la chimie organique, toi et moi, rien que de la chimie ! Et une fois qu'on sait comment fonctionne ce formidable outil, on peut apprendre à l'améliorer – à le modifier, aussi, jusqu'à le contrôler. En utilisant des drogues, par exemple, mais pas que. Qu'importe la technique, le but est le même : le conditionnement. Transformer l'esprit en une véritable machine, prête à recevoir des instructions, voire des ordres, et à exécuter le moindre de vos désirs.

— Je suis vraiment désolé, répéta l'inspecteur, abattu.

— Pas besoin de t'excuser deux fois, ça perd de son sens, à force.

Le policier balaya la salle du regard.

— Et cet endroit, alors ? Votre petit séjour ici ne vous a pas aidé à vous remettre d'aplomb ?

Le sourire de Saint John s'élargit de plus belle.

— Et comment se remet-on du Vietnam ? Je te le demande… Tu n'as rien entendu de ce que je t'ai raconté ? Quand la CIA en a eu marre de jouer au Dr Frankenstein avec moi et que j'en ai eu fini de créer d'autres mutants, on m'a remercié pour mes bons et loyaux services et on m'a gentiment prié de reléguer tout ce que j'avais vécu aux oubliettes. On a voulu me faire croire que rien n'était arrivé, que c'était dans ma tête ! Le pur produit de mon imagination, un « délire post-traumatique », qu'ils disaient. Mais je savais bien que je ne fabulais pas. On n'allait tout de même pas décider pour moi ce que j'avais vécu ou non ! Tu sais à quel point c'est difficile, quand ton entourage fait la sourde oreille ? Quand tu as beau essayer de lui faire comprendre, mais qu'il refuse d'ouvrir les yeux ?

— Vous avez vécu combien de temps ici, à l'écart ?

Saint John éclata de rire à cette question.

— Oh, j'ai toujours été tenu à l'écart, tu sais… Mais c'est à Rookwood que j'ai trouvé ma rédemption. C'est ici qu'Il s'est remis à me parler. Ça faisait des années que je n'avais plus entendu Sa voix, même si je savais qu'Il reviendrait me rendre visite un jour. Bien sûr, aucun membre de l'institut ne me croyait non plus, alors j'ai appris à me taire. À l'instant même où on m'a traîné jusque derrière ces portes, j'ai entendu Sa voix. Grâce à Lui, je me suis souvenu de ce que je devais accomplir afin de reprendre le chemin de ma destinée. C'est ici que j'ai fait sauter les verrous de mon esprit. Car je n'en avais pas conscience à l'époque mais je m'étais bel et bien fermé au reste du monde. J'avais cessé de L'écouter. Mais tout ce temps, Lui était là, à mes côtés. Avec l'aide de Lisa, j'ai pu de nouveau entendre Sa voix. Quel dommage d'ailleurs qu'elle ne soit pas des nôtres aujourd'hui pour assister à l'accomplissement de notre travail, elle qui y a si largement contribué !

Saint John leva soudain les yeux au plafond avec un sourire. Derrière les verres miroirs du gangster, Hopper crut déceler un semblant d'émotion.

— Le Seigneur des ténèbres ne pouvait trouver décor plus approprié pour l'acte final de Son œuvre, souffla le chef des Vipères.

— Vous avez besoin d'aide, finit par lui dire l'inspecteur. Laissez-moi vous accompagner, je sais ce que vous avez traversé. On est pareils, tous les deux. À mon retour du Vietnam, ça a été une lutte de tous les instants pour moi. Mais j'ai survécu et je suis sorti plus fort encore de cette épreuve. Vous en êtes capable, vous aussi. Il vous suffit de me faire confiance. Je sais comment vous aider. On peut trouver une solution, ensemble.

Saint John leva un sourcil suspicieux vers son prisonnier et ses lunettes retombèrent un peu plus bas sur son nez. Pour la première fois, Hopper distinguait les yeux du chef des Vipères. Des yeux marron clair, les plus banals qui soient. Au fond, Saint John n'était rien qu'un homme – ni plus ni moins que Hopper. Le policier en éprouva presque une pointe de déception.

Un simple mortel, comme les autres.

— Trouver une solution, oui, c'est exactement ça, répéta le chef des Vipères à voix basse. Pourquoi nous avoir renvoyés chez nous, pourquoi nous faire vivre cet enfer ? Tout ça pour ça ? Pour l'Amérique ? Pour New York ? Cette ville est l'incarnation même du cauchemar américain. Un misérable champ de ruines. Mais le Seigneur sait comment y remédier. C'est Lui qui m'a montré le chemin.

À vouloir prendre la mesure de la folie de cet homme, Hopper avait la tête qui lui tournait. Saint John avait de toute évidence été dévasté par les expériences qu'il avait subies. D'autant que c'était son propre camp qui lui avait fait connaître un monde de douleur – pas les troupes ennemies. Et quand il était rentré chez lui, ce qu'il croyait être son foyer ne s'était révélé qu'enfer et damnation, exactement comme au Vietnam.

D'une certaine manière, l'inspecteur le comprenait – au vu des circonstances, une telle compassion pour son bourreau lui semblait intolérable, mais il le comprenait vraiment. À son retour de la guerre, lui aussi avait été animé par cette même volonté de changer les choses. Pas seulement de les arranger, mais… de prendre enfin la situation en main.

Et il en allait de même pour Johnathan Saint. L'un comme l'autre n'étaient que deux vétérans déterminés à trouver une nouvelle raison de vivre, un moyen d'exister en ce bas monde.

Seulement, les chemins qu'ils avaient choisi d'emprunter étaient bien différents…

— Et les classeurs, alors ? demanda soudain Hopper. Ces dossiers qui se trouvaient à l'entrepôt, ceux que Jacob Hoeler avait cachés. Je suis tombé dessus dans sa planque, et puis ils ont disparu… C'était vous, n'est-ce pas ? Ou l'un de vos sous-fifres, que vous avez chargé de les récupérer ?

— Ah… ce bon vieux Jacob ! fit observer Saint John, en joignant les mains devant sa poitrine. Ces dossiers étaient ma propriété, inspecteur. La preuve de tout le travail que j'avais accompli dans la jungle. Car, si selon la CIA et l'armée, rien ne s'était passé, tout était soigneusement consigné !

— Attendez, c'est Jacob qui a récupéré ces papiers pour vous ? Il s'était infiltré chez les Vipères mais vous l'avez démasqué… C'est comme ça que ça s'est passé ? Et lorsque vous avez compris pour qui il travaillait, vous en avez tiré parti !

Saint John fit claquer sa langue entre ses dents, comme si la conversation prenait tout à coup une tournure ennuyeuse à ses oreilles – Hopper en profita pour tenter de nouveau de bouger ses bras… toujours en vain.

— Jacob Hoeler travaillait pour moi, en effet. Je n'ai eu aucun mal à le soumettre à ma volonté : il m'a aidé à tenir la police à l'écart, le temps que j'échafaude mon plan. Il était suffisamment haut placé pour avoir accès à mon dossier et ses fonctions lui ont permis de peser dans la balance quand il s'est agi de le récupérer. C'est grâce à ces documents que j'ai pu poursuivre certaines expériences que j'avais dû interrompre…

— Et puis quoi ? Il a fini par retrouver ses esprits et a voulu vous empêcher d'utiliser ces notes à mauvais escient ? Alors vous vous êtes débarrassé de lui, sous couvert d'un petit rituel macabre, pour rapatrier vos précieux dossiers en un lieu sûr, auquel vous seul pouviez avoir accès…

— Méfie-toi donc, le coupa Saint John. Mes « rituels macabres », comme tu les appelles, n'ont rien d'une couverture.

— Tu n'es rien d'autre qu'un assassin, Johnathan Saint, poursuivit Hopper sans tenir compte de sa remarque. Jacob Hoeler, Sam Barrett, Jonathan Schnetzer… Ils sont tous morts par ta faute.

— Hopper…

— Les groupes de parole n'étaient rien d'autre qu'un vivier pour toi, en fait ! Tu cherchais des personnalités fragiles, prédisposées à t'écouter… Des hommes rongés par la crainte. Car la peur est la clé de tout, pas vrai ? Il est plus facile de contrôler ceux qui nous redoutent, ça, c'est certain !

— Assez !

Hopper inspira un grand coup.

— Écoute-moi bien, Johnathan, tu as besoin d'aide. Tu peux me faire confiance, tu sais !

— Mais je te fais déjà confiance, voyons, puisque tu vas mener Son projet à bien, répondit Saint John avec un sourire. Tu vas prendre ce poignard et tuer ta collègue. Puis tu boiras le sang du calice et tu mourras. Une victime pour Lui et une autre en mon nom.

— Pardon ?

— Tu feras ce qui est juste et tu suivras mes ordres. Tu trouveras le chemin et tu le suivras jusqu'au bout, car tu sais que tu y trouveras la vérité.

Un léger rictus apparut sur le visage de Hopper et une sensation étrange le saisit tout à coup – pris de vertige, il avait l'impression d'assister à la scène de loin.

— Tu vas prendre ce couteau, car tel est ton souhait. Tu vas la tuer, car tel est ton souhait. Puis tu boiras, car tel est ton souhait.

L'inspecteur cligna des paupières et il lui sembla soudain que son corps était à mille lieues de la pièce, comme s'il regardait du mauvais côté d'un télescope.

Il prendrait ce couteau, car tel était son souhait. Il tuerait, car tel était son souhait. Il boirait le sang, car tel était son souhait. C'était la seule solution, il le savait – celle qui lui permettrait de trouver la vérité. Tel était son souhait. Tel était son…

Suffoquant, il inhala une grande bouffée d'air à pleins poumons. Un filet de bave ruisselait sur son menton et ses mains agrippaient le fauteuil avec une telle force qu'il ne les sentait plus.

Saint John, lui, continuait son homélie mais Hopper ne distinguait plus les mots – seulement le mouvement de ses lèvres.

J'ai été drogué. Cet éclair de lucidité ramena l'inspecteur à la réalité. Tout à coup, les contours de la pièce redevinrent nets et la voix du chef des Vipères, claire et audible, presque comme s'il parlait dans un mégaphone.

Quoi qu'on lui ait fait prendre – sans doute un cocktail d'agents hypnotiques que Saint John avait dû apprendre à concocter au Vietnam – le produit était en train d'interférer avec sa chimie cérébrale et de le rendre plus perméable au pouvoir de suggestion du chef des Vipères, plus susceptible de se plier aux ordres.

Hopper se concentra. Il lui fallait se focaliser sur son objectif, clarifier ses pensées au maximum et s'efforcer de résister aux instigations de Saint John autant que possible. Il commença alors à réciter l'alphabet à l'envers.

Z…

— Prends le couteau. Prends la coupe. Ainsi tu connaîtras la vérité.

Y…

— Tue-la, retourne l'arme contre toi et tu connaîtras la vérité.

X...

— Tu es le serviteur de Celui qui vient. Voilà la vérité.

W...

— Tu sais ce qu'il te reste à faire. Tu sais quel est ton souhait. Voilà la vérité.

Hopper leva les yeux vers le chef des Vipères et s'humecta les lèvres, sourcils froncés.

Qu'y avait-il avant le « w » ?

Soudain, la tête de l'inspecteur retomba sur sa poitrine et il poussa un long soupir d'agonie, semblable à un râle.

— Vous deux ! Venez voir ce qui se passe, tout de suite ! vociféra Saint John.

Une main froide s'abattit sur la nuque du prisonnier pour vérifier son pouls, puis une autre main passa sur son visage et commença à l'examiner sous toutes les coutures.

Hopper se laissa faire sans la moindre résistance.

— Il n'est plus avec nous. Donnez-lui quelque chose pour le faire revenir un peu. Mais attention au dosage !

Du bruit, quelque part derrière lui. Un grincement métallique... Un homme – Leroy ? – avec une nouvelle seringue, un nouveau mélange et une autre substance qui viendrait sûrement contrer les effets de la prise précédente, que Saint John avait dû mal calculer.

Le frère de Martha se glissa derrière l'inspecteur et lui inclina la tête. Hopper sentit le souffle du gangster dans son cou au moment où le jeune homme cherchait le point d'injection le plus adéquat.

Ce fut à ce moment-là que le policier choisit de passer à l'action. Il releva brusquement le bras, plantant son coude en plein dans la gorge de Leroy. La respiration bloquée, l'adolescent tituba en arrière et lâcha la seringue. Hopper en profita pour s'élancer de son fauteuil et empoigner le garçon par le col, puis l'attira de force et lui assena un violent coup de tête. Une douleur sourde explosa sous son crâne et le nez de Leroy se brisa dans un craquement.

Rien de tel qu'un choc soudain et une poussée d'adrénaline pour reprendre ses esprits ! Poings en avant, prêt à cogner, Reuben se précipita sur le policier, mais celui-ci, revenu à la raison, se retourna juste à temps pour éviter les coups et décocher un uppercut droit dans l'abdomen de son agresseur. Plié de douleur, le gangster retomba sur le bord de la table et l'entraîna avec lui dans sa chute. Le calice d'argent vola dans les airs et atterrit sur la tête de Reuben à l'instant même où ce dernier s'apprêtait à se relever. Hébété, l'homme retomba au sol, le contenu de la coupe dégoulinant sur son visage.

Saint John se jeta sur Hopper dans un hurlement de fureur, afin de le plaquer au sol et de l'étrangler à mains nues. Rassemblant ses forces, l'inspecteur tenta de faire lâcher prise à son adversaire mais le chef des Vipères était fort. Tous deux roulèrent par terre, renversant quelques bougies au passage. Au cours de la lutte, Saint John finit par repousser Hopper contre Delgado, toujours inconsciente, mais déstabilisé par le mouvement, il balaya plusieurs autres bougies du revers de sa robe en tentant de retrouver l'équilibre.

Et soudain… son vêtement prit feu. Troublé, le gangster jeta un coup d'œil à la flamme qui commençait à ronger le morceau d'étoffe. Hopper sauta sur l'occasion : de ses pieds joints, il repoussa Saint John, qui tomba en arrière et virevolta au sol comme une toupie tout en essayant d'étouffer le feu naissant.

Une nouvelle fois pris de vertige, l'inspecteur trébucha en avant – les effets de la drogue menaçaient de reprendre le dessus. Tout à coup, il lui sembla voir des étoiles et un éclat vint troubler sa vision. Hopper secoua vivement la tête pour tenter de chasser ce qui ressemblait à une hallucination, avant de s'apercevoir que le poignard d'argent se trouvait sur le sol, à quelques centimètres de sa main.

Il le ramassa de justesse : Saint John venait de nouveau de se jeter sur lui. L'arme brandie en avant, l'inspecteur repoussa son agresseur tout en donnant des coups dans le vide, jusqu'à ce que le couteau atteigne enfin sa cible. La lame se tordit d'abord, comme sur le point de se briser, mais Hopper appuya davantage, modifiant ainsi la trajectoire du poignard qui s'enfonça cette fois profondément dans l'épaule de son ennemi – la hampe du crucifix lui resta incrustée dans la paume.

À bout de forces et hurlant de douleur, Saint John s'effondra au sol et alla rouler de côté. Il resta là un moment, incapable de se relever d'une main, appuyant de l'autre sur sa blessure.

Le policier s'était retourné vers lui, prêt à riposter, mais l'attaque ne vint pas. De l'autre côté de la pièce, Reuben s'était effondré contre la porte, pantelant, la respiration sifflante et saccadée. Il ne semblait plus pouvoir avaler sa salive et de l'écume blanchâtre débordait de ses lèvres – le poison contenu dans le calice se répandait dans ses veines.

Le visage ruisselant du sang qui coulait à flots de ses narines, Leroy venait quant à lui tout juste de se ressaisir. Hopper s'accroupit, bras levés pour se défendre contre un nouvel assaut. Mais tout à coup, l'adolescent se mit à rire. L'inspecteur se redressa sur la pointe des pieds, tendu à l'extrême, n'ayant pas la moindre idée de ce que s'apprêtait à faire son adversaire et préférant n'écarter aucune hypothèse.

Ce fut à ce moment-là que le jeune gangster dégaina le pistolet glissé dans sa ceinture. Hopper reconnut aussitôt l'arme – un Colt M1911, celui-là même que Lincoln lui avait pris lors de leur altercation dans l'entrepôt. Apparemment, Leroy avait profité de la petite bagarre avec Martha pour s'en emparer.

— Leroy, écoute-moi ! lança Hopper.

Jusqu'à quel point le garçon avait-il été conditionné par Saint John ? Le chef des Vipères avait-il injecté une dose de son mystérieux cocktail à son disciple avant d'arriver à l'institut Rookwood ? Hopper se rappela alors l'état dans lequel se trouvait le frère de Martha quand il était venu le trouver au commissariat pour lui demander de l'aide. Il n'était pas défoncé sous l'effet de n'importe quelle drogue mais bien de celle que lui avait déjà sans doute administrée son patron.

Le jeune homme était-il encore un tant soit peu en possession de ses moyens ? Hopper pourrait-il seulement lui faire entendre raison ? Ou bien Leroy obéissait-il aveuglément aux derniers ordres de son maître, tout comme le reste de ses camarades ?

Desserrant le poing, l'inspecteur se releva et écarta les mains devant lui en signe de paix.

— Ne fais pas l'idiot. Je te couvre, Leroy. Laisse-toi guider par ma voix. Tu te souviens de Martha ? Elle te cherche pour t'emmener en sécurité. Être libre et à l'abri… N'est-ce pas ce que tout le monde veut ? Je peux t'aider. On va réussir si on s'y met ensemble. Ne pense à rien d'autre. Concentre-toi sur mes paroles. Tu peux t'en tirer. On va tous les deux se barrer d'ici. Martha nous attend.

Le pistolet tremblait à présent dans la main de l'adolescent. Crispé, les yeux rivés sur le canon, Hopper avança d'un pas avant de regarder de nouveau son interlocuteur.

— Lâche ce pistolet, Leroy, reprit-il. Ce n'est que moi. Jim Hopper, tu te rappelles ? J'ai déjà essayé de t'aider par le passé et je peux encore te donner un coup de main. Partons d'ici et allons rejoindre ta sœur. Martha nous attend dehors. Tout ce que tu as à faire, c'est de poser ce flingue.

Le jeune gangster tressaillit de plus belle, visiblement à l'agonie. Les muscles de sa mâchoire tressautaient à mesure qu'il luttait contre la substance affectant le fonctionnement de ses neurones.

Malgré tout, il finit par abaisser son bras.

Hopper inspira profondément et se risqua à faire un pas de plus.

— Très bien, reprit-il. Laisse-moi t'aider. Concentre-toi sur le son de ma voix. On va s'en tirer, tous les deux.

Mais pris d'un nouveau frisson, Leroy remit soudain l'inspecteur en joue.

Le policier s'immobilisa et leva les mains en l'air sur-le-champ.

— Laisse-moi t'aider, insista-t-il en secouant la tête.

Le gangster abaissa de nouveau son arme. Hopper se rapprocha un peu plus de lui mais, en proie à une détresse mentale évidente, Leroy poussa tout à coup un cri de désespoir, tendit le bras devant lui et appuya sur la gâchette.

L'inspecteur s'élança… trop tard. Il heurta le pistolet au moment où le coup de feu partait. Le bruit assourdissant de la détonation lui perça les tympans et un sifflement suraigu emplit ses oreilles. Puis le haut de son bras se mit à le tirailler et une fraction de seconde plus tard, son épaule lui semblait chauffée à blanc.

La balle avait atteint sa cible. Hopper n'avait aucune idée de l'étendue de sa blessure mais il pouvait toujours bouger son bras. Bénissant sa bonne étoile, il empoigna son adversaire – Leroy et lui n'avaient pas fini d'en découdre.

La lutte ne dura pas : à bout de forces, le gangster ne montra bientôt plus aucun signe de résistance. D'une torsion du poignet, l'inspecteur lui fit lâcher l'arme puis parvint à lui planter son coude sous le menton – Leroy céda sous la pression et s'effondra avec un grognement sourd.

Hopper s'écroula lui aussi sur les genoux. Une main agrippée à son bras blessé, sa manche imprégnée de sang, il fit rouler son épaule en arrière. La douleur irradia de plus belle.

Mais il s'en sortirait.

Il se força à se relever et se retourna aussitôt, soudain rattrapé par des préoccupations plus urgentes que sa propre survie.

Delgado.

Suite à la lutte avec Saint John, elle s'était retrouvée sur le côté et était désormais allongée sur le flanc, ses cheveux dangereusement proches de deux bougies toujours allumées. Hopper les éteignit d'un souffle et se précipita auprès de sa partenaire avant de la faire rouler sur le dos. Il vérifia son pouls et approchait l'oreille de sa bouche, prêt à lui administrer les premiers secours afin de la maintenir en vie, coûte que coûte, quand Delgado poussa un gémissement. Elle souleva la tête pour regarder Hopper à travers ses paupières papillonnantes puis la laissa retomber sur le sol dans un soupir. Le choc la fit grimacer de douleur et pousser un léger geignement.

Heureux de constater qu'elle commençait à reprendre du poil de la bête, l'inspecteur se tourna alors vers Saint John. Toujours étendu au sol, recroquevillé sur le côté, le chef des Vipères empoignait le pli détrempé de sa robe au niveau de son épaule. Il respirait difficilement et du sang lui dégoulinait du coin de la bouche.

Ses lunettes étaient tombées dans la bataille et il semblait avoir du mal à fixer son regard.

Hopper s'approcha de lui, déterminé à le faire s'allonger sur le dos et à lui faire un garrot si nécessaire. À présent que Saint John avait retiré la lame de la plaie, la blessure paraissait bien plus profonde que le policier ne l'avait cru au départ. Au vu de la quantité de sang que l'homme avait perdue, tout portait à croire qu'une artère avait été touchée.

Lorsque le policier posa les mains sur lui, le chef des Vipères tenta de le repousser, mais il ne lui restait que trop peu de force.

— Doucement, on se calme, je vais faire cesser l'afflux de sang.

Saint John sourit à son adversaire sans un mot. Mais au moment où Hopper le faisait basculer sur le côté, le blessé éclata de rire. L'inspecteur repéra le trou percé dans la robe et arracha le tissu pour laisser la plaie à l'air libre. Du sang rouge vif en jaillissait comme de l'eau d'une source.

Le chef des Vipères sembla soudain implorer le policier de ses grands yeux bruns.

— Sacrifice, murmura-t-il à demi-voix. Tu… tu me… crois, n'est-ce… n'est-ce pas ?

Hopper garda le silence. Ses doigts glissaient sur la blessure, cherchant désespérément un moyen d'arrêter l'hémorragie.

Comment diable était-il possible de perdre autant de sang ?

Saint John ferma les paupières.

— Parfois… le bien et le mal… ne font qu'un. Parfois… c'est une question… de vie ou de mort.

Le visage d'une pâleur extrême contrastant avec le linceul de sa robe, il resta étendu là au milieu du pentagramme, dans une mare de sang, avant de pousser un long râle.

L'inspecteur resta agenouillé auprès de lui encore un instant.

— Hopper ?

Il venait à peine de se relever quand il entendit la voix de Delgado, et se retourna aussitôt.

Sa coéquipière ayant enfin retrouvé sa liberté de mouvement, il l'aida à s'asseoir. Aussitôt, elle se laissa aller contre la poitrine du policier, qui la berça de ses bras ensanglantés.

Ainsi enlacés, ils attendirent l'arrivée des renforts.

Chapitre 52

Au lendemain de la terreur

14 juillet 1977

Brooklyn, New York

Une fois sa plaie pansée – ce n'était finalement qu'une vilaine égratignure, même si son bras lui faisait l'effet d'avoir été littéralement pulvérisé par la balle –, Hopper s'assit à l'arrière de l'ambulance et se blottit dans sa couverture de survie. La nuit avait beau ne pas s'être rafraîchie, il fut parcouru d'un frisson. Sans doute l'un des tours perfides dont seule son imagination avait le secret.

L'institut Rookwood était cerné de toutes parts – des ambulances, des camions de pompier et au moins une dizaine de voitures de police, leurs voyants clignotant dans un tourbillon de bleu et de blanc qui donnait le tournis à Hopper. L'effet de la drogue ne s'était pas complètement dissipé et l'inspecteur se sentait comme coupé de la réalité : n'était-il pas assis à l'arrière de l'ambulance depuis mille ans déjà ? Ce qui s'était passé entre les murs de l'institut n'était-il pas advenu dans un rêve lointain ?

Il sauta du fourgon et reprit son équilibre avant de se diriger vers le véhicule voisin. À l'intérieur, assise sur un brancard, Delgado répondait aux questions réglementaires de l'ambulancier qui prenait son pouls. Elle sourit à Hopper qu'elle avait vu arriver et reposa la tête contre l'oreiller.

Plus de peur que de mal.

Il en allait de même pour Leroy. Dans l'ambulance d'à côté, un secouriste examinait les pupilles du jeune homme allongé sur une civière à l'aide d'un crayon optique. Non loin, un de ses collègues remplissait un formulaire sur une planche à pinces. L'adolescent leva soudain un bras, que l'équipe soignante repoussa aussitôt. Il semblait conscient, même si les effets de la substance mystérieuse que lui avait fait prendre Saint John ne semblaient pas complètement dissipés.

Au moins s'en était-il sorti.

Hopper balaya la rue du regard. Seule une poignée de gangsters avait été capturée et subissait déjà des interrogatoires poussés à l'arrière des fourgons. Le reste de la bande avait filé avant l'arrivée des premiers renforts.

Deux véhicules de police s'écartèrent soudain pour laisser passer une voiture noire banalisée munie d'un gyrophare. Les portières avant s'ouvrirent presque immédiatement sur Martha et Gallup en personne. L'inspecteur lâcha sa couverture thermique et les rejoignit là où s'étaient garés les nouveaux venus – en plein milieu de la chaussée.

La jeune femme le dévisagea de la tête aux pieds.

— Bon Dieu, Hopper ! Qu'est-ce qui t'est arrivé ?

L'inspecteur ne s'était même pas rendu compte que ses vêtements étaient encore trempés du sang de Saint John.

— Tout va bien, ne t'en fais pas. J'en déduis que tu n'as pas réussi à t'éclipser plus tôt…

Martha lança un regard noir à Gallup.

— La faute à cet idiot qui m'a mis des bâtons dans les roues ! Il m'a d'abord promis une voiture, puis il m'a tout bonnement enfermée à l'intérieur ! s'indigna-t-elle avant de reporter son attention sur les véhicules de secours. Où est passé Leroy ? Dis-moi que tu l'as vu !

À peine Hopper lui avait-il désigné l'ambulance en question que Martha tourna les talons – si vite, d'ailleurs, qu'elle manqua de perdre l'équilibre. Sans le moindre égard pour le personnel médical, elle grimpa à l'intérieur et se jeta sur son frère, qui leva fébrilement les bras pour étreindre sa sœur du mieux qu'il pouvait.

— La partie est terminée, inspecteur.

Hopper se frotta le visage et, prenant une profonde inspiration pour se ressaisir, se tourna vers Gallup. Il avait mal partout et sa tête comme son corps n'aspiraient à rien d'autre qu'au repos.

L'agent spécial lui donna une tape dans le dos comme pour le rassurer.

— C'est fini. Vous pouvez rentrer chez vous. Votre famille vous attend.

Le jour se levait à peine quand Hopper gravit les marches du perron, le soleil déjà radieux triomphant de sa lueur éclatante sur les lumières blafardes de la voiture de police qui avait ramené l'inspecteur à bon port. Il n'avait pas fait deux pas que la porte d'entrée de l'immeuble s'ouvrit aussitôt. Son épouse apparut sur le seuil, Sarah lovée dans ses bras. La fillette dormait encore, la tête blottie contre la poitrine de sa mère.

Sous le coup de la surprise, Hopper s'arrêta en plein milieu des escaliers. Le visage baigné de larmes, Diane, elle, ne put retenir un rire nerveux à l'immense soulagement de voir son mari se tenir en face d'elle, bel et bien vivant.

Sans essuyer les pleurs qui roulaient aussi sur ses joues, l'inspecteur se précipita vers elle et la prit dans ses bras. Puis il serra sa femme et sa fille un peu plus fort contre lui, indifférent à la douloureuse pression que leur étreinte exerçait sur son bras blessé.

Pelotonnée dans les bras rassurants de ses parents, Sarah se réveilla doucement. Elle regarda d'abord Diane, puis Jim, avant de frotter ses yeux ensommeillés du dos de la main.

— C'est toi, papa ?

— C'est moi, ma puce, lui répondit-il en déposant un baiser sur sa joue. Je suis là, maintenant.

Chapitre 53

Pas de repos pour les braves

26 juillet 1977

Brooklyn, New York

— Alors, ma petite Cher, on y va ?

— Qu'est-ce qui vous arrive, inspectrice ? On ne met pas ses mains sur ses hanches ?

— Crétin…

— Une petite minute !

— Quoi ?

— C'est toi, Cher, et moi, Sonny !

— Et pourquoi ça ?

— Bah, ça saute aux yeux : Cher, c'est une femme ! Donc moi, je suis Sonny et toi, Cher.

— Attends… Cher est une femme ?

— Ne me dis pas que tu ne connais pas Sonny and Cher !

— Euh… Pourquoi, c'est grave, docteur ?

— Bah, je n'y peux rien… Je viens de Cuba, je te rappelle !

— Tu parles, tu es plus new-yorkaise que moi ! Et tu sais très bien qui sont Sonny and Cher.

— Il n'empêche que tu n'as pas répondu à ma question.

— Laquelle ?

— Tu es sûr de toi ? Parce que tu sais ce qui nous attend, si on franchit cette porte, pas vrai ?

— Oui mais…

— Allez, je te laisse une dernière chance : tu es prêt ?

— Ce n'est pas comme si on avait le choix, de toute façon !

— C'est vrai que, vu sous cet angle…

— Si ça se trouve, ils n'ont rien prévu de spécial.

— Tu as raison… Ça ne m'étonnerait pas de leur part, en fait.

— Après tout, ce n'est pas trop son genre, au capitaine…

— Pas vraiment, non.

— On ne risque rien, alors !

— C'est ça, oui.

— Dans ce cas… vous savez ce que ça veut dire, inspectrice Delgado ?

— Je vous écoute, inspecteur Hopper.

— On est en retard au boulot !

La jeune femme lui lança un sourire diabolique.

— Je pense qu'on peut se le permettre, pour une fois. On en a pas mal bavé, ces derniers temps… Il paraît que j'ai même fait un petit séjour à l'hôpital. On m'aurait gardée deux jours en observation. Deux jours, tu te rends compte ?

Hopper éclata de rire.

— Si j'avais su, je t'aurais envoyé des fleurs…

— Tu as bien fait de t'abstenir, je suis allergique ! Blague à part, comment va ta blessure ?

Il souleva légèrement son bras gauche, toujours immobilisé en écharpe.

— Ça fait encore un peu mal… Enfin, beaucoup, pour être honnête.

— O.K., et d'une.

Hopper fronça les sourcils.

— Une quoi ?

— Je tiens le compte. Tu as le droit de te plaindre à cause de la douleur quatre fois par jour, pas une de plus. Et encore, je me trouve plutôt généreuse. Interdiction de dépasser ton quota, sinon tu verras vite que ma patience a ses limites.

L'inspecteur lui adressa spontanément un salut militaire de son bras amoché. Mauvaise idée…

— Aïe ! Je veux dire… Oui, chef !

Les deux portes battantes qui donnaient sur la grande salle de la brigade criminelle s'ouvrirent soudain en grand et le capitaine LaVorgna apparut, visiblement impatient.

— Bon, vous allez finir par entrer, tous les deux ? Ou bien il vous faut une invitation du maire ?

— Pourquoi pas… Mais uniquement si c'est Bella Abzug qui obtient le poste ! répondit Delgado.

— Et à condition qu'on la fasse encadrer ensuite, renchérit Hopper.

— Dans vos rêves, oui ! rétorqua le capitaine. Vous croyez peut-être que cette ville a les moyens de se permettre des fadaises de ce genre ? Et puis, ce n'est pas comme si vous étiez restée longtemps à l'hôpital, Delgado. De toute façon, c'est Mario Cuomo qui va l'emporter, c'est couru d'avance. On en reparle après les municipales si vous ne me croyez pas !

Delgado lança un regard dubitatif à son partenaire.

— C'est la chaleur qui lui fait cet effet-là ou bien le sens du protocole vestimentaire implacable de notre cher capitaine a-t-il fini par lui faire fondre les neurones ? À moins que ce soit juste le fait de rester cloîtré dans son bureau minuscule avec toute cette fumée de cigarette… Ça lui a embrumé le cerveau !

Hopper ouvrit la bouche pour en rajouter une couche, mais au vu du regard que lui lançait LaVorgna, il préféra garder sa plaisanterie pour lui.

Le capitaine fit un pas dans le couloir pour leur tenir la porte et fit signe aux deux inspecteurs d'entrer.

Les intéressés échangèrent un regard complice, ne pouvant retenir un sourire avant de se lancer.

À peine Delgado avait-elle franchi la porte qu'un tonnerre d'applaudissements s'éleva dans la grande salle. Hopper lui emboîta le pas et fut pareillement accueilli par leurs collègues, qui s'approchèrent tous pour former un demi-cercle autour d'eux. Il n'y avait pas là que leur équipe, d'ailleurs – la brigade de nuit dirigée par le sergent Connelly était restée plus tard – ou plus tôt – pour célébrer le retour des héros.

Une grosse poigne s'abattit soudain dans le dos de Hopper et LaVorgna s'avança entre les deux inspecteurs, un bras passé autour de leurs épaules.

— Bon, bon… Allez, on se calme maintenant, sinon nos voisins vont croire qu'on a enfin résolu une affaire ! (Les applaudissements s'interrompirent et le capitaine fit un pas en avant pour s'adresser à l'ensemble de son équipe.) Ce n'est pas tous les jours qu'on a un événement spécial à célébrer comme aujourd'hui, mais force est de reconnaître que vos deux collègues ici présents ont fait du bon boulot. Vous avez le droit de penser que le compliment n'est pas à la hauteur de la tâche qu'ils ont accomplie, étant donné les épreuves qu'ils ont dû traverser. Mais que ce soit bien clair pour tout le monde : vous êtes là pour ça, remplir votre part du contrat et obéir à mes ordres. Donc, quand je vous félicite pour le travail accompli, inutile d'aller chercher les compliments ailleurs. Seul un boulot bien fait peut garantir leur sécurité aux habitants de cette ville. Aux heures les plus sombres, le mieux est l'ennemi du bien.

Si quelques rires étouffés fusèrent dans l'assistance, certains membres de la brigade semblaient plus ou moins décontenancés – surtout ceux de l'équipe de nuit – ne purent s'empêcher de remarquer Hopper.

Le capitaine se retourna ensuite vers les héros du jour.

—Vous avez fait du bon travail, tous les deux, reprit-il, cette fois à leur intention. Mais il vous reste encore du pain sur la planche, inspecteurs, sans parler du rapport à rédiger en prévision de votre petit tour à Washington ce jeudi. L'agent spécial Gallup a déjà appelé pour me faire part de son impatience de vous recevoir. Lui et ses amis bureaucrates ont hâte de passer des heures en votre compagnie, ainsi que celle de Martha et Leroy, pour ressasser cette affaire de manière la plus productive qui soit.

Dubitative, Delgado jeta un regard en coin à Hopper.

— Ressasser de manière productive ?

— Mon petit doigt me dit qu'on va bien s'amuser… renchérit son partenaire.

— Eh bah alors, qu'est-ce que vous attendez pour vous y mettre ? lâcha LaVorgna en désignant leurs bureaux respectifs.

Puis avec un grand sourire, il claqua une fois dans ses mains.

— Ah oui, au fait, je paie ma tournée ce soir.

Hopper s'esclaffa.

— Merci, mon capitaine. Ça fait du bien d'être de retour au bercail !

LaVorgna lui adressa un petit hochement de tête et s'éclipsa aussitôt dans son bureau. Les deux partenaires, eux, regagnèrent leurs postes, non sans recevoir de nombreuses poignées de main et félicitations sur leur passage. Hopper les accueillit de bonne grâce mais, une fois de retour à sa place, son sourire s'évanouit bientôt. Delgado s'installa à son bureau et contempla avec découragement les piles de dossiers, avant de jeter un coup d'œil à son coéquipier.

— Qu'est-ce qui t'arrive ?

L'intéressé se mordit la lèvre et s'assit à son tour.

— Nous voilà accueillis en héros…

— Ouh là, ne va pas prendre la grosse tête, Hop, ce n'est jamais qu'un discours ! plaisanta sa coéquipière.

Hopper sourit mais le cœur n'y était pas.

— Je sais ce que ça fait, d'être un héros, tu sais. Enfin, de se l'entendre dire, du moins.

— La médaille que tu as reçue ne t'a pas convaincu ?

Delgado avait beau essayer de détendre l'atmosphère, rien n'y faisait.

— Mais ce n'est pas pour cette raison qu'on fait ce métier, si ? LaVorgna disait vrai, tu ne crois pas ?

— Bien sûr que oui. On est là pour accomplir notre devoir. Et c'est ce qu'on a fait, je te signale.

Voyant Hopper perdu dans ses pensées, Delgado soupira et extirpa d'un de ses tiroirs une bouteille de whisky, qu'elle posa sur le bureau. Son partenaire la regarda du coin de l'œil, dubitatif.

— Depuis quand ils boivent du whisky, à Cuba ?

— Mais non, crétin, ça, c'est une spécialité du Queen, voyons !

L'inspectrice s'en servit une lampée dans sa tasse à café, puis en fit de même dans celle de Hopper.

— Au travail bien fait, alors ! s'exclama-t-elle en levant son mug.

Son coéquipier l'imita.

— Au travail bien fait, répéta-t-il avant de boire le whisky d'un trait et de tendre de nouveau sa tasse vide à Delgado.

Elle rit aux éclats et lui en versa une seconde rasade.

— Ben bravo, on boit au boulot, maintenant ! Que dirait le capitaine ?

Hopper sourit – franchement cette fois – et leva le bras d'un air entendu.

— J'ai failli me faire trouer la peau, tu te rappelles ? Faut bien faire passer la douleur.

— Et de deux !

Comme pour faire bonne mesure, l'inspecteur leva sa tasse une seconde fois.

— Eh bien, à la mienne, alors !

Cabane de Hopper
Hawkins, Indiana

27 décembre 1984

Le silence régnait dans la cabane que Hopper avait héritée de son grand-père. Le conteur n'avait pas quitté son fauteuil de prédilection. De son côté, Elfe était toujours assise sur le canapé, emmitouflée sous les couvertures, les yeux dans le vide.

Il se faisait tard – vraiment tard, cette fois. Les douze coups de minuit avaient déjà sonné depuis un petit moment. Mais l'heure n'avait aucune importance. Ils n'avaient rien de prévu le lendemain et pouvaient bien s'autoriser une petite grasse matinée.

Enfin, pour ça, il faudrait d'abord que Hopper parvienne à trouver le sommeil, or, rien n'était moins sûr. Du moins, pas encore. Il contemplait le visage impassible de la petite, inquiet d'être allé trop loin dans les détails.

— Écoute…

— Merci, le coupa sa fille en le regardant droit dans les yeux.

Hopper la dévisagea d'un air perplexe.

— Je… euh, de rien. Mais je voulais te demander pardon.

Elfe se redressa sur le canapé, pas sûre de comprendre.

— De t'avoir raconté cette histoire, je veux dire. Tu es sans doute encore un peu jeune pour l'entendre.

— Non, non. J'ai beaucoup appris… Tu as aidé des gens.

— Ah, euh… oui, merci ! s'esclaffa Hopper.

— Pourquoi tu étais triste ?

Son rire s'étouffa tout à coup.

— Comment ça ? demanda Hopper en scrutant le visage de sa fille pour mieux comprendre ce qu'elle voulait dire.

— Tu as sauvé des innocents pourtant.

— Oui, mais j'en ai vu d'autres mourir.

— Un héros… lâcha Elfe en détournant le regard. Les héros sont des gens bien, non ?

Son père s'efforça de prendre sa remarque au sérieux.

— C'est vrai, mais tu sais, la plupart du temps, j'essayais simplement de sauver ma peau. Et puis, c'est bien joli d'être un héros, mais ce n'est pas un objectif en soi. Ça ne devrait être le but de personne dans la vie. Ce qui compte, c'est de faire ce qui est juste. L'héroïsme, ce n'est pas un métier. Être flic, oui. C'est ça, mon boulot. Bosser dans la police me correspondait bien, alors j'y suis rentré et puis j'y suis resté. Que ce soit à l'époque ou maintenant, j'essaie de bien faire mon travail, c'est tout.

Elfe hocha lentement la tête avant de bâiller. Hopper résista à la tentation de l'imiter, mais sa fille s'esclaffa devant la grimace qu'il avait dû faire involontairement. S'avouant vaincu, il se leva de son fauteuil pour étirer ses membres engourdis.

— Bon, allez, ma grande, c'est l'heure d'aller au lit maintenant. Tu peux faire la grasse matinée si tu veux, mais pas trop tard, d'accord ? Je n'ai pas envie que tu prennes de mauvaises habitudes.

L'adolescente s'extirpa de sous les couvertures pour regagner sa chambre et s'arrêta devant la table au plateau de formica rouge. Elle attrapa la carte de Zener, encore scellée dans son sachet de plastique, et l'examina un instant avant de la remettre ensuite dans le carton estampillé « New York » et de le refermer.

Puis elle passa la porte de sa chambre, qui se referma aussitôt derrière elle sans même qu'elle ait besoin de l'effleurer.

Les mains sur les hanches, Hopper sourit. Il était épuisé mais heureux. Peut-être bien qu'Elfe avait su tirer un enseignement de cette histoire, après tout. Peut-être avait-elle appris à mieux le connaître, à comprendre d'où il venait et ce qu'il avait vécu un jour dans une ville lointaine. Peut-être avait-elle compris qu'il faisait un travail certes gratifiant, mais non sans danger.

Sa vie d'avant.

Hopper souleva le carton et le transporta jusqu'au coin canapé. Là, il s'agenouilla et repoussa le tapis qui recouvrait la trappe menant au débarras sous le plancher. Farfouillant à l'intérieur, il finit par mettre la main sur l'interrupteur et alluma la lumière. Le réduit exigu s'illumina d'une faible lueur.

Hopper posa alors délicatement la boîte par terre puis éteignit la lumière, bascula la trappe et alla retrouver son lit.

Brooklyn, New York

25 décembre 1977

Le temps n'était pas tout à fait à la neige, plutôt à la soupe – des averses de grésil, sous les bourrasques perfides d'un vent aussi vif que glacial qui, bien que les températures ne descendent pas en dessous de 5 °C, donnait l'impression d'un un froid digne du pôle Nord. C'eût été un cauchemar de s'aventurer dehors tant le trottoir devant cet immeuble de briques rouges typique de Brooklyn s'était transformé en une véritable patinoire.

Bien au chaud à l'intérieur au milieu des guirlandes, entouré de sa famille, Hopper ne craignait cependant ni le froid ni la grisaille.

D'autant que c'était Noël, sa période préférée de l'année.

Confortablement installé dans son fauteuil, il ferma les yeux. Lorsqu'il les rouvrit quelques instants plus tard, il croisa le regard attendri de son épouse, assise au pied du sapin, où, aidée de Sarah, elle se débattait avec les présents que venait de livrer le père Noël.

Diana s'empara d'un paquet enrubanné, rectangulaire et plat, de grand format – bonne pioche, la petite allait l'adorer, celui-là, c'était sûr – mais à voir sa tête, Hopper se demanda quel était le problème.

— Tout va bien, grand-père ? lui lança sa femme.

L'inspecteur prit un air offusqué et leur fille éclata de rire, avant de rétorquer d'un ton catégorique que son papa n'était pas vieux et que sa maman racontait vraiment les plus grosses bêtises de tout l'univers.

Hopper fit mine de se considérer de la tête aux pieds.

— Comment ça, « grand-père » ? finit-il par répéter, en insistant bien sur chaque syllabe. Est-ce ta manière à toi de me dire que cet adorable chandail, tricoté avec amour par mon adorable épouse, me donne des airs de sage philosophe ?

Diane s'esclaffa à son tour et sa fille l'imita de plus belle. La petite était occupée à rhabiller sa nouvelle poupée, le premier des cadeaux qu'elle avait ouverts. À côté trônait le présent n° 2, un grand livre d'images dont la couverture promettait de découvrir les merveilles de l'univers. Un cadeau dont Hopper avait bien l'intention de profiter lui aussi, à l'occasion.

— Non, ça n'a rien à voir avec le chandail, rétorqua Diane. Mais je suis contente que tu l'aimes bien.

— Tu veux rire ? Je l'adore, oui !

— Tant mieux, alors. En fait, ma remarque avait plus à voir avec ton air endormi et le soupir de contentement qui l'accompagnait. J'aurais peut-être dû t'offrir une tabatière et des pantoufles, aussi !

Hopper se fendit d'un sourire.

— Si j'ai bel et bien soupiré comme tu le prétends – mais permets-moi d'en douter –, j'admets que c'était bien de contentement.

À ces mots, il gigota de façon caricaturale pour se caler bien au fond de son fauteuil et joignit les mains sur son ventre, avant de fermer de nouveau les paupières. Puis il fit semblant de ronfler, ce qui ne manqua pas de susciter une autre crise de fou rire chez sa fille.

Un bruit sourd lui fit rouvrir les yeux en sursaut : Diane venait de lâcher à ses pieds l'imposant paquet qu'elle tenait jusqu'alors. Il éclata de rire et se pencha pour ramasser le mystérieux présent puis examiner la petite carte qui l'accompagnait.

— Oh, oh, mais que vois-je ? Un cadeau spécial de la part de maman et papa pour Sarah ? Viens par ici, ma puce. Allez, grimpe !

La fillette ne se fit pas prier et, aussitôt assise sur les genoux de son père, elle lui prit le paquet des mains. Sa mère vint s'installer à cheval sur l'un des accoudoirs mais Sarah ne l'attendit pas pour déballer son présent. Le temps que Diane passe un bras autour de l'épaule de son mari et l'embrasse tendrement, la petite avait déjà arraché le papier, révélant un grand livre dont la couverture rigide montrait une jeune fille blonde vêtue d'une robe bleue qui se regardait dans un miroir.

Sarah se tourna vers ses parents, visiblement réjouie. Elle avait tout de suite reconnu le personnage et feuilletait déjà les pages, les faisant défiler frénétiquement, certaine d'y retrouver des images qu'elle connaissait déjà.

— Doucement, doucement, ma puce, lui dit Hopper.

Il lui prit gentiment le livre des mains pour le parcourir avec elle à un rythme de lecture plus commode, à commencer par la page de titre.

— *Alice au pays des merveilles : de l'autre côté du miroir*, lut-il à voix haute, en soulignant les mots de son index.

— Alice ! s'exclama Sarah, enthousiaste. Oh, je l'adore quand elle prend le thé avec la reine et le gros chat, et puis aussi, elle tombe dans un graaaand trou !

Diane passa une main affectueuse dans les cheveux de sa fille.

— C'est ça, ma chérie ! Et tu vas voir, il lui arrive encore plein d'aventures. Papa te lira l'histoire quand tu iras te coucher, si tu veux.

Sarah gigota sur les genoux de Hopper et lui lança un regard plein de malice.

— Je peux aller au lit maintenant, alors ?

— J'ai bien peur que ce ne soit pas possible, répondit-il. À moins que tu ne veuilles finir comme ton vieux père !

La fillette pouffa de rire.

— Tu sais quoi ? Je ne suis même pas sûre de l'avoir lu, celui-là, chuchota Diane à l'oreille de son mari.

— Sarah avait adoré le premier, en tout cas. Mais toi aussi, d'ailleurs, si je ne me trompe pas !

— Eh bien, c'est vrai que je ne serais pas contre me joindre à vous pour écouter, moi aussi.

La petite retourna l'ouvrage entre ses mains pour examiner la quatrième de couverture, avant d'en agripper fermement les rebords, d'un air décidé.

— Papa peut commencer l'histoire maintenant, non ? Les livres, ce n'est pas fait que pour le soir. On peut lire quand on veut, d'abord.

Hopper décocha à sa femme un sourire entendu.

— Eh bien, ce n'est pas faux.

— Ce n'est pas moi qui vais la contredire… renchérit Diane.

— Bon, d'accord, capitula son mari en faisant remonter Sarah sur ses jambes. Oyez, oyez, c'est l'heure du conte de Noël ! Enfin, je dis ça parce que c'est Noël, hein, pas parce que l'his…

— Allez, papa ! protesta la petite.

— Ah, mais le public s'impatiente, à ce que je vois !

Hopper ouvrit le livre à la première page et tous trois entamèrent leur lecture.

Remerciements

Merci à mon extraordinaire éditeur, Tom Hoeler, pour son travail acharné, son enthousiasme sans bornes et ses compétences inégalées. Tom, Elizabeth Schaefer et toute l'équipe de Del Rey ont remué ciel et terre pour que ce livre existe et je leur serai éternellement reconnaissant de m'avoir donné l'opportunité de travailler sur un projet aussi passionnant. Un projet qui n'aurait jamais vu le jour sans l'esprit créatif et visionnaire des frères Duffer et de Netflix, qui ont créé tout un univers auquel ils m'ont laissé contribuer avec bienveillance. Merci aussi à Paul Dichter pour son éclairage et ses conseils.

Comme toujours, merci du fond du cœur à mon agent, Stacia Decker chez Dunow, Carlson & Lerner. Je remercie aussi David M. Barnett, Bria LaVorgna, Cavan Scott et Jen Williams pour leur soutien, et également Martin Simmonds pour ce merveilleux portrait de Onze qui trône dans mon bureau. Mes remerciements particuliers à Jason Fry et Greg Prince pour leur connaissance approfondie du base-ball tel qu'il se pratiquait en 1977 ainsi qu'à Greg Young et Tom Meyers, créateurs du podcast *The Bowery*

Boys: New York City History, pour leur précieuse aide dans mes recherches.
C'est un honneur d'avoir pu apporter ma pierre à l'édifice déjà mythique d'une série telle que *Stranger Things*. Et rien ne serait pareil si David Harbour et Millie Bobby Brown n'avaient pas donné vie à l'écran à Jim Hopper et Onze de façon si saisissante. J'espère avoir fait honneur à vos personnages.
Enfin, un grand merci à ma femme, Sandra, pour sa patience infinie, son amour et ses encouragements quand j'en avais le plus besoin. Ce roman-là est pour toi.

Achevé d'imprimer en France en mai 2019 par CPI Firmin Didot.

Le papier de cet ouvrage est composé de fibres naturelles,
renouvelables, recyclables et fabriquées à partir de bois issu de forêts
plantées expressément pour la fabrication de pâte à papier.

ISBN : 978-2-37102-213-3
Dépôt légal : juin 2019

Numéro d'édition : 081-038-01-01

Numéro d'impression : 152280

LUMEN